RAMSÈS II
L'IMMORTEL

DU MÊME AUTEUR

Un espoir aussi fort :
    1. *Les Années de fer*, L'Archipel, 2009.
    2. *Les Années d'argent*, L'Archipel, 2009.
    3. *Les Années d'or*, L'Archipel, 2009.
Jurassic France, L'Archipel, 2009.
Saladin, chevalier de l'islam, L'Archipel, 2008.
Padre Pio, ou les prodiges du mysticisme, Presses du Châtelet, 2008.
Le Secret de l'Auberge rouge, L'Archipel, 2007.
Jacob, l'homme qui se battit avec Dieu :
    1. *Le Gué du Yabboq*, L'Archipel, 2007.
    2. *Le Roi sans couronne*, L'Archipel, 2007.
Le tourisme va mal ? Achevons-le !, Max Milo, 2007.
40 siècles d'ésotérisme, Presses du Châtelet, 2006.
Judas le bien-aimé, Lattès, 2006.
Marie-Antoinette, la rose écrasée, L'Archipel, 2006.
Saint-Germain, l'homme qui ne voulait pas mourir :
    1. *Le Masque venu de nulle part*, L'Archipel, 2005.
    2. *Les Puissances de l'invisible*, L'Archipel, 2005.
Cargo, la religion des humiliés du Pacifique, Calmann-Lévy, 2005.
Et si c'était lui ?, L'Archipel, 2005.
Orages sur le Nil :
    1. *L'Œil de Néfertiti*, L'Archipel, 2004.
    2. *Les Masques de Toutankhamon*, L'Archipel, 2004.
    3. *Le Triomphe de Seth*, L'Archipel, 2004.
Trois mille lunes, Laffont, 2003.
Jeanne de l'Estoille :
    1. *La Rose et le Lys*, L'Archipel, 2003.
    2. *Le Jugement des loups*, L'Archipel, 2003.
    3. *La Fleur d'Amérique*, L'Archipel, 2003.
L'Affaire Marie-Madeleine, Lattès, 2002.
Mourir pour New York ?, Max Milo, 2002.
Le Mauvais Esprit, Max Milo, 2001.
Les Cinq Livres secrets dans la Bible, Lattès, 2001.
25, rue Soliman-Pacha, Lattès, 2001.
Madame Socrate, Lattès, 2000.
Histoire générale de l'antisémitisme, Lattès, 1999.
Balzac, une conscience insurgée, Édition n° 1, 1999.
David, roi, Lattès, 1999.
Moïse I. Un prince sans couronne, Lattès, 1998.
Moïse II. Le Prophète fondateur, Lattès, 1998.
Histoire générale de Dieu, Laffont, 1997.
La Fortune d'Alexandrie, Lattès, 1996.

(suite en fin de volume)

GERALD MESSADIÉ

RAMSÈS II L'IMMORTEL

☥ ☥

LE ROI DES MILLIONS D'ANNÉES

roman

l'Archipel

www.editionsarchipel.com

Si vous souhaitez recevoir notre catalogue
et être tenu au courant de nos publications,
envoyez vos nom et adresse, en citant
ce livre, aux Éditions de l'Archipel,
34, rue des Bourdonnais 75001 Paris.
Et, pour le Canada,
à Édipresse Inc., 945, avenue Beaumont,
Montréal, Québec, H3N 1W3.

ISBN 978-2-8098-0381-5

PREMIÈRE PARTIE

LES MIROIRS DE LA SAGESSE

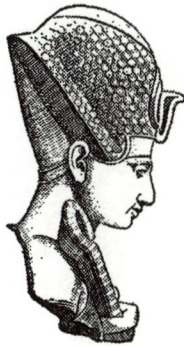

1

L'équilibriste qui troubla le prêtre Khaemouaset

Le jeune homme avançait sur une corde tendue entre deux maisons distantes de quelque soixante coudées[1], à vingt coudées de haut. Retenant son souffle, chaque spectateur de la foule au-dessous observait le moindre de ses gestes et, surtout, ses pieds nus et ses orteils qui s'allongeaient et s'orientaient pour prendre possession de la corde. Il tenait un balancier qu'il inclinait imperceptiblement de part et d'autre, au fur et à mesure de son périlleux trajet. Vêtu d'un pagne court, son corps fluide, presque gracile, ne présentait aucun des traits habituellement associés aux acrobates professionnels, muscles proéminents, striés par l'effort, et tendons saillants. En tout cas, pas l'expression tendue, car la sienne était souriante sous les cheveux coupés en brosse. N'eût été la grâce exacte de ses gestes, on l'eût, au sol, jugé banal. Mais là, à hauteur d'oiseau, « banal » était le dernier terme au monde qui lui eût convenu : il ressemblait à un esprit céleste habillé de formes humaines, venu rappeler aux mortels qu'il existe d'autres expériences dans le monde que la fatigue, la colère, la vanité, l'ivresse du pouvoir, la sottise et le désespoir.

Il avait franchi les deux tiers de la corde. L'anxiété de la foule devenait insupportable. Chacun imaginait l'accident possible : si l'imprudent tombait, il était mort. Aussi la rue était-elle vide sous son parcours, personne ne voulant risquer d'être écrasé en cas

---

1. Une coudée thébaine valait 52 cm.

de chute. Peut-être la fascination était-elle plus profonde que celle qu'inspirent les exploits ; c'était leur propre destin que guettaient les spectateurs : hommes ou femmes, ils s'identifiaient secrètement à cet équilibriste. Ils se résignaient presque au désastre, sachant qu'un jour ils mourraient inéluctablement. Cependant, l'équilibriste arrivait presque au bout de son céleste trajet. Des larmes d'émotion jaillirent de quelques yeux, çà et là. Il avait atteint la maison d'en face. Il saisit alors le rebord du toit, sans hâte excessive, et l'enjamba avec une agilité de singe.

Une clameur salua l'exploit. L'équilibriste avait dompté la mort. Il était donc immortel avant que les embaumeurs ne brandissent le couteau d'obsidienne pour ouvrir son enveloppe charnelle et prélever l'un après l'autre les organes désormais inutiles et les déposer dans des vases canopes. Et avant de les remplacer par des pâtes d'herbes balsamiques pétries avec du naphte, pour préserver ses formes.

Quelques instants plus tard, le héros apparut au seuil de la maison qu'il avait gagnée, balancier à la main. La foule l'entoura, l'enlaça, l'étreignit, l'embrassa, et les plus riches de ses admirateurs lui offrirent qui un anneau de cuivre, voire d'argent, qui un sac de fèves ou de lentilles.

Khaemouaset[1] et Ipepi, un scribe du deuxième rang qui l'accompagnait en ville, avaient observé l'exploit. Ils étaient tous deux heureux de cette prouesse qui s'était bien conclue. L'acrobate les avait vus ; on remarquait toujours les prêtres à leur crâne en caillou brillant et on leur témoignait de la déférence. Leurs regards et celui de l'artiste se croisèrent et s'accrochèrent. Khaemouaset s'approcha :

— Que la lumière soit sur ton visage.

— Que les dieux te protègent. Comment t'appelles-tu ?

— Imadi.

« Donné par la douceur. » Un nom de bel augure. L'équilibriste devait avoir vingt-trois ou vingt-quatre ans. Même au sol, il se distinguait par une aisance fluide et harmonieuse des gestes ; il se contrôlait jusque dans la façon dont il se grattait le sourcil, par exemple, et pourtant il demeurait naturel.

---

1. Fils de Ramsès et de la Seconde Épouse royale, Isinofret, entré au service du temple de Ptah à Thèbes. Voir *Ramsès II l'éternel*, tome 1, *Le Diable flamboyant*.

— Je m'appelle Khaemouaset et je suis prêtre au temple de Ptah. Veux-tu déjeuner avec nous ?

Un honneur tel que l'intérêt d'un personnage lettré et, de surcroît, prêtre était aussi rare qu'inattendu pour un garçon qui n'était après tout qu'un amuseur public.

— J'en serais comblé.

Imadi rassembla ses cadeaux dans un panier, saisit son balancier et suivit Khaemouaset et le scribe. À sa surprise, ils se dirigèrent vers le Palais, et là Khaemouaset, qui semblait familier des lieux, gagna les bâtiments de l'administration, puis la salle qui servait de réfectoire aux fonctionnaires. Il s'installa à l'une des longues tables où quelques chefs de service et scribes dégustaient les plats du jour et demanda du vin pour lui et ses compagnons. Outre les salades habituelles, laitue, pois chiches, poireaux, concombres, le domestique l'informa que, ce jour-là, on servait du canard rôti et des lentilles cuites à la graisse d'oie.

— Parle-moi de ton métier, dit Khaemouaset en tâtant du vin. Depuis quand le pratiques-tu ?

— Depuis l'enfance. J'avais cinq ou six ans et je m'amusais à me tenir en équilibre sur des pots ronds. Rien n'est plus disposé à rouler qu'un pot, et le défi de ces boules m'obsédait.

— Pourquoi ?

— Il me semblait que, si je ne parvenais pas à triompher de leur instabilité, je ne parviendrais pas à vivre.

À l'évocation de ses lubies d'enfant, Imadi se mit à rire. Khaemouaset et son compagnon rirent aussi.

— Je me suis lentement avisé que l'art de me tenir en équilibre sur un pot tenait à ma capacité de trouver mon équilibre à moi. Si j'établissais la position exacte dans laquelle je ne provoquais pas de mouvements du pot, j'avais gagné. Je pouvais et devais alors rester parfaitement immobile. C'était de moi, et non du pot, que dépendait la réussite de l'exercice.

Khaemouaset l'écoutait attentivement. Une leçon se dessinait dans le récit de l'acrobate. Il l'avait d'ailleurs deviné auparavant, et c'était la raison pour laquelle il l'avait invité. Il observa le soin avec lequel Imadi se lava les mains dans le bol d'eau parfumée que lui tendait un domestique.

— Fils d'un prêtre d'Osiris, dans le onzième nome, j'allais à l'école comme les garçons de mon âge, mais je ne pouvais m'empêcher d'exercer mon sens de l'équilibre dès que j'avais un moment de libre, et c'est ainsi que j'ai commencé à marcher sur la tranche d'une planche. Puis, un jour, un garçon m'a lancé, comme un défi, que tout ça c'était bien joli, mais que marcher sur une corde tendue c'était tout autre chose.

— Et évidemment, tu n'as rien eu de plus pressé que de le tenter.

Imadi sourit.

— Tu n'es jamais tombé ?

— Non.

Khaemouaset et le scribe furent étonnés.

— Non, je m'astreins, avant chaque démonstration, à faire régner en moi la sérénité. Si je n'y parvenais pas, je ne tenterais pas de monter sur une corde.

C'est presque une ascèse d'initié, songea Khaemouaset, vérifiant ainsi son intuition.

— Où demeures-tu ?

— Sur la terre, répondit Imadi, avec une lueur espiègle dans l'œil.

Et, remarquant la surprise causée par sa réponse, il ajouta :

— Je suis parfois au pays de Koush, parfois à Pi-Ramsès, Hetkaptah ou Ouaset[1]. Je dors où l'on m'invite et je mange ce qu'on m'offre. Qu'ai-je besoin de plus ? La sollicitude des autres m'habille, je suis ainsi payé de mon travail.

L'étonnement de Khaemouaset, et sans doute du scribe aussi, allait croissant. Un fils de prêtre qui vivait en vagabond !

— N'as-tu pas de femme ? demanda le scribe.

La question suscita une brève hilarité de l'acrobate :

— Peut-être veux-tu me demander si aucune femme ne m'a ? Car on croit posséder ce qui vous possède. Un homme possède dix buffles. Il se lève à l'aube pour vérifier qu'ils sont toujours dix. En loue-t-il deux pour tirer un chariot ? Il s'inquiète jusqu'à leur retour : ne seront-ils pas exposés à de mauvais traitements ? Ne tomberont-ils pas dans le fleuve ? Sera-t-il payé ? Son tourment ne s'achève que lorsqu'il retrouve ses bêtes et reçoit le paiement

---

1. Koush : la Basse-Nubie. Hetkaptah : Memphis (parfois Mennefer ou Ankhtouÿ). Ouaset : Thèbes. Pi-Ramsès, « Maison de Ramsès », n'a pas d'autre nom à l'époque moderne.

de leur location. Mais la somme l'a-t-elle dédommagé de son anxiété ? Il aura passé dans le tourment dix heures de sa brève existence.

Khaemouaset cessa de sucer son pilon de canard et opina, amusé. Le scribe riait en secouant la tête. Un serviteur vint leur offrir des serviettes parfumées ; ils s'essuyèrent les doigts et les lèvres et burent une gorgée de vin. Ah, ç'avait été une fameuse idée que d'inviter cet acrobate ! Ils ne s'étaient pas autant divertis depuis de longs jours.

— Une femme n'est pas un buffle, observa le scribe Ipepi.

— Non, en effet, car on ne la loue pas.

Gloussements d'Ipepi.

— C'est un bien infiniment plus délicat, reprit Imadi. Elle vous inspire des sentiments qu'un buffle n'évoquera jamais. Elle vous comble de délices nocturnes, au terme desquels souvent naît un enfant. Ô fierté de perpétuer sa race ! On est un homme accompli et l'estime de vos semblables vous est assurée. Votre gratitude à l'égard de votre épouse échappe aux termes du langage. Cette femme a sacrifié neuf mois de sa vie et payé de sa douleur la tâche de mettre vos rejetons au monde. Après quelques paternités, vous pouvez enfin affronter la menace du grand âge. Votre descendance prendra soin de vous quand vous serez perclus de rhumatismes et que vous ne pourrez plus aller trancher les membres des ennemis dans leurs pays ni labourer votre lopin de terre.

Ipepi s'avisa alors que son maître Khaemouaset n'avait jamais si longtemps écouté un tiers, à l'exception du grand-prêtre et de quelques hauts fonctionnaires proches de son père. Mais le prince attendait la péroraison d'Imadi.

— La clé de cette félicité est le sentiment, reprit ce dernier. Bienheureux celui dont le sentiment est assuré de durer jusqu'à la fin de sa vie. Et plus encore celui qui est assuré de son partage. L'homme qui ne veut pas mentir sait dans le fond de son âme qu'un sentiment ne dure pas plus de quelques saisons. Une nuit, parfois, suffit à éteindre une colère. La vérité est que l'amour cède inéluctablement au sentiment du devoir. Le désir est remplacé par la contrainte. Cette femme a mis vos enfants au monde, elle les a élevés et a préparé vos repas, lavé votre linge et maintenu des braises dans le foyer. À la fin, vos ardeurs physiques

13

l'importunent et elles se sont même refroidies en vous. Le lit conjugal devient un sarcophage à deux places.

— Tu as été marié ? demanda Khaemouaset.

— Non, mais j'ai partagé quelque temps la couche d'une jeune veuve, à On[1]. Je me suis vu transformé lentement en domestique.

— Tu n'as donc pas d'enfants ?

— Pas que je sache.

— Cela ne te contrarie pas de songer qu'à ton dernier jour tu n'auras personne pour perpétuer ta race ? Pour prendre soin de toi ?

— Il faudrait, pour en être contrarié, que je me porte une bien grande estime, répondit Imadi.

Khaemouaset domina l'impatience que lui valait la placidité ironique de l'acrobate. Et l'effort fut d'autant plus grand qu'Imadi lui inspirait une admiration secrète ; il n'avait jamais rencontré pareille clarté chez aucun prêtre. Ce garçon défiait non seulement les lois ordinaires de la chute des corps, mais aussi toutes les convenances et conventions avec une tranquille assurance, mais il le faisait sans provocation : il s'y dérobait simplement. Aucune loi ne l'obligeait à avoir un domicile fixe, à posséder femmes, enfants ou biens. Rien non plus ne l'obligeait à partager les passions ordinaires de ses semblables. Un détachement aussi poussé découlait-il de son métier ? La maîtrise de soi enseignait-elle le dédain du monde ? Khaemouaset se représenta l'enfant Imadi s'efforçant de dominer à la fois son instabilité et celle du pot pour parvenir à un point d'équilibre parfait. Il pensa à son père, Ramsès le Deuxième, et à l'abîme qui séparait ces deux êtres, mais chassa incontinent la comparaison de son esprit : elle équivalait à un crime de lèse-majesté.

Les domestiques débarrassèrent les plats, regarnirent les gobelets, tendirent aux convives des serviettes et, de nouveau, un bol d'eau parfumée. Puis ils déposèrent sur la table une coupe de dattes de diverses couleurs, des rouges longues et luisantes du pays de Koush, des brunes ridées du Haut Pays, des jaunes dodues du Bas Pays, les premières croquantes et presque âpres,

---

1. Nom antique d'Héliopolis, au nord de Thèbes, grand centre de la théologie égyptienne.

les deuxièmes fondantes et mielleuses, les dernières joignant le mielleux au croquant. Imadi observa le cérémonial de table, auquel il n'était sans doute pas habitué.

— As-tu jamais songé à te mettre au service des dieux? demanda Khaemouaset.

Imadi prit son temps pour répondre, un imperceptible sourire naissant aux commissures de ses lèvres, comme si la question avait été indiscrète, mais que la courtoisie due à son hôte le contraignait à y répondre.

— Il est bon qu'il y ait des hommes au service des dieux. Cela est bien pour eux.

Cela sous-entendait-il que ça ne l'était pas pour les dieux? Le scribe Ipepi crut utile de lui arracher le reste de la réponse:

— Et les dieux?

— Ils existaient avant les hommes. Ils existeront après.

Autant dire qu'ils ne faisaient pas grand cas des dévotions humaines.

— Mais encore? insista Ipepi.

— Il faudrait bien de la naïveté pour prétendre deviner leurs pensées. Amon aime la douceur, et Seth la violence.

— Es-tu initié? demanda Khaemouaset.

Imadi posa sur lui un regard un peu surpris:

— J'ai été au temple d'Osiris, si c'est cela que tu demandes.

Khaemouaset hocha la tête. Il avait flairé le secret de l'équilibriste, il n'en demanderait pas davantage. Mais il éprouvait un désarroi comparable au vertige. Cet acrobate lui avait culbuté l'esprit!

— Combien de temps demeureras-tu à Ouaset?

— Je n'ai pas de projets.

— Je voudrais te revoir.

— C'est un grand honneur que tu me fais.

— Viendrais-tu faire une démonstration de tes talents au Palais?

L'expression d'Imadi creusa soudain une distance entre lui et Khaemouaset.

— Tu sembles familier de ces lieux?

— Je le suis.

— Es-tu dans la faveur du pharaon?

— Je te dois la vérité, frère. Je suis son fils.

15

Cette fois, le regard d'Imadi se teinta de réserve.

— Crois-tu que mes modestes talents soient dignes du regard du divin roi ?

— Lui refuserais-tu le plaisir que tu accordes à ses sujets ?

— Il faudrait pour cela, frère Khaemouaset, que j'eusse une opinion exaltée de moi. C'est un défaut que tu ne me trouveras pas, je l'espère.

Ipepi semblait ébaubi par ces échanges.

— J'ai donc ton accord.

— Ma très humble personne est à ton service.

Tant de modestie fleurait l'ironie.

— Où dors-tu quand tu es à Ouaset ?

— D'habitude, dans la remise du Palais d'Ihy.

Khaemouaset en fut confondu. Le Palais d'Ihy était un cabaret sur les bords du Grand Fleuve, où se produisaient danseuses et chanteuses pour une clientèle friande de plaisirs parallèles. Il éprouvait de la difficulté à concilier la distinction morale de l'équilibriste avec un établissement qu'il tenait, en bref, pour un lieu de débauche. Il conserva néanmoins une expression égale et promit au jeune homme de lui adresser un messager à cette adresse. Sur quoi, Imadi reprit son panier et son bâton et se sépara de son hôte, après l'avoir remercié pour le repas : il allait, dit-il, récupérer sa corde, car il n'avait pas voulu faire attendre son hôte après sa gracieuse invitation.

L'heure de la sieste plongeait le Palais dans la torpeur habituelle. Au premier étage, les domestiques allaient pieds nus dans les couloirs, pour ne pas infliger au pharaon, à la reine mère, aux deux Épouses royales et à la phalange de princes et de princesses – vingt-trois au dernier décompte, y compris les enfants des épouses secondaires, et en excluant évidemment les enfants d'origines diverses partis en bas âge pour les ateliers des embaumeurs –, les claquements des sandales sur la pierre. Vers la quatrième ou la cinquième heure, tout ce monde irait aux bains se faire épiler, poncer la peau au crin de courge, parfumer et raser.

Après avoir jeté un coup d'œil dans la chambre de ses deux enfants, Ramsès de son nom officiel et Sekhemrê de son nom

16

secret, et Hori, trois ans et un an, qui dormaient en dépit des ronflements de la nourrice, Khaemouaset rejoignit son épouse Nekhbet-di, assoupie, elle aussi. Il tenta de mettre de l'ordre dans ses idées, intrigué par le trouble qu'y avait jeté cet équilibriste tombé du ciel.

Il était entré au service du dieu Ptah, dans son temple de Ouaset, à l'étonnement de son père, qui y consentit cependant, à la surprise scandalisée de sa mère Isinofret. Aussi, la décision avait été singulière : les princes n'aspiraient guère au statut de prêtre. La condition était trop austère. Mais elle n'avait pas rebuté Khaemouaset ; il n'avait que faire des prestiges et du luxe que ses frères appréciaient tant. On vit très bien sans bracelets ni pectoraux et sans perruquiers ; d'ailleurs, les prêtres étaient tondus comme des cailloux. On se nourrit pour tenir l'âme chevillée au corps, et l'on se passe commodément des sauces pimentées, des quartiers de poulet macérés dans le vin blanc et des filets de perche cuits dans la bière, puisque le poisson était interdit aux prêtres. Et l'on se passe plus aisément qu'on ne croit d'explorer le corps de sa femme pendant les trois mois où l'on est attaché expressément au service du dieu ; au contraire, cela ajoute du piquant aux ébats conjugaux pendant les trois autres quarts de l'année (enfin, à peu près). Non, il n'avait guère souffert de ces abstinences ; ce n'était pas cher payer pour quitter la touffeur morale du Palais.

La raison en avait été le comportement de son frère aîné Imenherkhepeshef, quelques jours avant que celui-ci ne succombât à une maladie foudroyante. En pleine nuit, ce dernier avait fait irruption, entièrement nu, dans la chambre de Khaemouaset et avait violé la maîtresse avec qui il s'ébattait. Tout à coup, le beau prince couvert de gloire et d'espoirs était apparu sous son vrai jour : un personnage brutal, enivré par le pouvoir. Khaemouaset n'avait pas eu le temps de le prendre en grippe, puisque son demi-frère avait contracté sa maladie au cours d'une mission chez le vice-roi de Koush[1] quelques jours après.

Il en eût enseveli le souvenir avec le sarcophage qui reposait là-bas, dans la nécropole du sud, près de son grand-père Séthi le Premier. Mais, tout à coup, il avait discerné chez son propre père,

---

1. Voir *Le Prince flamboyant, op. cit.*

17

Ramsès le Deuxième, les traits que le défunt avait enflés jusqu'à l'outrance, et particulièrement cette exaltation de soi qui frisait le délire. Cette propension au mensonge le plus éhonté dans la glorification de soi. Car il avait, comme toute la cour, lu l'invraisemblable *Poème* du scribe Pentaour[1], qui attribuait à son père des exploits si mirifiques qu'un dieu même s'en fût enorgueilli. Il en avait été d'abord surpris, puis mortifié : son père chéri n'était-il qu'un vantard éperdu, dont seul le pouvoir conjurait le ridicule ? Il savait que Ramsès était, surtout pour les courtisans, identifié au dieu Seth, à cause de sa chevelure rouge. Et il n'avait pu lutter contre une aversion croissante pour ce dieu odieux, assassin d'Osiris, monstre cynique et libidineux, à tête d'animal répugnant, peut-être d'hyène, dont le seul mérite reconnu était d'avoir transpercé de sa lance l'infernal serpent Apopis et sauvé du naufrage la barque d'Amon et, ainsi, épargné le chaos à l'Univers. Imenherkhepeshef avait été possédé par Seth. C'était Seth qui l'avait rendu fou. Et c'était lui qui l'avait tué.

Après l'inhumation d'Imenherkhepeshef, l'aversion de Khaemouaset pour Seth s'était étendue à l'ensemble de la cour, et particulièrement à ces militaires avantageux qui paradaient dans les cérémonies et bombaient le torse pour cacher leur ventre, tous des marionnettes au verbe pareil à un fracas de lances et de boucliers.

C'était alors qu'il avait décidé d'entrer au service de Ptah.

Plus tard, il avait entendu, au temple de ce dieu, les commentaires feutrés, susurrés et ironiques des scribes sur les prouesses paternelles supposées, illustrées également par des bas-reliefs sur maints temples, images héroïques et fanfaronnes dont ils mesuraient trop bien l'enflure et les mensonges. Il avait eu honte.

Il avait décidé qu'un jour il serait le conseiller de son père. Qu'il lui ferait entendre la voix des dieux, à lui, le dieu incarné.

Il croyait connaître le secret pour avoir l'oreille de son père. Et voilà qu'il avait rencontré cet équilibriste qui en savait bien plus long que lui sur le monde.

Il s'assoupit un moment. Puis il fut réveillé par les enfants qui venaient d'entrer dans la chambre.

Il fallait aller aux bains.

---

1. *Ibid.*

2

Un moment d'enthousiasme du dieu incarné

Trois généraux participaient aux bains, formant une garde rapprochée autour du monarque et tenant même les princes à distance. En sa qualité de prêtre, Khaemouaset méritait plus d'égards que les autres, aussi s'écartèrent-ils un instant pour lui laisser le loisir de s'incliner devant le maître suprême, mais guère plus ; il savait qu'à l'instar d'autres dignitaires, ils le considéraient avec suspicion. Qu'est-ce que c'était que ce prince qui avait dédaigné la carrière militaire pour se mettre au service de Ptah ? Ça, un prince, un fils de l'héroïque Ousermaâtrê Setepenrê, le plus glorieux soldat du monde ? De temps en temps, il avait capté des regards inquisiteurs sur sa personne. Souffrait-il d'une tare physique qui le rendait inapte au service des armes ? Mais non, il possédait un corps impeccable, et même plus svelte que les leurs, car il n'abusait ni de la boisson ni des quartiers de mouton et, Amon merci, son appareil sexuel était intact, comme le prouvaient ses enfants. Il leur accorda des civilités glacées, imperceptiblement narquoises, et se dirigea vers la deuxième salle ; vu l'accroissement de la descendance royale, en effet, le maître des bains avait fait doubler l'antique salle héritée de Horemheb.

Là, il échangea des banalités avec ses frères, Ramsès, Parêherounemef, Montouherkhepeshef, Nebenkharou, Meryamon, Sethemouïa, pour ne citer que les fils des deux Grandes Épouses présents, et accorda un peu plus d'attention à son

19

neveu Imenherkhepeshef, homonyme de son père par décision royale ; trois ans, un peu maigre, plutôt renfermé, celui-ci avait tenu à traîner son cheval de bois aux bains et prétendait même le faire laver et parfumer, ce qui suscitait quelque embarras parmi les garçons de bains.

— Imy, lui dit Khaemouaset, tu sais que ton cheval est en bois ? L'eau n'est pas bonne pour lui. Elle va le rendre malade.

— Je l'ai fait laver la semaine dernière ! protesta le gamin.

— Aussi, vois-tu, la peinture est déjà partie çà et là, observa son oncle en indiquant la croupe et la tête de l'animal sur roulettes. Crois-moi, l'eau n'est pas bonne pour lui.

Le garçonnet parut contrarié.

— Il m'a reproché de ne pas l'emmener aux bains assez souvent !

Khaemouaset s'alarma.

— Il te l'a dit ?

— Oui.

— Écoute, un cheval n'est pas aussi intelligent qu'un homme. Dis-lui que l'eau n'est pas bonne pour lui.

Imy leva vers son oncle des yeux interrogateurs, chargés d'anxiété.

— Et il comprendra ?

— Oui. Et de toute façon, c'est toi le maître. Tu dois te faire obéir.

Le gamin hocha la tête et consentit enfin à descendre dans la piscine et à se laisser baigner, au grand soulagement des esclaves.

Un garçon trop seul et qui prête une existence à des créatures imaginaires, songea Khaemouaset, attristé. Mais il n'y avait pas que les enfants solitaires qui inventaient le monde.

Tandis que les esclaves lui frottaient le dos avec du crin végétal, son regard s'attarda sur ses frères et particulièrement sur Ramsès, l'un de ses deux aînés, qui fanfaronnait avec un rire égrillard en se savonnant les parties. Ah, il ne doutait de rien, celui-là ! Jeune, beau, puissant, le monde lui appartenait. Peut-être s'imaginait-il qu'avec son nom il ne manquerait pas de succéder à son père ? Ramsès le Troisième. Sorti de l'eau et séché, Khaemouaset prêta son crâne et ses joues au rasoir du barbier, cependant que l'assistant de ce dernier lui épilait les jambes à la cire et qu'un masseur lui ponçait la plante des pieds, amollie par l'eau.

Khaemouaset tourna la tête vers l'autre salle : c'étaient exactement les soins qu'on dispensait à Ramsès père, aux trois généraux assis à ses côtés et au vizir Pasar. Ayant relevé l'attention que leur maître accordait aux pieds, ses serviteurs n'avaient pu manquer d'imiter son exemple. Il considéra son père : à trente-sept ans, un bel homme au visage épanoui par un sourire naturel. Ses douze années de règne avaient exalté son rayonnement. Le ventre tendait certes à s'arrondir, mais les bras conservaient la fermeté avec laquelle il prétendait avoir, à lui seul, mis en fuite des centaines de milliers d'ennemis lors de la bataille de Qadesh. Les jambes aussi restaient fortes, deux inébranlables piliers de chair évidemment divine. Tel qu'il apparaissait sur son trône – car il y en avait même un aux bains –, luisant doucement des huiles parfumées dont sa peau était enduite, il ressemblait à une statue d'or pâle.

Il était assez plein de lui-même pour en emplir quelques autres. Et, comme s'il avait été piqué par la guêpe de la vérité, Khaemouaset eut une conscience aiguë de la fragilité de son père. Sa puissance même le rendait vulnérable : il était l'être le plus démuni du royaume. Il éprouva une bouffée d'affection pour cet homme rayonnant. Le monde s'inversait : le fils devint, dans cet instant, l'aîné du père.

Si seulement Ramsès pouvait être aussi fort qu'Imadi ! Dominer sa propre force au lieu d'être possédé par elle. Brider son moi au lieu de se laisser emporter par lui, comme un cavalier lancé sur un cheval trop fougueux.

Mais le monarque rhabillé et recoiffé de sa perruque lustrée quitta les bains avant que Khaemouaset eût pu renouveler les mots et les gestes de son affection.

Le dîner n'apaisa pas les sentiments contradictoires qui agitaient le jeune prêtre de Ptah. Comme à l'ordinaire, cinq tables royales étaient disposées dans la grand-salle de la partie est du palais de Ouaset : quatre de part et d'autre de celle du pharaon, qui dominait ainsi les convives du regard. Aux deux tables de droite s'asseyaient les princes aînés et leurs précepteurs et amis, puis les petits princes ; à celles de gauche, les princesses aînées,

21

Bent Anât, Baketmoût, la petite Néfertari, Merytamon, Nebettaouy et, plus loin, les dernières-nées. La liste de ceux qui avaient l'honneur de s'asseoir à la table centrale variait de jour en jour, selon les soucis du pharaon et les visiteurs de marque. Ce jour-là, la reine mère Thouy était assise à sa droite et, à sa gauche, la Première Épouse, Néfertari. Leur spectacle n'emplissait guère le cœur de joie. De sa place, la cinquième à droite, à côté de sa tante, Thiyi, sœur de Ramsès et épouse de Thïa, Khaemouaset pouvait juger que sa grand-mère approchait du Bel Occident : ses fards accentuaient sa lividité, et les gestes saccadés de ses mains, désormais pareilles à des griffes, témoignaient qu'elle n'en possédait plus la maîtrise ; à plusieurs reprises, elle laissa échapper le pilon de poulet qu'elle s'obstinait à suçoter, en dépit du fait que ses dernières dents branlaient trop pour en mâcher la viande filandreuse. Le moment n'était guère éloigné où le bandeau incrusté de péridots qui enserrait son front et sa perruque frisottée ornerait sa momie avec le reste de ses bijoux. En était-elle consciente ? Ses propos, en tout cas, ne le laissaient pas deviner. Sa voix, qui se perchait de plus en plus haut avec le temps, et surtout les interjections émaillant son discours évoquaient cruellement les criaillements d'un vautour dépeçant une proie. À deux sièges de distance, la raideur de Néfertari ne révélait que trop ses efforts pour garder une contenance. On le chuchotait dans les cercles restreints de la cour : son cœur avait beaucoup faibli ces derniers temps. Elle ne vivait, ou plutôt ne survivait que grâce aux décoctions de fleurs de belladone des médecins royaux, entre autres remèdes compliqués, à base de sang de lézard et de râpures d'os de buffle.

Et Ramsès, lui, voyait-il tout cela ?

Si c'était le cas, rien n'indiquait un trouble particulier. Se pouvait-il qu'il n'eût pas remarqué le déclin des deux femmes qui lui étaient les plus chères, sa mère et sa Première Épouse ? Peut-être masquait-il son inquiétude. Ou bien s'était-il résigné à l'inéluctable.

Dans le bref moment qui suivit le dîner et où les convives pouvaient circuler d'un groupe à l'autre sans enfreindre le protocole, Khaemouaset s'approcha de son père, tandis que son épouse Nekhbet-di s'occupait de leurs enfants.

— Père divin, je me désole de ne pas te voir assez.

— Moi aussi. Je vais avoir besoin de toi.

— Je suis à tes ordres, père divin.

Khaemouaset décela une rougeur dans les yeux de son père et une légère bouffissure du bas du visage. Étaient-ce les signes annonciateurs de l'âge ou des symptômes passagers de fatigue ?

— Je veux d'abord que tu t'occupes de ton neveu Imy, le fils d'Imenherkhepeshef. J'entends dire par les domestiques qu'il déraisonne.

La police secrète du Palais était décidément vigilante.

— Je l'ai remarqué, père divin. Il est trop seul. Sans doute sa mère, Nedjmaâtrê, ne s'est-elle pas remise de son chagrin.

— Fais ce qu'il faut. Ensuite, je n'aurai pas trop de tes soins pour réviser les textes du Grand Temple dont la construction a commencé.

Khaemouaset se maîtrisa instinctivement. Encore un temple ?

— Ce sera le plus grand et le plus beau de tous. Ce sera celui des Millions d'Années.

Des Millions d'Années, se répéta Khaemouaset, ahuri.

— Je sais, Mouss, tu es prêtre de Ptah. Mais cela ne t'empêche pas de réviser officieusement des textes dédiés à Amon.

— Certes non, père divin.

— Viens me voir demain, nous en parlerons.

— À tes ordres.

Khaemouaset se fit une expression enjouée.

— Avant que nous nous quittions, père, je voudrais te proposer une attraction pour l'un de tes prochains grands dîners.

— Une attraction ?

— Un équilibriste prodigieux. Je l'ai jugé digne de ton regard.

— Bien, cela égaiera un peu cette cour que je trouve morne ces derniers temps. Après-demain, alors, je reçois le vice-roi de Koush et deux gouverneurs du sud. Arrange cela avec le chambellan.

Khaemouaset hocha la tête.

— Puis-je te demander des nouvelles de la bien-aimée Néfertari ?

Ramsès se rembrunit.

— Elle est faible, ces temps-ci. Je crois que l'air de Pi-Ramsès lui fera du bien.

— Ceux qui sont chers à ton cœur le sont au mien.

Puis le chambellan vint murmurer une information à l'oreille de Ramsès, qui s'éloigna après avoir pressé de la main l'épaule de son fils.

Il n'y aurait pas, ce soir-là, de chanteuses ni de danseuses. Les convives se retirèrent bientôt dans leurs appartements.

꧁

C'était le premier jour de la saison de la Végétation.

Des marchands de rues vendaient des guirlandes de fleurs précoces, que les débiteurs offraient à leurs créanciers et les futurs gendres à leurs belles-mères pour conjurer leurs aigreurs ordinaires : du jasmin, des gardénias nains et, naturellement, des fleurs de lotus. Les amoureux en offraient aussi à l'élue de leur cœur, sans bien savoir si c'était pour témoigner du reverdissement de leurs ardeurs ou bien inciter à fleurir celles dont ils espéraient profiter.

Toujours était-il que, ce soir-là, la salle des banquets fut généreusement garnie de ces guirlandes. Les domestiques en avaient enlacé les colonnes aux chapiteaux lotiformes et en avaient attaché aux cinq tables royales. Des gerbes de lotus penchaient la tête dans des vases aux quatre coins de la salle.

Khaemouaset avait envoyé Ipepi, de bon matin, au Palais d'Ihy, afin de quérir l'équilibriste Imadi. Deux bonnes heures avaient ensuite été consacrées à une conférence à trois, avec le chambellan, pour décider des moyens et de l'endroit où tendre la corde, principal accessoire de l'exploit présenté à Sa Majesté. Il avait été décidé qu'elle serait fixée à mi-hauteur des colonnes, à six coudées de hauteur, et que les attaches seraient étayées de part et d'autre par des poteaux de même hauteur, afin de les empêcher de glisser ; l'installation ne se ferait évidemment qu'après le repas, car on ne pouvait concevoir que le pharaon et sa famille passent sous une corde, effroyable augure. Un essai avait été exécuté par prudence, afin de vérifier le dispositif. Enfin, Imadi gagnerait la corde grâce à une échelle.

Ce fut donc avec une certaine anxiété que Khaemouaset attendit le dîner. Dès qu'il fut entré dans la salle, il nota que Néfertari serait absente et que sa place serait tenue par sa mère, Isinofret, resplendissante dans une robe qui découvrait ses épaules dodues, le front ceint d'un bandeau de perles et la poitrine garnie d'un pectoral de pierres bleues encadrant un vautour royal aux ailes déployées. Il s'empressa d'aller lui présenter ses hommages, mais sans lui baiser les mains, ce dont il était désormais dispensé en tant que prêtre. Il la considéra un bref moment, comme s'il la découvrait ; car, depuis des années, il ne la voyait qu'épisodiquement ; Seconde Épouse royale, en quelque sorte reine adjointe, elle avait très tôt délaissé ses devoirs ordinaires de mère, délégués aux nourrices, domestiques, puis précepteurs et professeurs du *kep*. Elle l'avait conçu à seize ans et elle en avait maintenant trente-trois, mais elle resplendissait de la plénitude conférée par le sentiment du pouvoir. Et d'autant plus que sa rivale de toujours, Néfertari, celle que la volonté royale avait élevée au rang divin, était absente.

— Tu es belle comme un lotus sous la lune, lui dit-il.

Elle se rengorgea.

— Le service de Ptah a donc aiguisé ton regard, répondit-elle.

Elle avait désapprouvé le métier de prêtre, mais s'était inclinée devant le consentement de Ramsès. Pour elle, choisir la prêtrise revenait à fuir les joutes de pouvoir de la cour, autant dire à une couardise. Depuis, les relations entre la mère et le fils s'étaient distendues jusqu'à la ténuité d'une toile d'araignée.

Il s'inclina pour prendre congé, puis alla saluer Hekanakht, le vice-roi de Koush, dont le pectoral éclatant, concédé par le pharaon, voulait faire oublier le visage de vieux bois fendillé. Certains bijoux honorifiques étaient comparables aux attentions dernières des embaumeurs ; leur éclat était trop grand pour le porteur, qui passait prématurément au rang de momie. Aussi les pertes de mémoire signalaient-elles que l'heure du dignitaire allait sonner : il ne reconnut pas le fils du pharaon dans ce prêtre venu lui parler, et ce fut le frère aîné de Khaemouaset, Parêherounemef, présent par bonheur, qui sauva la situation en précisant :

— Mon frère est au service de Ptah.

L'autre bredouilla, et Khaemouaset le tira d'embarras en allant présenter ses hommages à sa grand-mère, fardée comme une idole de paysan et plus caqueteuse que jamais. Sans doute avait-elle mâché du *khat*.

Il s'apprêtait à aller s'entretenir avec Nedjmaâtrê, la veuve d'Imenherkhepeshef, qui paraissait égarée, mais, Ramsès ayant gagné son trône, chacun prit place à la table centrale. Moins soucieux de l'étiquette, les petits princes et les petites princesses, eux, se firent rappeler aux convenances par le chambellan, comme d'habitude.

Soudain, Khaemouaset lutta contre un malaise insidieux, de la même nature que celui qui l'avait envahi pendant les jours et les semaines suivant l'irruption d'Imenherkhepeshef dans sa chambre, une certaine nuit, puis la mort brutale de ce dernier. Cela le prenait comme un accès de fièvre des marais.

— Qu'as-tu ? lui murmura son épouse, Nekhbet-di, près de lui.

— Je préférerais être au réfectoire du temple.

— Je te comprends, mais n'oublie pas que, tout prêtre que tu es, tu restes quand même héritier du trône. Bois un coup et songe que nous allons voir ton acrobate.

Elle était son seul repère dans ce monde de pouvoir et de vanité. Il lui serra le poignet pour la remercier et s'efforça d'ignorer les jacassements et les rires avantageux de son frère Ramsès ainsi que les cris de volatile de Thouy. Miséricordieusement, Thiyi, leur tante, rabroua le premier, qui se tint plus coi ; toutefois, elle ne pouvait en faire autant avec sa mère.

Enfin, au dessert, une équipe de domestiques apparut et, en trois coups de cuillère à pot, tendit la corde d'Imadi entre les colonnes choisies. L'équilibriste lui-même s'avança et s'inclina profondément devant la table de Ramsès. Sans doute était-il au fait du nouveau protocole, car il ne baisa pas le sol.

— Ah, voici l'artiste que m'a annoncé Khaemouaset ! s'écria le roi. Montre-nous tes talents.

Imadi s'inclina de nouveau devant Khaemouaset et s'en fut vers l'échelle qui le mènerait à hauteur de la corde.

Un silence parfait tomba sur les tables des petits princes.

Adossé à la colonne, au départ de la corde, Imadi rabattit le balancier à l'horizontale et avança le pied droit. Ayant établi son équilibre, il avança alors le gauche. Puis il continua, pareil à un promeneur peu pressé qui suit un sentier. Il était parvenu au milieu de son trajet aérien quand une petite princesse, incapable de maîtriser son émotion, poussa un cri aigu. Imadi vacilla imperceptiblement, et Khaemouaset manqua défaillir. Mais l'acrobate avait surmonté l'émotion. Il poursuivit sa prouesse, presque souriant.

Khaemouaset tourna la tête vers son père. Ramsès paraissait pétrifié.

Là-haut, Imadi avançait toujours, les pieds semblant près de se changer en mains pour mieux dominer la corde. À mi-chemin, il s'arrêta un instant pour incliner lentement la tête, à l'adresse de son assistance, défiant une fois de plus les lois de la nature. Nekhbet-di étreignit le poignet de son époux. Imadi était parvenu à une coudée de son but. Il y fut en trois pas, posa la paume sur la colonne et, enfin, aventura le pied sur le premier barreau de l'échelle que maintenaient deux domestiques. Quelques secondes plus tard, il sauta à terre.

Un autre spectacle commença. Ramsès se leva et applaudit à tout rompre. En un clin d'œil, les convives des cinq tables l'imitèrent. Un fracas extraordinaire emplit la salle des banquets. Les petits princes et princesses criaient. Imadi avança de nouveau vers le pharaon, apparemment intimidé.

— Viens, viens ! s'écria Ramsès. Qu'on lui apporte un siège et qu'il s'assoie devant moi !

Quand Imadi fut devant la table, Ramsès lui tendit les bras et l'embrassa. Puis il emplit un gobelet de vin et le tendit à l'équilibriste. De mémoire de prince et de courtisan, personne ne l'avait vu aussi enthousiaste, du moins depuis que le scribe Pentaour avait composé son *Poème* en l'honneur de la défaite victorieuse de Qadesh. Imadi tourna le visage vers Khaemouaset. Ramsès le remarqua et appela son fils près de lui :

— C'est toi qui l'as découvert, viens près de moi.

Khaemouaset se faufila entre son père et le vice-roi ébahi.

— Quel est ton dieu protecteur ? s'écria Ramsès à l'adresse d'Imadi.

— Tous sont protecteurs, Majesté, selon leur gré.

— Il en est un qui t'a pris sous son aile, et je vais te le révéler : c'est Horus. Lui seul a pu te permettre de maîtriser l'air comme tu le fais.

Il fit appeler le chambellan et lui murmura quelques mots.

La famille royale et la cour mangeaient des yeux le nouveau favori. Allait-il devenir vizir ? Conseiller ? Maître des divertissements ? Khaemouaset mesura le danger de la situation : quel que pût être le détachement d'Imadi, serait-il assez tenace pour le protéger des tentations du pouvoir et de la fortune ? Il se reprocha de l'avoir entraîné dans un piège qui dépassait peut-être la force humaine. Pour le moment, toutefois, le jeune homme demeurait aussi posé que lors de leur première rencontre. Il regardait Ramsès comme il eût regardé n'importe quel homme.

Le chambellan revint et tendit au monarque deux sachets. Ramsès les défit et tira de l'un d'eux un collier d'or avec un Horus à l'œil de rubis. C'était la décoration réservée aux grands dignitaires. L'autre sachet contenait sans doute des anneaux d'or.

— Imadi, je te nomme conseiller privé.

Une rumeur admirative s'éleva dans la salle.

— Ta Majesté m'ordonne-t-elle de renoncer à mon art? demanda Imadi.

Ramsès parut d'abord interloqué.

— Je n'ai rien dit de tel.

Puis il s'avisa de l'impossibilité pour un conseiller royal de continuer à marcher sur des cordes et il éclata de rire.

— Je te convoquerai quand j'aurai besoin de ton avis.

Imadi hocha la tête.

— Ta sagesse est divine, Majesté.

Khaemouaset fut confondu par ce bref échange: Imadi avait donc rejeté l'honneur conféré et avait fait admettre son refus par le pharaon. Comme tour d'équilibrisme, celui-là était encore plus fort que de marcher en l'air!

— Va, dit Ramsès. Que Horus veille sur toi!

Imadi se retira donc. Une certaine agitation régna alors autour de Thouy: elle avait envoyé un domestique en urgente et mystérieuse mission.

Plus tard dans la soirée, Khaemouaset en apprit l'objet par son épouse, goguenarde: la reine mère avait fait mander l'équilibriste pour ce qu'elle appelait un entretien privé. Mais Imadi avait alors quitté le Palais et disparu dans la nuit, et Thouy en avait été fort dépitée. Le beau jeune homme aérien s'était envolé. Nul ne pouvait se méprendre sur la vérité de l'entretien qu'elle avait requis. Et peut-être l'émissaire en avait-il informé l'amant convoité et celui-ci avait-il décliné la galanterie proposée. Nekhbet-di en riait encore.

Cet épisode grotesque gâcha pour Khaemouaset la présentation d'Imadi à la cour. Il en eut honte. Mais le lendemain, tout à la fierté d'avoir offert ce spectacle à son père et à la cour, il l'avait oublié.

Restait à expliquer à Ramsès la leçon secrète d'Imadi.

3

Hatha ou la résurrection

Un temple ? Une ville, plutôt.

Depuis trois heures qu'il arpentait les terrains avec Ramsès, les deux vizirs, les architectes et divers intendants et surveillants des travaux, sans parler des scribes et des officiers de la garde royale, Khaemouaset était épuisé. L'effarement que lui avait d'abord causé l'ampleur du projet avait cédé la place à la consternation.

— Ce sera le plus grand temple que j'aurai jamais vu et même imaginé, avait-il dit à son père.

— Ce sera le temple des Millions d'Années, avait répondu le roi.

Khaemouaset connaissait déjà le nom du monument : « Le palais d'Ousermaâtrê Setepenrê qui s'unit à Ouaset dans le domaine d'Amon. » Il fut écrasé, mais il ne savait si c'était par la démesure de l'entreprise ou bien par l'exaltation de l'image que son père entendait offrir de lui-même à son peuple.

Même les deux princes qui faisaient partie de l'expédition de reconnaissance, Parêherounemef et Ramsès, semblaient dépassés par l'immensité de l'entreprise. Pourtant, leur enthousiasme ne tarissait jamais devant les projets de leur père, aussi démesurés fussent-ils.

Une armée de travailleurs suait à la tâche, tirant les blocs de pierre du gros œuvre, les dégrossissant, les polissant, pilant de la paille et de l'argile pour les briques du petit œuvre, tisonnant des feux pour cuire celles-ci, sciant du bois, taillant les blocs, ouvrant des tranchées pour les fondations, cependant que les arpenteurs tiraient des cordes au sol, vérifiaient l'assise des murs déjà prêts à l'aide de fils à plomb et que, plus loin, les maçons alignaient des blocs dans les tranchées à l'aide d'une houe et les liaient avec une queue d'aronde, en attendant que le mortier prît.

La garde royale tenait à l'écart la foule de paysans accourus pour admirer, fût-ce de loin, ces gens magnifiques et ces chevaux à la robe soyeuse, dont la tête s'ornait de plumets. Khaemouaset aperçut, entre deux gardes, une femme tenant dans ses bras un enfantelet au visage couvert de mouches.

— Dis à cette femme de chasser les mouches des yeux de son fils, ordonna-t-il aux militaires.

L'ordre fut transmis, et la femme, effarée, s'exécuta. Comment, ces personnages célestes remarquaient des détails aussi infimes ? De qui Ramsès était-il donc le roi ? se demanda Khaemouaset. De ses sujets ou bien de ses songes ?

— C'est donc toi qui superviseras les textes ? s'enquit Imenemipet, l'ami de jeunesse du pharaon, promu surintendant des travaux.

— J'aurai fort à faire, il me semble, répondit Khaemouaset, indiquant d'un geste le chantier.

— Tous les murs ne seront pas garnis, observa Imenemipet avec un petit sourire.

— C'est un bien grand temple, déclara Parêherounemef.

— Il est à la dimension de la gloire de ton divin père, dit le surintendant. Il comprendra une école de scribes et une bibliothèque. Il servira aussi de grenier pour la région, ajouta-t-il, sans doute pour tempérer sa flagornerie et rappeler que le temple aurait aussi, comme tous les autres, une fonction didactique et pratique.

Outre le service des dieux, l'une des principales fonctions des temples, en effet, était d'assurer la distribution de vivres aux travailleurs. Mais, avec sa cinquantaine de chambres, ce temple-ci suffirait à une principauté.

Proche de l'édifice, le palais du pharaon, en tout cas, était presque prêt, lui, et une armée de serviteurs s'étaient employés à préparer le bain vespéral de Sa Majesté et de sa suite. Raffinement supplémentaire : la salle de la piscine ouvrait sur un jardin et une pièce d'eau centrale, où des nénuphars et des jacinthes, bleus, flattaient le regard. Le monarque, en effet, était, comme son père Séthi, épris de la céleste couleur.

— Alors, que penses-tu de ce que tu as vu ? demanda Ramsès d'un ton magnifique.

La réponse était ainsi dictée d'avance, et toute la cour attendait qu'elle fût articulée par le prêtre qui était le fils du monarque.

— Cela est digne d'un dieu, répondit Khaemouaset, ravalant d'un coup toutes ses réflexions de la journée, comme un catarrhe. Et de ta dévotion à Amon.

— Vous l'avez entendu, déclara Ramsès. Il parle avec l'autorité de la science de Ptah.

Les dignitaires tout nus hochèrent sentencieusement la tête, tandis que les baigneurs leur étrillaient la couenne ou leur pétrissaient le râble avec de l'huile de girofle. Khaemouaset se trouva ainsi, le temps de quelques mots, métamorphosé en garant de la démesure pharaonique. Et dire qu'une semaine auparavant il avait espéré enseigner à son père le sens de la mesure grâce à l'exemple d'Imadi !

Mais d'Imadi, il n'avait plus été question depuis ses prouesses au Palais.

Le *ka* de Khaemouaset s'enfonça plus profondément au cœur de son enveloppe charnelle, comme pour se protéger, telle une flamme vacillante, des tempêtes des passions humaines. Qui était-il, d'ailleurs, pour prétendre juger les œuvres de son père, dieu incarné ?

Il se sentit petit, tout petit, dans l'immensité d'un monde qui n'appartenait qu'aux dieux, incommensurables et impénétrables dans leur savoir infini.

Le souvenir radieux et poignant d'Imadi sur sa corde lui revint à la mémoire. Lui, au moins, était libre sur la terre aussi bien que sur sa corde.

Lequel de ces dieux avait pris la fatale décision ? Seth, qui s'estimait sans doute trahi ? Sekhmet, prise d'un accès de hargne contre une dynastie qu'elle jugeait trop triomphante ? Ou bien Amon lui-même, qui, dans sa profonde sagesse, avait estimé qu'il convenait de rappeler son incarnation bien-aimée au sens de sa réalité terrestre ? Toujours fut-il que, au terme d'une heure de râles funèbres, le *ka* de Thouy déserta une dépouille qu'il jugeait sans doute indigne de sa splendeur royale et immarcescible : arthrosique, radoteuse, édentée et libidineuse à l'excès. Finalement, ç'avait été un acte de miséricorde que la décision divine.

L'affection ordinaire des petits-enfants pour leur grand-mère fut absente. Aussi Thouy n'avait-elle pas été de ces aïeules qui caressent le front des bambins fiévreux et racontent des histoires à ceux que le sommeil boude, pour les emmener dans des rêves aventureux ; pareilles douceurs avaient été le fait des nourrices et, à la rigueur, des mères. La majestueuse Thouy avait été trop absorbée par ses devoirs souverains et, les années passant, le regard critique de la jeunesse n'avait pas exalté son image.

Ramsès venait de rentrer avec son armée d'une expédition militaire de sept semaines, dans le pays de Séïr[1], destinée à mater ces éternels agités qu'étaient les Shasous[2] ; ces nomades, en effet, avaient prétendu couper les lignes de communication du royaume avec les territoires d'Asie, mais les arcs à double courbure des soldats de Sa Majesté leur avaient rapidement rappelé qui commandait dans la région : leurs flèches portaient à trois cents coudées, trois fois plus que les leurs. Ni l'audace ni la fuite ne les en protégèrent. L'éclat de la victoire et du défilé triomphal qui avait suivi à Ouaset fut rapidement terni. La perte de sa mère fut un choc brutal pour son fils et, accessoirement, pour sa fille. Comment, la mort commune avait osé s'attaquer à la source de ses jours ? Même le trépas soudain de son premier-né, Imenher-khepeshef, ne l'avait pas ébranlé autant que celui de sa mère Thouy. Elle disparue, le pardon absolu, qui permet aux seules mères de réparer les erreurs et les fautes des fils, disparaissait aussi. Il ne connaîtrait désormais que le regard d'acier de Thot, le Grand Peseur des actes d'une vie. Quand ils espèrent recréer avec une amante le couple originel, les hommes ignorent qu'il ne sera jamais qu'une copie de celui qu'ils formèrent avec leur génitrice dans la chaleur du ventre de celle-ci. Et que tout le reste n'est qu'ornements et mobiliers secondaires.

Idolâtré de tout un peuple, Ramsès fut seul.

---

1. Édom.
2. Les Bédouins de Canaan.

Néfertari et Isinofret, puis les épouses secondaires, s'empressèrent auprès de lui. Et les enfants. Et les dignitaires du Palais. Ils dispensèrent les remèdes de circonstance, regards navrés et consolations susurrées. Plus songeuse que jamais, Néfertari trouva les mots justes :

— Tu as été sa fierté et l'accomplissement de sa vie. Son *ka* resplendit à l'Occident. Il faut, pour entretenir sa satisfaction, que ta puissance et ta gloire s'étendent et se perpétuent.

Ce furent ces paroles qui rassérénèrent Ramsès : elles chassèrent les humeurs sombres qui affligeaient le Palais et il retrouva une contenance égale. Il pourrait ainsi affronter les soixante-dix jours du deuil et, surtout, se préparer à l'épreuve ultime : le transport du sarcophage au Set-néférou[1], distinct du Domaine de Maât, où gisaient déjà les dépouilles de Séthi le Premier et du prince Imenherkhepeshef.

Le jour où la reine mère entra à l'atelier des embaumeurs et où s'accomplissait le rituel habituel et redoutable de l'incision du cadavre, Ramsès convoqua Khaemouaset. Ses joues et son menton s'ornaient d'une barbe de quatre jours. Car barbiers et épileurs devaient chômer durant le deuil, sauf pour les prêtres, astreints à demeurer, en toutes circonstances, imberbes des orteils jusqu'à l'occiput.

— Écoute-moi bien. Quand tu réviseras les textes des bas-reliefs, je veux que tu prêtes une attention particulière à ceux qui traitent de la bataille de Qadesh. Elle a été capitale pour le pays de Horus. Si je n'avais été présent, si je n'avais rassemblé mes troupes en déroute, si je n'avais, par ma seule force, transformé une défaite en victoire, ce pays serait maintenant sous la coupe des Hattous[2].

— Oui, père.

— J'ai déjà donné mes instructions aux scribes. Mais je veux que tu veilles à ce que l'héroïsme qui fut le mien soit mis en valeur de façon éclatante.

— Oui, père.

Le regard du monarque s'évada un moment par la fenêtre et son expression devint maussade.

---

1. Vallée des Reines.
2. Hittites.

— Il m'est revenu que certains pleutres ont fait courir des rumeurs odieuses sur cette bataille et qu'ils se sont gaussés du magnifique récit qui en avait été fait dans le *Poème* du scribe Pentaour, prétendant qu'il était exagéré. C'est une insulte à ma personne et au dieu qui a armé mon bras.

Un geste énervé du chasse-mouche ponctua ces mots. Khaemouaset fut surpris par la colère et le dépit qui perçaient dans le ton de son père. La bataille de Qadesh[1] remontait à près de cinq ans et, pour bien des gens à la cour, elle était désormais inscrite dans les hauts faits du règne de Ramsès le Deuxième, Ousermaâtrê Setepenrê de son nom royal. Vrai, le *Poème* de Pentaour ressemblait plus à une longue série de rodomontades qu'à un véritable récit épique et lui-même, Khaemouaset, en avait eu honte. Mais enfin il avait cru que le temps avait patiné le souvenir de ces péripéties. Or, il découvrait là que rien n'en était : Ramsès s'y accrochait comme si son pouvoir en dépendait, puisqu'il chargeait les architectes et son fils d'en exalter la portée.

Quel dieu l'inspirait donc ? Amon ? Ou plutôt Seth, le vindicatif, le rancunier, le hargneux ? Seth, qui lui avait inspiré son comportement agressif et qui lui avait une nuit rendu visite, dans un mémorable cauchemar ?

Une fois de plus, le prêtre Khaemouaset se retrouva décontenancé et contrarié. Il avait espéré être le conseiller en sagesse de son père, il n'en était que l'exécutant. Qu'aurait-il pu objecter à celui qui était à la fois son roi et son père ? Que ces lubies de jadis n'offraient ni profit ni consolation ? Maigre sagesse que le dieu incarné aurait aussitôt rejetée, comme pitance de famine. L'exaltation de sa personne était le seul moteur du roi. Et lui, serviteur de Ptah, se retrouvait en fait serviteur d'un homme ivre de lui-même.

À la même heure, ayant achevé sa tâche, l'artisan chargé d'inciser le cadavre de Thouy, du sternum au pubis, s'enfuyait, le couteau d'obsidienne à la main, de l'atelier des embaumeurs sous une pluie d'injures. C'était le rituel prescrit : il avait profané un

---

1. La bataille de Qadesh eut lieu en l'an 7 du règne de Ramsès II, soit en 1272 avant notre ère. Visant à conquérir la citadelle hittite, elle se solda par un échec que le système de propagande du monarque, dont le *Poème* de Pentaour, changea en victoire héroïque. Voir *Le Prince flamboyant, op. cit.*

corps, outrage abominable. Cependant, grâce à cet innommable délit, après des offrandes expiatoires au dieu des morts, Thot, et des récitations hypocrites, les embaumeurs pourraient commencer leur besogne. Ils prélèveraient les viscères et les déposeraient les uns après les autres dans des vases d'albâtre pour déjouer les déprédations de la vermine et du temps.

Vraiment? se demanda Khaemouaset. Personne n'avait donc songé que jamais ce cœur, ces poumons, ces entrailles ne reviendraient à la vie? Et que mieux valait les céder à la terre pour engraisser les plantes?

Sur quoi il s'avisa que ses pensées étaient décidément subversives et que, si quelqu'un pouvait les lire, il deviendrait l'objet d'un mépris général, chassé de tous les temples et renvoyé au désert, disputer ses proies aux chacals.

Il frémit.

Était-ce l'effet du deuil sur la domesticité? Les lampes des parties secondaires du Palais n'étaient plus régulièrement garnies en huile, et seule une sur quatre de celles qui éclairaient le couloir menant aux archives royales clignotait encore. À sept heures du soir, personne ne s'en avisait évidemment, les scribes étant partis dîner ou rentrés chez eux. Khaemouaset connaissait de toute façon le chemin, et la clarté résiduelle du jour lui suffirait à trouver les papyrus dont il avait besoin.

Les lueurs de la dernière lampe lui révélèrent alors, à dix pas de distance, un objet insolite: des fesses nues qui luisaient doucement, au-dessus de jambes fuselées au bas desquelles on devinait plus qu'on ne voyait des talons roses. Une esclave qui balayait.

Cette vision tombait mal. Ou trop bien.

Du plus loin que les courtisans s'en souvinssent, le Palais avait été lugubre pendant les périodes de deuil royal. Après la mort de Horemheb, de Ramsès le Premier, de son fils Séthi le Premier, d'Imenherkhepeshef, dignitaires et fonctionnaires, chambellans, maîtres des Secrets du matin et du soir, de la Garde-robe et des bains, échansons, officiers de Bouche et des Écuries, surintendant du palais des Femmes, gardiennes des perruques et des fards, baigneurs, gardes, domestiques, esclaves, avaient été tenus de montrer une mine funèbre, et poilue dans le cas des hommes.

Pour des raisons mystérieuses, la mort de Thouy aggrava cette consternation de convenance. La disparue n'avait pas été tant aimée que l'affliction collective fût à ce point accusée. Non, le souci était causé par d'autres raisons, à peu près aussi obscures que le couloir. Pour la première fois depuis bien des lustres, le pouvoir n'était plus étayé. Au cours des règnes précédents, un corégent assurait au moins la conduite des affaires si le monarque était absent ou souffrant. Sous Séthi le Premier, il y avait eu Ramsès. Et quand les deux hommes étaient en campagne, Thouy avait veillé sur le royaume. Mais là, Thouy disparue, plus personne ne serait aux commandes de l'État s'il advenait un malheur au pharaon. Pas de corégent, et des vizirs réduits au rang de chambellans ou de comptables généraux. Les épouses, alors? Mais la bien-aimée Néfertari était souffrante et ne connaissait d'ailleurs pas grand-chose aux affaires et Isinofret, moins encore. Quant aux fils, aucun d'eux n'avait été formé au pouvoir, pas même les aînés – ni Parêherounemef, ni ce fier-à-bras de Ramsès fils, ni évidemment Khaemouaset, un prêtre de Ptah, ni ce gradé précoce de Montouherkhepeshef, dont personne ne savait d'ailleurs rien.

En plus du deuil, la situation était donc pesante, comme si les vivants avaient été enfermés dans un vaste sarcophage.

Celle de Khaemouaset surtout. Étouffement, frustration, il se changeait par moments en un pot de naphte chauffant au grand soleil de l'été.

Et ces fesses qui remuaient toujours, exquisément luisantes.

Il approcha des archives et, au bruit de ses pas, l'esclave se retourna, balai à la main. Et les seins nus. Seize ans? Dix-sept? Des seins pareils à des mangues à peine mûres qui se balancent sous une branche, allongés et dardés. Un visage lisse comme un masque, serti dans une tignasse crêpelée. Pour tout vêtement, un pagne grand comme une feuille de scribe, retenu à la taille par une cordelette nouée sur le côté.

Elle le regarda avec l'insolence des innocents.

— Tu as balayé les archives?

— Pas encore, mon maître.

Que pouvait-elle balayer dans cette obscurité? Il ouvrit la porte et sans doute prit-elle ce geste pour une invitation à pénétrer. Elle entra donc. Khaemouaset se trouva soudain face à elle et l'enfant ou l'animal s'agita en lui. Il tendit la main vers le visage. Un sourire pareil à un frémissement découvrit l'intérieur corail des lèvres. Elle tenait toujours son balai. Une main se posa sur un sein et caressa le téton. Le regard noir, à peine relevé de petits triangles blancs, se figea. La main de l'homme glissa sur l'abdomen, puis releva le pagne et caressa la fente. La jeune fille posa le balai contre une table et s'y appuya des deux mains. Sa bouche s'entrouvrit.

Miséricordieusement, le corps désiré n'était pas vierge ; Khaemouaset fut donc dispensé du sacrifice. Le reste de l'épisode fut conforme au très vieux rituel, mais toujours enrobé de douceur et de silence. Même quand le *ka*, atteint dans ses parties vives, secoua l'esclave de l'intérieur et agita ses seins dardés.

Khaemouaset éprouva alors une brève panique : il ne pouvait plus se séparer de ce corps charmant. Ne le pouvait-il vraiment pas ? Ou plutôt ne le voulait-il pas ? Ses mains ne se détachaient pas de ces fesses convoitées, sa bouche ne voulait pas renoncer à ces tétons dentelés, ni son membre à cette fente dans laquelle il eût voulu disparaître. Toujours possédée, elle attira vers la sienne la bouche de l'homme et le serra contre elle, tandis que ses jambes enserraient sa nuque.

Un effort surhumain détacha cependant Khaemouaset.

Il fut en retard au dîner. Il fit honneur au lugubre repas, essayant de détacher ses pensées de la Nubienne. Elle s'appelait Hatha.

Il était sorti du sarcophage. Il avait défait les bandelettes qui l'enserraient, inscrites de louanges délirantes à son père. Il avait ouvert les vases canopes et récupéré ses organes. Il avait remis son membre à sa place, balayé les nourritures factices et les concubines de bois mises à sa disposition, il avait enfin chassé les pleureuses.

Sa reconnaissance envers la Nubienne devint infinie.

Thot le regardait, stupéfait. Ce n'était pas Thot, mais Anubis.

Mais ce n'était pas le dieu-chacal non plus : c'était son épouse Nekhbet-di.

Il se ressaisit.

— Tu sembles plus apaisé que ce matin, observa-t-elle.

Il se contenta de sourire. Il n'eût pu expliquer qu'il avait franchi les portes du Grand Occident et qu'il avait, oui, ressuscité et s'était enfui du sarcophage où son père avait voulu l'enfermer.

4

Une brève révolte de Khaemouaset

L'exode royal vers le Set-néférou, cette partie du Champ de Maât réservée au dernier sommeil des reines, s'était achevé. Près d'un millier de personnes, princes, fonctionnaires, prêtres, scribes, courtisans, regagnaient Ouaset, sur l'autre rive.

Plusieurs jours après, Khaemouaset ne parviendrait pas à effacer de sa mémoire le souvenir du cortège infiniment lent qui se dirigeait, dans la lumière écrasante de l'après-midi, vers les salles souterraines creusées dans la montagne, sous la grande Chapelle Sacrée.

Ramsès l'avait désigné comme second officiant, puisqu'il était prêtre et descendant de la défunte. Après les invocations du grand-prêtre d'Osiris au dieu, roi des morts, pour le prier d'accueillir la reine Thouy dans son domaine, Khaemouaset avait récité les invocations aux puissances terribles qui travaillaient au service du dieu, quarante-deux génies tenant chacun un couteau : le Mangeur de sang, le Mangeur d'ombres, le Visage retourné, la Grande Enjambée, l'Œil de flamme, le Briseur d'os…

Le grand-prêtre avait ensuite récité la liste des présents offerts à Osiris et Khaemouaset avait proclamé que la défunte n'avait jamais volé, commis d'adultère, outragé le roi ni perpétré aucun des quarante-deux péchés qui déclenchaient la colère des génies.

— Anubis, prends maintenant Moût-Thouy par la main et conduis-la auprès de son père Osiris…

39

La formule laissa Khaemouaset songeur : elle attribuait à la défunte une ascendance divine. Par conséquent, elle confirmait l'essence divine de Ramsès lui-même.

Dans la première barque royale, la brise échevelait la mémoire des formules et lavait les narines de l'entêtante odeur d'encens et de myrrhe. Le petit Imenherkhepeshef, que chacun appelait Imy, vint s'asseoir près de Khaemouaset, juste derrière Ramsès et Néfertari. Il l'avait vu officier lors de la cérémonie et en avait déduit que cet oncle était savant.

— Alors Thouy et mon père sont maintenant ensemble ? demanda-t-il.

— Oui.

— Et nous, où sommes-nous ?

La question prit Khaemouaset de court.

— Le monde est divisé en deux, répondit-il enfin. La vie et la mort. Nous sommes dans la vie.

— Et après, nous mourrons ?

— Oui.

— Et les morts, ils ne meurent plus ?

— Non.

Le garçonnet réfléchit un moment.

— Alors je veux mourir.

— Pourquoi ?

Une brusque détresse étreignit Khaemouaset.

— Parce que, comme ça, je n'aurai plus peur de mourir.

L'adulte posa le bras sur les épaules de l'enfant.

— D'abord, il ne faut pas avoir peur de mourir, Imy. Ensuite, pour être reçu convenablement chez Osiris, il faut mener une vie sage.

— Qu'est-ce qu'une vie sage ?

— Une vie où l'on se rend agréable aux dieux.

— Comment se rend-on agréable à eux ?

— En apprenant à les connaître et en suivant leurs désirs.

— C'est ce que tu fais ? C'est pour ça que tu es prêtre ?

— C'est ce que je fais, oui, mais d'autres que les prêtres peuvent le faire aussi. Tout le monde peut être agréable aux dieux.

— Et si on ne le fait pas ?

— Alors on est mal reçu chez Osiris. Sa police vous maltraite sans fin.

Imy demeura songeur. Ramsès se retourna :

— Mouss, je vous ai entendus. Je pense que tu devrais être le tuteur d'Imy.

— À tes ordres, père divin.

— Je vais l'annoncer moi-même à Nedjmaâtrê.

Khaemouaset savait que la mère d'Imy, lasse de son veuvage, s'était remariée avec un officier de la garde royale. La disparition brutale de son époux Imenherkhepeshef l'avait égarée de longs mois et, à en juger par le désarroi de son fils aîné, elle n'avait retrouvé ni son équilibre ni ses talents d'éducatrice. Bien que mère d'un autre petit prince, plus jeune qu'Imy, elle avait perdu son rang et s'était abstenue d'assister aux funérailles.

Ramsès se retourna derechef :

— Ce garçon est comme une bonne partie de ce peuple : s'il connaissait mieux nos dieux, il vivrait mieux.

Khaemouaset hocha longuement la tête. Était-ce au fond la raison pour laquelle son père construisait tant de temples ? C'était une question à approfondir. La barque royale approchait des quais de Ouaset. On distinguait de loin, devant le char du pharaon, les lances et les cuirasses de la garde qui scintillaient au soleil. Ramsès et sa Grande Épouse rentreraient au Palais en char. Les princes et les autres suivaient en chaise à porteurs.

Quand ils eurent mis pied à terre, Khaemouaset installa Imy entre sa femme et lui. Point ne fut besoin d'explications : bien qu'elle eût été assise à l'arrière de la barque, en compagnie d'Isinofret, de Thiyi, la sœur de Ramsès, et des autres princesses, Nekhbet-di avait compris l'adoption. Ce fut elle qui posa le bras sur les épaules du quasi-orphelin.

Les hommes mûrs de la cour redevinrent glabres, de haut en bas.

Ramsès exigea de l'architecte en chef, Maÿ, que la maison de Naissance, ou *mammisi*, qu'il avait fait ériger pour Thouy avant sa mort, fût parachevée dans les plus brefs délais.

— Elle sera inaugurée en ma présence, lors d'une cérémonie que dirigera le grand-prêtre d'Amon, Nebounénef.

— Elle est quasiment prête, Majesté, répondit Maÿ plaisamment. Il ne reste pratiquement qu'à balayer les gravats.

41

Khaemouaset, qui assistait à ce bref entretien, s'interrogea sur les raisons de cette hâte. Il les comprit dix jours plus tard, lors d'une visite du *mammisi* avant la cérémonie : un bas-relief sur le mur de droite rappelait la visite d'Osiris à Isis et la naissance de leur fils Horus ; un autre, contigu, décrivait la visite d'Amon à Thouy et la naissance de Ramsès. Khaemouaset en demeura pantois. Il se rappela l'invocation du grand-prêtre d'Osiris après que le sarcophage de Thouy avait été déposé dans sa tombe : « Anubis, prends maintenant Moût-Thouy par la main et conduis-la auprès de son père Osiris... » Ramsès revendiquait désormais une ascendance divine qui remontait à sa conception même.

Était-ce seulement pour asseoir sa légitimité ? Ou bien croyait-il, dans le secret de son âme, qu'il était réellement d'essence divine ? La réponse surgit dans l'esprit de Khaemouaset : les temples que son père multipliait dans le royaume étaient donc destinés à enraciner dans l'esprit de ses sujets la conviction qu'il était de nature surhumaine. Renforcée par le souvenir du *Poème* de Pentaour et sa furieuse exaltation du personnage paternel, elle devint tellement monstrueuse que Khaemouaset s'immobilisa, le cœur battant. Ramsès était fou ! Son père était fou !

Il peinait encore à retrouver ses esprits quand ses collègues du culte d'Amon entrèrent dans le temple pour y disposer des brûle-parfums. Il sortit donc sur le parvis, pour prendre sa place dans le groupe familial qui venait d'arriver : Ramsès et Néfertari, puis Thiyi, la seule fille engendrée par Thouy, et son époux Thïa, les vizirs Nebamon et Pasar, les princes et les princesses et des hauts fonctionnaires de la Maison royale. Il prit place derrière le couple royal et Thiyi, auprès de ses frères, Parêherounemef, Ramsès, Montouherkhepeshef, Nebenkharou, Meryamon, Sethemouïa et quelques adolescents que Khaemouaset ne reconnut que vaguement, des fils d'épouses secondaires qui n'en demeuraient pas moins des héritiers présomptifs. Les épouses des princes formaient les rangs suivants du bataillon royal, avec les princesses, Bent Anât, Baketmoût, Néfertari la Deuxième, Meriatoum, Nebettaouy, Isinofret la Deuxième, Henouttaouy, Ournyro, Nedjemetmoût et d'autres encore que Khaemouaset ne connaissait pas non plus, filles d'épouses secondaires, elles aussi. Il eût fallu tenir un annuaire spécial pour être informé de la descendance complète de Ramsès, avec un secrétaire particulier pour le tenir à jour, car les princes aussi forniquaient à qui mieux mieux, et pas avec une seule épouse : le surintendant du palais des Concubines avait dû récemment recruter du renfort. Khaemouaset songea que, de surcroît, la marmaille des enfants et petits-enfants, comme les siens, était restée dans les divers palais, à la garde des nourrices. Enfin, les époux des princesses se tenaient au dernier rang.

Une cinquantaine de personnes au total.

Et tout ce monde était donc d'ascendance divine !

Toujours bouleversé, l'attention intermittente, Khaemouaset regarda les présents que des domestiques apportaient sur des plateaux, dont un nombre considérable de statues du dieu et de vases d'or et d'albâtre, qui furent déposés devant la statue d'Amon. Puis il écouta Nebounénef, comme on entend les mouches bourdonner dans la torpeur précédant la sieste. Soudain, une formule le fit sursauter.

— Accepte, ô Amon, les prières que ton fils Ramsès Ousermaâtrê Setepenrê vous adresse, à toi et à ton épouse Moût-Thouy…

C'était la confirmation orale des bas-reliefs qui l'avaient stupéfait tout à l'heure : Thouy était élevée au rang de déesse.

Une soif intense dessécha son gosier. Et un mal de tête lancinant, associé à une colique escortée de gargouillis, acheva de lui brouiller les idées.

Quand ce bataillon fut entré dans le temple, il s'esquiva furtivement pour aller demander à l'un des prêtres une gargoulette d'eau. Et là, caché derrière un pilier, il la vida à la surprise de son collègue d'Amon.

Mais il n'avait rafraîchi que son gosier. Sa tête, elle, brûlait toujours.

Nekhbet-di écoutait son époux, assis sur le bord du lit. Il parlait lentement, d'une voix basse, sans quitter du regard un gros papillon de nuit qui s'était posé sur sa robe, sans doute attiré par la blancheur.

— … C'est une offense aux dieux que de revendiquer l'égalité avec eux, dit-il. La divinité n'a été concédée au roi qu'à titre accessoire, comme gage de leur bienveillance. Elle n'est pas sa part essentielle.

Le papillon frémit, comme prêt à s'envoler, mais se ravisa et plaqua de nouveau ses ailes l'une contre l'autre.

— Je ne peux pas être complice de cette imposture, et je ne peux en parler à personne ! Personne ! Si j'en soufflais mot au grand-prêtre, il me ferait le double reproche de l'impiété filiale et du lèse-majesté.

— Tu fais bien. Et n'en parle surtout pas à ta mère.

Khaemouaset enregistra l'avertissement sans surprise. Son épouse et sa mère Isinofret s'adressaient en public des compliments mielleux, mais, en privé, dressaient l'une de l'autre des portraits venimeux. Isinofret clamait que les charmes de sa bru étaient si hâves que Khaemouaset avait préféré le service de Ptah, et Nekhbet-di avait discrètement alerté la cour au sujet des phalanges d'Asiatiques que la Deuxième Épouse royale avait infiltrées dans les services du Palais. Mais, ce soir-là, il n'avait cure de leurs querelles. Il se leva et fit quelques pas dans la pièce. Le papillon s'était alors posé sur un coffre, devant une lampe, sans doute en contemplation.

— Il est devenu fou ! Il a divinisé sa mère ! Imenherkhepeshef aussi était fou. Peut-être que c'est une maladie héréditaire ! Il est plein de lui-même…

— Calme-toi, conseilla Nekhbet-di, se massant les chevilles. Parêherounemef n'est pas fou, je l'ai observé. Et Nebenkharou non plus. Ni toi.

— Il dit qu'il veut faire connaître la religion au peuple, mais ce qu'il veut, c'est imposer son image de dieu. Et maintenant, je dois veiller à ce que les textes des bas-reliefs du temple des Millions d'Années soient conformes à ses vantardises militaires. Les Millions d'Années, je te demande un peu !

Nekhbet-di se leva et alla chercher dans un coffret d'ébène un onguent à base de pavot et d'huile de girofle, puis se rassit, appliqua une lichette de la pâte rouge sur chaque cheville et reprit ses massages.

— Il faut d'abord considérer les réalités, dit-elle. Tu ne peux rien. Tu n'as pas d'autre allié que moi. Tous à la cour flattent la vanité de ton père dans l'espoir d'en obtenir quelque avantage. Ils seraient trop contents de se débarrasser d'un rival. Je te l'ai déjà dit : tu dois garder ton rang de troisième héritier du trône.

— Je n'hériterai jamais de ce trône !

— Tu n'en sais rien. Mais il vaut mieux garder le titre et le rang que d'être banni. Songe à tes enfants. Et songe aussi que, si tu te rebellais contre ton père, tu ne pourrais même plus être prêtre. Aucun temple ne t'accepterait.

Il s'arrêta, tout nu, entre sa femme et ce papillon velu qui appartenait à un autre monde, un monde de vérités mystérieuses et pourtant simples, et dont il savait qu'il ignorait tout.

— Alors, je suis foutu ? dit-il d'une voix rauque.

— Tu n'est foutu que si tu le penses. Tu m'as assez parlé de cet équilibriste que tu avais admiré. Commence par suivre son exemple. Garde ton propre équilibre. Je croyais que tu avais compris sa leçon.

C'était trop fort : il croyait, lui, avoir percé le secret d'Imadi, et c'était sa femme qui l'avait deviné ?

— Tu es coincé entre une force infiniment plus puissante que toi et ta nécessité de survivre. Tu dois ménager les deux. C'est bien ce qu'il fait, ton acrobate, non ?

Khaemouaset fut saisi par le raccourci et se prit à sourire. Cette femme, la sienne, avait décidément oublié d'être bête.

— Il faut durer, dit-elle. La vraie victoire, c'est de survivre à ses adversaires. Tu disposes quand même d'une certaine influence sur ton père.

— Et je devrai mentir ?

— La religion n'est pas un mensonge. Enseigne-la à Imy pour commencer. Ce garçon me paraît avoir vécu comme s'il avait été abandonné dans le désert. Il sait à peine lire, le croiras-tu ?

— Voilà ce qu'il en est de la descendance des fous, conclut sombrement Khaemouaset.

Il se rallongea dans le lit.

— Ton influence sur ton père pourrait servir à le mettre en garde contre la prolifération d'Asiatiques[1] dans le gouvernement. Tu n'as pas remarqué que le nombre de ces gens ne cesse

---

1. Le terme « Asiatique » désignait toutes les populations du Moyen-Orient à l'est de l'Égypte, de la Palestine et du Liban à la Turquie, la Mésopotamie et l'Iran.

d'augmenter ? Le nouveau maître de la Garde-robe est de Kharou, le premier échanson est de Djahy et quatre des six nouvelles concubines recrutées par Hormin en viennent aussi, le deuxième chambellan est de l'Oupi[1]…

— Mais quel est le danger ?

— Tous ces pays sont sous l'influence des Hattous. Un de ces quatre matins, nous nous réveillerons sous la suzeraineté des Hattous.

Khaemouaset ne répondit pas ; il se demanda si les alarmes de sa femme n'étaient pas surtout motivées par son aversion pour Isinofret. Car il était patent que l'entrée des Asiatiques dans le personnel du Palais était favorisée par la Deuxième Épouse royale, dont la mère était une Asiatique et qui avait conservé des liens étroits avec son pays.

Sur quoi Nekhbet-di rabattit la moustiquaire et le sommeil prit Khaemouaset.

---

1. Kharou, Djahy et Oupi étaient des régions correspondant à peu près au nord de la Palestine et au sud de la Syrie.

5

Querelles ancillaires et menace asiatique

— Misérable barboteuse ! rugit la première habilleuse de la Grande Épouse Néfertari, Neferhathou de son nom. Que fais-tu ici ? Tu es venue voler des bijoux de la défunte reine, hein ? Je devrais appeler les gardes !

— Vieille carne ! glapit Haishtar, son homologue de l'autre Épouse royale, Isinofret. Je suis venue récupérer les objets que la défunte reine a légués à ma divine maîtresse. Je suis la femme de confiance de la reine Isinofret ! C'est moi qui devrais appeler les gardes !

— Ta maîtresse n'est pas divine, ignorante asiatique, et la défunte ne lui a rien légué. Elle a tout légué à la mienne, qui est la seule Grande Épouse !

Les deux matrones se faisaient face dans la vaste antichambre des anciens appartements de la défunte reine mère Thouy. Deux escouades de perruquières et de servantes rangées derrière leurs supérieures observaient cet échange malgracieux, qui se déroulait à la huitième heure après minuit, dans l'aile du Palais abritant les appartements des Épouses royales. À cette heure-là, Néfertari prenait son petit déjeuner à bonne distance, dans les quartiers de son époux, et Isinofret le prenait sans doute aussi, mais à une distance encore plus considérable, puisqu'elle séjournait avec sa fille aînée, Bent Anât, dans le palais de Pi-Ramsès.

— Retourne dans les marécages de ton pays ! Peut-être y trouveras-tu un rat qui voudra de toi ! cria Neferhathou.

— Comment oses-tu, tas d'ossements ? Si tu as survécu jusqu'à aujourd'hui, c'est que même les rats n'ont pas voulu de toi ! cracha Haishtar. Ta famille pourra faire l'économie des embaumeurs, vieille peau !

— Que fait ce pot à parfums dans tes mains ? gronda Neferhathou, s'approchant de l'autre pour lui arracher le précieux objet.

L'autre résista, et l'affrontement dégénéra. Les ongles se changèrent en griffes, le sang perla, Haishtar tenta de déséquilibrer Neferhathou d'un coup d'épaule, celle-ci recula et, se penchant prestement pour déchausser un pied, appliqua un coup de sandale sur le crâne de l'Asiatique. Des cris jaillirent, et les domestiques de chaque camp accoururent à la rescousse de leur championne. Claques, horions, coups de pied, morsures et griffures assorties, le tout ponctué de cris perçants, l'échauffement des humeurs tourna en quelques instants à l'échauffourée, faisant office de déversoir aux détestations rancies et fermentées depuis de longs mois. En effet, la plus grande partie de la maison d'Isinofret était constituée d'Asiatiques, alors que celle de Néfertari et celle de la défunte Thouy se composaient de femmes du pays, filles et alliées de personnel royal depuis des générations, qui se considéraient dépossédées de leurs privilèges par ces nouvelles venues.

Quand la garde du Palais, alertée par le vacarme, arriva enfin à l'étage, elle fut abasourdie de trouver des femmes qui roulaient par terre, se crêpant le chignon et se mordant les bras comme des furies, tandis que d'autres se battaient avec des balais. Mise en devoir de séparer les belligérantes, la force masculine fut surprise d'avoir affaire à si forte partie. Une certaine brutalité ne fut pas de trop pour rétablir un semblant de calme dans les appartements royaux. Cette domesticité avait depuis trop longtemps rêvé d'en découdre pour se résigner si vite à la discipline, autant dire à la défaite.

— Rentrez dans vos chambres ou je vous fais toutes mettre aux fers ! cria le commandant de la garde, exaspéré par l'explosion.

Les combattantes se retirèrent donc dans leurs quartiers respectifs, l'œil noir ou mis au beurre de cette couleur, tentant de récupérer sandale ou perruque perdues dans l'affrontement. Les médecins furent mandés pour soigner blessures, ecchymoses et morsures et, surtout, traiter les pâmoisons.

Le commandant exigea alors que le théâtre de cette guerre des cotillons fût remis en état. Il demeura sur place, pour veiller à ce que les balais ne servissent pas de prétexte à une nouvelle flambée de violences.

— D'où provient cette invasion de moucherons ? demanda Ramsès en agitant son chasse-mouche avec énervement, au-dessus de la table où le premier repas de la journée venait de lui être servi, sur la terrasse.

Les bestioles s'agitaient autour des fruits, du lait, des galettes au miel, s'y collant ou s'y noyant.

Même les deux guépards royaux aux pieds du monarque en semblaient incommodés ; de temps à autre, l'un d'eux gobait un ou deux importuns avec un claquement rageur des mâchoires.

— L'inondation de cette année a été généreuse, Majesté, répondit le chef des domestiques. Elle est favorable à ces insectes. Et ils sont indifférents aux fumées qui tiennent les mouches et les moustiques à l'écart.

Assise en face de son époux, Néfertari, elle, dégustait à loisir une figue, d'un air songeur.

— Nous sommes envahis, laissa-t-elle enfin tomber. Et pas seulement par les moucherons.

Ce fut alors que sa première dame de cour apparut au seuil de la terrasse, l'air anxieux.

— Que se passe-t-il ? demanda Néfertari.

L'autre s'approcha et murmura quelques mots à l'oreille de la Grande Épouse. Celle-ci sursauta, puis se leva.

— Pardonne-moi, je dois te laisser, dit-elle à Ramsès.

— Qu'y a-t-il ?

— La guerre des chats et des souris a éclaté.

Cette allusion à un conte populaire ne dérida pas le monarque. Quand Néfertari fut partie, il fit appeler le Premier chambellan pour s'informer des raisons du départ impromptu de son épouse. Le fonctionnaire y dépensa un trésor de circonlocutions, tentant de ramener les désordres qui venaient d'éclater à un médiocre conflit de domestiques. Feu Thouy avait légué ses possessions à Néfertari, sa préférée, les servantes d'Isinofret avaient tenté d'y prélever quelques objets en souvenir, et une querelle avait donc éclaté. Mais le chambellan en connaissait bien mieux les raisons qu'il ne le laissait paraître : l'intrusion des Asiatiques à la cour avait porté la rivalité entre les deux Épouses royales à son point d'incandescence. Il avait récemment dû se résigner à la nomination d'un Apirou au rang de deuxième chambellan.

Ramsès fit la grimace. Il avait l'habitude d'entendre davantage qu'on ne lui disait. Ce conflit l'importunait parce qu'il n'en comprenait pas les raisons. Pourquoi donc ses sujets étaient-ils tellement hostiles aux Asiatiques ? Ces gens-là étaient respectueux de l'autorité, industrieux, accommodants ; ils n'étaient plus des ennemis, car le royaume entretenait de meilleures relations avec les Hattous.

Il haussa les épaules. Quant à la querelle de tout à l'heure, elle avait été probablement causée par la sourde rivalité entre les deux Épouses royales, dont les personnels avaient pris parti.

Il se leva pour aller présider le Conseil du matin. Alors apparut le deuxième chambellan, tout sourire.

— Voir Sa Majesté le matin, c'est voir le visage de Rê ! susurrat-il.

Ramsès hocha la tête avec satisfaction.

— Et le soir ? demanda-t-il, malicieux.

— C'est voir l'aube du lendemain, Majesté.

Ah ces gens possédaient l'esprit de repartie ! Et souriants, avec ça.

Les princes Ramsès, Parêherounemef, Khaemouaset et Montouherkhepeshef, les deux vizirs du Nord et du Sud, les généraux et un hôte exceptionnel, Imenemipet, promu ambassadeur dans les pays d'Asie, en plus de surintendant des travaux, attendaient le pharaon à la porte de la salle du Conseil ; ils l'y suivirent et, quand il eut pris place sur son trône, ils s'assirent.

— Résume donc pour nous, Imenemipet, déclara le monarque, le rapport que tu m'as fait hier sur la situation dans le pays des Hattous.

L'ambassadeur se leva. À peu près du même âge et de la même stature que son maître, ami de jeunesse de ce dernier, son attitude, ses gestes, la tonalité de sa voix et son regard n'exprimaient absolument rien de comparable. Il était, lui, tout en réserve et demi-teintes. L'attitude était retenue, les gestes rares, la voix basse et le regard sceptique.

— Depuis trois ans que Ta Majesté m'a fait l'insigne honneur de le représenter dans les pays d'Asie, je me suis donné pour mission d'observer et de garder mes opinions pour moi. Ta Majesté m'avait chargé de l'informer sur la politique de notre principal adversaire, rival et parfois ennemi à l'est, la puissance hattoue. Depuis ta glorieuse victoire de Qadesh contre le roi hattou Mouwatalli, la situation semblait s'être stabilisée. Dans ta sagesse, tu avais estimé qu'il valait mieux dompter un fauve que de le tuer. Mouwatalli semblait avoir compris ta politique et l'avoir approuvée. À eux les États les plus proches de leurs frontières, à nous les plus proches des nôtres, principalement le sud de l'Amourrou[11] et Canaan. Nos vassaux aussi s'en sont accommodés et, à quelques rébellions épisodiques près, nos gouvernorats d'Asie perçoivent régulièrement les impôts de leurs sujets et les adressent au Trésor de Ta Majesté.

Imenemipet reprit son souffle. Chacun attendait la suite, car l'angle du rapport indiquait qu'il y en avait une. Même Ramsès écoutait attentivement, comme si les propos de son ambassadeur étaient différents de ceux qu'il avait entendus la veille.

— À la mort de Mouwatalli, reprit Imenemipet, le Soleil de Hattou comme on l'appelait, le fils de l'une de ses concubines, Ourhi-Teshoub, fut désigné comme son héritier par certaines factions de la cour et il fut couronné à dix-sept ans sous le nom de Moursil III. Il semble avoir rapidement pris ombrage de l'influence de son oncle Hattousil, personnage expérimenté, bien plus âgé que lui et jouissant de nombreux appuis dans le pays et dans l'armée. Il est rapidement devenu évident que les deux hommes ne pouvaient coexister pacifiquement. Moursil le Troisième a exilé son oncle dans le nord du pays. C'était, à mon avis, une erreur.

Les princes relevèrent imperceptiblement la tête ; ils s'identifiaient évidemment à Moursil, et ils auraient tout aussi évidemment éloigné un rival.

---

1. Le territoire de l'Oronte : actuellement le sud de la Turquie, la Syrie occidentale et le nord du Liban.

— Pourquoi? demanda le jeune Ramsès.

— Pour deux raisons, mon prince. La première est que Moursil divisait ainsi le pays en deux, le Nord, sur les États duquel son oncle Hattousil régnait de fait, et le Sud, qui lui restait. Il affaiblissait ainsi le pouvoir central. La seconde était qu'en raison de son expérience Hattousil était bien plus qualifié pour diriger l'ensemble du pays et sa politique étrangère.

L'idée de la supériorité des anciens agaça visiblement le jeune prince, mais un regard de son père l'engagea au silence.

— Moursil s'est rendu compte de la première erreur, mais il a ensuite aggravé les deux. Il s'est installé dans la capitale, Hattousas, et il a envoyé des capitaines de l'armée s'emparer du pouvoir dans les États du nord, sauf Hapkis, où siégeait Hattousil et d'où ses hommes auraient été promptement chassés. De toute façon, il avait été mal inspiré de provoquer ainsi Hattousil. Celui-ci, ainsi défié, a décidé de montrer à son neveu où résidait le vrai pouvoir. Il s'est rendu au Grand Temple de la déesse Ishtar à Samouha pour lui demander de juger le comportement de Moursil...

— Je croyais qu'Ishtar était la déesse de l'amour chez ces gens? interrompit Montouherkhepeshef.

— Elle est aussi la déesse de la guerre, répondit Imenemipet. Son jugement a été négatif. Moursil se trouvait à ce moment-là à Samouha : son oncle l'y a fait arrêter par ses lieutenants et l'a exilé à son tour dans le pays de Noukashtché[1]. Et il a pris le pouvoir.

Imenemipet observa une pause. À l'exception de Khaemouaset, les princes faisaient des mines mécontentes. La situation décrite par Imenemipet leur paraissait correspondre à une usurpation de pouvoir; pour eux, l'ordre dynastique devait être scrupuleusement respecté. Le jeune Ramsès marmonna que, de toute façon, les Hattous étaient des sauvages. Son père, lui, connaissait déjà l'affaire et n'en semblait pas contrarié.

— En ce qui touche à notre politique en Asie, reprit l'ambassadeur, l'affaiblissement du pouvoir hattou ne peut que servir nos intérêts. Hattousil ne sera pas ainsi tenté de reprendre la politique agressive de ses prédécesseurs. Mais j'estime qu'un affaiblissement excessif serait dangereux, car il attiserait alors les convoitises de ses voisins, le roi de Babylone et le roi d'Assyrie. Si l'un

---

1. Territoire de la Syrie du Nord, situé au sud d'Alep et au nord de Qadesh.

d'eux étendait trop ses conquêtes, il serait à son tour tenté d'attaquer nos territoires d'Asie. Il semble ainsi que Salmanazar, le roi d'Assyrie, convoite le Hanigalbat[1].

— Qu'en déduis-tu ? demanda Ramsès.

— Qu'il serait opportun d'affirmer nos relations d'amitié avec les Babyloniens et les Assyriens, sans exclure, d'ailleurs, Hattousil ni même son neveu.

— Ni même son neveu ? répéta le vizir Pasar, surpris.

— Hattousil n'est pas de prime jeunesse et il se pourrait bien que, sans violence, Moursil le Troisième lui succède un jour.

— Il sera facile de nous mettre en rapport avec lui s'il séjourne chez les Noukashtchés, lança le jeune Ramsès. Pourquoi ne l'invitons-nous pas ici ?

Chacun savait qu'Isinofret était originaire de la région, puisqu'elle était fille d'un prince de ce pays.

— Ce serait prématuré, déclara Ramsès, qui avait encore en mémoire les affrontements du matin même entre les partisans des deux Grandes Épouses et ne souhaitait pas accentuer l'ouverture de la cour vers l'Asie. Je trouve fondés les avis d'Imenemipet. J'entends donc qu'on fasse des ouvertures aux deux rois d'Asie, Salmanazar et... comment s'appelle donc l'autre ?

— Kadashman-Tourkou, Majesté, répondit Imenemipet.

Ramsès répéta le nom.

Les scribes avaient achevé de transcrire les débats ; le pharaon y apposa son sceau et la séance fut levée.

Khaemouaset n'avait pas soufflé mot. Il trouvait que le pays penchait trop dans la direction de l'Est et le souvenir de l'équilibriste Imadi lui revint irrésistiblement à l'esprit. Mais un pays n'est pas un équilibriste et la comparaison n'aurait aucun sens pour son père.

De surcroît, il devinait que la principale inspiratrice de la nouvelle orientation du royaume était sa propre mère. Il évoqua le souvenir de la redoutable Hatchepsout[2], la reine qui avait,

---

1. Ensemble de territoires correspondant à peu près au Mitanni et à la Naharina, c'est-à-dire au nord de la Syrie et à l'ouest de l'Irak actuels.
2. Sœur de Thoutmôsis III (XIIIe dynastie), qu'elle remplaça en adoptant le personnage d'un homme, barbe comprise. Elle régna quelque deux siècles et demi avant Ramsès II (1490-1468 avant notre ère) et devint une « pharaonne » légendaire.

quelque deux cents ans plus tôt, régné sous le masque d'un homme. Les prêtres du temple lui en avaient secrètement conté l'histoire, car on ne la mentionnait guère à la cour : fille du pharaon Thoutmôsis, elle avait, à la mort de ce dernier, épousé son demi-frère, héritier du trône, Thoutmôsis le Deuxième. Mais celui-ci était mort prématurément, et son héritier, Thoutmôsis le Troisième, fils d'une concubine, était trop jeune pour régner de fait. Hatchepsout avait alors assumé le titre de régente et l'avait conservé longtemps après que son pupille avait été capable de gouverner le pays : elle l'avait fait à sa place et avait arboré les insignes distinctifs d'un roi mâle, dont le diadème au cobra dressé. Une femme-homme en quelque sorte.

Était-ce le destin que se préparait Isinofret ? Comme il n'avait pas de réponse et que ces considérations le mettaient mal à l'aise, il les chassa de son esprit. Le pharaon se tourna vers lui :

— Alors, as-tu certifié les inscriptions comme je te l'avais demandé ?

— Oui, père divin, elles sont conformes à tes désirs.

Ramsès hocha la tête d'un air songeur.

— Plus tôt ce temple sera achevé, mieux cela vaudra.

— Oui, père.

Le temple des Millions d'Années, songea Khaemouaset, et rien qu'à l'énoncé de ce nom, son malaise resurgit. Peut-être son épouse n'avait-elle pas tort, en fin de compte.

Quand il sortit du Palais, du côté des jardins, un choc l'attendait. Il découvrit la splendeur du ciel. Il fut écrasé par la bénédiction de cette lumière qui tombait à flots. Baigné de l'opulence divine, il bénit Rê dans son cœur. La douceur de la toute-puissance le pénétra dans sa chair entière. Il demeura un long moment dans une ivresse sereine, à la différence de celle qui fouette des émotions inutiles.

Puis il songea que le dieu qui dispensait cette munificence était infiniment plus puissant que son père. Cela dépassait l'imagination. Et la sagesse qui en émanait réduisait l'autorité royale à presque rien, à la dimension d'un moucheron qui s'énerve autour d'une fleur.

Il ne sut pas pourquoi, mais des larmes mouillèrent ses yeux.

6

Traîtrise et masques de sang

S a Majesté s'apprêtait à passer le reste de la saison Shemou à Pi-Ramsès lorsque, tôt dans la matinée, des messagers arrivèrent du Haut Pays et jetèrent l'émoi au Palais. Mandés par le nouveau vice-roi de Koush, Iouny, ils apportaient de mauvaises nouvelles : les populations de l'Irem[1] se rebellaient contre les *idénous*, les percepteurs de Sa Majesté. Les villes d'Amara, de Sodenga, de Soleb, de Sésebi, de Pnoubs, de Kerma étaient en armes, et des percepteurs y avaient été pris en otage.

Le petit exode coutumier du Palais vers les parages fleuris et les plaisirs de Pi-Ramsès fut interrompu net. Ce ne serait ni demain ni après-demain que les princes, fonctionnaires et courtisans dégusteraient des cailles grillées et des salades aux œufs d'oie sur les terrasses embaumées. L'heure était aux armes.

Ramsès demeura un moment pensif après avoir écouté les messagers. Les deux vizirs ne détachaient pas leur regard de lui. Qu'avait-il ?

Le spectre de la scission du Sud resurgissait, pareil aux grosses bulles fétides qui remontent du fond des marais pour répandre leurs miasmes. Il l'avait cru exorcisé : point. Il songea à sa jeunesse et aux expéditions qu'il avait menées dans le Haut Pays du temps où son père Séthi était vivant et qu'il en était le corégent.

---

1. Il s'agit d'une région correspondant au nord du Kordofan, au nord du Soudan.

55

Mais là, il n'avait plus le désir d'y retourner. L'âge l'avait alenti, alourdi. Un fait demeurait : depuis la dernière fois qu'il avait rétabli l'ordre dans la région et renforcé les garnisons, la discipline s'était relâchée et les propriétaires terriens avaient repris du poil de la bête. Cette fois-ci, il ne pouvait plus incriminer les manigances d'un prétendant au trône jaloux.

— Fais appeler les princes et les généraux, ordonna-t-il au chambellan.

Ce dernier n'eut guère besoin d'aller bien loin : les convoqués s'étaient déjà rassemblés dans la salle voisine, agités par une sourde inquiétude. Alertés par les domestiques, le jeune Ramsès, Parêherounemef, Montouherkhepeshef et Sethemouïa échangeaient leurs appréhensions.

Une rébellion du Sud risquait de priver le Trésor d'une grande partie de ses revenus et d'amputer le pouvoir politique, le royaume, leur avenir… Mais que faisait donc ce Iouny ? Quelques-uns murmurèrent que c'était un homme mou, passant plus de temps à Pi-Ramsès que dans les territoires qu'il était chargé d'administrer. Le jeune Merenptah, qui venait de se joindre à eux, écoutait avidement ces échanges, pour s'approprier le savoir de ses aînés.

À la convocation du chambellan, ils se pressèrent de gagner la salle du Conseil. Ils avaient à peine fini de présenter leurs respects au monarque que celui-ci déclara :

— Notre riposte doit être immédiate et sans merci. Je veux que l'armée parte pour Koush dans les plus brefs délais. L'ordre doit être rétabli au fur et à mesure de son avance. Général Youpa, tu demanderas à ton père, le général Ourhiya, quelle tactique j'ai employée pour réduire une pareille rébellion jadis. Général Per Thoût, tu as déjà l'expérience de ces gens, tu la mettras à profit. Rappelez-vous qu'ils ont peur du feu. Usez de flèches enflammées. N'hésitez pas à incendier des plantations à titre d'exemple. J'attendrai votre retour ici, à Ouaset.

— Quels éléments de l'armée désignes-tu, père divin ? demanda le jeune Ramsès, maître en titre des troupes du royaume, en dépit de son jeune âge.

— Ces gens-là sont nombreux. Prenez quinze mille hommes de la division d'Amon, c'est la plus expérimentée. Général Youpa, tu seras le conseiller du prince Ramsès, général Per Thoût, celui du prince Parêherounemef et général Sethmès, celui du prince Sethemouïa.

Nul ne se faisait d'illusions sur le titre de conseiller : les princes ne possédant, en dépit de leur entraînement militaire, aucune expérience en matière d'opérations, ils ne seraient que les représentants du pouvoir royal, les généraux assumant la direction et l'exécution de celles-ci.

Ni Montouherkhepeshef ni Merenptah n'avaient reçu de mission :

— Vous surveillerez les arrières des troupes pendant les opérations, dicta Ramsès. Il faut se méfier de ces gens de Koush, car ils attaquent en traître.

Et un moment plus tard :

— Qu'on appelle le prince Khaemouaset.

Les sourcils se levèrent d'étonnement : le pharaon allait-il envoyer un prêtre au combat ? Quand ce dernier fut arrivé, ils écoutèrent attentivement Ramsès :

— Khaemouaset, je veux que tu partes avec tes frères et que tu interroges les prêtres des temples locaux. Je veux savoir comment pareille rébellion a pu se produire sans qu'ils en soient informés et qu'ils m'en préviennent. Cela est intolérable.

Les remous que la colère fouettait étaient visibles dans les yeux de Ramsès. Khaemouaset en fut saisi. La rébellion d'Irem réveillait dans l'esprit de son père des souvenirs violents, mais le fils ne pouvait que les imaginer.

— Oui, père.

— Tiens, ceins ceci autour de tes reins, dit-il, tendant à Khaemouaset une ceinture ouvragée à laquelle était attachée une dague de bronze.

Khaemouaset tira la dague de son fourreau : les tranchants en étaient si bien aiguisés qu'ils luisaient comme un fil d'argent.

— Je connais ces parages. Ils sont dangereux. Tu ne combattras pas, mais tu dois être armé.

Khaemouaset hocha la tête, rengaina l'arme et attacha la ceinture à sa taille.

Ce fut ainsi qu'il fut enrôlé dans une expédition punitive de la division d'Amon, lui qui avait pris les militaires en aversion.

À vrai dire, il était lui-même curieux de savoir ce qu'il en était des cultes dans le Haut Pays. Aussi ne fit-il pas trop mauvaise figure parmi ses frères.

Le soleil se couchait, trois jours plus tard, quand l'armée parvint à la première des villes atteintes par la rébellion, Amara, siège du vice-roi. Elle était partagée en deux par le fleuve et, comme la révolte avait éclaté sur la rive occidentale du Grand Fleuve, les généraux décidèrent de s'y tenir. Sur le chemin vers le palais du vice-roi, chacun remarqua plusieurs maisons saccagées ou incendiées.

— C'étaient celles des percepteurs, expliqua le vice-roi, Iouny, d'un ton accablé. Les rebelles ont même essayé d'incendier ce palais-ci, mais la troupe de la garnison est arrivée assez rapidement pour les mettre en fuite.

— Comment se fait-il qu'elle ne soit pas intervenue pour empêcher les incendies des maisons des percepteurs ? demanda le général Youpa.

— C'est parce que les incendiaires ont agi en pleine nuit. Ils se sont enfuis rapidement après leurs méfaits et les soldats n'ont évidemment trouvé aucun coupable. Ici, les sentinelles ont donné immédiatement l'alarme et, comme la caserne est toute proche, les uns et les autres ont pu éteindre rapidement les foyers et prendre les incendiaires en chasse.

— Ils les ont rattrapés ?

— Oui.

— Quel est le sort de ces malandrins ?

— Ils ont été mis à mort sur-le-champ.

Le chambellan du vice-roi vint annoncer que les bains et les quartiers de Leurs Excellences les princes et les généraux étaient prêts, mais les uns et les autres tenaient à s'informer le plus vite possible de la situation.

— À combien estimes-tu le nombre de ces rebelles ? demanda le général Per Thoût.

— Au moins dix mille combattants. Mais il faut savoir qu'ils comptent dans leurs familles plusieurs personnes prêtes à prendre leur relais s'ils sont blessés ou tués. Nous avons ainsi arrêté deux femmes qui transportaient des flèches qu'elles avaient elles-mêmes aidé à confectionner.

— Comment sont-ils armés ?

— Ils ont volé des arcs, des flèches et des lances dans deux casernes qu'ils ont investies à Sodenga et Soleb…

— Ils se sont emparés de casernes ? s'écria le prince Ramsès.

— Ils sont arrivés à plus de mille, trois fois la totalité d'une garnison, ils ont encerclé les lieux et menacé de mettre le feu si les soldats ne se rendaient pas. Toute résistance aurait été téméraire. Mais les armes dont ils se sont emparés ne représentent qu'une infime fraction de celles dont ils disposent, et qui sont de bien moindre qualité. Ils ne savent pas fabriquer des arcs à double courbure ni des flèches équilibrées. Il n'y a que leurs lances qui soient redoutables.

— Exactement la même situation qu'il y a vingt ans, observa le général Per Thoût.

— Et je suppose qu'ils sont soutenus par de gros propriétaires de la région ?

— En effet, répondit le vice-roi, surpris.

— Connaît-on leurs lieux de concentration ?

— Approximativement. Ce sont les villages à l'ouest d'Amara, de Sodenga et de Soleb.

— Il faut y aller dès demain matin ! s'écria le prince Ramsès. Il faut tailler en pièces ces gens indignes d'être les sujets de mon père !

— Mon prince, déclara le général Per Thoût, je suis d'avis qu'il faut plutôt patienter et leur laisser l'initiative. À l'heure qu'il est, leurs chefs ont certainement été informés de notre présence par leurs espions. Ils vont s'inquiéter. Soit ils nous attaqueront dans la nuit, dans l'espoir de nous affoler, soit ils monteront une embuscade dans la journée de demain.

— Mon père est pressé de régler cette affaire, insista le prince Ramsès, impérieux.

— Les désirs de notre divin roi valent pour nous des ordres. Mais notre action sera d'autant plus décisive qu'elle sera maîtrisée.

Tel fut l'avis du reste du commandement, et Ramsès fut contraint de s'y ranger. Les bains puis le fastueux dîner offert par le vice-roi délassèrent l'état-major. Un spectacle de danseuses nubiennes, à peine nubiles, couronna la soirée, allégeant les humeurs lourdes et moroses des princes et des généraux.

L'armée, elle, campait à brève distance du palais. Avant de se coucher, Khaemouaset observa par une fenêtre les feux du bivouac. Ils lui parurent symboliser ceux de l'âme inquiète, toujours en éveil même au cœur de la nuit.

Ou bien étaient-ce ceux de l'âme de Horus, qui ne trouvait jamais le sommeil parfait?

Il songea aussi que tous les princes que son père avait envoyés au combat étaient du même lit, celui d'Isinofret. La participation à une expédition militaire constituerait une belle occasion de les glorifier.

La seconde Grande Épouse, sa mère Isinofret, gagnait donc en influence.

Des cris stridents, des fracas et des bruits de lutte tirèrent le dormeur de son repos. Il sauta à bas du lit, se demandant où se situait le danger. Brève question. Une porte s'ouvrit et une ombre, à peine perceptible dans la très faible clarté que diffusait une lampe, courut vers son lit. Il était nu. Il saisit la ceinture posée sur la table de chevet, à côté du support de perruque, et en tira la dague. L'agresseur se jeta sur lui avec un grognement. Khaemouaset l'esquiva par un bond de côté. Dans la mourante lumière d'une lampe veilleuse, il avait saisi l'éclat de la lame dans le poing de l'autre. Profitant de l'instant de déséquilibre du meurtrier, où cette lame s'était détournée, il zébra l'air dans un geste fulgurant. Il sentit un obstacle souple au bout de sa dague et comprit que c'était de la chair humaine. L'autre hurla. Khaemouaset ne sut quelle partie du corps il avait entaillée. Le sol devint visqueux. Tentant de se rétablir, l'agresseur glissa sur son propre sang et tomba. Un choc métallique sur la pierre informa Khaemouaset que son agresseur avait perdu son arme. Il se jeta à son tour sur lui, tordit le bras qui tentait de le repousser, puis d'un seul coup enfonça la dague dans la poitrine du meurtrier. Quelques instants plus tard, l'autre était inerte. Khaemouaset retira sa dague.

Pendant ce temps, les cris et les bruits de combats se propageaient dans tout le palais. Et le pire était l'obscurité.

— À moi! cria une voix proche.

Khaemouaset reconnut celle de son frère Montouherkhepeshef. Il sortit de sa chambre et courut dans la demi-obscurité. Il distingua deux hommes empoignés. La couleur de peau lui indiqua son frère, il enfonça une fois de plus sa dague dans le corps d'un meurtrier, mais, cette fois, c'était dans le dos. L'homme s'effondra.

Au même moment, un détachement de soldats, alertés par l'un des scribes militaires séjournant dans le palais, fit irruption, brandissant des torches. Ils envahirent les lieux, ouvrant les portes et délivrant à l'occasion les occupants qui se débattaient encore contre des assaillants qu'ils dépêchèrent promptement au trépas.

Grâce aux torches, on y voyait enfin clair.

Mais le spectacle n'en était pas plus réconfortant pour autant. Le sol était couvert de sang. Les corps des agresseurs nubiens, égorgés sur-le-champ, sans discussion, gisaient le long des murs.

Les généraux apparurent, puis les princes, les officiers supérieurs et les scribes. Ils étaient tous nus, couverts de sang, mais on ne pouvait dire si c'était du leur ou de celui de leurs agresseurs. Étrange assemblée que celle de ces éminences et fonctionnaires titubants, égarés, les pieds rouges d'avoir pataugé dans les flaques. S'étant sans doute passé la main sur le visage, dans le noir, plusieurs d'entre eux présentaient des faces effrayantes, masques sanglants où flamboyaient des yeux fous.

— Réunissez-vous tous dans la grand-salle ! cria le général Youpa.

Le vice-roi, hagard, apparut aussi, nu comme les autres.

— Prince Ramsès ! cria le général Youpa, commençant l'appel.

— Je suis là, dit Ramsès, tenant son bras droit, sur lequel ruisselait une longue estafilade.

— Prince Parêherounemef !

— Je suis là…

— Es-tu blessé ?

— À l'épaule, je crois.

— Vice-roi, fais appeler d'urgence les médecins. Prince Montouherkhepeshef ?

— Me voici.

— Es-tu blessé ?

— Non…, répondit le prince d'une voix cependant lamentable.

— Prince Khaemouaset ?

— Ici. Pas blessé.

— Prince Sethemouïa ?

— Je suis là, gémit le jeune homme en se massant un bras.

Il s'était luxé une épaule en glissant dans une flaque de sang.

— Prince Merenptah ?

61

Le plus jeune des représentants de la famille royale agita une main. Peut-être avait-il perdu la voix.

— Es-tu blessé, Excellence ?

— Non... Je ne crois pas.

Sethemouïa, près de lui, examina ce corps dégingandé, à peine sorti de la première adolescence, et certifia qu'il ne portait aucune blessure physique.

Chacun s'était attendu à tout sauf à des rixes confuses dans le noir. Ce n'était pas l'idée qu'ils avaient de la guerre, telle qu'ils l'avaient vue illustrée sur les murs des temples, glorieuse chevauchée où l'on tranchait l'ennemi ou le traînait par la tignasse s'il avait survécu.

Les généraux Sethmès et Per Thoût, eux, s'étaient reconnus et fait reconnaître.

Alors commença le décompte des officiers supérieurs et des scribes. Un officier supérieur et deux scribes avaient été grièvement blessés et gisaient sur leurs lits, dans leurs chambres. Tous trois payaient le prix de leur bravoure : ils avaient sauvé la vie à leurs voisins de chambre.

L'odeur du sang devenait intolérable.

Le chambellan, livide, fit appeler les domestiques pour laver le sol de la grand-salle et allumer les lampes.

Le général Per Thoût donna l'ordre de faire le décompte des Nubiens morts.

— S'il en reste un de vivant, épargnez-le, je veux l'interroger, dit-il.

— En voici un, Excellence, dit un officier en amenant un prisonnier aux mains liées derrière le dos, lui-même ensanglanté et roulant des yeux épouvantés.

— Fais rouvrir les bains et donne-nous des baigneurs, ordonna Khaemouaset au vice-roi.

Un moment plus tard, un médecin accourut, effaré, suivi d'un garçon portant son coffret de remèdes ; il fut bientôt rejoint par deux autres, qu'on dépêcha auprès des grands blessés.

Khaemouaset éprouvait le besoin urgent de se laver du sang qui séchait sur lui ; tenant toujours sa dague dans la main, il prit la tête du cortège qui se dirigeait vers les bains.

— Tu m'as sauvé la vie, lui dit Montouherkhepeshef en lui serrant le bras.

— Tu m'en vois heureux.

Quand il ressortit, enfin purifié, l'aube pointait. Il regagna sa chambre pour s'habiller et enfiler ses sandales. Miséricordieusement, le cadavre de son agresseur avait été emporté, les domestiques avaient lavé le sol et garni le brasero de parfums. Sa nuit avait duré trois heures, mais il n'était plus disposé à en récupérer le reste.

Toujours blême, le vice-roi annonça que le petit déjeuner serait avancé, à la demande des généraux. Quand ils furent assis, pressés de boire leur première gorgée de lait chaud, le général Per Thoût leva la main :

— Le nombre des agresseurs est de dix-sept. Sept d'entre eux faisaient partie de la domesticité du palais, déclara-t-il d'un ton accusateur.

Cela expliquait la mine du vice-roi.

— Les espions étaient informés des identités et des quartiers des visiteurs, poursuivit le général. Ils se sont infiltrés dans le palais par les toits, et personne n'a évidemment donné l'alerte, ni les domestiques à l'intérieur ni les sentinelles à l'extérieur, qui ne se sont rendu compte de rien. Comme je l'avais deviné, leurs espions les avaient prévenus de notre arrivée, et leur calcul a été de décapiter l'expédition. La vaillance des princes et de mes collègues a déjoué leur plan.

Le bras bandé, le jeune Ramsès promena un regard sauvage à la ronde.

— Ils ont sans doute cru qu'ils auraient affaire à des enfants, dit-il. Mais le mien, je lui ai ouvert le ventre de bas en haut !

Sur quoi il planta ses dents dans une figue.

— Comment vont les blessés ? demanda Khaemouaset.

— Ils s'en sortiront, répondit le général Sethmès. Le plus grave, à mon avis, c'est que les espions des rebelles étaient tapis dans le centre même du pouvoir, le palais du vice-roi.

— Ils ont tous des parents à qui ils ne peuvent pas résister, expliqua Iouny. Ils savaient qu'ils risquaient leur vie et, pourtant, ils ont accepté la mission qui leur avait été confiée.

Pour Khaemouaset, ce repas revêtit soudain le caractère d'une épreuve. D'une part, il comprenait l'impuissance du vice-roi, dont l'autorité ne pourrait jamais triompher des allégeances de familles et de clans, mais de l'autre, il ne pouvait admettre qu'un personnage aussi prestigieux n'eût pas fait reconnaître l'autorité du pharaon. S'il ne s'en estimait pas capable, il eût dû se démettre.

— Il est probable qu'à l'heure actuelle, dit le vice-roi, les rebelles sont informés de l'échec de leur coup de force. Mais j'ignore quelle sera leur réaction.

— Le moment est donc propice pour lancer notre première attaque, dit le général Per Thoût.

— Comment l'organiserez-vous ? demanda Iouny.

— Je préfère ne pas le dire ici, répondit Per Thoût, lançant à la ronde un regard sourcilleux. Certains de leurs espions sont peut-être encore autour de nous. Ce palais me paraît être comme un fromage mangé de vers.

Guère des propos aimables pour le vice-roi, mais les événements de la nuit n'incitaient pas aux finesses diplomatiques.

Quand le repas fut achevé, le général se leva et fit signe aux princes et à ses collègues de le suivre à l'extérieur. Iouny se garda prudemment d'en faire autant.

Per Thoût se dirigea alors vers le campement de l'armée ; il remarqua des Noirs épars, çà et là, qui semblaient observer la scène ; il donna d'une voix sonore l'ordre à ses hommes de se tenir prêts pour un proche départ ; les observateurs décampèrent. Se tournant vers les princes et les deux autres généraux, Per Thoût déclara à mi-voix :

— Les rebelles s'attendent vraisemblablement à une attaque frontale, d'Amara vers leurs villages. C'est là que leurs troupes sont massées. Je propose de contourner par l'ouest les villages de Sodenga et de Soleb. Nous les attaquerons alors par le sud. Mais, auparavant, nous allons envoyer des éclaireurs reconnaître leurs positions.

Les deux autres généraux avaient d'emblée compris le plan de Per Thoût. Les princes, eux, n'avaient que des notions rudimentaires de stratégie et de tactique et ne pouvaient donc émettre d'opinion.

— Cela va prendre des heures, général, observa Ramsès. Il nous faudra ensuite attaquer à l'heure la plus chaude de la journée.

— Les villages sont à moins d'une heure pour un cheval au galop, mon prince, rétorqua Per Thoût. Il est sept heures, nous attaquerons à neuf heures.

— Retournons attendre au palais, dit Sethemouïa.

— Mon prince, observa son conseiller, le général Sethmès, il faut, au contraire, donner aux espions qui nous épient probablement l'impression que nous allons partir en campagne d'une minute à l'autre.

Près de deux heures s'écoulèrent ainsi, tandis que les tentes étaient repliées et le matériel de cuisine entassé dans les chariots. Les éclaireurs revinrent pour annoncer que l'armée des rebelles, une dizaine de milliers d'hommes, était massée au sud-ouest d'Amara : tous à pied, des lanciers et des archers.

— Quels sont les parages ? demanda le général Per Thoût.

— Des plantations de coton et de lin.

— Très bien, allons.

Il n'était pas question pour Khaemouaset de participer aux combats. Il rentra au palais. Il éprouvait le besoin de s'apaiser l'âme. Il s'était voué au service de Ptah pour fuir la violence, et il avait tué deux hommes. Ç'avait certes été pour défendre sa vie et celle de son frère, mais il s'était abaissé au niveau de son agresseur.

Seth l'avait entraîné dans un piège.

7

L'otage splendide

Vers la fin de la onzième heure, au lieu des forces du pharaon en provenance d'Amara, l'armée nubienne observa un spectacle incompréhensible : aux quatre points cardinaux autour d'elle s'élevaient des colonnes de fumée. Organisée en dix lignes de mille hommes, deux de lanciers en tête, face à la capitale Amara, dont elle attendait l'assaut, elle vit l'horizon se dérober à elle. Les chefs comprirent : ils étaient encerclés de flammes.

Le général Per Thoût s'était rappelé le conseil de Ramsès et, aussi bien, son expérience vingt ans auparavant, quand les troupes du pharaon Séthi le Deuxième avaient été chargées de mater une précédente révolte nubienne : user du feu. C'était l'arme suprême. Il avait donc fait disposer tout autour des assiégés des ballots de paille et de petit bois vert imprégnés de poix et les avait fait enflammer.

Les chefs nubiens donnèrent alors l'ordre de foncer vers l'arrière et de tenter une échappée à travers la ligne de feu en direction des déserts d'Irem. Les soldats des dernières lignes, bientôt imités par les autres, se retournèrent et coururent vers l'ouest à travers champs. Écartant à coups de lance les plants de coton qui s'étaient desséchés et commençaient à flamber, ils parvinrent, en effet, à ménager une ouverture vers le désert et s'y ruèrent.

C'était là que les attendaient les troupes royales.

Les premières bandes de rebelles qui débouchèrent de la trouée furent abattues systématiquement. Les autres, derrière, aperçurent la masse des lanciers et des archers qui les attendaient, bannière au vent, et celle des cadavres qui s'amoncelaient.

— Rendez-vous ! crièrent les hérauts du pharaon.

Le temps pressait. Le feu gagnait. Pris dans cette vaste souricière de flammes, les Nubiens jetèrent leurs armes à terre. Les uns après les autres, en chaîne, ils furent ligotés.

Le décompte fut effectué au fur et à mesure des captures.

— Environ sept mille, annonça le général Youpa, de retour au palais du vice-roi, vers la troisième heure de l'après-midi.

Les seules victimes dans les rangs de Horus étaient celles de la nuit précédente. La ruse avait triomphé des traîtres.

Les princes pouvaient plastronner à leur aise : la bataille avait été gagnée sans coup férir grâce aux généraux « conseillers ».

Le récit de cette campagne qui, sur le terrain, avait à peine duré deux heures laissa Khaemouaset songeur ; pour une raison qu'il ne discernait pas encore, elle évoquait les exploits de l'équilibriste.

Il laissa les princes et les généraux préparer leur retour vers Ouaset le lendemain, ne doutant pas des rodomontades auxquelles la victoire donnerait lieu ni des clameurs de joie au défilé des sept mille prisonniers ; il devait, lui, interroger les clergés locaux et s'informer des raisons de la rébellion. Il resta sur place.

Pourvoyeur d'or, d'ébène, d'ivoire, d'encens, le riche pays de Koush ne possédait cependant que des temples modestes, dont un seul dédié à Ptah, à peine une chapelle ; Khaemouaset ne parvint pas à en trouver le prêtre titulaire, et le lieu était d'ailleurs fermé. Suivi d'un scribe militaire monté comme lui sur un baudet, il se replia donc vers un temple plus opulent, celui de Dedoun, dieu inconnu au nord et pourtant seigneur tutélaire de Koush.

Ils y furent accueillis par un homme âgé, mais encore alerte, qui ressemblait à une statue d'albâtre et d'ébène, l'albâtre pour la robe, l'ébène pour le buste, les bras et les jambes ; il répondait au nom de Mer-Pa-ir-mek. Il était amène, mais sa réserve devint évidente au bout d'un ou deux quarts d'heure, même après que ses visiteurs lui eurent remis les présents qu'ils avaient apportés, une jarre de vin, une autre d'huile et un pot d'onguent au pavot. Son système d'information était efficace autant que rapide, car il était déjà au courant de la présence de Khaemouaset à Amara et connaissait son nom. Il les invita, lui et le scribe, à prendre place sous une tonnelle, où il leur servit une bière insipide.

— L'honneur de ta visite compensera l'affliction de ce jour, déclara-t-il.

— Quelle est ton affliction, frère ?

— J'ai perdu aujourd'hui plus de la moitié de mes fidèles. Ils sont prisonniers de tes frères.

Le parti de Mer-Pa-ir-mek était évident.

— Ils s'étaient rebellés contre l'autorité du pharaon. C'est un crime inscrit dans les livres, rappela Khaemouaset sans véhémence.

— Je connais les livres, frère. Ils disent qu'Amon assure sa protection à ses créatures, mais ici nous ne connaissons d'Amon que les percepteurs qui viennent saisir nos richesses. D'ailleurs, il m'est revenu que le pharaon est l'incarnation de Seth et non d'Amon.

Khaemouaset tressaillit : voilà que l'ombre du passé s'étendait sur le présent.

— C'est à Amon qu'il a fait construire les plus beaux temples, répliqua-t-il.

— A-t-il pour autant changé la couleur de ses cheveux ?

L'insolence du Nubien déconcerta Khaemouaset : ce prêtre savait-il qu'il parlait au propre fils du pharaon ?

— D'ailleurs, reprit Mer-Pa-ir-mek, tu t'es mis au service de Ptah et non d'Amon. Vois-tu, frère, nous révérons le grand dieu Amon. Mais c'est avec notre or et notre labeur que nous avons, nous, construit ce temple à notre dieu protecteur Dedoun.

— Nous respectons tous les *netjers*[1] à Ouaset et à Hetkaptah. Dedoun ne peut s'opposer à Amon, et Ramsès est le fils d'Amon.

Le Nubien ne répondit pas. Aussi ne pouvait-il contester devant le propre fils du monarque que celui-ci ne fût l'incarnation de la divinité, sous peine de lèse-majesté. Mais les plis de sa bouche exprimèrent son amertume. Khaemouaset comprit : les cultes et les clergés de Koush étaient depuis trop longtemps exclus des soucis royaux, et le vice-roi n'y avait certes pas remédié.

— Que peut-on faire pour adoucir le sort de tes fidèles ?

_____

1. Les divinités.

69

— Nul n'a jamais adouci le fiel, frère. Il faut simplement retirer la coupe des mains de celui qui le boit.

Un sentiment d'accablement accompagna Khaemouaset quand il prit congé du prêtre nubien. Il ne s'allégea qu'à peine quand, le lendemain, il se rendit à la ville voisine de Sodenga et au temple d'Arensnouphis, le double dieu-faucon qui incarnait la création et le soleil ; le grand-prêtre, lui aussi un Nubien, évidemment, lui tint un long et nébuleux discours, persillé d'ironie, sur le dieu Horus qui avait triomphé des intrigues malveillantes de son oncle Seth. Khaemouaset y déchiffra une allusion au double dieu-faucon, assimilé à Horus, c'est-à-dire au pays de Koush, qui triompherait des menées cruelles de Seth, évidemment identifié à Ramsès. Il se refusa à approfondir ces finesses, mais comprit bien que le grand-prêtre ne nourrissait pas de sentiments plus chaleureux à l'égard du pharaon que son collègue d'Amara.

Il releva, en traversant le marché, les regards que suscitaient son passage et celui du scribe ; ils avaient tous deux la peau claire, ils venaient du Nord, ils représentaient la puissance royale qui avait brûlé des centaines de frères, de fils, de pères et emmené des milliers d'autres en captivité. C'étaient des regards hostiles ou tristes qui se détournaient sitôt qu'on les croisait. Les régimes de dattes, les mangues, les goyaves, les salades et les radis qui rutilaient sur les plateaux tressés n'avaient pas été cueillis pour eux ; ils pouvaient les acheter, oui, mais on les leur vendrait à regret.

Revenu le soir même au palais du vice-roi, il lui fit part des impressions que ses deux visites lui avaient laissées.

— Tu pourrais faire le tour du pays de Koush, sur les deux rives, mon prince, l'accueil n'y serait pas très différent. Certains prêtres sont francs, d'autres courtois, mais le sentiment général des clergés est que le pays est soumis à une puissance qui ne s'intéresse qu'à ses richesses. Ils révèrent nos dieux, mais ils voient bien que nous ne révérons pas les leurs. Dedoun, Mandoulis, Mer-Pa-ir-mek Arensnouphis, Sebioumeker, Ouapaoût sont inconnus à Ouaset et à Hetkaptah. Aucun pharaon ne s'est jamais présenté comme leur incarnation, et leurs temples ont été construits par les gens de Koush sans que le pouvoir royal y contribue.

La lassitude était évidente dans le ton de Iouny, et Khaemouaset tempéra en lui-même les reproches qu'il lui avait adressés la veille.

Le palais avait été parfaitement nettoyé et remis en ordre. À contempler les manguiers chargés de fruits devant la terrasse et à humer le parfum sucré des fleurs de robinier, on eût juré que les événements sanglants d'il y avait trois jours n'avaient été qu'un cauchemar. Khaemouaset en fit la réflexion.

— La rapidité et l'efficacité de la réaction ont eu raison de la rébellion, reprit Iouny. Si l'on aime notre divin roi, on en est heureux, mais, si l'on aime ces gens, on en est triste.

Khaemouaset s'avisa alors qu'il n'avait pas vu les épouses du vice-roi. Il supposa qu'il y avait au moins une Nubienne dans leur nombre. Et peut-être la tristesse avouée par Iouny en dérivait-elle.

— Les prestiges du pouvoir ne remédient peut-être pas à ta solitude, émit-il sur un ton compatissant.

Iouny l'avait entendu à demi-mot.

— Je ne suis pas seul, répondit-il. J'ai deux épouses.

Et il appela son Premier chambellan :

— Va demander à mes épouses si elles nous feraient l'honneur de participer à notre repas.

Quelques instants plus tard, Khaemouaset vit les deux vice-reines – mais il ignorait si elles portaient toutes deux le titre, s'il n'y en avait qu'une, voire si aucune d'elles en était honorée – descendre le grand escalier menant au rez-de-chaussée et à la salle à manger, escortées chacune de deux dames de cour. Stupéfait, il se leva. Elles paraissaient toutes deux des statues vivantes. La première qui s'avança était une Nubienne, ou peut-être une native de Pount[1] ; elle était noire, la peau luisante comme un pétale de lotus à l'aube, et Khaemouaset songea d'emblée à la petite esclave Hatha qui lui avait fait perdre la tête et comblé le cœur, quelque temps auparavant. Mince, drapée dans une longue robe de lin plissée, le front ceint d'un diadème de pierres vertes, comme celles qui composaient son pectoral, elle captait surtout le regard par sa majesté souriante et juvénile. La seconde était métissée ; aussi belle, vêtue d'une robe semblable, le bandeau frontal et le pectoral incrustés de pierres rouges et bleues, elle semblait plus réservée et scrutait le visiteur. L'une était la séduction immanente, l'autre dégageait un charme plus savant. Non, ce n'était pas la solitude qui débiliterait Iouny.

---

1. Contrée au sud de la Nubie, s'étendant peut-être jusqu'à la Somalie.

— Prince, je te présente ma première épouse, Neferhath, dit Iouny.

C'était la Nubienne. Elle s'inclina devant le prince prêtre, et lui devant celle qui avait le rang de vice-reine.

— Et ma seconde épouse, Kha-Satis. Nous dînerons entre nous, ce soir.

Iouny se rassit, et ses convives suivirent son exemple, sa première épouse à sa droite, et la seconde à celle de Khaemouaset. Pour la première fois depuis son arrivée au pays de Koush, celui-ci eut le sentiment de se trouver en pays étranger et non plus dans le royaume de son père.

Les domestiques vinrent offrir des bols d'eau parfumée pour se laver les mains et l'échanson servit du vin de palme, dont Khaemouaset ne connaissait que le nom. Les gobelets étaient en albâtre serti d'or, et la boisson avait été rafraîchie dans un puits. Le vin surprenait par l'âpreté et la légèreté associées.

— Il incline moins à la torpeur que le vin de raisin, expliqua le vice-roi. Aussi, nous en buvons à la saison chaude.

— Nous espérons tous que tu auras lavé ta mémoire des souvenirs pénibles d'il y a trois jours, dit courtoisement Neferhath.

— N'as-tu pas eu peur, toi-même ?

— Je dormais auprès de mon époux, et les rebelles ne sont d'ailleurs pas entrés dans nos appartements.

— Ni dans les miens, ajouta Kha-Satis en dégustant des quartiers de canard frits piqués sur des brochettes, pour éviter de se graisser les doigts.

— C'était aux chefs des troupes royales qu'ils en avaient donc, déduisit Khaemouaset.

— S'ils avaient réussi, ils se seraient évité le désastre qu'ils ont subi.

Le visage et le ton de Neferhath étaient demeurés sereins, mais, pour Khaemouaset, il ne fit pas de doute que le cœur de la première épouse penchait vers les siens, et le souvenir d'Imadi lui revint une fois de plus à la mémoire : comment conciliait-elle ses devoirs d'épouse d'un serviteur du pharaon avec sa sympathie innée pour les rebelles ? Il songea aussi que Iouny, lui, n'avait pas été blessé lors de la fameuse nuit ; sa première épouse venait de le confirmer : les rebelles avaient donc décidé de l'épargner. Que serait-il advenu s'ils avaient réussi leur coup ? L'auraient-ils nommé roi ?

— La vaillance et la célérité de réaction des princes et des généraux ont déjoué leurs plans, répéta Iouny. Mais il est une blessure que je ne peux laver : mon hospitalité n'a pas protégé les envoyés de Sa Divine Majesté.

C'était le moins qu'il pût dire. Pour se consoler sans doute, il goba une grosse bouchée d'agneau rôti et la fit passer avec une lampée de vin de palme.

— Garderez-vous les prisonniers à Ouaset ? demanda Kha-Satis.

— J'ignore les desseins de Sa Majesté, répondit Khaemouaset. Mais cela est probable, car le besoin se fait sentir d'ouvriers sur les chantiers de mon divin père.

— Cela signifie que mon époux le vice-roi devra faire venir des travailleurs du pays de Pount, pour assurer les travaux des champs, l'entretien des canaux et l'exploitation des mines d'or. Sans quoi le travail des percepteurs se trouvera considérablement réduit.

Autant dire que la capture des prisonniers entraînerait une baisse des recettes du fisc et que c'était une erreur administrative. Khaemouaset s'émerveilla que les deux épouses du vice-roi fussent aussi informées des affaires du pays. À l'évidence, leur souci ne se bornait pas à se farder et orner la couche de leur époux.

— Les percepteurs ont-ils été libérés ? demanda Khaemouaset.

— Après la défaite de l'armée rebelle, les soldats des garnisons d'Amara et de Sodenga sont allés les libérer, répondit Iouny d'un ton morne. Mais ils demandent désormais à être escortés quand ils iront recueillir les impôts.

Bref, l'expédition militaire royale n'avait fait que causer des problèmes au pays de Koush. Khaemouaset se demanda s'il oserait faire part de ces conversations à son père.

— Si mon divin père n'avait pas envoyé son armée à votre secours, que serait-il advenu ? demanda-t-il. Vos vies n'étaient pas menacées. Seul ton pouvoir l'était.

Iouny prit son temps pour répondre.

— Il était de mon devoir de prévenir Sa Majesté qu'une rébellion était en cours. J'étais alors l'otage des Nubiens. J'aurais pu espérer que le vizir du Sud ouvrirait des pourparlers avec les rebelles, afin de connaître les motifs de leur mécontentement et négocier un retour à l'ordre. Mais le prestige de la couronne en a voulu autrement. Dès que les troupes de Sa Majesté sont arrivées, la partie était perdue pour la rébellion. Elle l'a compris et a tenté de paralyser l'offensive en décapitant le commandement. C'était une tentative périlleuse, elle a échoué par la grâce d'Amon. Je suis désormais l'otage de Sa Majesté.

Ainsi le vice-roi était-il contraint à un exercice d'équilibriste entre les deux camps. Quoi qu'il fît, il était otage. Comment ne pas penser une fois de plus à Imadi ? Cela ne répondait toutefois pas à la question qui lui avait été posée ; Iouny en était conscient :

— En d'autres termes, ajouta-t-il, si ton divin père n'avait pas envoyé son armée, nous aurions négocié et mon autorité sur le pays de Koush aurait été plus grande. Celle du divin roi l'aurait été aussi.

Les deux épouses avaient écouté sans mot dire jusque-là.

— La force permet de négocier, déclara Neferhath, l'impuissance contraint à se révolter.

Cette maxime de sagesse signifiait-elle que Ramsès avait usé de sa force parce qu'il était faible ? Ou bien que le pays de Koush se révolterait de nouveau ? Il préféra ne pas en entendre davantage, de peur de trahir la confiance paternelle et royale.

Un fait était sûr : Iouny n'était pas seulement l'otage des forces politiques, mais également celui de ses épouses. Un otage splendide qui buvait son vin dans des gobelets d'or, et pourtant un otage.

Mais tout homme n'est-il pas l'otage de ce qu'il possède ?

Le silence nocturne avait succédé aux pépiements des oiseaux. C'était l'heure où l'homme retourne à sa vérité, un corps et des songes.

8

La danse des papillons et autres considérations

— Alors, frère, qu'as-tu appris au pays de Koush?
Ainsi formulée, la question prit Khaemouaset de court. Il venait, en se rendant à la salle d'audiences de son père, de se heurter à son cadet Merenptah. Il fut désagréablement surpris par le ton supérieur de l'adolescent, teinté de goguenardise condescendante. Il le toisa d'un air sévère :

— Mes informations sont réservées en priorité à mon divin père.

Il devina que ses frères avaient daubé sur son séjour prolongé au pays de Koush. Ils se tenaient, eux, pour des hommes d'action ; coiffés de titres mirifiques et probablement comblés d'éloges fallacieux par les généraux, ils se prenaient sans doute déjà pour des foudres de guerre. Ses enquêtes auprès des clergés locaux leur apparaissaient certainement comme du travail de scribe. Agacé par cette attitude faraude qu'affectaient tant de ses frères, il considéra le gringalet au teint brouillé et se retint de le rappeler plus rudement à la réalité des préséances et de la modestie. Merenptah, fils d'Isinofret, n'était que le treizième des trente-deux rejetons royaux des deux sexes. Pas de quoi la ramener.

Les portes de la salle d'audiences étaient fermées. Le Premier chambellan informa Khaemouaset que Sa Majesté recevait l'ambassade de Babylone. Il venait à peine d'achever ces mots qu'il fut mandé par Ramsès. Les gardes finirent par ouvrir les deux battants et un groupe de personnages vêtus de costumes exotiques autant que magnifiques en sortit, précédé d'un détachement de la garde et suivi du chambellan. Une dizaine de personnages, arborant des barbes soyeuses et frisottées, portant des capes et de hauts bonnets brodés, chaussés de bottes d'agneau blanc garnies de gemmes, défilèrent, la mine avantageuse, jusqu'à la grande porte, sous les regards ébaubis des courtisans. Une haie d'honneur les attendait dans la cour, et une trompe résonna. C'étaient les ambassadeurs. Peste ! Ramsès allait vite en besogne. Quelques semaines à peine s'étaient écoulées depuis le Conseil où il avait approuvé l'idée de s'allier aux rois d'Asie, et voilà qu'un traité avait sans doute été déjà conclu.

Ayant passé la nuit au temple de Ptah, Khaemouaset n'était au courant de rien.

Sa surprise s'accrut dès son entrée dans la salle : sa mère, Isinofret, siégeait auprès de Ramsès, triomphante et, autant que faire se peut, plus hautaine qu'à l'accoutumée. Était-ce à elle que revenait l'initiative de l'alliance avec Babylone ? Ou bien n'avait-elle fait que la hâter ? Toujours était-il qu'elle en revendiquait visiblement une part de responsabilité et que Ramsès l'y autorisait : du simple fait qu'elle était présente à la réception des ambassadeurs, elle était publiquement associée au traité.

Ramsès et sa Grande Épouse se levèrent de leurs trônes. Les porteurs d'éventails et le directeur des Secrets du matin s'empressèrent auprès de l'un, les dames de cour auprès de l'autre. Ils se dirigèrent vers la porte et, avisant son fils Khaemouaset, Isinofret s'arrêta pour lui demander, après les échanges de salutations :

— As-tu bien réprimandé les clergés de Koush ?

Il demeura un instant interdit : croyait-elle que sa mission avait donc été de les réprimander ?

— J'ai appris en tout cas les raisons de leur passivité, répondit-il.

Une moue dubitative l'informa que sa mère tenait probablement cette réponse pour insuffisante. Les participants du Conseil qui avaient assisté à la signature du traité, princes, généraux et vizirs, sortirent à leur tour de la salle et ce bref échange s'interrompit. L'image du vice-roi de Koush, otage secret de ses épouses, surgit dans l'esprit de Khaemouaset. Puis il songea à la difficulté de présenter au pharaon et aux autres les conclusions de sa mission d'une façon qui serait acceptable. Mais ce ne serait pas ce jour-là qu'il le ferait, car tout ce monde se dirigeait vers la salle des banquets.

Prévenu par le deuxième chambellan qu'il était convié au repas, il fut brièvement tenté par l'envie de décliner l'honneur, mais il songea alors que son absence le desservirait ; il se résigna à partager les agapes des excellences. Quand il prit place à la grande table, il fut déconcerté par la distance qu'il prenait avec la cour. Que lui advenait-il ? Pourquoi s'était-il donc replié sur lui-même ? Force lui fut de reconnaître que ce retrait avait été déclenché par l'intrusion, dans sa chambre, de feu son frère Imenherkhepeshef, des années auparavant, et que rien depuis ne l'avait ralenti.

Il se trouva assis près de l'un des interprètes babyloniens qui avaient œuvré à la traduction du traité d'amitié entre le grand roi Kadashman-Tourkou et le grand roi Ramsès le Deuxième. Là-bas, resplendissait Isinofret, assise près de son époux. Khaemouaset n'en douta pas : elle jouissait enfin de son triomphe. Jamais, à sa connaissance, Néfertari n'avait ainsi influencé la politique étrangère du royaume.

— Connais-tu notre religion, frère ? demanda l'interprète, qui semblait rompu à la langue du royaume de To-Méry[1].

Et comme Khaemouaset en avouait l'ignorance, l'autre l'invita incontinent à Babylone, où son frère officiait au Grand Temple d'Ishtar. La conversation fut interrompue : Ramsès s'était levé pour boire à l'amitié qui venait d'être scellée avec Kadashman-Tourkou, désormais son frère. L'ambassadeur se leva alors pour boire aussi, et tous les convives les imitèrent. Khaemouaset nota que les gobelets du roi, de la reine et de l'ambassadeur étaient en lapis-lazuli.

— Tu as vu ? exulta l'interprète. Ton roi a bu dans l'un des gobelets que lui a offerts mon divin roi.

— Du lapis, je vois.

— Du lapis de Babylone, rectifia l'interprète. C'est le seul digne de la beauté de votre reine. Ah, c'est l'une des plus merveilleuses créatures qui aient gratifié le monde depuis que Mama a créé les deux premiers humains.

— Mama ? répéta Khaemouaset.

---

1. L'un des noms de l'Égypte.

— La déesse mère qui façonna le premier homme dans l'argile de l'Euphrate.

Les Babyloniens ne connaissaient donc pas Atoum. Mais qui donc a connu les dieux ? Et qui donc a deviné leurs noms ?

❧

— Les dieux du royaume sont les seuls que le trône honore, déclara Ramsès d'un ton où perçait l'agacement. Nous ne construirons pas à Ouaset, Hetkaptah ou Pi-Ramsès de temples dédiés à Dedoun, Mandoulis ou Ouapaoût. Scribe, rédige un ordre prévenant le maître Didia de préparer des bas-reliefs qui seront sculptés sur les murs du palais du vice-roi, afin de célébrer notre victoire au pays de Koush et les sept mille prisonniers que nous y avons faits. Une autre lettre préviendra le vice-roi de se tenir plus proche des administrés de Koush et d'y faire des tournées régulières.

Ces propos tranchants suivaient l'exposé de Khaemouaset, pourtant fort mesuré, sur les raisons du mécontentement qui avait suscité la rébellion. Les mines approbatrices des princes Ramsès et Parêherounemef signifièrent que c'était, selon eux, la seule manière de traiter avec les mauvais esprits et, tacitement, de rejeter la modération imprudente de leur frère serviteur de Ptah. Toute politique de conciliation était balayée d'un revers de main.

Après le repas qui suivit le Conseil, Khaemouaset prévint Sa Majesté que commencerait, dans quelques jours, sa période de service du dieu et qu'il serait donc dans l'impossibilité d'assister aux Conseils ; il ne quitterait guère l'enceinte du temple pendant trois mois. Coïncidence bienheureuse : ses heurts avec l'autorité monolithique de son père l'avaient meurtri. Et la forfanterie de ses frères commençait à le lasser. Il est ainsi des jours où l'épiderme s'affine comme une peau d'oignon mûr, où l'on ressent un poil oublié par le barbier comme une corne de buffle et où les coassements des crapauds paraissent plus sensés que les discours des humains. Mais aussi la recherche de la perfection éloigne l'âme de ses semblables.

Le soir venu, il éprouva le désir de revoir Imadi avant sa retraite au temple. La seule présence de cet homme était comme un onguent qui calmait les brûlures secrètes mieux que les charmes de la femme aimée ; il ne demandait et n'offrait aucune promesse ; aucun calcul, fût-ce le plus innocent, ne le motivait. Khaemouaset se refusa à le faire mander par un domestique, sachant que l'équilibriste répugnerait à retourner au Palais, même si l'on y avait depuis plusieurs lunes oublié qu'il avait été nommé conseiller du pharaon. Comment le retrouver, alors ? Était-il même encore à Ouaset ? Le seul moyen de le savoir était de partir à sa recherche. Il alla rôder près de l'armoire aux perruques des appartements princiers, en déroba une et, le soir venu, alors que son épouse dormait, s'en coiffa, se défit de son collier de prêtre, se munit de quelques anneaux de cuivre et prit la direction du Palais d'Ihy. Cette audace le servit.

Introduit par une servante aux seins nus dans les lieux et les mélodies d'un chanteur aveugle, il fouilla des yeux les salles où des hommes, rien que des hommes, mettaient leur chance et leur astuce à l'épreuve du jeu du serpent ou d'un autre. Quelques instants plus tard, il avisa une tête familière penchée sur une table, en face d'un inconnu. Un serveur lui demanda ce qu'il souhaitait boire ; il ignorait les boissons des noctambules et opta pour le vin doublement fermenté qui lui était proposé. Depuis que ce breuvage était prisé au Palais, en effet, les fêtards qui sortaient le soir n'auraient su se satisfaire d'un autre. Son gobelet à la main, Khaemouaset se dirigea vers la table d'Imadi. Il observa un moment les cabrioles des petits cubes d'ivoire sur le plateau de bois verni, écouta les exclamations des joueurs et, à la fin, ceux-ci, conscients de la présence d'un tiers, levèrent les yeux. Les regards d'Imadi et de Khaemouaset se croisèrent et les yeux du premier roulèrent dans leurs orbites comme deux dés. Un sourire de gamin détendit ses traits.

— Bienvenue, lune impromptue.

Khaemouaset apprécia la formule. Imadi régla ses comptes avec son partenaire : il avait gagné deux anneaux de cuivre ; il se leva, prit son gobelet et entraîna son ami aux jardins.

— Il faut te remercier de ne pas m'avoir fait venir au Palais, dit-il. J'ai vécu plusieurs jours dans l'inquiétude. Car, si j'avais été convoqué, je me serais enfui et je vous aurais désobligés, ton divin père et toi.

Ils s'assirent sous une tonnelle.

— Est-ce le messager de la reine mère qui t'a épouvanté ? demanda Khaemouaset.

— Il ne m'a pas trouvé dans la nuit. Je m'étais rapidement mêlé aux gardes qui venaient d'être relevés et qui se débandaient. Je l'ai entendu demander si quelqu'un avait vu l'acrobate, parce que la reine mère voulait le voir. Mais personne ne lui a répondu, parce que les gardes ignoraient même qu'un équilibriste se fût produit pendant le dîner. J'ai compris le danger auquel je venais d'échapper. Si ma virilité avait satisfait la demandeuse, j'aurais été élevé au rang d'un favori, c'est-à-dire d'un prisonnier. Un singe en cage.

L'explication frappa Khaemouaset : elle correspondait bien à la condition des courtisans distingués par quelque faveur royale ou princière. Oui, si Imadi avait assouvi les sens de la feue reine Thouy, il aurait été incorporé d'office à la phalange des amants, sa liberté aurait été sacrifiée comme un pigeon sur un autel divin, et les sarcasmes auraient crépité dans les couloirs.

— Si l'intérêt pour moi de ta divine famille avait persisté, j'aurais alors été contraint d'aller exercer mes talents loin de ce pays, reprit Imadi. De la sorte, je n'aurais pas eu l'honneur et le plaisir de te revoir. Qu'est-ce qui me les vaut, ce soir ?

— Le simple désir de ta compagnie.

— Un prince élevé à la dignité supplémentaire d'artisan de Ptah peut-il se trouver si démuni qu'il recoure à celle d'un simple baladin ?

— Tu n'es pas un simple baladin, Imadi, mais tu as deviné juste.

— Et tu auras donc compris que j'aie pris la fuite après l'honneur suprême d'avoir montré mes talents à notre divin roi et à sa famille.

Un serveur passa, portant un plateau chargé de brocs, et ils firent regarnir leurs gobelets.

— Il faut véritablement être d'essence divine pour vivre dans un palais, déclara Imadi. On s'y trouve doté du pouvoir de cent mille hommes, on devrait avoir dix lits pour y jouir de toutes les beautés à son service et d'autant de bouches pour manger tout ce qui vous est offert. Songe, le cadeau que m'a fait le divin roi me suffirait pour vivre dix mille jours. Le bruit s'en est répandu, certes non par ma bouche, et les donzelles accourent pour que j'en épouse une et que j'achète une maison.

— Et tu ne le fais pas.

— Tu te souviens sans doute de mes idées sur la possession.

Khaemouaset soupira.

— À la cour, il faut aussi être muet, Imadi. C'est la plus grande contrainte.

— Tu connais le proverbe : lie les mains d'un homme, tu lui lies la langue, lie sa langue, tu lui lies les mains. Tu es donc venu parler. Je t'écoute.

— Non, je me contente de penser que je peux parler.

— Et le service du dieu ne te console pas ?

— Je sers deux dieux.

— Et l'un des deux croit qu'il l'est ?

L'impertinence sacrilège fit pouffer Khaemouaset : Imadi avait vu juste.

— Que possèdent-ils de plus précieux, à ton avis ?

— Le pouvoir et leurs épouses, répondit Khaemouaset.

— Parce que celles-ci leur garantissent une descendance, c'est-à-dire l'éternité. Le pouvoir accroît leur soif d'en avoir plus, et les épouses partagent cette soif. Un roi sans épouse serait un eunuque. Il doit donc partager son pouvoir avec une femme. Il souffre donc de sa propre soif et de celle de son épouse en plus, c'est cela ?

Khaemouaset en demeura interdit. La perspicacité d'Imadi l'étonna une fois de plus.

— Es-tu venu me dire que tu pâtis du pouvoir des Épouses royales ?

— L'une d'elles est ma propre mère, Imadi.

— Je le sais. Mais une mère puissante, et à plus forte raison royale, n'en est plus une. Elle s'est changée en souveraine. Tout prince que tu es, tu restes un sujet. Estimes-tu que son influence n'est pas favorable au royaume ?

— Ton métier devrait être la magie.

— Je m'en garde ! Il faudrait être l'instrument du pouvoir des dieux et des démons ! C'est une bien plus grande épreuve qu'une cour royale !

Nouveaux rires.

— Je comprends enfin ta visite. Tu es venu prendre une leçon d'équilibrisme auprès de moi. Au fond, c'est mon art d'équilibrer les forces contraires qui t'a séduit.

— En effet. Et ta sagesse ensuite.

— Si j'étais vain, je serais comblé. Mais il serait également vain de prétendre à l'indifférence quand on est approuvé par un esprit supérieur. Je dirai alors que mon secret est simple : il consiste à établir l'équilibre à l'intérieur de moi.

— C'est tout ?

— C'est beaucoup. Quand tu te seras libéré de tes espoirs et de tes craintes, les sollicitations et les pressions des pouvoirs qui t'environnent te paraîtront aussi dérisoires que le vol des mouches. Je veux espérer que tu m'honoreras encore de tes visites.

Imadi appela le serveur pour le prier de regarnir les gobelets une nouvelle fois. Et comme Khaemouaset voulait payer leurs boissons, Imadi lui posa la main sur le bras :

— Tu m'as enrichi. Permets-moi de payer une partie de ma dette.

Ils regardèrent ensuite les danseuses qui se produisaient à l'intérieur et qui, de leurs virevoltes, tourmentaient les concupiscences des vieux et des jeunes, comme un enfant fait tourner sa toupie d'un coup de fouet. Pour Khaemouaset, le plaisir du regard suffisait. Les jouvencelles offraient le même agrément pour les yeux que la danse des papillons à la saison chaude. Peut-être l'ignoraient-elles elles-mêmes : comme les papillons, elles ne faisaient que préparer les naissances de générations futures.

Une question apparut : existait-il un roi des papillons ? La réponse existait peut-être mais, ce soir-là, le prince prêtre Khaemouaset en avait assez appris.

9

« Le pharaon n'est pas le roi du monde ? »

Il était l'un des quatre délégués au culte. Et, comme tous les prêtres, il représentait le roi. Mais il avait été, lui, élevé au rang de prêtre pur, un *ouab* et, comme tel, admis à pénétrer dans le saint des saints, où les novices n'avaient pas accès.

L'aube pâlissait le ciel. Il s'était purifié les mains et les pieds. Il s'était purifié l'âme. Il entra dans le saint des saints, obscur et désert, et alluma le feu dans le foyer à droite de la porte. La flamme qui s'éleva après plusieurs coups de silex au-dessus de l'amadou et du petit bois était l'œil de Horus.

— Reçois la lumière, Ptah, récita-t-il. Et vous, esprits mauvais, allez-vous-en.

Les contours de la salle se dessinèrent et les lueurs des flammes révélèrent les rondeurs des piliers et, au centre, le *naos*[1], où dormait la statue de Ptah. Il s'empara d'un balai et fit le tour de ce sanctuaire, évacuant symboliquement les poussières du lieu, qu'il chassa par la porte. Puis il prit une poignée d'encens dans un vase posé sur l'une des marches menant au *naos*, à côté d'un vase de miel et de parfum, la jeta sur le feu et tendit les mains au-dessus de la fumée.

— Je me suis purifié et je suis digne de ta parole, annonça-t-il.

Il saisit l'encensoir et, à l'aide des pincettes près du feu, y jeta quelques boulettes d'encens et fit le tour de la salle.

---

1. Pavillon comparable à un grand tabernacle.

— Salut à toi, encensoir des dieux. Mes deux bras sont sur toi comme ceux de Horus, mes deux mains sont sur toi comme celles de Thot, mes doigts sont sur toi comme ceux d'Anubis, chef du pavillon divin. Moi, je suis l'esclave vivant de Rê, moi, je suis le prêtre purifié. Mes purifications sont celles des dieux. Le roi donne en moi l'offrande, car je suis purifié.

Il était purifié, oui, dans la mesure du possible, songea-t-il fugacement, mais la purification ultime consisterait à lui extraire la vie du corps.

— Réjouissez-vous, âmes d'Apitou[1], car le dieu Ptah va se lever.

Il s'abaissa alors, face contre terre, s'accroupit et reprit :

— Je flaire la terre, j'embrasse Seb, je récite les prières pour Amon-Rê, seigneur d'Apitou, et pour Ptah, créateur de Hetkaptah, qui a mis toutes formes visibles sur la terre par le cœur et la langue, Ptah maître des fêtes-*sed*[2]. J'ai flairé les choses pour que vive le pharaon et que soit adoré le maître des Deux Terres.

Il présenta de nouveau l'encensoir devant le *naos*, puis récita :

— J'ouvre les portes afin que ta face resplendisse à la lumière, ô Ptah créateur des formes qui réjouissent l'œil d'Amon.

Il dénoua la cordelette qui tenait fermées les portes du *naos* et se prosterna, face contre terre, devant la statue grandeur nature du Verbe créateur, drapée dans sa tunique, coiffée de la calotte bleue et tenant le grand sceptre *ouas*, surmonté du pilier *djed* et de la clé de vie *ankh*. S'étant alors relevé, il plongea la main dans un vase d'albâtre et la retira, luisante d'une pâte fine, presque liquide :

— Je t'apporte le miel et le parfum, afin que ta face soit favorable au pharaon.

Il enduisit alors la face d'or du dieu et sa bouche.

— Ton souffle donne la vie, ta bouche est ouverte.

Il massa ensuite le front, les joues et le menton, ainsi que la longue barbe droite qui témoignait de la royauté du dieu. Ses mains répandirent le parfum sur la poitrine et les bras et enfin les pieds. La pâte odorante prêta un éclat supplémentaire à la statue.

---

1. Karnak, devenu plus tard Abydos.
2. Fêtes jubilaires.

— Viens à moi, Ptah, pour que tu me guides sur ce chemin où tu avances, que j'y entre en forme d'oiseau *ba*[1], que j'en sorte en forme de lion, que je croise Apouaïtpou sans que je sois empêché de revenir sur le chemin, en ce jour, en cette nuit, en ce mois, en cette année où l'on est. Viens à moi, Ptah, pour m'ouvrir les deux portes du ciel et délier pour moi l'enceinte du temple.

Il prit alors le dieu dans ses bras et le serra contre son corps, posa ses lèvres contre celles du dieu.

— Ô Ptah qui m'as donné ma forme, ton corps et ton âme te sont rendus, avance vers moi qui t'ai éveillé. « Je suis venu pour t'embrasser », dit le fils à son père, et voici qu'on donne au père le charme protecteur. Je te donne l'enchantement et le charme protecteur. Je t'ai fait don de la vie et tu m'as donné ton fluide. Ta royauté resplendit sur moi. Ton fléau me défendra contre Apopis. Sois en paix, sois en paix, âme divine vivante qui frappes tes adversaires. Voici que ton âme divine est avec toi, ta forme divine est à tes côtés, car je t'ai amené la couronne, la grande magicienne qui t'embrasse.

Il caressa le dos du dieu.

La pierre de la forme divine, enserrée dans sa tunique, était devenue tiède. Khaemouaset se recula et reprit l'encensoir.

— Le dieu Ptah m'a embrassé. Il m'a donné le fluide de la vie.

Il referma les portes et abaissa le loquet. Puis il les rouvrit :

— Tu as rouvert la porte et Thot la consolide.

Khaemouaset tourna alors le dos au dieu, posa l'encensoir et quitta le saint des saints, ému par ce contact amoureux avec le façonneur du monde sensible. Demain, un autre prêtre accomplirait le même rituel. Ainsi le dieu Ptah restait vivant.

Car les dieux, pères des humains, ne vivent que si ces derniers les nourrissent. Comme quoi, ils sont finalement leurs fils.

Quand les trois mois du service divin furent échus pour Khaemouaset, le royaume se préparait à la grande fête de l'Inondation. Dans le Haut Pays, des gens capturaient des crocodiles, les

---

1. Oiseau à tête humaine qui représente l'individualité de l'âme, capable d'aller à son gré au royaume des morts, avant de se transformer en *ka*.

assommaient, puis les faisaient momifier pour les offrir au dieu Hapy et à la déesse Opet[1] : ils les jetaient ensemble dans les eaux bouillonnantes du Grand Fleuve, avec d'autres momies d'oiseaux ou de chiens, des fleurs, des fruits, des gerbes de blé.

Mais Khaemouaset ne vit rien de ces préparatifs ; il demeura plusieurs jours au temple, n'en franchissant l'enceinte que pour aller se promener quelques moments dans les proches parages et se réaccoutumer au monde extérieur. Les quatre-vingt-dix jours de service divin l'avaient, en effet, détaché de la réalité quotidienne. Celle-ci lui paraissait tellement étrange qu'il en avait peur. La simple vue d'un paysan du village voisin venant déposer une jarre d'huile, par exemple, le plongeait dans la perplexité. Lui qui s'était levé toutes les six heures pour se purifier et réciter les prières était frappé de stupeur quand il entendait les conversations entre eux d'humains poilus, aux mains et aux pieds terreux. L'image de son épouse et de ses enfants chéris avait revêtu la consistance des personnages des bas-reliefs du temple. Quant à celle de Ramsès, des princes, ses frères, et des personnages de la cour, elle était devenue fantasmagorique. Bref, il lui fallait réapprendre à vivre.

Nekhbet-di savait tout cela. Elle ne lui rendit visite au temple que le septième jour après la fin du service, pour lui apporter des galettes au miel et aux graines de sésame, dont il était friand. Ils échangèrent quelques regards et, à la fin, la douceur qu'il trouva dans les yeux de sa femme lui fit l'effet de la flamme qu'il avait, les matins de son service, allumée devant la statue de Ptah : elle ranima son humanité terrestre.

— Le miel, c'est toi, murmura-t-il.

— Je t'attends, quand tu seras prêt. Nos enfants t'attendent aussi. Et Imenherkhepeshef.

Le souvenir de son neveu le troubla, comme les pattes d'une libellule égratignent un miroir d'eau. Khaemouaset avait arraché le garçon au désastre qui avait suivi la mort de son père et, après la conversation sur le bateau qui ramenait la famille royale des funérailles de Thouy, il lui avait progressivement rendu l'envie de vivre. Mais il n'avait jamais pu décider en lui-même s'il détacherait le garçon des convulsions de la vie à la cour ou bien s'il

---

1. Déesse à tête d'hippopotame, associée à la célébration de la crue du Nil.

lui apprendrait à les dominer ; sa première inclination aurait été d'enseigner à ce fils adoptif la discipline consistant à ne pas céder aux pièges de l'ambition, qui n'est qu'un masque de la vanité, et aux séductions du pouvoir, qui n'est, lui, que la forme la plus trompeuse et la plus toxique de la servitude. Mais la sagesse est un pesant cadeau pour un jeune homme, elle risque de l'incliner à la mélancolie, puis au dégoût.

— Comment va-t-il ?

— Je lui sers de mère et il a réappris à rire. Mais sa souffrance l'a vieilli.

Khaemouaset prit les galettes, emballées dans un linge noué, et baisa les mains de son épouse.

Le lendemain, s'étant aventuré au marché proche du temple, il assista à une contestation acrimonieuse entre deux matrones à propos de poireaux et de concombres, qui dégénéra en querelle obscène à propos de la taille des seconds. Il fut saisi d'une crise de fou rire qui l'obligea à quitter les lieux, sous peine de subir les avanies des commères. Le moment d'après, il comprit qu'il était prêt à rentrer au Palais.

Il fut salué par les fonctionnaires qui arpentaient les premières salles avec la double révérence due à un prince héritier et à un prêtre. Il gagna ses appartements, fut accueilli avec enthousiasme par les domestiques et par les démonstrations de joie de Nekhbet-di et des enfants, ainsi que du jeune Imenherkhepeshef.

Déjeuner, sieste, bains, la routine de la vie au Palais sembla reprendre, à la fois rassurante et ennuyeuse. Mais, avant qu'ils se rendissent au dîner, Nekhbet-di lui souffla :

— Attends-toi à une surprise.

— Laquelle ?

— Moursil le Troisième, le roi déchu des Hattous, est l'hôte de ton père.

Khaemouaset en resta confondu.

— Mais de quoi nous mêlons-nous ?

— Tu le demanderas à ta mère, si elle veut bien te répondre.

Moursil était cet héritier du royaume des Hattous qui avait été écarté du pouvoir, sinon du trône, par son oncle Hattousil, et dont l'ambassadeur Imenemipet avait raconté les mésaventures quelques mois plus tôt. On le reconnaissait d'emblée parmi les convives s'apprêtant à passer à table : un jeune homme à la barbe châtain, lustrée et bouclée, vêtu d'un ample manteau brodé de fils d'or par-dessus une chemise et des braies également brodées et chaussé de chevreau blanc brodé aussi. Comme s'il n'était pas déjà assez voyant, il gesticulait. La mine impérieuse, il s'entretenait avec Ramsès et, à les voir de loin, on eût même supposé qu'il lui donnait des ordres, par le truchement de l'interprète qui se tenait près des deux hommes.

Khaemouaset alla présenter ses respects à son père, qui tendit le bras vers l'autre :

— Mon fils, je te présente notre frère Moursil, roi en exil des Hattous, qui a bien voulu accepter mon hospitalité.

Khaemouaset s'inclina devant le présumé monarque. Celui-ci avait-il jamais vu un prêtre ? L'ahurissement lui décrocha la mâchoire. Ce tondu en simple robe blanche, sans aucun autre ornement que son collier de prêtre, pouvait-il vraiment être un prince, un prince héritier ? Le regard souriant du prêtre acheva de le déconcerter ; peut-être l'ironie n'avait-elle pas besoin de traduction.

— Que le dieu Ptah débroussaille ton chemin, Majesté, lui dit Khaemouaset.

L'interprète répéta ce vœu en babylonien, qui était la langue des Hattous aussi bien que de la plupart des pays de la proche Asie. Moursil hocha le chef et bredouilla un remerciement. Le sel de cette négligeable entrevue n'avait pas échappé à Ramsès, dont les yeux plissés disaient l'amusement. Khaemouaset s'éloigna. Mais qu'est-ce que ce paon de Hattou faisait donc à la cour ? se demanda-t-il. Il se rapprocha d'Imenemipet, dont l'accueil amical le rasséréna.

— Explique-moi, demanda simplement Khaemouaset.

— L'intérêt de Sa Majesté pour l'Asie s'est développé ces temps-ci, répondit l'ambassadeur.

— Est-ce l'influence de ma mère ?

La question était rude et la proximité d'Isinofret, qui s'entretenait au centre de la salle avec Moursil, et sans avoir besoin d'un interprète, rendait la réponse périlleuse.

— La Grande Épouse estime, en effet, que le royaume ne saurait demeurer indifférent aux événements qui agitent les trois pays voisins, répondit Imenemipet dans le langage prudent dont il était coutumier.

— Mais c'est Hattousil qui est au pouvoir et il n'appréciera pas que nous offrions l'hospitalité à son neveu ?

— C'est, en effet, un risque, mon prince. Mais tes frères, et particulièrement le jeune général Ramsès, l'ont approuvé avec élan.

— Et qu'y gagnons-nous ?

— À mon avis, mon prince, rien. À moins qu'un jour reculé l'héritier en titre récupère le trône. Mais c'est un calcul lointain.

Ramsès avait gagné son siège et tout le monde en fit de même. La conversation s'interrompit donc là.

Les caquètements de Moursil le Troisième, auprès de qui était assis le jeune Ramsès, s'élevaient par saccades, tantôt en babylonien, tantôt dans la langue du royaume, qu'il massacrait. Khaemouaset évita de soulever la question de la politique étrangère de son père ; trop d'oreilles traînaient alentour, sans parler des domestiques. Le vacarme de l'orchestrion qui accompagna, après le repas, les évolutions de quatre petites danseuses quasi nues n'était guère plus propice à des chuchotements. Ce fut aussi le seul moment où Moursil se tut, visiblement fasciné par les donzelles qui ne portaient pour tout vêtement qu'une ceinture autour des reins, retenant un tablier de pudeur grand comme une main d'enfant. Aussi y avait-il de quoi en émoustiller plus d'un : ces gredines avançaient d'abord en file, sur un pas saccadé, scandé par les sistres et des claquements de mains, et se cambraient de façon à relever leurs fesses nues. Puis elles levaient la jambe, et haut, de telle sorte que nul n'ignorait plus rien de leurs entrejambes.

Khaemouaset ne donna enfin libre cours à son désarroi que lorsqu'il se retrouva avec Nekhbet-di dans le secret de leurs appartements.

— Tu connais, toi, le sens de cette hospitalité que mon père offre à Moursil ?

— Je ne suis pas dans les secrets de la cour, je n'en ai que les échos. Ta mère rêve d'étendre le royaume vers l'Asie, peut-être pour obtenir le titre de régente si ton père venait à disparaître avant elle. Elle veut, à l'évidence, régner sur son pays d'origine. Elle ne se satisfait pas de n'être que la seconde des Grandes Épouses royales du royaume de Horus.

89

— Et pourquoi a-t-elle fait inviter Moursil?

— Sans doute pour que le royaume prenne une place sur la scène du théâtre politique des royaumes d'Asie.

— C'est tout?

— Je ne vois pas d'autre raison.

Khaemouaset était abasourdi.

— Et Néfertari?

— Elle semble avoir pris ses distances avec la politique. Pour elle, c'est le domaine des hommes et des guerres, donc du sang versé.

Khaemouaset fit la grimace. Il espérait que l'asile accordé au prétendant hattou ne signalait pas un retour de Seth dans la vie du royaume. Car les Hattous adoraient ce dieu sous le nom de Baâl.

— Qu'apprends-tu en ce moment au *kep*?

— Les pays et les fleuves du monde.

Comparé à certains de ses frères, le garçon semblait, à sept ans, un peu délicat. Mais sa vivacité compensait l'apparente fragilité de ses membres. Debout devant son oncle, il évoquait un arbrisseau frémissant dans la brise. Son expression était en tout cas bien plus épanouie que celle de l'orphelin qui avait, quelque deux ans plus tôt, attiré l'attention de son oncle.

— Je croyais que nous étions le monde entier, dit-il.

— Non, admit Khaemouaset, amusé.

— Alors le pharaon n'est pas le roi du monde?

— Non, admit encore Khaemouaset, inquiet.

— Mais comment est-ce possible, puisqu'il est l'incarnation d'Amon et qu'Amon est le roi du monde?

Ce garçon était dangereux.

— Écoute, Amon est roi de ce royaume, et le pharaon est son incarnation.

— Et les autres rois, ils sont aussi les incarnations d'Amon?

— Non. Je te l'expliquerai plus tard. Maintenant, ne pose pas de pareilles questions au *kep*. Tu m'entends?

— Oui. Pourquoi ne dois-je pas les poser?

— Parce qu'au *kep* tu dois apprendre et c'est tout. Garde tes questions pour moi et Nekhbet-di. Compris?

— Oui, répondit le garçon comme à regret.

Il partit en compagnie de ses cousins. Khaemouaset espéra qu'il oublierait en route ses questions. Car celles-ci l'avaient lui-même troublé et il ignorait quelles réponses il pourrait y apporter s'il en était mis en demeure.

10

Une journée agitée et l'ivresse de Thot

— Que se passe-t-il donc? demanda Khaemouaset au Premier chambellan, à la porte du cabinet royal.

— Ah, mon prince, tant de choses, tant de choses! Pour commencer...

Il ne put finir sa phrase, l'écuyer tranchant royal, directeur des domaines de la grande prêtresse d'Amon-Rê, vint le quérir.

Un grand remue-ménage agitait, en effet, le palais de Ouaset ce jour-là. Des fonctionnaires allaient d'un pas précipité, des scribes palabraient avec fièvre devant leurs bureaux, des courtisans gesticulaient en levant les bras. Khaemouaset jugea même inutile de tenter de s'informer des événements dans l'antichambre royale, pleine d'agités.

Ce fut le vizir Pasar qui, sortant du cabinet, daigna lui fournir un résumé de la situation. D'abord, un rapport de l'informateur royal avait appris au secrétaire de Ramsès que des tombes royales avaient été violées. Ensuite, Kadashman-Tourkou, le roi de Babylone, venait d'informer le bureau des Affaires étrangères qu'il rompait son alliance avec le royaume, du fait qu'il s'était allié au roi des Hattous et que l'asile offert par Ramsès au « prétendant » Moursil le Troisième devait être interprété comme un acte hostile. L'ambassadeur de Babylone avait déjà fait ses malles et s'apprêtait à prendre le chemin du retour, mais quelques dames babyloniennes de sa suite refusaient de le suivre et s'étaient réfugiées dans les appartements de la Seconde Épouse royale. Enfin, dans une semaine, comme le savaient Khaemouaset et tous les habitants du royaume, commençait la grande fête de l'Inondation, Akhet, qui ouvrait la nouvelle année. D'où les innombrables *Renfet neferet*[1] échangés.

Sur quoi Pasar pria le prince de l'excuser, car il devait organiser l'enquête sur le viol des sépultures. Les princes Ramsès et Parêherounemef arrivèrent sur ces entrefaites, pestant par tous les diables contre Babylone et les Babyloniens, qu'ils traitèrent de mangeurs de porc avarié et de fornicateurs de vipères, et ils entrèrent d'office dans le cabinet royal.

N'y pouvant rien, Khaemouaset n'en avait cure. Il quitta donc les quartiers de l'administration pour se réfugier dans les jardins ; plusieurs scribes et fonctionnaires avaient d'ailleurs pris le même parti et y discutaient avec animation. Il s'assit sous une tonnelle, pria un domestique de lui apporter un gobelet de bière et s'efforça de retrouver son équilibre, en dépit des cris disgracieux des deux couples de paons offerts, quelques mois plus tôt, par l'ambassadeur de Babylone, qui traînaient leur plumage entre les bouquets de thuyas.

Il examina le gobelet bleu dans lequel la bière avait été versée : était-ce vraiment du lapis ?

— Ce sont les nouveaux gobelets que le maître de Bouche a fait venir de Babylone, sur ordre de Sa Majesté, expliqua le domestique.

— Ils ne sont pas en pierre précieuse ?

— Non, mon prince. C'est ce qu'on appelle du lapis de Babylone. Je crois qu'ils le confectionnent avec une pâte de sable qu'ils font fondre au feu. Bref, du verre bleu. Ils sont beaux, n'est-ce pas ?

Khaemouaset acquiesça. Voilà un luxe qui ne durerait pas, puisque le fournisseur s'était donc brouillé avec le royaume. Et il se prit à songer aux nouvelles qu'il venait d'apprendre.

Le viol de sépultures, royales ou non, n'était pas une nouveauté. Il en entendait parler depuis son enfance et, quand il avait évoqué le sujet au temple, il avait compris que les prêtres considéraient ces sacrilèges à l'instar des calamités naturelles, foudre, grêle ou sauterelles. Inscrites sur les bandelettes, les formules

---

1. Bonne année.

magiques, les malédictions et les menaces de mort ou de persécutions par tous les démons d'Apopis n'y changeaient rien, d'aussi longtemps qu'on se souvînt. Les voleurs étaient des gens impies sans respect pour l'esprit des défunts, des créatures infectes et vouées aux crocs de Sekhmet. Pour eux, les morts étaient morts et n'avaient que faire des bijoux dont on les parait, non plus que des concubines de bois qu'ils n'honoreraient jamais de leur semence, puisqu'on leur avait coupé le membre, ou des fruits en plâtre disposés près du sarcophage, puisque leur estomac gisait dans un vase canope. Ces momeries ne servaient qu'à attester le statut social du défunt, pour satisfaire la vanité de ses survivants. Aussi les gredins forçaient-ils les tombes les plus riches, celles des rois et des membres de la famille royale, des gouverneurs, courtisans et autres enrichis. Ils arrachaient les momies aux sarcophages, les dépouillaient de leurs ornements d'or et raflaient tous les objets de valeur alentour, puis s'enfuyaient sans la moindre compassion pour les défunts qu'ils avaient ainsi violentés. L'or est destiné aux vivants, pas aux morts.

Et c'était justement le solide bon sens de cette idée qui contrariait Khaemouaset.

À quoi bon, en effet, enseigner aux vivants la spiritualité et les menacer du fléau d'Anubis après la mort si c'était pour entretenir la fiction de l'éternité des disparus et couvrir des cadavres d'or et de bijoux, symboles des richesses terrestres ? Les dépenses englouties dans les tombeaux royaux n'eussent-elles pas mieux servi à la prospérité des vivants ? Et, tout en se reprochant ces pensées irrespectueuses, il se résignait, lui aussi, au fait qu'on ne pouvait pas monter la garde devant tous les tombeaux des nécropoles. Une maxime d'un livre de sagesse lui revint à la mémoire : « Donne du pain à celui qui n'a pas de champ, et assure-toi ainsi, à tout jamais, un bon nom dans la postérité. » Puis une autre : « Enfouir son or, c'est comme enterrer son bien-être. »

L'image d'Imadi voltigea un moment dans son esprit.

Il but une gorgée de bière. Et l'autre sujet de trouble à la cour lui revint à l'esprit. La rupture des relations diplomatiques par Babylone était une affaire bien plus sérieuse. Elle risquait de provoquer une guerre, et l'alliance des Hattous et des Babyloniens pouvait constituer une force redoutable. Non seulement ils pourraient enlever au royaume ses territoires d'Asie, mais encore l'envahir comme l'avaient jadis fait les Hyksôs. C'en serait fait de la dynastie, et peut-être même des dieux du royaume.

Un cri de paon le fit sursauter. Mais avait-ce bien été un cri de paon, cette fois ? Les fonctionnaires du Palais avaient tourné la tête en direction d'une terrasse de l'aile résidentielle ; on y voyait une femme aux prises avec un personnage coiffé d'un bonnet pointu, à la mode asiatique, et d'autres femmes invectiver le bonhomme et s'interposer entre les combattants. La garde apparut alors et reconduisit le premier, sans doute un membre de la suite de l'ambassadeur, vers une porte.

Khaemouaset secoua la tête.

Un paon cria. Peut-être, après tout, ce bruit disgracieux était-il chargé d'exprimer le mécontentement des humains ?

Le ciel à l'est avait viré à l'indigo profond et seule une bande rougeâtre à l'Occident témoignait du passage de la barque de Rê vers le monde du sommeil. Mais les humains ne laisseraient pas les ténèbres les envahir. Côté ville et côté fleuve, les enceintes du Palais avaient été garnies de torches, une tous les dix pas, et toutes les maisons de Ouaset s'ornaient de petites lampes.

Partout en ville retentissaient des chants d'allégresse, parfois accompagnés de petits ensembles de harpistes et de flûtistes, installés aux carrefours, mais le plus souvent sur le rythme de tambourins ou de sistres d'occasion.

À la troisième heure de l'après-midi, ce premier jour du mois de Thot, également premier de la saison d'Akhet, la Grande Épouse Isinofret, les épouses secondaires et leurs descendances, les clergés des temples de Ouaset, les deux vizirs du Haut et du Bas Pays, les gouverneurs généraux des parties est et ouest de la ville et l'ensemble de la cour avaient accueilli la barque de Thot, que Ramsès et la Première Épouse royale, Néfertari, avaient rapportée des grottes sacrées d'Ibshek et de Méha, escortés par les bateaux des princes et des hauts fonctionnaires. Le pharaon avait alors annoncé le réveil du dieu Hapy et la réalité officielle de la provende qu'il offrait au pays, lui en qualité de fils d'Amon, et son épouse, d'incarnation des déesses mères Isis et Hathor. Car

96

c'était bien lui qui avait organisé la crue, c'était lui qui assurait le renouveau du royaume et du monde.

La barque de Thot, celle du Temps lui-même, avait alors été hissée hors du bateau royal et portée à bout de bras par les célébrants jusqu'au temple d'Amon. Car ce n'était évidemment pas sur cette embarcation-là que le pharaon avait navigué depuis Koush.

En réalité, la crue n'avait pas attendu cette proclamation : elle était déjà arrivée aux pieds de la statue du dieu, où l'on pouvait mesurer sa hauteur par rapport à l'année précédente. Les barques qui se balançaient sur les flots du Grand Fleuve s'ornaient aussi de lumignons d'argile cuite ajourée. Comme toutes les autres villes du royaume, Ouaset scintillait de lumières pour célébrer la Nuit de Rê[1]. Et sur les toits et les parvis des temples, les prêtres avaient installé les statues des dieux, face à l'Orient, afin qu'elles pussent recevoir les premiers rayons du soleil levant et bénéficier ainsi de l'énergie universelle renaissante. De haut en bas des Deux Terres, les paysans défonçaient les digues qui avaient jusque-là contenu l'eau des canaux afin de laisser pénétrer celle de la crue.

Enfin couché dans ses appartements de Ouaset après le banquet qui avait suivi l'escale dans cette ville, et rompu de fatigue, Khaemouaset se remémora le début des cérémonies. Car il avait évidemment fait partie du voyage. Il revit l'arrivée de Ramsès et de Néfertari devant la grotte sacrée d'Ibshek, en chaises à porteurs étincelantes, les prêtres saluant l'arrivée du fils d'Amon-Rê et de son épouse, retour d'Isis dans le royaume de Horus. Puis l'apparition de la barque de Thot, portée à bout de bras par vingt scribes, et le bec effilé du dieu à tête d'ibis étincelant au soleil, et le transport à bord du bateau royal...

Une claque eut raison du moustique qui avait trouvé un trou dans la moustiquaire et s'obstinait impudemment sur l'oreille de Khaemouaset. La sensation d'un infime débris visqueux sous l'index confirma que le coup avait été efficace et que l'insecte s'était déjà gorgé de sang. Par Amon, la condition humaine n'était-elle pas déjà assez difficile qu'il eût peuplé la nuit de ces créatures sanguinaires ?

---

1. Ce réveillon, marquant le début de la nouvelle année, se situait aux alentours du 15 juillet, date habituelle de la crue.

Mais les avait-il créées? Ou bien y avait-il un autre créateur, qui avait inventé les piqueurs, vampires, vipères, puces, punaises et moustiques?

À la différence du moustique, le sommeil, lui, restait insaisissable. Khaemouaset revit la cérémonie de grâces devant les statues colossales de Ramsès et de son épouse, représentée en déesse Sothys et coiffée du disque solaire. Le lendemain, il avait fallu se lever en pleine nuit pour arriver à l'aube devant l'autre grotte, celle de Méha. Vingt torches éclairaient la scène et l'autel solaire, dressé entre deux obélisques. Ramsès avait gravi les marches et, de là-haut, avait interpellé le soleil, apparu quelques instants plus tard.

Car Ramsès était aussi l'homme qui faisait se lever le soleil.

Il est déjà déplaisant de songer à son père autrement qu'en termes d'affection et de révérence, surtout quand c'est le pharaon, mais il est encore plus éprouvant de ne pouvoir trouver consolation dans l'image de sa propre mère. Le visage crispé d'Isinofret, sur le quai royal de Ouaset, quand elle avait dû accueillir son époux et Néfertari, lui sauta à la mémoire. Avec quelle altière raideur elle portait la grande coiffure au vautour! Il avait trop bien deviné ses aigres pensées: l'Autre, la grande rivale, avait emporté l'honneur de saluer le retour de Rê. Mais elle, Isinofret, Deuxième Épouse royale, ne l'avait jamais eu. Jusqu'à la mort de sa rivale, elle serait toujours vouée à la seconde place. Et dans sa longue frustration, ses ambitions politiques avaient fermenté. C'était elle qui avait manigancé les ouvertures vers l'Asie. Et elle faisait dangereusement tanguer la barque du royaume. Elle risquait de déclencher une guerre…

Le sommeil tomba enfin sur Khaemouaset comme du sable sur des braises qui ne se résolvent pas à s'éteindre, sans une seule pensée pour ce moustique qui avait chanté, lui aussi, le début de la nouvelle année et s'était enivré du vin le plus délicieux qu'il connût – le sang humain.

༜

Le vizir Nebamon, gouverneur de Ouaset-Est, paraissait hagard. Ses yeux roulaient de droite et de gauche sans paraître vraiment voir autre chose que des sujets de tourment.

Assis devant la longue table de travail, Khaemouaset s'armait de résignation. Un scribe lisait à son bénéfice le rapport des inspecteurs de police sur le viol de sépultures royales dans la nécropole d'Apitou. Le roi avait, en effet, désigné son fils à la fois comme juge dans l'affaire, puisque les tribunaux étaient constitués de prêtres, et comme instructeur des crimes infâmes de lèse-majesté et d'outrage aux morts dont les voleurs s'étaient rendus coupables. Le matin même, Ramsès avait déclaré d'une voix tonnante qu'il entendait prêter un retentissement exceptionnel au jugement, afin de décourager à jamais les voleurs de tombes dans le royaume. Leur nez et leurs oreilles seraient coupés et ils seraient condamnés à cent coups de bâton. Bel et bon, mais à la condition première qu'ils fussent d'abord retrouvés.

— ... Il a été constaté que la pyramide du roi Sekhemrê-Sched-taouer[1], fils de Rê-Sebekhemsaf, poursuivait le scribe, avait été forcée à la base, en partant du portique d'entrée du tombeau de Nebamon, directeur des Greniers sous le roi Thoutmôsis le Troisième, par le travail d'un tailleur de pierre...

Nebamon frémit à l'idée que le tombeau d'un homonyme avait pu être saccagé. Sans doute se représentait-il l'outrage frappant son propre tombeau.

— ... Le lieu de sépulture du roi son maître avait été pillé, de même que la sépulture de la reine Khasnoub, sa royale épouse. Les voleurs avaient porté la main sur eux...

Autant dire qu'ils avaient endommagé les momies. Khaemouaset fouilla sa mémoire pour localiser le nom de ce monarque dans la longue liste que tous les écoliers devaient apprendre. Ses faits et dires n'avaient sans doute pas pesé lourd dans la balance de Thot, parce que Khaemouaset n'en retrouva rien. Et maintenant, il en restait encore moins, une momie profanée et dépouillée, près de son épouse, sur le sol d'un tombeau souterrain exposé aux déprédations des rats et des souris. Le scribe saisit une gargoulette et avala bruyamment une lampée d'eau.

— Le tombeau de Nebamon a-t-il été forcé ? demanda le vizir.

---

1. Il s'agit de l'un des quelque cent quarante-cinq rois ayant régné de la XIIIe à la XVIIe dynastie, de 2000 à 1580 avant notre ère, dont les noms ne nous sont pas tous connus.

— Cela n'est pas dit, Excellence.

— Pour nous résumer, demanda à son tour Khaemouaset, d'autres sépultures ont-elles été violées ?

— Cela n'est pas dans le rapport, mon prince.

— Mais les premières nouvelles faisaient bien état du viol de plusieurs sépultures ?

— Apparemment, le fait qu'une sépulture contenait deux corps a prêté à confusion. Le rapport final du chef de la police, que j'avais l'honneur de te lire, ne parle que de ce tombeau-là.

— En fin de compte, le seul indice est que la tombe a été forcée par un tailleur de pierre. Peut-on interroger le chef de la police, vizir ?

— Il a été convoqué, mon prince. Il attend dans l'anti-chambre.

Un scribe alla l'appeler. Le policier entra, la quarantaine râblée, le visage tanné par le soleil du Haut Pays, dans sa tunique courte, les tibias protégés par des jambières à lacets et l'abdomen garni du collier de sa charge. Il balaya la pièce d'un regard inquiet de fouine, puis s'inclina profondément devant le vizir et le prince. Il se nommait Mernerê.

— C'est toi qui as fait la découverte ? demanda Khaemouaset.

— Non, mon prince, ce sont mes inspecteurs au cours d'une tournée.

— Comment se fait-il qu'ils aient d'abord parlé de plusieurs sépultures ?

— Comme ils reçoivent une récompense par découverte, ils ont peut-être été abusés par leurs yeux.

Khaemouaset et Nebamon échangèrent un regard.

— Et le constat, c'est toi qui l'as fait ?

— Oui, mon prince. Je me suis rendu sur les lieux.

— Et c'est toi qui as conclu que le crime était l'œuvre d'un tailleur de pierre ?

— Oui, mon prince. Les traces des outils le démontrent.

— Combien de tailleurs de pierre y a-t-il au village d'Apitou ?

— Dix-sept, mon prince.

— Tu as été les voir ?

— Oui, mon prince. Ils jurent évidemment qu'ils n'y sont pour rien. Mais j'ai mon idée.

— Et quelle est-elle ?

— L'un d'eux, Dedi, Dedefhor, je veux dire, est suspect. Il est le beau-frère d'un voleur connu de mes services pour avoir déjà violé deux tombeaux il y a quelques années.

— Et ce voleur, où se trouve-t-il ?

— Je l'ignore, mon prince. Quant à Dedi, je l'ai fait incarcérer dans la prison du temple d'Amon.

— A-t-il avoué ?

— Non. Cette racaille est obstinée.

Des policiers qui croyaient avoir vu plusieurs tombeaux forcés au lieu d'un, un tailleur de pierre incarcéré sur présomption, tout cela était bien nébuleux.

— Ne penses-tu pas, vizir, demanda Khaemouaset, que nous ferions bien d'aller sur les lieux ?

Nebamon acquiesça. Le chef de la police d'Apitou ne parut pas enchanté par cette perspective et se retira, le visage chagrin, sans doute vexé que ses déclarations n'eussent pas suffi aux augustes autorités. Khaemouaset saisit à son tour la gargoulette et but une longue gorgée d'eau. En réalité, il aurait préféré de la bière, car rien ne donne plus envie de s'alléger le cœur que le devoir de juger ses semblables. Peut-être le dieu Thot buvait-il beaucoup de bière. Ou de vin. Ou encore, d'hydromel. Bref, d'alcool.

Vu son travail incessant, songea même Khaemouaset, si tel était le cas, ce devait être un alcoolique invétéré.

Encore une mauvaise pensée !

11

Chute d'un tesson dans la nuit

Trottinant sur des baudets, Khaemouaset et le secrétaire désigné du vizirat, Hori-sherê, parvinrent de bonne heure au village d'Apitou et se rendirent au quartier général de la police, vaste bâtiment qui commandait l'entrée du Lieu des Beautés, comme on appelait aussi la nécropole ; de là, ils se feraient accompagner au site des déprédations et iraient ensuite interroger le suspect Dedefhor. Le vizir Nebamon, lui, ne pouvait s'absenter de la ville, fût-ce pour une affaire à laquelle Ramsès déclarait attacher tant d'importance. Le matin même, en effet, le monarque était parti pour sa résidence de Pi-Ramsès et avait requis la présence des deux vizirs, Nebamon et Pasar, pour leur donner ses instructions. Les nouvelles de Canaan laissaient présager une attaque imminente de la coalition des Hattous et des Babyloniens, et l'armée ainsi que le Palais étaient en état d'alerte.

Ç'avait été un étrange spectacle que celui de Ramsès partant en villégiature avec ce personnage falot de Moursil, sa suite de concubines et de courtisans chamarrés, plusieurs princes et princesses, la plus grande partie du personnel de la Maison royale et trois ou quatre épouses secondaires, alors que le royaume était menacé par un ennemi formidable. Khaemouaset, allant saluer son père et lui souhaiter un heureux séjour, avait scruté son visage ; il n'y avait trouvé que les signes de la plus triomphante assurance. Sans doute passerait-il sans effort, le moment venu, des jardins parfumés de Pi-Ramsès aux champs de bataille de l'Asie.

Et tout cela parce qu'il avait cédé à l'envie de narguer le roi hattou en recueillant ce fantoche de Moursil.

Khaemouaset en était resté confondu. Son père faisait-il encore partie des humains ? Non seulement il s'était attribué tous les signes possibles de la divinité, mais encore il en avait adopté le comportement. Il semblait n'avoir jamais été effleuré par le soupçon que ses ennemis pussent être plus forts et lui infliger une déroute mémorable.

Il soupira. Sa mission pour le moment était infiniment plus modeste : punir de misérables voleurs de tombeaux.

Épreuve supplémentaire, le matin même, Hori-sherê lui avait tendu un ouvrage intitulé *Livre des perles enfouies* et accompagné le geste d'un sourire malicieux.

— Qu'est cela ?

— Je pense que mon prince trouverait profit à feuilleter ces pages.

Khaemouaset avait suivi le conseil. Et l'horreur avait crû au fur et à mesure de sa lecture :

… Au lieu-dit des Cinq Pyramides, il existe dix-neuf tombes de rois et de gouverneurs anciens qu'on dit avoir été fort riches eux aussi. Ils se sont fait enterrer avec des trésors qui dorment dans l'obscurité depuis des centaines d'années. Les pyramides sont difficiles à violer, étant donné qu'il faut forcer des portes de pierre, ce qui risque de prendre plusieurs heures. Mais les tombeaux, eux, sont plus commodes à percer, car ils ne sont murés que par des murs de briques qui ne prendraient qu'une heure à casser pour des hommes expérimentés. La tombe de Nebenhef est déjà vide, mais il en reste dix-huit autres…

— Mais qu'est cela ? s'écria Khaemouaset, indigné.

— C'est un guide pour les voleurs de tombes, mon prince. Car j'ai eu l'impression que tu ignorais l'ancienneté de ce métier. Je me suis procuré à grand-peine un exemplaire de ce livre, mais je suis certain qu'il est bien des gens qui en possèdent.

La consternation écrasa Khaemouaset. L'irrespect n'avait donc pas de limites ? Faire une profession de l'outrage aux morts ? Il rendit le livre au scribe, un rien goguenard.

Il ruminait encore son désarroi quand il enfourcha son baudet, puis il fut piqué par une pensée désagréable : n'avait-il pas, lui-même, témoigné d'irrespect dans certaines de ses réflexions ?

Quatre babouins attachés à des chaînes grignotaient des caca-
huètes rôties ou des radis : ils étaient des auxiliaires de la police ;
ils n'avaient pas leur égal, en effet, pour courir après des fuyards
récalcitrants, et leurs morsures étaient notoirement redoutées. Ils
considérèrent les visiteurs avec cet air de vieille femme sagace
qui leur était particulier. Le chef de la police, Mernerê, accueillit
ses visiteurs avec tous les signes de la plus haute déférence et
leur offrit du jus d'abricot, puis se déclara prêt à les mener sur les
lieux du crime. Il enfourcha un baudet et deux policiers le suivirent à pied. Une heure plus tard, il tendit le bras vers les pyramides[1]. Khaemouaset ne connaissait de la nécropole que la
section nouvelle où Ramsès avait fait creuser une multitude de
chambres souterraines, et dont l'une, celle qui accueillait le sarcophage d'Imenherkhepeshef, non loin du tombeau de Séthi le
Premier, avait, à la hâte, été décorée de fresques. Les obsèques
royales ne se prêtaient guère à une reconnaissance des lieux. Là,
il éprouva soudain un vertige. Depuis des centaines d'années, rois
et reines du pays se faisaient inhumer dans des chambres creusées dans la montagne ou dans des monuments plus ou moins
fastueux. Enfants et parents les y rejoignaient tôt ou tard, tous
dûment apprêtés pour l'éternité, c'est-à-dire réduits à des peaux
vides, fourrées de naphte et d'aromates, les orifices bouchés par
des tampons. Mais l'on s'obstinait à appeler Lieu des Beautés la
Montagne des Morts.

Cinq pyramides se dressaient là. Mernerê se dirigea vers la troisième, haute d'une centaine de coudées, dont la fausse porte de
pierre avait été fraîchement cassée. Les cinq enquêteurs s'arrêtèrent. Les policiers d'escorte aidèrent Khaemouaset à descendre
de sa monture et il alla inspecter les dégâts. Les débris de la porte
gisaient encore par terre.

— Cette effraction a été effectuée avec une masse et des ciseaux
de dégrossissage, déclara Mernerê, indiquant les traces des outils.

---

1. Nous connaissons l'existence de ces pyramides, aujourd'hui disparues, par
les procès-verbaux très détaillés d'enquêtes sur des violations de sépultures
remontant au règne de Ramsès III.

Un trou avait été percé, assez grand pour permettre le passage d'un homme. Khaemouaset y glissa la tête.

— Les chambres sont au fond d'un puits ?

— Non, mon prince. Elles sont au bout de la syringe. Tu peux y aller, si tu veux. Mais attends, il te faut une torche.

Il donna des ordres aux policiers d'escorte et l'un d'eux tira de la fonte de la selle de son chef une petite torche, un barreau de bois dur, qu'il trempa dans un pot de poix. Au bout de plusieurs essais avec deux silex, il parvint à l'enflammer et Mernerê s'en empara. Il entra le premier dans la galerie qui s'ouvrait devant lui. Khaemouaset le suivit, escorté du secrétaire du vizirat. Ils avancèrent courbés, à pas comptés, tâtonnant, s'efforçant de ne pas respirer la fumée de la torche, et parvinrent, enfin, au bout d'un long couloir, à une première chambre où se dressait un autel et où ils purent se relever. Un spectacle désolant les attendait dans la chambre suivante : deux sarcophages de pierre découverts, leurs couvercles jetés au sol, brisés. À l'intérieur, reposaient les sarcophages de bois, abîmés. Deux momies, gisant également par terre, contemplaient le plafond décoré de la salle avec un rictus d'horreur. Leurs masques avaient disparu et leurs bandelettes avaient été déchirées quand les voleurs avaient arraché les bijoux cousus. Alentour, sur des tables, les vases canopes renversés et les présents en désordre reflétaient la furie de la dévastation. On eût dit que les voleurs avaient donné libre cours à une hargne et cherché le sacrilège autant que le profit. Mis à part quelques meubles impossibles à transporter, il ne restait plus un objet de valeur. C'était une scène de cambriolage avec meurtre.

— La torche peut juste brûler jusqu'à la sortie, prévint Mernerê.

Khaemouaset jeta un dernier regard sur ce spectacle de désolation et les trois hommes se dirigèrent vers la sortie, haletant et toussant. Quand ils eurent repris leur souffle, Khaemouaset décida d'aller voir le suspect à la prison du temple d'Amon. C'était le temple des Millions d'Années, toujours en cours de travaux, mais néanmoins pourvu d'une prison. Il avait à peine atteint le seuil du bâtiment que le grand-prêtre vint à sa rencontre, leva les bras à la vue de son collègue du culte de Ptah et se lança dans une longue suite de salutations savamment mêlées à des éloges du grand roi éternel, le divin père de son

106

visiteur. Une fois achevé ce préambule effusif, Khaemouaset récita à son tour quelques formules de rhétorique sur la gloire des serviteurs des dieux et demanda à voir le prévenu Dedefhor. Le grand-prêtre se rembrunit : pourquoi abaisser un regard pur sur une canaille immonde, vomie par Apopis sur les berges du royaume ?

— Je suis chargé par mon père d'élucider cette affaire, répondit Khaemouaset.

Argument sans parade. Un scribe fut mandé, porteur de la clé du cachot, et accompagna les visiteurs à un petit bâtiment isolé, au nord des vastes quartiers des scribes, la plus grande Maison de Vie jamais vue.

La prison était neuve, mais déjà infecte : une odeur d'excréments s'échappa de la cellule dès que la porte fut déverrouillée. À l'intérieur gisait un homme d'une trentaine d'années, au visage tuméfié, accroupi contre un mur. Le corps était couvert d'ecchymoses et de croûtes. À la vue de Mernerê, il parut épouvanté.

— Lève-toi ! ordonna ce dernier.

Dedefhor s'appuya au mur, visiblement incapable de se tenir sur ses jambes. Khaemouaset en comprit la raison : le suspect avait été bâtonné non seulement sur le corps, mais également sur la plante des pieds.

— A-t-il avoué ? demanda Khaemouaset, répétant volontairement la question qu'il avait déjà posée à Ouaset au même Mernerê.

— Non, mon prince, mais sa culpabilité est certaine.

— Est-ce toi qui as violé la tombe royale ? demanda Khaemouaset, se tournant vers le suspect.

— Qu'on m'empale, mon prince, si l'on trouve une preuve contre moi ! bredouilla l'autre avec la fièvre du persécuté ; son défaut d'élocution était causé par l'absence d'une dent, sans doute cassée dans la raclée.

— Où est ton beau-frère ?

— Il est depuis deux ans dans la garnison du Vautour.

C'était un village au nord du nome voisin. Le secrétaire du vizirat accompagnant Khaemouaset leva les sourcils de surprise. Le prêtre détenteur des clés fit une grimace. Le visage du chef de la police se contracta.

— Mon prince ne va pas écouter les dires de ce misérable !

— Il faut bien que je les entende.

À l'évidence, l'effraction avait été commise par plus d'un homme et le nommé Dedefhor ne paraissait pas de taille à l'avoir faite tout seul ; ce genre de mauvais coup était presque toujours réalisé par plusieurs malandrins. Khaemouaset se crispa.

— Qu'on permette à cet homme de se laver, qu'on lui donne à boire et à manger, ainsi qu'un pot d'onguent pour soigner ses ecchymoses, ordonna-t-il froidement. Et j'ordonne qu'il ne soit plus battu. Tu répondras de lui sur ta personne.

Mernerê fut éberlué.

— Mais c'est au gouverneur, mon prince, de l'ordonner ?

— Le gouverneur d'Apitou est le vizir Nebamon, dont le secrétaire que voici est le mandataire. Et moi, je suis l'envoyé de Sa Majesté. Contesterais-tu notre autorité ?

— Non, certes, mon prince…

— Et que l'on convoque le sergent beau-frère de cet homme. Il sera amené directement devant moi, et j'entends qu'il ne soit battu à aucun moment.

— Mon prince…, tenta d'arguer Mernerê.

Mais Khaemouaset ne l'avait sans doute pas entendu ; il prit le chemin du temple, où il passerait la nuit.

Une femme qui avait sans doute épié la scène quitta alors l'encoignure de porte de la prison où elle s'était tapie, s'élança vers lui et se jeta à ses pieds :

— Prêtre, prêtre ! Je t'en conjure, au nom de notre roi ! Mon mari est innocent !

— C'est à la justice du roi de l'établir, femme, pas à moi. Mais connais-tu le vrai coupable ?

La question la figea de terreur.

— Je ne peux le dire, prêtre… Je ne peux !

Il la considéra un instant et poursuivit son chemin, se demandant ce qui liait si fort la langue de cette femme qu'elle ne pût pas le révéler et faire libérer son mari.

Cette affaire semblait aussi nauséabonde que la cellule de Dedefhor.

❧

Le secrétaire du vizirat, Hori-sherê, était d'un ou deux ans plus jeune que Khaemouaset, mais il dégageait une maturité songeuse et teintée d'ironie qu'on ne rencontre que chez les gens d'expérience.

— Mon prince, souffla-t-il avant le déjeuner chez le grand-prêtre, alors qu'on les avait conduits, lui et Khaemouaset, à leurs cellules – en vérité de spacieux appartements –, puis-je t'entretenir seul à seul hors de ces murs ?

Khaemouaset hocha la tête et ils sortirent dans les jardins, sous les palmiers dattiers dont les sommets se garnissaient déjà de chapelets de perles vertes.

— La répugnance du grand-prêtre et du chef de la police à nous laisser voir le prévenu m'a étonné, dit le secrétaire.

— Elle m'a même paru maladroite, renchérit Khaemouaset. Ils ne souhaitaient visiblement pas que nous paraissions contester leurs conclusions en reprenant l'affaire dès le début. Est-il coutumier de battre un suspect avant même qu'il ne soit interrogé ?

— Non.

— Ce Dedefhor était en piteux état. Inscris cela dans le procès-verbal.

— J'avais prévu de le faire.

— Il aurait été lui-même attaqué par des malfaiteurs qu'il ne serait pas plus abîmé.

— Je l'inscrirai aussi. Serait-ce une offense à ton égard que de soupçonner une collusion entre le grand-prêtre et le chef de la police ?

— Non. J'en étais déjà convaincu.

— Il s'ensuit qu'il vaut mieux garder nos opinions pour nous devant le grand-prêtre.

— La surprise n'en sera que plus grande.

Peut-être la surprise ne serait-elle pas aussi grande que l'avait escompté Khaemouaset, car lorsque, fraîchement baignés, Hori-sherê et lui se rendirent à la salle à manger pour dîner en compagnie du grand-prêtre, celui-ci se montra maussade. Après avoir marmonné les aménités d'usage, il demanda à ses hôtes s'ils avaient été en quelque sorte déçus par les constats et le rapport du chef de la police Mernerê. Point n'était besoin d'être versé dans les Livres de sagesse pour deviner qu'il avait reçu un rapport complet du chef de la police sur la visite à la prison.

— Point, répondit Khaemouaset, avec la plus accomplie des hypocrisies. Il nous a reçus avec un parfait respect et son rapport est d'une grande clarté. J'ai prié le secrétaire du vizirat que voici de le signaler à la direction des polices lorsque nous rendrons notre rapport au vizir à Ouaset, avant le jugement.

Le grand-prêtre parut abasourdi.

— Mais tu as fait convoquer le beau-frère du criminel, qui serait prétendument sergent dans la garnison du Vautour ? Qu'espères-tu tirer de ce gredin ?

— Des aveux, évidemment, répondit Khaemouaset avec un sourire.

Du bout de sa cuiller, le grand-prêtre tâta de la salade de concombres au lait caillé ; il n'était visiblement pas satisfait. La convocation du présumé complice l'inquiétait tout autant que l'indulgence des émissaires du roi à l'égard du prévenu Dedefhor.

— Tu as montré une bien grande compassion pour cet immonde coupable, reprit-il.

— Aucune sentence n'a été encore prononcée, et la justice du roi exige que l'on ne punisse pas celui qui n'a pas été déclaré coupable.

— Cet homme mérite la plus grande sévérité, car il a jeté un grand discrédit sur la région d'Apitou, déclara le grand-prêtre.

— Depuis si longtemps que l'on y commet des saccages de sépultures, rétorqua Khaemouaset d'un ton plaisant, il serait étonnant qu'il lui restât du crédit à perdre.

Ce n'étaient, certes, pas des paroles aptes à rassurer le dignitaire. Mais aussi l'homme n'inspirait guère la prévenance. Habitué à exercer une autorité sans réplique, donc sûr de son impunité, il semblait enclin à des bavures. Là, par exemple, il avait montré bien plus que le bout de son nez.

L'heure avait sonné de lui rogner un peu l'assurance de son pouvoir. Chez certains humains, en effet, elle pousse comme les ongles et une simple poignée de main laisse des égratignures sur celle de l'imprudent.

Les pierres ne tombent pas du plafond, du moins dans les édifices neufs comme l'étaient les quartiers du clergé dans le temple des Millions d'Années, là où Khaemouaset et Hori-sherê dormaient cette nuit-là. Et cependant, une pierre était bien tombée sur le sol dallé. Une pierre ? Non, un tesson gros comme le poing, sur lequel une main maladroite avait écrit : « Je suis dehors. » Il avait été lancé par la fenêtre, laissée ouverte en raison de la grande chaleur, et le choc avait réveillé les deux dormeurs, ce qui était à l'évidence le but recherché.

Hori-sherê alla se pencher à la fenêtre.

— Je vois une ombre tout près d'ici, dit-il.

— Allons voir.

L'ombre était une femme. La vague lueur d'une torche accrochée à un mur, à une centaine de pas de là, permettait de voir que c'était la même qui avait interpellé Khaemouaset l'après-midi. En dépit de la clémence de l'air, elle tremblait.

— Parle donc, lui dit Khaemouaset d'un ton calme.

— Tu viens de Ouaset, tu ne sais rien… Mon mari est innocent.

— Tu l'as déjà dit. Tu ne voulais pas révéler les noms de ceux que tu crois coupables. Le feras-tu ?

Elle semblait avoir de la peine à desserrer les mâchoires.

— Ce sont deux autres tailleurs, sous les ordres de Mernerê, lâcha-t-elle enfin.

— Connais-tu leurs noms ?

— Oui.

C'était plausible, sans plus.

— Si tu vas perquisitionner chez Mernerê, reprit-elle, haletante, tu trouveras le butin.

Là, Khaemouaset et Hori-sherê subirent un choc.

— Es-tu certaine de ce que tu avances ?

— Le receleur qui fond et vend l'or n'est pas encore venu.

Décidément, tout se savait dans les bourgs d'Apitou. Mais bien peu se disait ouvertement.

— Et quel est le rôle du grand-prêtre dans tout cela ? demanda Hori-sherê.

— Libéreras-tu mon mari ?

— Dès que l'enquête sera achevée.

— Mernerê a épousé l'une de ses filles.

— Le grand-prêtre profite-t-il des vols ?

— Je ne crois pas... Il est riche. Il s'est querellé avec Mernerê... à propos d'un autre vol.

— Mernerê en a commis d'autres ?

— Oui... Il y a deux ans. Le grand-prêtre a eu le plus grand mal à dissuader la grande-prêtresse des Filles d'Amon de le dénoncer...

Les deux enquêteurs tombèrent des nues. Ils mâchèrent ces révélations, se demandant évidemment comment séparer le grain de la vérité de la paille des ragots, puis se séparèrent de l'épouse de Dedefhor et regagnèrent furtivement leurs quartiers. Ils convinrent que, si le grand-prêtre ne s'était pas comporté de façon suspecte et si sa collusion avec le chef de la police n'avait pas été évidente, ils auraient été tentés de soupçonner que la femme de Dedefhor avait inventé des histoires. Mais là le doute n'était plus de mise.

Khaemouaset ne dormit pas beaucoup cette nuit-là. À six heures, en effet, il se leva pour le bain et les prières avec les prêtres d'Amon. Il donna rendez-vous à Hori-sherê au réfectoire.

La journée s'annonçait chargée. Cependant, Khaemouaset trouva le temps de se rendre au temple même, afin d'en admirer la grand-salle hypostyle, en cours d'achèvement : des peintres juchés sur des échafaudages décoraient les gigantesques piliers. L'immensité de l'édifice était écrasante ; elle exprimait la majesté et la puissance tout ensemble. Elle était bien à la mesure de celui qui l'avait conçue : elle était inhumaine. Et pour un homme venu mesurer la vilenie dont ses semblables pouvaient être capables, elle perdait son sens à la fin. Une longue contemplation emplissait le spectateur de frayeur. Les titanesques colonnes n'enserraient que du vide.

Et, soudain, une idée abominable fondit sur lui comme le faucon sur l'oie qui a échappé à la surveillance du pâtre. Cet édifice magnifique avait été construit, comme bien d'autres, à l'aide de pierres prélevées sur les monuments de rois antérieurs. Des bas-reliefs avaient été martelés, des cartouches effacés et des statues réappropriées... Et, sous les ordres de Ramsès, l'architecte en chef, Maÿ, avait, entre autres délits, usurpé deux obélisques de la reine Hatchepsout, modifiant leurs inscriptions à la gloire de Ramsès...

La consternation figea Khaemouaset un long moment. Son père aussi s'était donc approprié les monuments des rois disparus. Mais son pouvoir divinisé interdisait de contester le moins du monde la légitimité de ce qui, pour des mortels ordinaires, eût été qualifié de rapine.

Il prit à pas lents le chemin du réfectoire. De telles idées sont un fardeau ; elles alourdissent le pas d'un homme.

La quête de la vérité est un exercice aussi cruel que l'acharnement du vautour qui gratte le dernier reste de chair sur la carcasse du buffle égaré dans le désert et mort de soif. Elle révèle le squelette du vivant, celui que les embaumeurs prennent tant de soin à celer à la vue. La vue de qui ? Des dieux ? Ou plutôt des survivants ?

12

Un lion et un perroquet en cage

À l'inquiétude visible du grand-prêtre, et à l'instigation de Khaemouaset, le secrétaire du vizirat, fort des pleins pouvoirs qui lui étaient conférés, convoqua le commandant de la garnison militaire d'Apitou, avec un détachement de dix hommes. Les deux enquêteurs s'assirent sous une tonnelle du jardin des scribes et y attendirent donc le militaire. Ce ne fut cependant pas lui qui arriva le premier, mais le chef de la police Mernerê menant quatre policiers qui encadraient un inconnu au visage soucieux. C'était sans doute le beau-frère du prévenu Dedefhor.

— Comment t'appelles-tu ? lui demanda Khaemouaset.

— Tameri, mon prince. Sergent Tameri de la garnison du Vautour. Pourquoi suis-je ici ?

— Tu parleras quand on t'interrogera ! s'écria Mernerê, lui donnant une bourrade.

— Tu es ici, expliqua Khaemouaset, parce que le chef de la police t'accuse d'avoir participé au viol de la sépulture du roi Sekhemrê-Sched-taouer et de son épouse Khasnoub...

— Je n'ai jamais rien dit de tel ! cria Mernerê.

— Tu l'as dit devant moi et devant témoins dans le bureau du vizir à Ouaset, déclara Hori-sherê. Tu viens de te rendre coupable d'un faux témoignage.

Le chef de la police blêmit. Un camouflet aussi brutal signifiait un renversement de situation qu'il n'avait pas prévu et, en tout cas, une disgrâce. Le dénommé Tameri roulait des yeux d'ahuri.

115

Le grand-prêtre qui observait la scène paraissait de plus en plus alarmé.

— Où étais-tu la nuit de l'effraction de la pyramide ? demanda Khaemouaset à Tameri.

— Quelle effraction, mon prince ? Je ne sais rien...

— Il y a deux décades, des voleurs se sont introduits dans la pyramide du roi Sekhemrê-Sched-taouer.

— Voici trois mois, mon prince, que je n'ai quitté la garnison du Vautour, mon commandant peut en témoigner.

— Il se sera échappé la nuit à l'insu de son commandant ! cria Mernerê.

— Combien de temps avez-vous mis pour aller le quérir ? demanda Khaemouaset aux policiers.

— Huit heures, mon prince, répondit l'un d'eux.

— Et pour revenir ?

— Autant.

La réponse suffisait : le sergent Tameri n'aurait pu s'absenter seize heures de sa caserne sans que son absence eût été remarquée par son commandant. Le visage de Mernerê revêtit une couleur malsaine. Le commandant de la garnison arriva alors, escorté du détachement demandé : dix hommes. Il paraissait satisfait. La rencontre avec des représentants du pouvoir royal était toujours une occasion d'avancement. Les échanges de courtoisies avec le propre fils du roi et un secrétaire du vizirat furent donc effusifs. Le grand-prêtre et son gendre, le chef de la police, tiraient toujours de longues mines.

Devinant que des événements d'importance étaient en cours, les scribes du temple avaient formé des groupes autour de la tonnelle, à l'exaspération évidente du grand-prêtre. Ils se demandaient sans doute quel était l'objet véritable de cette assemblée et la raison de la présence de soldats.

La situation parut s'effilocher et, soudain, Khaemouaset déclara d'un ton placide :

— Commandant, je suis heureux que tu sois venu. Nous allons maintenant perquisitionner chez le chef de la police Mernerê.

— À tes ordres, mon prince.

— Quoi ? s'écria le chef de la police. Perquisitionner chez moi ? Pour quelle raison ? Que se passe-t-il, ici ? Serais-je devenu suspect, moi, le chef de la police ?

— Mon prince, s'écria le grand-prêtre, je te conjure de réfléchir aux conséquences d'une telle perquisition... Elle minera inutilement l'autorité et tu ne trouveras rien chez Mernerê...

— Tel n'est pas l'avis de la grande-prêtresse des Filles d'Amon, grand-prêtre, rétorqua Khaemouaset, faisant peser son regard sur le dignitaire.

Il se leva. Le commandant sembla avoir saisi la situation : sur un ordre discret, ses soldats encadrèrent le chef de la police. Le cortège fut silencieux.

Une heure plus tard, ils arrivèrent devant la maison de Mernerê. C'était une demeure opulente, pourvue d'un jardin intérieur au centre duquel un bassin s'ornait de nénuphars roses. L'irruption de soldats menés par des inconnus déclencha l'affolement des domestiques et une jeune femme s'élança au-devant des intrus :

— Qui êtes-vous ? Comment osez-vous ? Je suis la fille...

— ... du grand-prêtre, poursuivit Hori-sherê d'un ton narquois. Ton mari que voici t'expliquera l'objet de notre visite.

— Je n'expliquerai rien du tout ! Je suis victime d'une intrigue infâme ! rugit Mernerê.

— Nous allons donc perquisitionner chez toi, annonça Khaemouaset.

Même le commandant de la garnison sembla secoué par l'audace de la décision. Fouiller la demeure d'un chef de police, en vérité ! Mais la présence de deux dépositaires de l'autorité royale, dont le propre fils du pharaon, ne lui laissait pas le choix. Trois enfants, sans doute ceux du couple, considéraient avec stupéfaction les militaires et les policiers. Par la porte restée ouverte, on apercevait un attroupement de villageois qui se formait dehors.

Khaemouaset se fit indiquer les chambres des maîtres de maison et s'y rendit avec Hori-sherê. La première donnait sur le patio et l'atmosphère parfumée disait que c'était celle de l'épouse de Mernerê. Un coffre de bois précieux ne recelait que des vêtements féminins, une penderie, plusieurs robes de qualité, des sandales, des perruques sur des catins. Hori-sherê souleva le couvercle d'un coffret et découvrit un tas de bijoux appréciable. Il les examina d'un air dubitatif.

— Comment oses-tu ? répéta la maîtresse de céans.

— Tu portes des bijoux royaux, maintenant? rétorqua le secrétaire.

Et il laissa retomber le couvercle. Les domestiques chuchotaient bruyamment.

La chambre contiguë était celle de Mernerê. Khaemouaset et Hori-sherê la parcoururent du regard. Un coffre sous le lit attira leur attention.

— Tirez-le, qu'on l'inspecte! ordonna Khaemouaset à l'un des policiers.

Et quand ce fut fait:

— Ouvrez-le!

Des objets enveloppés dans des linges s'offrirent aux regards. Hori-sherê en saisit un et le défit de son emballage. Le choc fut raide: un masque de femme en or, aux yeux de pierre dure et à la coiffure incrustée de lapis-lazuli et de corail. Un autre objet était un lourd collier d'or et de turquoises, auquel étaient encore attachés des fragments de bandelettes. Puis le masque du roi fut dégagé d'un grand linge, avec la barbe en or. Puis encore un miroir d'argent poli...

Le commandant et les soldats témoins écarquillèrent les yeux.

— Faites entrer Mernerê, ordonna Khaemouaset.

Le chef de la police apparut, le masque effondré. Khaemouaset se borna à indiquer le trésor du doigt.

— Ce sont les objets que j'ai saisis chez Dedefhor, déclara Mernerê.

— Tu n'en as jamais parlé et il n'y a pas de procès-verbal de saisie ni de témoins, répliqua Hori-sherê.

— Vous ne m'en avez pas laissé le temps.

— Tu as eu cinq jours pour cela et tu n'en as rien fait. Je te déclare voleur sacrilège de la tombe du roi Sekhemrê-Schedtaouer et coupable d'avoir tenté d'égarer les enquêteurs du roi divin. Commandant, veuille conduire cet homme à la prison du Grand Temple d'Amon.

Le chef de la police d'Apitou, Mernerê, ouvrit la bouche, comme pour happer l'air. Puis il s'écroula. Une femme poussa un cri perçant. Mernerê, sur le dos, râlait. Un domestique lui versa de l'eau sur le visage. Khaemouaset remit les objets en place, referma le coffre, puis pria le commandant de la garnison de lui déléguer six hommes pour porter celui-ci jusqu'au bateau et ensuite au Palais de Ouaset. Des domestiques portèrent, eux, l'agonisant sur son lit pendant que des soldats traînaient le coffre à l'extérieur.

Khaemouaset jeta un regard navré sur le chef de la police qui exhalait ses derniers râles, entouré de son épouse, de ses enfants et des domestiques, puis murmura quelques mots au secrétaire du vizirat. Ce dernier informa alors le commandant de la garnison que, jusqu'à la nomination d'un nouveau chef de la police, il lui en déléguait les fonctions. Les babouins aussi changeraient de chef.

— Fais libérer tout de suite le prisonnier Dedefhor. Quant au sergent Tameri, il n'a pas lieu d'être retenu ici.

Les deux enquêteurs se rendirent au bateau qui les ramènerait à Ouaset sans passer par le temple ; le spectacle du dépit qui les y attendrait n'était pas nécessaire. Sur le chemin du port, ils furent salués par un vacarme irrespectueux : des centaines d'oies cacardaient, menées par un pâtre vers le pré voisin ; était-ce ainsi que l'on saluait la justice ? Ou bien étaient-ce des acclamations ? Ce fut en tout cas le seul incident qui dérida les deux hommes.

Ils firent néanmoins le trajet perdus dans leurs pensées, chacun devinant qu'il partageait celles de l'autre. Sous son masque splendide, le royaume était rongé de vermine. Aussi, l'exemple du pouvoir absolu n'est pas conseillé aux âmes faibles, car il incline le plus souvent au cynisme et à l'ordinaire corruption.

Tout compte fait, c'était une sinistre besogne que de rendre la justice, Khaemouaset l'avait bien compris. Et il se reprit à penser que le dieu Thot était bien à plaindre. Personne ne pouvait lui reprocher de s'envoyer, de temps à autre, un verre de trop.

Ramsès examina d'un œil morose le contenu du coffre étalé sur la table : les joyaux arrachés aux momies et au tombeau de son lointain prédécesseur Sekhemrê-Sched-taouer ainsi qu'à celui de son épouse Khasnoub.

— Je veux que ces ornements soient remis à leur place et que tout soit rétabli comme avant, déclara-t-il.

S'ennuyait-il à Pi-Ramsès ? En tout cas, il était rentré à Ouaset en plein milieu de l'été, alors qu'il devait y passer toute la saison.

Le vizir Nebamon, le secrétaire Hori-sherê et Khaemouaset, réunis autour de lui, devinaient les motifs de son humeur morne ; car il en avait plusieurs.

En premier lieu, Nebounénef, le grand-prêtre du temple d'Amon à Apitou, lui avait adressé une longue récrimination sur l'enquête relative au viol d'une sépulture royale, qui avait, selon lui, semé inutilement le trouble dans les esprits de la région ; elle avait ainsi entraîné la mort brutale du chef de la police, bouleversé par des accusations invérifiées, et ébranlé l'autorité royale dans la région. Ramsès avait communiqué le papyrus de la tirade aux intéressés. Grâce à Amon, le compte rendu détaillé établi par Hori-sherê avait fait justice de ces allégations ; les accusations avaient été dûment vérifiées et Ramsès était trop avisé pour n'avoir pas compris que le feu chef de la police Mernerê avait été une franche canaille. Grâce à la diligence de Khaemouaset et de Hori-sherê, les joyaux avaient été récupérés et tout rentrerait dans l'ordre. Cela ne changeait rien au fait que l'image de l'autorité royale avait été, en effet, ternie par l'incarcération et les mauvais traitements infligés à l'innocent Dedefhor, ainsi que par le discrédit qui affectait désormais le grand-prêtre. De plus, le principal coupable étant mort d'émotion, aucun exemple retentissant de la justice royale n'avait été donné à la population d'Apitou, comme Ramsès l'avait espéré.

— N'y a-t-il plus personne à faire bâtonner publiquement ? demanda Ramsès.

— Les complices de Mernerê, Majesté, si nous parvenions à mettre la main dessus, répondit Hori-sherê. Mais je crains que les conséquences n'en soient désagréables.

— Comment cela ?

— Ils s'empresseront de révéler les noms d'autres complices, en plus de Mernerê.

Cette perspective n'enchantait visiblement pas le pharaon.

— Bon, je veux que les réparations de la pyramide de Sekhemrê-Sched-taouer fassent l'objet d'une grande cérémonie que présidera le grand-prêtre d'Amon. Je veux rendre évident pour tous le triomphe de la justice d'Amon. J'y assisterai peut-être.

— Oui, Majesté, cela sera fait, s'empressa de répondre Nebamon.

L'amour-propre du grand-prêtre Nebounénef serait ainsi pansé.

La deuxième raison de l'humeur de Ramsès était que rien ne se passait en Asie. Il avait escompté qu'après la rupture des relations diplomatiques avec Babylone le roi de ce pays, Kadashman-Tourkou, et son allié le roi des Hattous, Hattousil, déclencheraient des hostilités. Or, les deux Asiates ne bronchaient pas. Les discours tonitruants du jeune Ramsès après le départ de l'ambassadeur de Babylone avaient révélé les ambitions de son père : une nouvelle guerre en Asie, dont les conquêtes éclatantes compenseraient la déroute déguisée en victoire de l'aventure de Qadesh. Et là, il était visiblement déçu.

Il abordait la vingtième année de son règne et la quarante-cinquième de sa vie, hélas terrestre malgré qu'il en eût ; il ne serait pas, il le savait, éternellement en état de faire la guerre. Le corps restait ferme, mais, pour un œil exercé, les griffures du temps se décelaient aux commissures des yeux et des lèvres, et la sclérotique de l'œil avait pris la teinte du vieil ivoire.

Impatients de conquérir la gloire dans une vraie guerre contre de vrais ennemis, pas de négligeables rebelles du pays de Koush, ses fils aînés aussi, Parêherounemef, Ramsès, Montouherkhepeshef, Sethemouïa et, depuis quelque temps, le jeune Merenptah, le pressaient de partir en campagne. Mais il ne pouvait pas déclarer la guerre de but en blanc.

Entre-temps, il s'était encombré de cet étourneau jacassant de Moursil le Troisième, autre va-t-en-guerre dont il ne savait plus que faire et dont la compagnie à Pi-Ramsès avait fini par l'agacer. Il l'avait d'ailleurs prié de se déplacer au palais de Mi-Our, avec son escorte et ses concubines, comme la rumeur s'était dépêchée de le rapporter.

Ramsès était donc comme un lion en cage. Mais cette cage était l'idée qu'il s'était faite de sa splendeur.

Khaemouaset le jaugea du regard et se félicita d'avoir émigré dans la vie de prêtre. Mais il se désola aussi de ne pas pouvoir être plus utile à son père. Il évoqua la maxime du *Livre de la Sagesse de Ptah* : « L'homme sage sait qu'il n'est jamais utile qu'en fonction de son intérêt. Le chacal n'est jamais utile au canard. »

Il flaira qu'une autre cause alimentait la frustration de son père, mais il ne disposait d'aucun indice nouveau. Était-ce Isinofret ? La Grande Épouse s'impatientait-elle de n'être pas encore régente d'Asie ? À force de ressasser les mêmes espérances déçues, l'esprit se dérègle et se détache des besoins du corps, les jours noircissent et les nuits deviennent blanches, les plaisirs s'affadissent et l'humeur s'altère.

Le Conseil prit fin. Demeurés tête à tête, père et fils échangèrent un regard.

— Comment va Imenherkhepeshef ?

— Il me paraît avoir secoué la poussière de ses sandales, père divin. Il est désormais un garçon vif et gai.

— Je ne doutais pas de ton influence. Je souhaite qu'il rejoigne bientôt la compagnie de ses oncles et prenne la place de son père. Crois-tu qu'il soit prêt à une formation militaire ?

— Sans aucun doute, père divin.

Mais Khaemouaset n'ajouta pas qu'il ferait des prières magiques pour conjurer l'esprit de Seth. Car Ramsès considérait donc que ses enfants étaient pareils à ces *oushebtis* que les organisateurs de funérailles multiplient dans les tombeaux, des copies du disparu chargées d'accomplir ses besognes dans l'au-delà. Khaemouaset avait appris à tenir sa langue : le sage, au pays de Horus, ne s'appelait-il pas « le silencieux » ?

Les retrouvailles avec son épouse dissipèrent heureusement ses pensées sans joie.

— Je suis enceinte, lui annonça Nekhbet-di.

— Que la vie s'épanouisse en toi, murmura-t-il en l'embrassant.

Un démon de l'agitation s'était emparé, entre-temps, des rois d'Asie.

À l'automne, un message d'Imenemipet apprit au pharaon et à la cour de Ouaset que le prince de Hanilgabat[1], Shattouara le Deuxième, avait rompu son alliance avec les Assyriens pour rejoindre la coalition des Hattous, avec son voisin et allié, le roi de Karkemish[2]. Ces gens nouaient et dénouaient leurs alliances au gré de leurs soudains appétits, autant dire de leurs lubies. Sur quoi le roi d'Assyrie, Salmanazar le Premier, avait pris la mouche

---

1. Le Mitanni.
2. Région correspondant à celle de la ville actuelle de Garziandap, à la frontière turco-syrienne.

et attaqué le traître. Aussi bien, ces gens ne supportaient pas les sautes d'humeur des autres.

Le Palais vécut quasiment au rythme des dépêches qu'Imenemipet envoyait presque tous les jours par le truchement de messagers. Mais ceux-ci ne parvenaient à destination que deux à trois semaines plus tard, selon la saison et l'état des terrains, et chacun savait que leurs informations étaient périmées à réception. Néanmoins, les esprits bouillonnaient. Ça chauffait en Asie et, supputaient les gens que l'on disait avisés, ces convulsions finiraient par entraîner le royaume de Horus dans la danse et l'on verrait ce que l'on verrait. Le pharaon materait ces turbulents. On n'entendit jamais autant Moursil le Troisième, qui s'agitait, lui aussi, comme un perroquet dans une cage.

L'excitation atteignit son comble quand une dépêche d'Imenemipet informa le pharaon que Salmanazar avait dévasté le Karkemish, détruisant neuf places fortes, pillant cent quatre-vingts colonies, détruisant la fière ville de Karkemish elle-même et faisant une quinzaine de milliers de prisonniers. De concert avec Moursil, les princes trépignèrent d'impatience, et Ramsès eut fort à faire pour leur rappeler que ces régions étaient loin à l'est et que le royaume ne gagnerait rien à y guerroyer.

— Avez-vous oublié votre géographie ? Il faut trois semaines pour y parvenir, leur rappela-t-il. Entre-temps, la situation aura changé. Ce qui nous intéresse, nous, c'est l'Amourrou et l'Oupi.

Les généraux non plus ne se souciaient pas d'aller se battre si loin de leurs bases. Mais Isinofret ne se résolvait cependant pas à croire que le royaume n'avait pas à faire entendre sa voix dans ces empoignades sanglantes.

Khaemouaset songea avec un certain soulagement que sa prochaine période de service divin approchait et qu'il allait s'abstraire pour trois mois du spectacle affligeant de tous ces seigneurs en proie à l'enflure de la personnalité. Et quel autre nom donner à leur ambition démesurée ?

Un matin qu'il établissait avec Hori-sherê le catalogue des fonctions qu'il ne pourrait assumer pendant ces trois mois, un grondement sourd à l'extérieur entraîna les deux hommes à la fenêtre. Un train de chariots chargés de jarres de vin se dirigeait vers les celliers.

— Ah, voici donc nos consolations ! s'écria Hori-sherê.

L'exclamation suscita l'hilarité de Khaemouaset. Depuis leur expédition à Apitou, les deux hommes s'étaient liés d'amitié.

L'après-midi, un incident apparemment négligeable précéda la retraite du monde de Khaemouaset. Prise, elle aussi, de folie à cause d'un coup de fil trop vigoureux, la toupie de son fils aîné s'était élancée dans un des escaliers qui menaient à l'étage inférieur, où résidait la plus grande partie de la domesticité. Khaemouaset partit donc la récupérer, car il ne souhaitait pas que le gamin se lançât dans des escaliers abrupts. Au bas des marches régnait la pénombre ; il trouva le jouet dans les mains d'un humain.

Une femme. Hatha.

Le corps svelte et les seins hauts captaient sans doute une lumière venue d'ailleurs, pour luire ainsi dans la pénombre, à l'égal de l'ébène la plus finement polie.

Ils se firent face un moment. Un long moment, un de ceux où les mots n'ont plus d'usage et où seule compte la réalité.

— Je n'espérais plus te revoir, dit-elle enfin en lui tendant la toupie.

Lui non plus, mais il jugea importun de le dire.

— Aucun autre depuis toi, murmura-t-elle.

Il fut bouleversé et se le reprocha. Était-elle la servante d'un dieu ? Il imagina les caresses qu'il répandrait sur ce corps et se dit que jamais plus il ne caresserait celui de Ptah comme avant.

Le gamin appela du haut des marches.

— J'ai trouvé la toupie ! J'arrive ! Ce soir ? souffla Khaemouaset.

Et comme elle avait chuchoté « oui », il demanda :

— Où ?

— Il y a des chambres au sous-sol. Je t'attendrai à la douzième heure.

13

Le retour de Seth

L a cérémonie exigeait un protocole spécial. Inhumer une seconde fois un roi était, en effet, exceptionnel, et il n'y fallut guère moins que les compétences du grand-prêtre d'Amon à Apitou, Nebounénef, du grand-prêtre d'Osiris, Ounennéfer, et du grand scribe, Ramose, pour l'inventer. Ramsès jugea utile, et sans doute adroit, de leur adjoindre Khaemouaset : cela signifierait que le fils ne tenait pas plus rigueur au grand-prêtre que le père ; rudement écorné par l'arrestation de son gendre, le prestige de Nebounénef serait restauré aux yeux de tous.

L'une des questions qui se posaient à ces augures était de savoir comment concilier la restauration de la pyramide et l'exposition des sarcophages, car ceux-ci devaient être présentés à la population dans leur splendeur retrouvée, afin de prouver que les masques et joyaux avaient bien été repris aux voleurs ; or, la restauration du monument ne pouvait être complète qu'une fois les sarcophages remis à leur place et après clôture de la porte. Il fut donc décidé qu'ils seraient exposés ouverts pendant la cérémonie, ensuite fermés et portés à l'intérieur en présence de Ramsès, puis que le monarque poserait de son auguste main le mortier de la première pierre. Le reste se ferait plus tard.

Le grand jour arriva enfin et la foule aussi.

Les sarcophages avaient été disposés sur des tréteaux bas, afin que chacun pût vérifier la piété d'Ousermaâtrê Setepenrê, digne fils d'Amon, à l'égard de ceux qu'il désignait comme ses lointains ancêtres, Sekhemrê-Sched-taouer et son épouse, Khasnoub. Les faces pathétiques et noircies par le temps avaient disparu. Les joailliers avaient œuvré avec la diligence et la dextérité requises. Les deux momies rénovées contemplaient maintenant le ciel de leurs yeux d'albâtre et d'obsidienne sertis dans des faces d'or étincelant au soleil. Elles exprimaient cet étonnement enfantin et navré qu'on voit à tous les visages de momies. Lui tenant le sceptre et le joug croisés sur sa poitrine, elle un bras replié, le poing serrant un lotus d'or, et l'autre, le long du corps.

Sur un autel construit en face de la pyramide pour la circonstance, un bûcher avait été bâti. Ramsès gravit les marches et y mit le feu à l'aide d'une torche. C'était le symbole majeur de l'exorcisme contre Seth, tenu pour responsable de l'abominable forfait qu'avait été le viol des sépultures, car seul ce dieu pouvait avoir inspiré un outrage aussi indigne, et il avait peur du feu. Ramsès prononça d'ailleurs les formules qui l'expliquaient à l'assistance :

— Mon père Amon est présent, Rê est présent, Ptah est présent. Osiris, réjouis-toi, le feu purificateur a fait son œuvre, les méfaits de Seth sont effacés, l'impie est puni.

Sur quoi il donna un coup de sceptre sur l'autel. Une gerbe d'étincelles jaillit. Une rumeur monta de l'assistance : deux rangées de prêtres devant la pyramide et, derrière Ramsès, les deux Épouses royales, les princes, les dignitaires de la cour et là-bas, très loin, la population d'Apitou. Le prodige attestait de l'efficacité du geste. De l'astuce du clergé également, qui avait disposé dans le feu de la poudre de bois, cause du phénomène. Toute réflexion sur le fait que le représentant de Seth chassait son dieu tutélaire serait mal venue. Très mal venue.

Puis le pharaon descendit de l'autel, la fausse barbe rebiquant par l'effet d'un mouvement de mâchoires ; un prêtre lui tendit l'encensoir, qu'il balança entre les deux sarcophages contenant les momies restaurées. Enfin, il s'assit sur un trône, dressé en face de la pyramide. Il était seul : le rétablissement de la dignité des rois ensevelis était son affaire à lui et il ne la partagerait avec personne.

Les deux Grandes Épouses et Thiyi, princesse royale, étaient assises derrière lui. À la rangée suivante, mais sur des bancs, avaient pris place les grands dignitaires, les princes et leurs épouses, dont Khaemouaset sans Nekhbet-di, trop avancée dans sa grossesse pour supporter l'épreuve d'une aussi longue cérémonie. Celle-ci devant être célébrée par les grands-prêtres d'Amon et d'Osiris, la participation d'un servant de Ptah comme l'était Khaemouaset, n'était pas requise, tout prince qu'il fût.

On abordait alors la troisième heure de la réparation.

— Combien de temps cela durera-t-il? murmura quelqu'un près de lui, à l'adresse de son voisin.

L'impertinent était probablement Sethemouïa, mais Khaemouaset n'en avait cure. Bien que l'on fût en hiver, le soleil était éclatant, aveuglant, brûlant, et forçait à tenir les paupières mi-closes. Khaemouaset avait peu dormi de la nuit. Il somnolait. Et, dans sa torpeur, il se vit oignant et massant la statue de Ptah, s'attardant sur les pectoraux.

Le grand-prêtre d'Amon était entré dans la pyramide, escorté du grand-prêtre d'Osiris, tous deux munis d'encensoirs, afin de purifier la dernière demeure du pharaon Sekhemrê-Sched-taouer et de son épouse, Khasnoub. Khaemouaset ne put s'empêcher de penser confusément que tous les présents se fichaient éperdument de ce roi dont personne n'aurait rien su dire s'il avait été interrogé. Il se reprit à caresser en songe éveillé la statue du dieu Ptah, avec une volupté amoureuse. Il s'avisa de façon indistincte que les pectoraux étaient devenus des seins, élastiques et sensibles, et que ce n'était plus le dieu momiforme, pareil à un grand *oushebti*, mais Hatha, la petite esclave de Koush, qu'il caressait. Sa main glissait le long des chemins connus, des épaules aux seins ronds et fermes, puis le long des hanches et sur l'aine. Et sur le ventre... Elle disait de sa voix musquée : « Mon sexe a faim de toi, ma bouche a faim de la tienne... »

Ç'avait été avant la dernière période de service divin, après la rencontre au bas de l'escalier. Et, depuis, il avait régulièrement assouvi la faim de Hatha et la sienne propre.

En ayant expulsé les esprits mauvais, les deux grands-prêtres étaient ressortis de la pyramide. Ils avancèrent devant l'autel et récitèrent un éloge interminable du fils éternel d'Amon, dont le sceptre avait foudroyé les puissances hostiles et fait resplendir le trône de Horus. Maintenant les oiseaux *ba* du dieu apaisaient les *kas* des époux dérangés dans leur sommeil sacré...

Il y en eut comme cela pour près d'une heure et, toujours en songe, Khaemouaset caressa les fesses de Hatha tandis qu'il la possédait. Lui aussi avait faim d'elle. Il aimait toujours tendrement sa femme, mais elle était enceinte. Et quel jardinier n'a jamais cédé à la tentation du fruit sauvage... ?

Il vit à travers ses cils mi-clos Ramsès se lever derechef et, le bras levé, la barbe cérémonielle tressautant sous le menton, prononcer des formules inaudibles devant les sarcophages, tandis que des prêtres posaient dessus les couvercles.

Le souvenir des lèvres de Hatha caressa les siennes.

Peut-être était-il temps de se ressaisir. Ses voisins commençaient à s'agiter, remuant les jambes, toussotant, se grattant le menton. Le jeune Imenherkhepeshef, confié à sa charge et assis près de lui, se tenait parfaitement sage : c'était la première cérémonie officielle à laquelle il assistait.

— Mais les voleurs vont revenir ? chuchota-t-il à Khaemouaset.

— Non, maintenant, ils auront trop peur.

Ce garçon avait décidément l'esprit éveillé. Mais il était vrai qu'après la bastonnade publique infligée au chef de la police Mernerê, en dépit des interventions de son beau-père, les malandrins, y compris les tailleurs de pierre et le receleur qui couraient toujours, y réfléchiraient à deux fois. Pendant quelque temps, en tout cas.

Les sarcophages furent enfin transportés à l'intérieur de la pyramide. Leur installation prit un temps infini. Aussi fallait-il les insérer dans les sarcophages de pierre et poser dessus les couvercles de pierre tout neufs.

Khaemouaset dit au revoir à l'image de Hatha.

— Bon, on approche de la fin, murmura Sethemouïa.

Une truelle garnie fut cérémonieusement présentée à Ramsès, qui alla étaler le mortier sur la pierre de seuil, et deux ouvriers déposèrent dessus la première pierre de la porte.

Une demi-heure plus tard, après les dernières récitations de formules et le chant des prêtresses d'Amon, les rites étaient achevés. Khaemouaset remercia l'image de Hatha qui l'avait soutenu. Il se demanda aussi quelles images avaient soutenu l'assistance.

La perspective du banquet ne l'enthousiasmait pas. Il y eût volontiers renoncé, mais ne voulait pas abandonner son fils adoptif, Imenherkhepeshef, à cette mêlée dangereuse.

L'enfant naquit.

Ce fut une fille. Une fois de plus, Khaemouaset s'émut de ce petit visage chiffonné, comme les premières feuilles d'un bourgeon qui attendent le soleil pour se déployer. D'accord avec Nekhbet-di, il l'appela Isinofret. L'hommage officiel à sa mère était doublé de l'intention secrète de purifier ce nom, « Beauté d'Isis », qui lui paraissait de moins en moins avoir été illustré par sa mère. Quant au nom secret[1], ce serait Sechen[2], « Celle du lotus ».

La naissance fut enregistrée auprès du directeur des Secrets du matin. Celui-ci apprit au père qu'elle portait à cent quatre-vingt-treize le nombre des descendants directs du roi, sur deux générations, dont cent un étaient en vie. Soixante et onze avaient succombé aux maladies ordinaires de l'enfance, la plupart avant l'âge d'un an, le reste avant cinq ans, Imenherkhepeshef le Premier alors qu'il était un jeune adulte. Les princes de première génération, précisa le fonctionnaire, contribuaient activement à l'enrichissement de la famille royale. Ainsi, Montouherkhepeshef ne comptait pas moins de onze enfants en vie. Les princes faisaient, en effet, couramment appel aux concubines du palais des Femmes ; ce réservoir de délices comptait désormais des Babyloniennes et des Cananéennes en grand nombre, ce qui variait les agréments nocturnes et, incidemment, répandait l'usage du babylonien.

Telle était la raison pour laquelle, confia le fonctionnaire avec une lueur de malice dans l'œil, le volume et le personnel des cuisines avaient été triplés, et ceux des greniers, des celliers et de la buanderie doublés.

Le chiffre des survivants laissa Khaemouaset rêveur. Étaient-ils tous divins ? Il se demanda également si son père ressentait la même émotion que lui à chaque naissance. Était-il même informé de ces naissances, qui se produisaient souvent en son absence ? Pouvait-il se rappeler leurs noms ? Mais, encore une fois, c'étaient là des pensées insolentes. Ramsès était un dieu. Il ne pouvait être assujetti aux lois des humains. Peut-être, après tout, était-il vraiment divin...

---

1. La coutume voulait qu'on donnât également à l'enfant un nom secret, qui ne lui était révélé qu'à son entrée dans l'âge adulte.
2. Qui est l'origine du prénom « Suzanne ».

Mais il s'ensuivait que le sentiment d'être né sans père s'accentuait parfois chez Khaemouaset jusqu'à l'égarement.

— C'est une épreuve que d'être le fils d'un dieu vivant, confia-t-il à Nekhbet-di, car, moi, je me sens seulement humain.

Elle avait ri :

— Et tes frères ?

Mais il ignorait comment ils vivaient leur condition. Avaient-ils d'ailleurs le temps d'y songer ? Ils bambochaient abondamment, donnant au palais du jeune Ramsès, celui de son père du temps de la régence, des festins agrémentés de chanteurs et danseurs des deux sexes, et Khaemouaset n'était pas impatient d'en savoir davantage. Il se souciait surtout de soustraire Imenherkhepeshef à leur exemple et d'éviter que les esprits âcres de Seth ne s'emparassent de lui comme ils l'avaient fait de son père.

Mais ces ombres méphitiques n'étaient apparemment pas les seules à rôder dans le Palais.

Khaemouaset et Nekhbet-di avaient été informés par la première dame de cour d'Isinofret que la deuxième Grande Épouse souhaitait recevoir son fils et sa bru pour leur remettre un cadeau à l'occasion de la naissance de l'enfant dotée de son nom. Ils décidèrent d'y aller de bon matin et, suivis de la nourrice qui portait le bébé, ils s'engagèrent dans le vaste couloir menant aux appartements d'Isinofret.

Un incident négligeable attira l'attention de Khaemouaset : alors qu'il parvenait à l'antichambre de sa mère, il vit une domestique babylonienne jeter subrepticement des détritus destinés à l'incinération dans une boîte à ordures et disparaître. De pareilles boîtes étaient disposées à la porte de tous les appartements royaux et emportées le matin par les domestiques, qui les versaient dans une décharge commune. Elles recueillaient les rebuts de la vie ordinaire, fruits à demi consommés, vieilles sandales, linges déchirés. Mais, en passant devant celle-là, Khaemouaset aperçut des fragments de bandelettes calcinées, sur lesquels étaient inscrits des caractères. Curieux débris. Il se pencha pour en prendre un et s'immobilisa, saisi. Il avait lu la formule suivante : « Ton nom est Gorge de Sekhmet. »

— Qu'y a-t-il ? demanda Nekhbet-di, à trois pas de là.

— Je te le dirai. Attends-moi.

« Ton nom est Gorge de Sekhmet… » Mais c'était là une formule de magie agressive ! Une invocation à la déesse de la vengeance. Le cœur de Khaemouaset battit plus fort. Il se pencha et tira un autre fragment : « … nom est Hawhara, Visage renversé… » Une autre formule de magie. Isinofret faisait donc appel à un magicien. Elle avait participé à une séance de magie la veille. Pour quoi faire ? Pour nuire à sa rivale, quoi d'autre ? Il jeta prestement les fragments dans la boîte, comme si ç'avaient été des serpents et rejoignit sa femme, intriguée.

— Qu'as-tu ramassé ?

— Plus tard, femme.

Il parvint, non sans mal, à se recomposer une expression amène. Mais ni l'accueil exubérant de sa mère, ni le don d'un collier d'or pour la fillette, ni même le vin pétillant qui fut servi ne parvinrent à effacer le goût amer que lui avait laissé sa découverte.

Sa mère invoquait les démons pour persécuter Néfertari.

Hattousil, le roi des Hattous, ne s'estimait visiblement pas divin ni invincible, lui ; la cuisante défaite infligée à son allié le prince de Hanilgabat lui avait inspiré un sentiment que l'on définit en termes courtois comme l'inquiétude, mais qu'en langage ordinaire on appelle trouille. La puissance de son voisin, l'Assyrien Salmanazar, l'empêchait de dormir paisiblement. Moursil le Troisième, qui avait conservé des intelligences dans son pays, s'empressa d'en informer Ramsès, et celui-ci ne fut donc pas surpris quand il apprit que trois émissaires hattous étaient arrivés à Pi-Ramsès le vingt et unième jour du premier mois de l'hiver et s'étaient rendus au bureau des Affaires étrangères. Ils s'appelaient Tili-Teshoub, Ramosé et Yapoulisi. Surprise : ce dernier était l'envoyé du Karkemish, qui avait été si durement ravagé par les Assyriens, mais dont le prince n'avait pas baissé l'épée.

— Ah ! clama le jeune Ramsès, au cours du dîner, le gredin est aux abois ! C'est le moment de le prendre à la gorge et de lui enlever Qadesh !

Il avait parlé trop vite, comme le lui firent comprendre les regards autour de lui et la mine déconfite de Moursil. Les projets de Ramsès étaient différents.

Les trois émissaires avaient fait présenter au roi un traité sans précédent : une tablette d'argent, métal plus rare que l'or au pays de Horus, inscrite de signes du langage des Hattous[1]. Et comme l'apprit le jeune Ramsès plus tard dans la soirée, son père avait été frappé par le sceau de Hattousil, imprimé profondément sur les deux faces de la tablette. D'un côté, l'on y voyait Seth, dieu du ciel, étreignant le souverain, comme l'expliquait une inscription ; de l'autre, un portrait de la déesse-soleil des Hattous, Arinna, enserrant la souveraine du pays, Poudoukhépa, prêtresse de la ville d'Arinna, comme l'assurait la traduction.

Ainsi, Seth, qui avait été le dieu tutélaire de Ramsès, et même de sa famille, comme en attestait le nom de son père, revenait sur le devant de la scène en tant que protecteur de ses nouveaux alliés.

Khaemouaset, qui, comme tous les dignitaires de la cour, avait été autorisé à examiner la tablette, en fut, lui, intrigué. Seth, l'ennemi d'Osiris, prenait-il sa revanche sous couleur de demander la paix ? Mais il n'aurait pour rien au monde avoué ses appréhensions à personne. Et, pourtant, elles étaient profondes.

L'autre face de la tablette, en effet, montrait que c'était la reine Poudoukhépa aussi bien que son époux Hattousil qui demandaient la paix avec le royaume de Horus. Poudoukhépa était-elle l'alliée de Seth ? Quels desseins ténébreux poursuivait donc le couple royal hattou ? Tout cela puait l'intrigue à plein nez. Comment Ramsès ne le flairait-il pas ?

Mais non, il ne flairait rien ; il était comblé que le roi des Hattous requît une alliance avec lui. Seule la cautèle des vizirs et des conseillers parvint à lui représenter que, si le Hattou était si pressé de bonnes relations, cela se marchandait et que des compensations matérielles s'imposaient. Le Hattou voulait s'assurer que le puissant roi Ramessou ne se joindrait pas à une coalition, si celle-ci venait à se former contre lui. Les marchandages commencèrent donc. Des jours durant, les fonctionnaires du bureau des Affaires étrangères et les émissaires établirent les clauses du traité de paix, communiquées au fur et à mesure à Ramsès.

À la fin, les uns et les autres s'entendirent sur le fait qu'ils respecteraient leurs positions respectives et que les marchands du

---

1. Rédigé en écriture cunéiforme, c'est le premier traité connu de l'Histoire.

royaume auraient le droit de reprendre la route côtière jusqu'au grand centre commercial d'Ougarit[1], où ils s'approvisionnaient en bois de cèdre, en pourpre, en étain et autres denrées rares, venues du fond de la mystérieuse Asie. Clause qui provoqua l'accablement de Moursil le Troisième : le royaume ne reconnaîtrait comme héritier du trône hattou que le fils de Hattousil. Le traité pulvérisait ses chances de se faire rétablir sur le trône avec l'aide du royaume de To-Méry.

Les visées de Ramsès sur Qadesh et l'Amourrou, ainsi que son expédition de jeunesse malheureuse, étaient donc oubliées, et les nuages qui s'étaient amoncelés à l'est, après la rupture des relations diplomatiques avec Babylone, étaient dissipés. Il ne restait plus que des raisons de se réjouir. Du moins si l'on voulait bien oublier également les humeurs ombrageuses et volatiles de ces monarques. Les émissaires hattous tentèrent alors d'obtenir qu'on leur remît le prétendant Moursil, mais Ramsès s'y refusa. Le traité risquait-il d'être aboli ? Hattousil en avait déjà trop fait pour se dédire. Les émissaires chipotèrent âprement, mais le vizir Pasar fit valoir qu'aucun terme du traité ne prévoyait expressément l'extradition du neveu, et force fut d'en rester là. Moursil respira. Devait-il sa grâce à la générosité de Ramsès ? Ou bien, comme on le chuchotait à la cour, à l'intervention d'Isinofret ? La Deuxième Épouse royale aurait, disait-on, fait valoir que Hattousil n'était pas éternel et qu'à sa mort il serait utile d'avoir hébergé l'héritier légitime du trône du Hatti, calcul qui n'était pas sans fondement.

Quand le traité eut enfin été conclu, le texte en occupa cinq rouleaux de papyrus et la version en hattou autant. Néanmoins, Ramsès en fit graver la version en hiéroglyphes sur l'enceinte d'Apitou et sur les murs du temple des Millions d'Années ; il en fit aussi déposer une copie à On, au pied de la statue du dieu Horakhty, Horus de l'Horizon, dans son temple, et Hattousil fit déposer la sienne au pied de la statue du dieu Teshoub.

Khaemouaset fut intrigué par la déesse tutélaire de la reine Poudoukhépa et, plus encore, par le fait que les Hattous révéraient Seth, désigné comme garant du traité dans un paragraphe de celui-ci :

---

1. Centre commercial millénaire, situé sur la côte syrienne, à quelque 16 km de l'actuelle Lattaquié.

Seth du Hatti, Seth de la ville d'Arinna, Seth de la ville de Zip-
palanda, Seth de la ville de Pitiyarik, Seth de la ville de Hissaspa,
Seth de la ville de Saressa, Seth de la ville de Halab, Seth de la ville
de Luczina, Seth de la ville de Nérik, Seth de la ville de Noushashé,
Seth de la ville de Shapina...

Onze fois cité ! Guère versé dans les religions de l'Asie, il s'informa auprès de Moursil le Troisième. Qui était cette mystérieuse déesse-soleil Arinna qui protégeait la souveraine de ses ailes étendues ? Et Seth était-il à ce point révéré par les Hattous ?

— Vos traducteurs n'ont rien compris, déclara le prince, la déesse du soleil qui a son temple à Arinna s'appelle Messoulash. Elle et son époux, Hattoushash, le dieu des champs, sont les plus importants de notre religion. Le dieu du ciel, lui, est Anoush.

— Mais pourquoi la tablette dit-elle que Seth est le souverain du ciel ?

— Ne l'est-il pas, chez vous ?

— Il le fut autrefois, répondit Khaemouaset, interdit. C'est Rê... Ou bien Noût, qui soutient la voûte céleste...

Devant la perplexité de son interlocuteur, le Hattou fit une moue :

— Comme on sait que Seth est le dieu tutélaire de votre roi et qu'il est roux comme lui, je suppose que cet idiot de Hattousil a pensé lui faire plaisir en donnant à notre roi du ciel le nom de Seth. Mais de quoi votre Seth est-il donc le dieu, que tu paraisses si alarmé ?

— Des ténèbres, du désert, des tempêtes et de la guerre, répondit Khaemouaset de plus en plus désemparé.

— Alors, c'est notre dieu Teshoub, mon protecteur[1], répondit Moursil en lui lançant un regard vengeur.

Le prétendant s'appelait, en effet, Ourhi-Teshoub, « Issu de Teshoub », de son nom personnel, Moursil étant son nom dynastique.

— Ou bien Baâl, ajouta-t-il.

Ce qui revenait au même. Ainsi le dieu Seth faisait-il son retour dans les affaires du royaume. Et le traité avait bien été placé sous la protection de Seth, comme Khaemouaset l'avait craint quand il

---

1. Ces points sont historiquement exacts. Seth ou Sutekh, dieu introduit en Égypte par les Hyksôs envahisseurs, ne figurait pas sous ce nom dans le panthéon des Hittites, même s'il y avait son parèdre sous le nom de Teshoub.

avait appris que Ramsès avait accordé l'asile à Moursil. Ce n'était pas de bon augure. Mais qu'y pouvait un simple prêtre de Ptah, fût-il prince ? Et qui eût donc prêté l'oreille à ses appréhensions ?

— Puisque la reine des Hattous participe à la politique de son mari, tu vas voir, les Épouses royales vont maintenant triompher, prévint Nekhbet-di, d'un ton ironique.

Elle avait vu juste.

La première à répondre fut Néfertari, qui adressa à Poudoukhépa un message d'une insignifiance convenue :

> *Pour moi, ma sœur, tout va bien, avec mon pays tout va bien. Pour toi, ma sœur, que tout aille bien. Vois maintenant, j'ai apprécié que toi, ma sœur, m'aies écrit à propos des relations de bonne paix et fraternité dans lesquelles sont entrés le grand roi, le roi du royaume de Horus, et son frère le grand roi, le roi du Hatti.*
>
> *Puissent le dieu-soleil et le dieu de l'orage t'apporter la joie. Puisse le dieu-soleil faire que la paix soit bonne et accorde la fraternité du grand roi, le roi du royaume de Horus, avec son frère le grand roi, le roi du Hatti, pour toujours.*
>
> *Je suis en amitié et en relation fraternelle avec ma sœur, la grande reine du Hatti, maintenant et à jamais.*

Il était difficile de concevoir texte plus insipide. Peut-être reflétait-il le peu d'intérêt de Néfertari pour les tumultes de la politique étrangère. Isinofret, qui en eut connaissance, fit, elle, adresser à Poudoukhépa un collier d'or relevé d'incrustations de verre de couleur autour d'un médaillon représentant la déesse Hathor. La reine hattoue ne lui avait envoyé aucun message : maintenant, elle serait contrainte de savoir qu'il existait une autre Épouse royale.

Les femmes le savent, un bijou vaut cent paroles. Isinofret plaçait ses pions en Asie.

Le plus déconcertant pour Khaemouaset fut que Ramsès lui demanda, peu après la signature du traité, de rédiger un texte de félicitations qui serait signé d'un certain Setherkhepeshef.

— Qui est-ce, divin père ?

— Imenherkhepeshef. J'ai décidé de changer son nom.

Khaemouaset fut abasourdi.

— Certainement, père divin. Mais les Hattous sauront-ils qui est l'expéditeur ?

— Ils le sauront, car tu ajouteras une formule pour le désigner comme prince héritier. Il remerciera aussi Hattousil pour les cadeaux que celui-ci m'a envoyés par l'entremise de l'émissaire Parikhanoua.

Un garçon de treize ans, car le temps passait, prenait donc le pas sur ses oncles. Ceux-ci en étaient-ils prévenus ? Et pourquoi Ramsès transférait-il sur le garçon la protection de Seth à la place de celle d'Amon ? Et quel était le sens des remerciements de l'héritier ? Depuis quand remercie-t-on quelqu'un pour les cadeaux qu'un autre a reçus ? L'heure se prêtait mal à interroger le monarque. Et d'ailleurs, ses réponses n'auraient pas éclairé davantage les méandres de sa pensée. Il ne restait qu'à s'exécuter.

La seule conclusion qu'on pouvait tirer de ces mystères était que Seth menait la danse.

14

L'homme qui voulait peupler le monde

— Comment cela? s'écria Khaemouaset, avec une telle violence que le Premier chambellan manqua de reculer d'un pas. Nekhbet-di, consternée, leva les bras. Les deux enfants aînés du couple ouvrirent de grands yeux. La mort n'était pas au programme de ce qu'ils apprenaient au *kep*.

Imenherkhepeshef, qui ne s'était pas encore fait à son nouveau nom, se rapprocha de l'homme qui était pour lui un père adoptif et posa la main sur son bras.

— Mon prince, la vérité que je te dis me brise le cœur, murmura le chambellan d'une voix cassée. Il est mort tout à l'heure, après deux nuits de fièvre et de souffrances. Le deuil est proclamé au Palais.

Parêherounemef, le « brave des braves », n'était plus. À vingt-six ans, le premier des princes héritiers était parti pour l'Occident.

— Je vais chez mon père, annonça Khaemouaset.

Nekhbet-di et Imenherkhepeshef lui emboîtèrent le pas.

Une petite foule se pressait dans l'antichambre des appartements du roi. Plusieurs princes y étaient déjà. Ramsès, dévasté, Néfertari, l'épouse du défunt et les sœurs de celui-ci, en larmes, recevaient les condoléances des leurs. Entendaient-ils? Écoutaient-ils même? Leurs mains étaient mouillées de larmes, certaines versées par ceux qui avaient connu et aimé Parêherounemef, d'autres par ceux que l'émotion avait gagnés. Assise près de Thiyi, Isinofret se tenait à l'écart, ne pouvant ni participer directement au deuil ni s'y soustraire. Après avoir échangé accolades et embrassades affligées, les visiteurs ne pouvaient cependant s'attarder, car la foule ne cessait de grossir : les épouses secondaires, leurs enfants, l'administration du Palais, l'armée, s'empressaient d'assurer le monarque et son épouse de leur chagrin.

Se frayant un passage à travers tout ce monde, Khaemouaset et les siens regagnèrent donc leurs appartements. Il s'assit, prostré.

L'évidence l'écrasait. Nekhbet-di et Imenherkhepeshef le considéraient, navrés.

— Je sais ce que tu penses, lui dit le prince.

— Je n'ose plus penser, fut sa réponse.

Les rituels, tant de fois vécus, recommencèrent.

À peine les embaumeurs avaient-ils entrepris leur besogne que les architectes partirent à la hâte pour Apitou, afin d'achever l'aménagement du caveau de Parêherounemef, dans le vaste ensemble du Kher-en-Ahaou, dont nul n'aurait jamais songé que le Brave y dormirait de sitôt.

Une humeur sombre s'installa chez les princes, encore sous le coup de la désignation de Setherkhepeshef comme héritier du trône. Plus qu'aucune autre, la mort de leur aîné leur apparaissait comme une offense. Ils ne savaient pas qui l'avait permise, mais elle l'avait été. De surcroît, ils se voyaient tous reculer d'un cran dans l'ordre de succession. Maintes fois, aux repas communs, quand ces sujets furent évoqués, Khaemouaset fut tenté de révéler ce qu'il pensait à ces jeunes gens saisis par le désarroi. Mais il tint sa langue. S'il était sage, il devait être silencieux.

Maintenant, il en était certain : non seulement son père n'aurait pas compris, mais encore il se serait indigné. Un prêtre, son propre fils, osait accuser Seth du forfait ? Khaemouaset imagina l'orage et, pis, l'inutilité des mots : son père s'était proclamé fils d'Amon, mais il était le jouet de Seth.

Lors de la cérémonie devant le tombeau, quand le sarcophage fut posé à la porte de la dernière demeure et que les prêtres l'encensèrent, il trembla. Nekhbet-di lui saisit le bras, pressentant l'explosion et ses conséquences. Imenherkhepeshef se tourna vers lui, troublé.

— Il nous aura tous. Tous ! grommela Khaemouaset. Je le vois !

— Père…, murmura Imenherkhepeshef, plongeant son regard dans celui de l'homme qui l'avait tiré du chaos.

Il lut le désarroi et la révolte.
Khaemouaset baissa la tête.

Une fois de plus, après les soixante-dix jours de deuil, la cour redevint glabre.

À vingt-cinq ans, Khaemouaset avait parfois le sentiment d'en avoir cent.

Hatha lui présenta un jour un enfantelet. C'était un garçon, enveloppé dans un linge fripé. Khaemouaset le prit dans ses bras et pleura. Elle avait disparu pendant des mois, et il s'y était résigné, songeant qu'elle s'était lassée de lui, n'ayant plus cure d'être traitée comme un objet de plaisir clandestin.

— Tu ne m'avais rien dit, murmura-t-il.

— J'ai craint…

Elle n'acheva pas sa phrase. Qu'avait-elle craint? Le soupçon de s'être laissé engrosser pour acquérir le statut de concubine princière?

— Viens avec moi, ordonna-t-il.

Elle le suivit. Il l'emmena chez Nekhbet-di.

Le spectacle de l'esclave de Koush portant un enfant dans les bras figea un instant l'épouse. Les mots furent superflus. Nekhbet-di prit l'enfant des bras de Hatha, le considéra, le serra contre elle, sourit, hocha longuement la tête et dit à la mère:

— Il est beau. Il sera élevé comme il convient.

Un simple regard suffit à faire comprendre à Khaemouaset que sa femme avait dépassé le stade des reproches et des arguties ordinaires en pareil cas. L'intuition de la réalité humaine lui avait enseigné qu'une épouse n'est pas propriétaire de son époux, ni l'inverse, et que ni l'un ni l'autre ne peuvent, par exemple, commander les rêves de leur conjoint. Avait-elle craint de n'être plus aimée? Ou bien savait-elle que l'amateur de fèves peut être tenté à l'occasion par un plat de lentilles? En tout cas, elle avait assimilé son homme, peut-être tous les hommes, comme les scribes des temples apprennent les livres sacrés.

— Va prévenir le directeur des appartements royaux, dit-elle, d'une voix où l'on eût peiné à discerner la plus infime aigreur.

Chemin faisant, il se demanda si son attirance pour Hatha survivrait à cet épisode. Elle serait désormais une concubine légitime et non plus le pigeon sauvage qui réveille l'éternel instinct du chasseur. Le service des dieux ne permettait pas de tout comprendre sur la terre. Eux, peut-être, perçaient le secret des créatures, mais les livres sacrés ne le révélaient pas.

Il arriva ainsi chez le directeur des appartements royaux, déclara que l'esclave Hatha serait sa concubine officielle et aurait donc droit à des quartiers. L'enfant serait élevé avec les privilèges que lui conférait son statut de fils de prince.

Peut-être, songea Khaemouaset, échapperait-il à la vengeance de Seth.

Les trois mois suivants, de service de Ptah, n'accordèrent à Khaemouaset qu'une fraction de la paix qu'ils dispensaient jusqu'alors. Le dieu ne lui en dit pas plus que ce qu'il lui avait déjà appris. Il se limita à lui répéter que l'esprit d'un humain est borné et que les dieux font ce qu'ils veulent.

Quand Khaemouaset regagna le Palais, son père le convoqua.

— N'as-tu rien remarqué, fils, lors de nos visites aux monuments d'Apitou?

Qu'aurait-il dû remarquer? La dernière visite dans le Sud avait été motivée par les funérailles de Parêherounemef et, s'il fallait s'étonner de quelque chose, c'était du fait que le deuil n'avait pas laissé la moindre griffure sur le visage de Ramsès.

— Non, père divin, répondit-il, interloqué.

— Certaines de mes statues sont de belle qualité, d'autres semblent avoir été sculptées à la hâte et le détail en est bâclé. Ainsi, sur celle qui me représente avec Néfertari à ma gauche, tu sais, à l'entrée du Grand Temple, l'artiste m'a fait un nez énorme. Ai-je à ton avis un si grand nez?

Et comme Khaemouaset protestait que non, Ramsès reprit:

— Pareillement, tu relèveras sur la même statue que le pouce de ma main gauche est ridiculement petit et que les deux bras semblent d'inégale longueur. Il y a des foules d'autres détails défectueux. Ainsi les vêtements sont insuffisamment détaillés... Et je ne te parle pas des pieds! Ils sont proportionnellement énormes ! Les orteils semblent taillés à la hache.

— As-tu fait part de tes observations aux sculpteurs ?

— Je les ai exprimées à Maÿ et à Didia. Mais j'estime qu'il faut désormais un responsable de la qualité des sculptures et des bas-reliefs. Et, comme tu t'es fort bien acquitté de la supervision des textes, j'estime que cette charge te revient désormais, en ta qualité de servant de Ptah. Tu seras intendant général des images du pharaon.

— Je te remercie de cet honneur, père divin.

— La plupart des sculpteurs résident à Hetkaptah. Rends-toi dans leurs ateliers et regarde comme ils travaillent. Puis emmène-les à Apitou et fais-leur part de mes observations. Ce qui est fait est fait et l'on ne peut pas rallonger un bras trop court. Mais on peut affiner certains détails et, surtout, éviter que les erreurs soient répétées.

— Oui, père divin.

Quand Khaemouaset quitta son père, la surprise demeura. La toute-puissance aiguisait donc le souci de sa propre image. Il devrait donc veiller à ce que celle des sculpteurs fût conforme à celle que le dieu incarné se faisait de lui-même. Sa nouvelle mission ne l'enthousiasmait pas ; il évoqua avec une grimace le conflit qui l'avait opposé aux artisans de Didia alors qu'ils gravaient un bas-relief sur le mur sud-est du temple des Millions d'Années. La volonté de Ramsès avait été de prouver qu'il s'était bien affronté aux troupes hattoues lors de la campagne de Qadesh ; les artistes avaient donc illustré la prise d'une place forte mineure, Dapour, mais en y incorporant des exagérations et des inexactitudes telles que Khaemouaset avait cru nécessaire d'intervenir. Que Dapour fût représentée en tant que place forte hattoue, cela pouvait passer à la rigueur, bien qu'elle ne le fût pas ; après tout, ses maîtres s'étaient alliés aux Hattous. Mais ce n'était pas le pire. L'une des scènes, en effet, représentait Khaemouaset lui-même, en compagnie de son frère Montouherkhepeshef, s'apprêtant à égorger des chefs ennemis.

Or, c'était en l'an 5 et Khaemouaset avait alors dix ans et Montouherkhepeshef, huit. Ils ne s'étaient jamais trouvés en situation d'égorger qui que ce fût et ils en auraient d'ailleurs été bien incapables. Ils avaient été tenus à l'écart de la bataille, en compagnie de leurs autres frères. Pis : deux autres princes représentés comme participant à l'assaut, Séthi et Setepenrê, n'étaient pas encore nés !

Les protestations de Khaemouaset étaient parvenues à Didia ; mais ce dernier y avait opposé un visage impassible.

— Je le regrette pour toi, mon prince, avait-il reparti à Khaemouaset, mais ces bas-reliefs ne peuvent être modifiés.

— Je suis surveillant des textes sacrés !

— Je le sais, mon prince, mais la scène et les textes que tu contestes ont été ordonnés par notre divin roi lui-même.

Force avait donc été à Khaemouaset de s'incliner devant la volonté paternelle, fût-ce au mépris de la vérité. Il ravala sa frustration, comme il l'avait déjà fait à la lecture du satané *Poème* de Pentaour. La gloire du dieu vivant primait la vérité.

Il éprouva le besoin de la compagnie d'Imadi avant de quitter Ouaset pour Hetkaptah. Était-il possible qu'un homme qui n'était ni scribe ni prêtre lui apportât plus de réconfort que ceux que sa fonction et sa science lui réservaient ? Cela n'avait pas de sens, et pourtant… Mais on ne peut se raisonner éternellement. Et qu'y avait-il de coupable à boire un gobelet ou deux en compagnie d'un homme sensé en caressant du regard des donzelles naïves jusque dans leur perversité ? Il se rendit donc au Palais d'Ihy. Imadi n'y était pas. Peut-être viendrait-il plus tard. Le même serveur que la fois précédente lui versa un gobelet de vin mousseux, et le même chanteur aveugle débita une autre mélopée :

> *Les corps disparaissent et s'en vont,*
> *D'autres demeurent depuis toujours.*
> *Les rois d'antan dorment dans leurs pyramides,*
> *Les nobles et les bienheureux aussi,*
> *Ensevelis dans d'autres pyramides.*
> *Ceux qui bâtirent des maisons jadis,*
> *Elles n'existent plus et eux non plus.*
> *Que sont-ils devenus ?*
>
> *J'ai entendu les paroles d'Imhotep et de Dedefhor,*
> *Les sages dont on récite les sentences,*
> *Mais eux, que sont-ils devenus ?*
> *Leurs maisons sont en ruine ou disparues,*
> *C'est comme si elles n'avaient jamais existé.*

Personne ne revient de là-bas
Nous raconter quel est leur sort,
Ni de quoi ils ont besoin...

L'étonnement puis le désarroi envahirent Khaemouaset. Le Palais d'Ihy était-il un *kep* pour adultes ? Une Maison de Vie parallèle, où les professeurs étaient des chanteurs aveugles ? Oui, c'était vrai, il ne restait rien des rois d'antan et ils ne dormaient pas tous d'un sommeil paisible, puisque des voleurs venaient les détrousser jusque dans leurs pyramides. Et lui, de quelle illusion était-il donc l'artisan ? À qui mentait-il ? Une chanson d'aveugle dans un cabaret, et sa science vacillait...

Jusqu'à ce que tu approches du lieu
Vers lequel ils sont allés,
Sois joyeux, rends ton cœur oublieux,
Suis ton cœur aussi longtemps que tu vis,
Parfume-toi la tête de myrrhe,
Habille-toi de lin fin[1]...

Imadi n'était toujours pas là. L'ivresse gagnait Khaemouaset. Il eût voulu parler, entendre une voix, échanger même des banalités. Mais il était seul. Mieux valait rentrer.

Il gagnait la porte quand les dernières paroles du chanteur suspendirent son pas :

Il n'est donné à personne d'emporter là-bas son bien,
Et aucun de ceux qui sont partis n'est jamais revenu.

La vie était ici et maintenant. Khaemouaset se retrouva dans un groupe de jeunes fêtards échangeant rires et bourrades. Il les envia. Leur folie était sagesse. Ramsès avait-il jamais goûté l'ivresse d'un gobelet de vin au Palais d'Ihy, sous les étoiles ?

Il sembla un instant que le garçon nu, souriant, un doigt sur la bouche, le pied gauche en avant, s'apprêtât à poursuivre sa

---

1. Étonnant de désenchantement et de résignation, ce *Chant du harpiste du roi Antef*, souverain de la XIe dynastie (2160-2000 av. J.-C.), était encore en vogue sept siècles plus tard, car deux copies datant du Nouvel Empire nous en sont parvenues. Il a été, ici, adapté d'après sa traduction littérale.

marche. Mais, s'il le faisait, il tomberait de son socle. De toute façon, il ne mesurait qu'une demi-coudée de haut et le destin d'une créature aussi fragile serait certainement périlleux. De plus, il était en argile. C'était le modèle d'une statue du jeune Horus.

Khaemouaset se pencha de plus près pour admirer les traits du dieu enfant. La fossette sur la joue, le sourire candide, la rondeur du ventre adolescent, tout y était. Y compris le délicat sillon prouvant que le fils d'Osiris et d'Isis avait été circoncis. Les orteils étaient bien fuselés et même les rainures des ongles y étaient finement gravées.

Khaemouaset avait consacré deux semaines à visiter et examiner les temples et les bas-reliefs d'Apitou, en compagnie de son secrétaire, le scribe Ipepi ; il avait été, en effet, déçu par l'exécution sommaire de maintes œuvres récentes, de quelque taille qu'elles fussent. Puis ils s'étaient rendus à Hetkaptah. La différence de qualité avec le petit chef-d'œuvre sous ses yeux était scandaleuse. Et le mécontentement de son père était largement justifié.

— Et maintenant que la terre est sèche, dit le sculpteur, nous allons en faire un moule et y couler le bronze. Un exemplaire est destiné au gouverneur du nome de Pi-Ramsès, un autre à l'intendant du Palais des Femmes de cette ville.

L'atelier d'Ahmose comportait plusieurs salles, consacrées chacune à une activité différente, taille directe, sculpture sur bois, polissage, fonderie, incrustations, peinture et autres. Khaemouaset se trouvait donc dans l'atelier de modelage. Le maître des lieux, un quinquagénaire aux traits burinés, comme si son propre ciseau s'était attardé sur son visage, lui demanda s'il souhaitait assister à la fonte.

— Non, je te remercie, répondit Khaemouaset, je voudrais m'entretenir avec toi.

Alerté par certaines confidences de bureaucrates, confrérie notoirement pareille à des pots percés, Ahmose savait l'objet de la visite princière. Le roi n'était pas content de certaines de ses images. Depuis l'an 8 de son règne, Ramsès s'était attaché à favoriser les artisans sculpteurs et peintres ; n'étaient-ils pas les sujets du royaume les plus utiles à sa gloire ? Ils couvraient les espaces sacrés et les temples d'effigies exaltant son génie, sa splendeur et sa nature divine. Aussi avait-il doublé leurs salaires et les avait-il exemptés d'impôts. Mais Ahmose le savait assez, l'argent ne produit pas le talent et, même, il incline à la facilité. Ces dernières années, les productions de plusieurs ateliers étaient tombées dans la banalité, la lourdeur et, pour tout dire, la négligence. Même certains de ses élèves avaient été atteints par ce relâchement et il avait dû les semoncer énergiquement. Ahmose connaissait le titre antérieur de Khaemouaset : surveillant des textes sacrés dans les temples ; le nouveau était intendant général des images du dieu vivant.

Les deux hommes allèrent s'asseoir à l'extérieur. Un domestique leur apporta des gobelets de bière.

— Vous réalisez des chefs-d'œuvre. Comment s'explique la différence de qualité entre une statue telle que ce petit Horus et certaines autres représentant mon divin père ? Celle que je viens de voir est exquise de vérité, mais celles-là sont rigides, de vérité discutable et, oserais-je le dire, sans vie ?

— Les grands artistes se comptent sur les doigts, mon prince, et nous avons dû faire face à des commandes plus nombreuses et plus urgentes qu'ils ne pouvaient en satisfaire. Laquelle t'a déçu, par exemple ?

— Le colosse à l'entrée du temple des Millions d'Années. Les bras sont à peine modelés et inégaux et les détails fautifs abondent. Ainsi, l'attache du pectoral à l'épaule est inexacte, le nez est disproportionné, l'oreille est trop éloignée de l'œil et les pieds ne pourraient servir à marcher. N'est-il pas l'œuvre de ton atelier ?

Ahmose soupira.

— Elle a dû être réalisée en trois mois, mon prince. L'un de nos meilleurs sculpteurs devait en même temps en achever trois pour les temples de Pi-Ramsès. Il a donc délégué des élèves pour dégrossir le bloc sur place, se réservant l'achèvement du visage. Quand il est arrivé à Apitou, les erreurs que tu signales avaient été commises et ne pouvaient plus être corrigées. Il a donc consacré le peu de temps qui lui restait à exécuter le visage. J'ai moi-même dû travailler sur deux des trois statues pour Pi-Ramsès.

Ils sirotèrent la bière.

L'image du peuple de statues de toutes dimensions que les ateliers de Hetkaptah, celui d'Ahmose et les autres, avaient été pressés de fournir depuis l'avènement de Ramsès le Deuxième s'imposa soudain à Khaemouaset. Il sentait presque le sol trembler sous le pas lourd d'une armée de colosses de pierre, avançant sur des pieds sans articulations, sourire aux lèvres. Cette vision amena celle de la tribu que le monarque avait engendrée et continuait d'accroître. Le secret de son père lui apparut alors : cet homme voulait donc peupler le monde de ses statues et de ses enfants. Il voulait s'en emparer en sa qualité de dieu suprême. Il maîtrisa son effroi et ravala sa salive.

— Quelle doit être, à ton avis, mon prince, la distance de l'œil à l'oreille ? demanda Ahmose, dans l'espoir de tempérer les reproches de son visiteur.

— Un doigt de longueur, répondit sèchement Khaemouaset. Dans le colosse dont je te parlais, elle est double.

Peste du critique ! songea Ahmose. Il avait raison et le regard aiguisé.

— Et les poignets sont inexistants, ajouta Khaemouaset, pour faire bonne mesure. On aurait pu les dégrossir. Si vous faites des visages fidèles à la réalité, vous êtes tenus de représenter le reste du corps de la même façon, coudes et genoux compris.

— Certes, mon prince, certes. Il faut savoir reconnaître ses erreurs. Cependant, il est parfois préférable, sais-tu, de ne pas être trop fidèle à la réalité.

Façon de dire qu'une image stéréotypée et idéalisée du pharaon serait préférable à la vérité. Khaemouaset n'insista pas : il était vrai qu'une grande distance séparait les portraits officiels de la vérité.

— Mon divin père m'a chargé de superviser l'exécution des statues, reprit-il. Je ne peux certes offrir que de modestes compétences à ton vaste travail, mais il est un point sur lequel je pourrais t'être utile et satisfaire ainsi mon père. C'est d'obtenir de plus grands délais pour les œuvres que tu m'indiqueras, afin que tes élèves et toi puissiez travailler dans les meilleures conditions et éviter des bévues grossières.

— Tu m'en vois comblé, mon prince. Je serai heureux de pouvoir, à l'avenir, ne présenter à notre divin maître que la fleur de notre métier.

— Tiens-moi avisé des commandes et, de mon côté, je m'informerai également de celles qui te sont faites. Nous parviendrons à faire en sorte qu'elles ne dépassent pas les capacités des ateliers.

Sur ce, Khaemouaset prit congé de l'artiste. Enfourchant son baudet, il se prit à songer qu'il était autant le prêtre du culte de son père que de Ptah.

Était-il concevable que les femmes qui l'entouraient se fussent résignées à n'être que des ventres au service de sa gloire ? Et que resterait-il de cette gloire ? Les paroles du chanteur aveugle du Palais d'Ihy résonnèrent à ses oreilles :

Les rois d'antan dorment dans leurs pyramides,
Les nobles et les bienheureux aussi,
Ensevelis dans d'autres pyramides.
Ceux qui bâtirent des maisons jadis,
Elles n'existent plus et eux non plus.
Que sont-ils devenus ?

Qu'étaient-ils devenus, en effet ? Ils n'avaient, dans les meilleurs cas, laissé que leurs images. Est-ce bien tout ce qui reste du passé, des images ?

À la fin, se dit-il, il n'était pas différent de l'âne qui le portait. Et la sagesse avait un goût amer.

15

« Tu n'es jamais allé à Qadesh... »

Une demi-douzaine de mouches s'affairaient autour du plat de dattes posé sur une table d'ébène incrustée de nacre. Ni la seconde Grande Épouse Isinofret ni ses dames de cour ne s'en émouvaient. L'heure était trop grave pour s'abaisser à disputer leur pitance à ces misérables insectes. Un rescrit royal avait annoncé le matin même, en cette vingt-deuxième année du règne du roi divin Ousermaâtrê Setepenrê, que la princesse Bent Anât, la fille aînée d'Isinofret, avait été élevée au rang de Grande Épouse.

Assise sur son trône doré, incrusté de pierres de toutes les couleurs, Isinofret tourna la tête vers la grande fenêtre et le ciel d'argent qui répandait sa chaleur sur Ouaset. Le rescrit mettait fin à son état de femme désirée. Jamais plus son royal époux ne ferait gémir sa couche. Ni aucun autre homme, car son statut d'Épouse royale l'interdisait. Elle ne humerait plus cette odeur musquée d'un corps d'homme en sueur après la besogne du lit. Son printemps et son été appartenaient au passé. Mais les saisons du monde poursuivaient leur cours.

Ces réflexions vont plus vite que le chacal qui s'élance vers sa proie. Quelques secondes suffirent pour se remémorer le passé. Elle évoqua la lassitude que les derniers élans sexuels de Ramsès lui avaient causée. Cette fureur du membre et ces pétrissages violents relevaient plus du rut animal que d'une quelconque tendresse et d'un irrésistible jaillissement du désir. Le divin époux se fichait éperdument des sensations, et encore plus des sentiments, de la viande qu'il labourait. Il fécondait, quoi! Il était roi, quoi! Un roi qui féconde n'allait pas s'encombrer des réserves d'un jeune mortel qui entoure de prévenances l'objet aimé.

Elle le savait aussi, son corps avait mûri et ne présentait plus ces traits qui agitent les humeurs érotiques des hommes, ces seins qui dardent à peine flattés, ces ventres lisses et ces jambes fuselées qui s'enlacent autour du cou des amants. Non, elle était consciente de ses fesses désormais rebondies, des plis sur son abdomen, de ses seins qui tombaient sur son estomac. Huit grossesses avaient aussi flétri sa fleur.

Bon débarras! songea-t-elle.

L'orgueil fait ainsi mépriser ce qui lui est refusé.

Une pensée aigre fila son petit chemin : la première paysanne venue du nome le plus obscur avait un mari, un homme bien à elle. Mais elle n'en avait jamais eu. Ô servitude de la royauté. Bref.

Donc, sa fille aînée lui succédait. Isinofret avait compris la décision quand elle avait surpris le regard du monarque traînant sur les formes sveltes de Bent Anât, enserrées dans une robe de lin plissée, lors des récentes cérémonies à la cour. Le dieu vivant était insatiable. Bon, l'honneur de céder sa place à sa propre fille atténuerait la brûlure de la déchéance sexuelle et, d'ailleurs, ni Néfertari ni elle ne perdraient pour autant leurs titres de première et deuxième Grande Épouse. Mais il faudrait prévenir la donzelle, déjà énamourée, des aléas du statut royal.

— Ta Majesté désire-t-elle un rafraîchissement? demanda la première dame de cour.

La chaleur de la journée montait, en effet, comme une invisible marée. Isinofret demanda donc un lait à la grenade.

La principale intéressée, Bent Anât, se trouvait à Pi-Ramsès. Y occupait-elle déjà les appartements de sa mère? Ce serait à vérifier auprès de l'intendant des palais. Dans ce cas, se dit Isinofret, elle devrait trouver des quartiers à égale distance de ceux de Néfertari et de Bent Anât et dotés de jardins dignes de ce nom. Peut-être l'intendant général y avait-il déjà pourvu.

Elle avait un temps espéré regagner quelque influence sur l'Asie. Elle se serait bien vue régente de son pays, l'Oupi, et avait convaincu Ramsès d'accueillir le jeune Ourhi-Teshoub, prématurément intronisé sous le nom de Moursil le Troisième et persécuté par un oncle barbu et féroce ; de la sorte, le royaume disposerait d'un instrument de chantage sur le roi Hattousil. Mais la ruse avait fait long feu et le seul résultat fut d'irriter les Babyloniens.

Non, elle ne régnerait pas sur l'Asie de sitôt.

— Sait-on quelle a été la réaction de Néfertari ? demanda-t-elle à la première dame.

— Elle a été surprise que ce soit ta précieuse fille qui ait été élue la première à sa nouvelle dignité, Majesté.

Ce qui signifiait que Merytamon, l'aînée de la rivale, ne tarderait pas à être elle aussi désignée comme Grande Épouse royale. Ramsès n'oserait pas mécontenter sa Première Épouse.

Mais quel était donc le secret de Néfertari ?

À la même heure, dans ses appartements de Pi-Ramsès, Bent Anât se remettait lentement de ses émotions de la nuit. L'irruption de cet homme dans son lit, puis dans le saint des saints de sa personne avait été le plus grand choc de sa jeune vie. Mais il était vrai qu'elle n'avait que vingt-sept ans.

Elle en avait été prévenue la veille par l'une de ses dames de cour, en termes excessivement fleuris :

— Réjouis-toi, princesse. Que ta félicité jaillisse jusqu'au ciel, qu'elle caresse les visages d'Isis et de Hathor. Notre divin roi, fils d'Amon, a décidé de te porter au rang sublime de Grande Épouse.

Elle avait flairé depuis plusieurs semaines qu'un mystère couvait à la cour ; chaque fois qu'elle évoquait un soupirant possible, en effet, la conversation tournait court. La condamnait-on donc au célibat ? Elle avait projeté de consulter sa mère, quand celle-ci viendrait à Pi-Ramsès. Puis, tout à coup, sur des instructions mystérieuses, les dames de cour l'avaient accompagnée aux bains et, là, elle avait dû se soumettre à tout un cérémonial de soins particuliers.

— Tu dois être digne du soleil de la nuit, Rê et Khonsou[1] réunis.

_____

1. Dieu-lune.

Et quand elle s'était retirée dans ses appartements, l'astre annoncé était apparu.

Mais il était aussi un troisième dieu, Mîn[1].

Et lui ayant flatté les sens par des caresses appropriées, sur les seins et le pubis, il s'était emparé d'elle.

Rien qu'au souvenir des moments où l'effroi et le ravissement avaient déferlé en elle comme deux courants opposés du Grand Fleuve, elle ouvrit la bouche, de nouveau bouleversée.

Son père divin ! La puissance terrestre et la puissance céleste associées ! Le dieu vivant, fils d'Amon ! Le maître des émotions et des bienfaits. Elle ne l'avait jusqu'alors aperçu que quelques moments à la fois, de loin, lors des cérémonies et des repas, il ne lui avait dispensé que des paroles éparses et parfois une caresse sur la joue. Et, cette nuit-là, il lui avait appartenu ! Ses pointes de seins se dressèrent à l'évocation de cette rencontre inouïe de sa terrestre personne avec le corps céleste du dieu. Elle résista à l'envie de tâter son pubis, qui avait été l'autel de cette union fabuleuse.

Elle éprouva une bouffée de chaleur. S'il avait été là, elle se serait spontanément donnée à lui. Elle lui aurait offert son sexe et ses seins...

Son cœur palpita de nouveau quand le Premier chambellan de la cour de Pi-Ramsès arriva, suivi de scribes, et, après s'être incliné, lui présenta un coffret de cèdre contenant un pectoral d'or et de perles au centre duquel resplendissait un scarabée gravé, surmonté des ailes déployées de la divine Isis.

Le chambellan avait ensuite lu un texte sur papyrus, annonçant que, par décision du divin Ousermaâtrê Setepenrê, la princesse Bent Anât était nommée Grande Épouse.

Les expressions extasiées des dames de cour soulignèrent pour elle l'immensité de l'honneur et le prestige incommensurable de son nouvel état. Elles s'en pâmaient et poussaient des cris d'oiseaux.

Elle n'aurait plus, dès lors, qu'à attendre le bon plaisir de son céleste époux pour connaître le sien propre. Quelle félicité était la sienne !

---

1. Dieu de la virilité, toujours représenté en érection.

Peu après, les princes qui se trouvaient à Pi-Ramsès vinrent lui présenter leurs hommages. Il y avait là ses deux frères Ramsès et Khaemouaset, qui assistaient aux festivités, tous deux fils d'Isinofret, Merytamon, Setepenrê et un garçon que Bent Anât connaissait de vue sans savoir son nom. Khaemouaset le lui présenta : Setherkhepeshef, jadis Imenherkhepeshef.

— De qui es-tu le fils ? demanda naïvement Bent Anât.

— Je suis désormais, ma sœur, le fils du divin Ousermaâtrê Setepenrê, fut l'énigmatique réponse.

Le ton farceur désarçonna Bent Anât. Se moquerait-on d'elle ? Khaemouaset lui fit discrètement signe de ne pas insister. Le prince, lui expliqua-t-il plus tard, n'était autre que son neveu et pupille Imenherkhepeshef, dont Ramsès avait changé le nom. Le monarque, en effet, n'avait pu se consoler de la mort de son aîné et venait de conférer à son petit-fils la place du défunt. Étant doté de pouvoirs divins, n'avait-il pas le pouvoir de changer l'identité de ses sujets ? Il avait d'ailleurs modifié déjà le nom du fils disparu, qui avait jadis été Imenherounemef. Mais Khaemouaset ne souffla mot de l'impression désagréable que ce changement de nom lui valait ; cela constituait un hommage déclaré à Seth. Quel était donc le calcul de Ramsès à l'égard du dieu qui lui avait pris un fils ? Se le concilier en lui en offrant un autre ?

Il s'inquiéta : devenait-il chagrin ? Rien ne lui plaisait décidément dans cette journée. Et, plus que tout, il désapprouvait le rescrit de son père. Le roi Ramsès n'avait-il donc pas assez d'épouses secondaires et de concubines, qu'il eût jeté son dévolu sur sa propre fille ? Ne voyait-il donc dans les femmes que de la volaille à farcir ?

Ironie du sort : au repas qui suivit, l'on servit justement des cailles farcies. Les cuisiniers seraient-ils gagnés à leur tour par le mauvais esprit ?

Apprenant que Ramsès avait organisé un banquet le soir même, pour célébrer l'union avec sa fille, Khaemouaset décida de déguerpir dès la fin du déjeuner ; il laissa sur place Nekhbetdi, désolée, et leurs enfants.

— Tu n'es pas heureux, dit-elle en l'embrassant.

— Le bonheur n'est ni un devoir ni un métier.

Il caressa la joue de sa dernière-née, Isinofret, dite Sechen, et l'embrassa aussi. Non, jamais, s'il succédait à son père, jamais, il se le jura en silence devant Ptah, il ne prendrait sa fille comme épouse. Puis il alla prendre congé de Hatha et du petit Sahourê, son fils, qui le gratifia d'un sourire confondant et fut récompensé d'un bécot sur chaque joue. Sur quoi il enfourcha son baudet et prit le bateau pour Ouaset, escorté de son secrétaire Ipepi.

Même dilués par la brise marine, les jardins parfumés de Pi-Ramsès lui étaient devenus irrespirables.

🪶

La solitude offerte à Ouaset fut pareille à une halte dans le désert, à l'ombre des palmiers qu'arrose la source de l'oasis. La plupart des riches étaient partis pour leurs résidences de Pi-Ramsès ; la ville s'était alentie et même le Palais, qui bourdonnait jadis jusque fort avant dans la soirée, semblait somnoler. Arrivés tard, Khaemouaset et Ipepi se rendirent aux bains et furent heureux d'y trouver deux esclaves occupés à ranger des serviettes. Ils se lavèrent de la poussière des chemins et se rendirent à la salle des banquets ; elle était déserte, quelques lampes y brûlaient encore et les cuisines étaient fermées, mais ils parvinrent à convaincre des domestiques qui balayaient la salle d'aller leur chercher des reliefs du repas des fonctionnaires. Ils dînèrent ainsi de trois quartiers de poulet, d'un fromage blanc et de tiges de lotus au sel. Un cruchon de vin et une gargoulette d'eau suffiraient largement à étancher leur soif.

Au cours des années, Ipepi s'était peu à peu imprégné de l'esprit de son maître ; il avait appris à goûter sa tournure d'esprit paradoxale et son art d'examiner l'envers de toute chose, discernant ainsi le bien dans ce qu'un autre eût qualifié de mal et le néfaste dans ce qu'un tiers eût considéré comme un bienfait.

— Pardonne-moi, maître, dit le scribe d'un air finaud, mais serait-ce impertinent de penser que manger peu est le luxe des riches ?

— Non, tu as raison, seul le pauvre rêve d'abondance. On savoure mieux ce qui est compté.

— Le riche qui veut être encore plus riche ne savoure donc pas ses biens ?

— Peut-être les savoure-t-il mal. C'est donc un pauvre irrémédiable.

Sa propre réponse contraria Khaemouaset ; elle le contraignait, en effet, à déduire que Ramsès était un pauvre. Ses folles accumulations de palais, de temples et de femmes trahiraient donc une incurable famine.

— En va-t-il ainsi de toutes choses ? reprit Ipepi.

Khaemouaset lança à son secrétaire un regard inquisiteur : il connaissait son sacripant, jamais à court d'une idée subversive. Telle était d'ailleurs la raison pour laquelle il l'avait choisi. De surcroît, le scribe, qui partageait parfois le repas du soir de la famille de son maître, quand Khaemouaset ne dînait pas dans la grand-salle en présence de son père, avait conquis Nekhbet-di par son museau de souris espiègle et son fagot toujours renouvelé de ragots sur le Palais.

— À quoi penses-tu ?

— Oserais-je le dire ?

— Tu as osé le penser.

— Au pouvoir, maître.

— Qu'en est-il ?

— Il doit être parfait.

— Certes.

— Mais il ne l'est pas.

Khaemouaset aspira une goulée d'air. Quelle autre impertinence Ipepi allait-il lui décocher ?

— S'il était moins grand, ses défauts se verraient moins, reprit le scribe.

— À quels défauts penses-tu ?

— Au mensonge, maître.

Khaemouaset se raidit.

— Penses-tu à un mensonge particulier ?

— Oui. À l'un de ceux contre lesquels tu t'es révolté. Le bas-relief du temple des Millions d'Années.

— Comment le connais-tu ?

— Les scribes sont bavards, maître. T'ai-je offensé ? Pardonne-le-moi.

— Non, tu ne m'as pas offensé. Tu m'as simplement prouvé que mon pouvoir, s'il avait été moindre, n'aurait pas souffert de cette blessure. Je n'aurais même pas pu intervenir pour tenter de rétablir la vérité.

Khaemouaset se demanda quel était le mal le plus grave : que les faux exploits héroïques gravés dans la pierre du Grand Temple eussent été débusqués ou bien qu'il y eût eu des gens pour le dénoncer? Mais peut-être valait-il mieux qu'il y eût eu assez d'esprits vigilants pour s'aviser du mensonge.

— La vérité est plus dure que la pierre des bas-reliefs, dit-il enfin. Crois-tu que beaucoup de gens s'en soucient?

— Je crois, maître, que beaucoup de gens sont conscients du mensonge. Je sais que tu n'as pas le loisir de t'intéresser aux récits populaires. Mais, si tu désirais un jour approfondir ma réponse, jette donc un coup d'œil sur celui-ci.

Ipepi tira de sa besace une liasse de papyrus cousus. À la faible lueur des lampes, Khaemouaset en déchiffra le titre, inscrit en première ligne : *Récit du scribe Hori.* Il promit de lire. Les domestiques apportèrent un plat de figues et de dattes comme dessert.

Le silence tomba lentement sur le Palais et sur Ouaset, pareil à une eau pure, celle qui lave les cœurs. Les gros papillons de nuit sillonnaient l'air nocturne, comme les idées secrètes dans les esprits. Les crapauds dans les jardins récitaient leurs litanies ordinaires et, si l'on avait l'ouïe fine, on pouvait entendre au loin les chacals, créatures d'Anubis, hurler pour tenir en respect les démons de la nuit.

Ils ne mentaient pas, eux. Et sans doute était-ce la raison pour laquelle tant de dieux avaient des têtes d'animaux.

Était-ce un récit véridique, ou bien le fruit de l'imagination?

Allongé sur la terrasse de son appartement, sous une tente qui atténuait la lumière crue de l'été, Khaemouaset feuilletait le *Récit du scribe Hori* sans parvenir à dissiper sa perplexité. L'ouvrage, volumineux, était attribué au fils de Ounenofrê, attaché aux Écuries royales, et il était adressé à « son ami, le scribe royal de l'armée victorieuse, Amenemon, fils de Mose ». Or, il commençait par un éloge de lui-même d'une telle immodestie qu'il en frisait l'invraisemblance. Quel homme, en effet, et scribe de surcroît, écrirait à son propre sujet que, « versé dans les écrits sacrés, il n'est rien qu'il ne sache »? Quel scribe déclarerait de soi qu'il est « un héros de bravoure, versé dans l'art de Seschât[1], serviteur du

---

1. Déesse de l'histoire.

Maître de Schmoun[1] dans la maison du scribe… un prince parmi ses contemporains »? Cela défiait le sens commun. Et la vanité la plus éhontée brochait sur ces éloges, car le dénommé Hori était aussi « sans pareil parmi les scribes, aimé de tous les hommes et beau, pareil à la fleur des prés dans le cœur des autres »! Ces fanfaronnades fouettèrent la curiosité de Khaemouaset. Assurément, le dénommé Hori se moquait de lui-même ou, du moins, du personnage qu'il était censé camper. Mais dans quel but? Plus intrigant encore était le fait que le destinataire de ces pages, Amenemon, donc, était vivement pris à partie par Hori :

> *Ta lettre m'est parvenue à un moment de loisir. Ton messager me trouva assis à côté de mon cheval. Je poussai des cris de joie et je m'apprêtais à te répondre. Mais cette joie fut de courte durée, car, en y regardant de plus près, je m'avisai que ta lettre ne consistait ni en louanges ni en injures. Tes phrases mélangent ceci et cela, tous les mots y sont de travers et sans logique. Combien chaque parole qui se pose sur ta langue est donc altérée ! Combien débiles sont tes phrases ! Tu t'adresses à moi embourbé dans des confusions et des erreurs !*

C'en était aberrant : pourquoi prendre la peine d'envoyer un si gros récit à un correspondant confus au point d'en être imbécile? Les pages suivantes confirmèrent les soupçons de Khaemouaset. Hori se défendait contre deux attaques personnelles. D'abord, Amenemon lui reprochait d'être un mauvais fonctionnaire, « un bras cassé » :

> *Je connais beaucoup de gens sans vigueur et au bras cassé, comme tu dis. Et néanmoins, ils possèdent des maisons bien achalandées. Ainsi du scribe Roï, qui ne s'est jamais remué, qui n'a jamais couru depuis sa naissance et qui a en horreur le travail, ou encore Kesop, pareil à un oiseau qui passe en volant…*

Là, Khaemouaset gloussa. C'était bien ce qu'il avait soupçonné : le prétendu récit de Hori était un texte satirique. Hori, personnage fictif, représentait un scribe plein de lui-même qui s'était indûment enrichi et le revendiquait.

---

1. Thot.

Le second reproche d'Amenemon portait sur le fait que Hori n'était ni scribe ni officier et qu'il ne figurait sur aucune liste du personnel royal.

> *Fais-toi donc montrer les listes*, rétorquait Hori, *tu trouveras mon nom sur la liste comme officier de la Grande Écurie du roi Ramsès le Deuxième. Des rentes sont inscrites à mon nom. Oui, je suis officier, oui, je suis scribe.*

Khaemouaset dressa l'oreille et son sourire s'effaça. Cet ouvrage était donc récent et c'était une satire de l'administration de son père. Voilà pourquoi Ipepi le lui avait communiqué : il voulait que son maître fût informé de ce que l'on disait du royaume, parce qu'il savait qu'isolé dans les petits mondes du Palais et du temple de Ptah Khaemouaset ignorait tout de la réalité extérieure.

La suite était plus alarmante ; Hori renvoyait durement la balle à Amenemon :

> *Tu dis à plusieurs reprises que tu es un scribe, un* maher *et un* maryan[1]. *Si c'est vrai, sors donc, qu'on puisse le vérifier. Un cheval est harnaché pour toi, prompt comme le chacal, pareil à l'ouragan quand il galope. Tu perds les rênes, tu prends l'arçon.*
>
> *Et voyons à présent ce que ta main va faire. Je te décrirai la manière d'être un* maher *et comment il fait.*
>
> *Tu n'es pas allé dans le pays des Hattous et tu n'as pas vu le pays d'Oupi. Tu ne connais pas plus les paysages du Khedem que ceux d'Iged. À quoi ressemble la Simyra de Ramsès ? Sur lequel de ses côtés se trouve la ville de Kher ? Quel est l'aspect de son fleuve ?*
>
> *Tu n'es jamais allé à Qadesh ni à Toubikhi. Tu n'es pas parvenu avec un corps de troupes de l'armée chez les Shasous. Tu n'as pas foulé le chemin qui conduit au mont Meger, où le ciel est obscur en plein jour, car le Meger est couvert de cyprès, de chênes et de cèdres hauts comme le ciel, où les lions sont plus nombreux que les léopards et les hyènes, et où les Shasous verrouillent les chemins. Tu n'es pas monté sur la montagne Schou[2]. Tu vois comme c'est agréable d'être un* maher. *Tu fais halte le soir, ton corps est*

---

1. Titres militaires réservés aux guerriers les plus valeureux des provinces d'Asie alors sous mandat égyptien, celui de *maher* étant réservé aux cavaliers et celui de *maryan* aux conducteurs de chars.
2. Sites et localités de Palestine, de Syrie et de Mésopotamie, correspondant à l'itinéraire supposé de la campagne de Qadesh.

moulu. Tu t'éveilles, il est l'heure de lever le camp dans la sinistre nuit. Tu es seul pour harnacher le cheval. Le compagnon ne peut se porter à l'aide du compagnon. Un fugitif a pénétré dans le camp. Le cheval a été détaché, les habits ont été volés[1]...

Khaemouaset, consterné, reposa le livre sur ses genoux. « Tu n'es jamais allé à Qadesh... » Cette dénonciation des mensonges d'Amenemon se rapportait à l'expédition de Qadesh. Et le récit de la déroute était une version déguisée de l'attaque nocturne de la coalition hattoue qui avait semé le désarroi dans la division d'Amon.

Les bas-reliefs glorieux ne faisaient donc pas illusion. Il y avait des gens, beaucoup de gens, qui savaient la vérité : les hauts faits étaient une fabrication. Le peuple était conscient des mensonges héroïques ou honteux et des turpitudes de l'administration du dieu divin.

Il fut épouvanté. Où s'arrêterait la dénonciation ?

---

1. Ce texte authentique est adapté du premier papyrus Anastasi. Il témoigne de la liberté de ton avec laquelle certains scribes critiquaient, fût-ce en respectant certaines précautions, les mythes et l'administration du royaume.

16

« Ô Rê, arrête ta barque ! »

— Une lampe dont la flamme s'élève pure et droite sous la lune.

Ce fut sur ce compliment spontané que l'entretien entre Khaemouaset et Néfertari commença. Jusqu'alors, ils n'avaient échangé que des regards occasionnels et des paroles banales, lors de banquets et de cérémonies ; les devoirs des Grandes Épouses emplissaient leur temps et, passé la première enfance, les princes n'entretenaient plus avec leur mère que des relations épisodiques, plus lointaines encore avec celles qui n'étaient pas leurs génitrices. Khaemouaset avait déjà vu Néfertari bien des fois, il ne l'avait jamais regardée. On la reconnaissait d'emblée à la grande ceinture rouge dont elle ceignait sa robe de lin plissée, sans doute pour retenir un abdomen qui s'amollissait. Mais il était le fils de la grande rivale et savait qu'il n'avait pas grand crédit auprès d'elle. Et peut-être aussi était-il secrètement solidaire de sa mère. Un homme est fidèle à son sang.

À vrai dire, son compliment était une variante de celui qu'il avait déjà adressé à sa propre mère, justement. Il n'avait cependant pas menti : sous son masque abîmé par une maladie mystérieuse, Néfertari demeurait belle. La joliesse était certes partie, emportant son velouté et ses parfums, mais les traits creusés rehaussaient le caractère du personnage. Les cernes avaient disparu sous le fard, aussi épais que la peinture d'un masque mortuaire. Il eût été malaisé d'y repérer les traces du deuil récent de son troisième enfant, Parêherounemef le Brave. À l'altitude suprême où elle se situait, Néfertari ne pouvait plus être affectée par la mort.

Telle était donc la femme que le dieu incarné avait d'abord aimée.

Khaemouaset tenta de déchiffrer le mélange de crainte et d'admiration qu'elle lui inspirait. Il ne tarderait pas à trouver les réponses cherchées.

C'était au terme d'un banquet en l'honneur des ambassadeurs de Hattousil, un soir d'automne de la vingt-quatrième année du règne de Ramsès le Deuxième. La Première Épouse royale venait de quitter la table et s'entretenait avec l'épouse du premier ambassadeur hattou quand elle surprit le regard de Khaemouaset, fasciné et rêveur. Elle savait bien qui était cet admirateur inattendu : le quatrième fils de la Deuxième Épouse royale et l'un des héritiers présomptifs du trône. Elle s'était approchée de lui, majestueuse et pourtant naturelle, et, de cette voix feutrée et musicale qui semblait être la forme sonore du sourire d'Isis, elle lui avait demandé :

— Qu'est-ce qui me vaut ce soir l'attention particulière de mon fils ?

Il avait répondu que l'image lui était spontanément venue à l'esprit. Elle avait souri.

— Le service de Ptah aura sans doute aiguisé l'œil de mon fils.

— J'ignorais que mon divin père eût été serviteur de ce dieu quand il te choisit, Majesté.

Le sourire coloré au rouge de cochenille s'était agrandi. Imperceptiblement sceptique, mais sourire quand même. Et elle l'avait invité à lui rendre visite le lendemain matin.

Ainsi se retrouvait-il pour la première fois dans les appartements de Néfertari. Il n'en avait pas imaginé le faste : murs et plafonds décorés, meubles de bois précieux incrustés d'or, d'argent et d'ivoire ou simplement revêtus d'or battu, tentures brodées de perles de verre… Elle lui indiqua du geste la terrasse, il l'y suivit et soupçonna qu'elle échappait ainsi à la trop étroite sollicitude de ses dames de cour. Comme sur un signal convenu, celles-ci ne suivirent pas leur maîtresse. La terrasse était probablement le lieu des entretiens privés, ceux qui ne faisaient pas l'objet de rapports au maître des Secrets du matin. Khaemouaset connaissait les habitudes de la cour : l'espionnage y était la règle.

— Tu es donc à la cour et au temple de Ptah, dit-elle.

— À la fin, Majesté, l'espace entre les deux se réduit.

— C'est la loi. Le culte du dieu vivant emplit notre univers.

Elle en savait à coup sûr bien plus que son beau-fils sur l'omniprésence de son divin époux dans le quotidien de l'administration. Et, à son ton, on comprenait qu'elle l'approuvait. N'y était-elle pas étroitement associée ? L'ascendance divine, privilège sans précédent, ne lui avait-elle pas été officiellement conférée, à elle et elle seule ? Première Épouse royale ? Non, reine et déesse. Et soudain, à l'un des regards altiers qu'elle lui adressa, Khaemouaset comprit sa méprise : ce n'était ni le sentiment familial ni la sociabilité naturelle aux humains qui motivaient l'invitation de la Grande Épouse ; il était au rapport ; chacune des paroles qu'il prononcerait serait enregistrée et sans doute rapportée. Pis, il était le fils de l'Autre, donc un ennemi en puissance, bien qu'il fût prêtre. Il se tint donc sur ses gardes. Conseillère privée de Ramsès, la reine Néfertari remplissait sa mission d'information.

— Le roi t'a confié l'éducation de Setherkhepeshef, dit-elle. Qu'en est-il ?

— Mon jeune frère me paraît pleinement épanoui, Majesté. Il a surmonté la grande épreuve que fut la mort de son père.

— Lui as-tu parlé de la cause céleste de cette mort ?

La cause céleste ? Faisait-elle allusion à la vengeance de Seth ?

— Non. Cela n'est pas utile. Plus tard, peut-être, quand le jeune homme aura acquis la maturité nécessaire.

Il avait, en effet, évité de soulever le sujet avec son pupille et bien lui en avait pris, car le jeune homme se serait rebellé contre le nouveau nom que lui avait imposé Ramsès. Il esquiva prudemment les appréhensions que lui valaient ce changement de nom et l'hommage appuyé à Seth. L'occasion ne se prêtait pas à une conversation théologique.

— Bien, dit-elle. Seth est un grand dieu.

C'était sans doute elle qui avait inspiré la décision royale concernant le nom de son petit-fils.

— Tu estimes donc que Setherkhepeshef peut maintenant succéder à son père ?

— Je le crois, Majesté, répondit-il, conscient de sa présomption : qui peut donc sonder le cœur d'un homme, et plus encore d'un jeune homme à qui on demande quasiment d'incarner son père ?

— Je l'interrogerai donc. Je sais que certains, à la cour, s'inquiètent de ce qu'il soit encore jeune. Mais cela est bien. Il aura ainsi largement eu le temps de se former dans l'ombre du dieu vivant, quand viendra le moment lointain, bien lointain, de lui succéder.

Elle vérifia l'effet de ces propos sur l'expression de Khaemouaset, mais il était demeuré impassible.

— Avais-tu projeté de revendiquer plus tôt tes droits de succession ? Es-tu satisfait de tes nouvelles fonctions ?

Elle en était donc informée.

— C'est un grand honneur que m'a conféré mon divin père, je ne peux donc qu'en être comblé.

— Pourquoi as-tu alors contesté le bas-relief de la bataille de Dapour, sur un mur du temple des Millions d'Années ?

Il fut estomaqué. Cet épisode avait donc été rapporté en haut lieu. Il mesura l'ampleur et la vigilance des réseaux d'espionnage du royaume. Néfertari connaissait sans doute assez de secrets pour emplir un pavillon d'archives.

— Mes souvenirs ne correspondaient pas aux images et aux inscriptions qui m'avaient été soumises.

— Les souvenirs ne pèsent pas plus qu'une plume d'oiseau en regard des intentions royales. Mon divin époux voulait associer ses fils à la gloire de ses victoires.

Un vrai discours de fonctionnaire. Khaemouaset réprima une bouffée de révolte : le mensonge royal devait donc primer la vérité.

— Ces intentions ne me sont apparues qu'à la réflexion, concéda-t-il.

— Je veux espérer que la qualité des sculptures s'améliorera sous ta sage supervision.

— Elle bénéficiera certainement de plus grands délais de réalisation.

Une moue signifia que la proposition ne satisfaisait pas la reine.

— Le divin roi a déjà accordé à ces artisans des conditions très agréables. S'ils manquent de diligence, nous en ferons venir d'Asie. Ils ont, là-bas, d'excellents sculpteurs, répondit-elle avec hauteur.

Il la considéra d'un regard nouveau et tout un monde se révéla : cette flamme pure et droite ne brûlait que pour Ramsès. Néfertari avait été la première femme du pharaon ; sans doute avaient-ils partagé cet amour éperdu que l'on conçoit dans la jeunesse, quand le visage du premier être aimé emplit tout l'horizon pour l'un et l'autre ; plus tard, l'expérience fait se lever d'autres visages dans le ciel intérieur. La jeune Néfertari avait dès lors voué à son amant et monarque une passion sans faille ; les complaisances de l'aimé pour d'autres femmes lui apparaissaient sans doute, au mieux, comme des devoirs dynastiques et, au pis, comme des copulations d'importance égale aux fonctions digestives. Ces foucades occasionnelles servaient à apaiser les instincts fougueux du monarque et à accroître sa descendance. De toute façon, le pharaon était au-dessus des jugements humains.

Et lui, pour sa part, l'avait compris : pas plus qu'on ne naît deux fois, il ne regarderait jamais aucune autre vierge comme il avait regardé sa première femme. Aussi l'avait-il élevée à son rang suprême ; il était dieu, elle serait déesse. Les épousailles secondaires avec Isinofret, puis la jeune Bent Anât, ne pourraient ébrécher le couple cosmique Ramsès-Néfertari.

Il s'était demandé si les femmes autour de Ramsès s'étaient résignées à n'être que des ventres ; or, s'il y en avait une qui s'était affranchie de cette condition, c'était bien celle qu'il regardait en ce moment : elle avait d'abord été un ventre, certes, mais maintenant, elle était une volonté. Il tenta une comparaison avec sa propre épouse, Nekhbet-di, mais elle tomba d'elle-même : celle-ci n'avait pas accédé au rang de la divinité et n'y accéderait sans doute jamais, fût-elle Épouse royale, car elle avait trop de bon sens et qu'il ne s'y prêterait d'ailleurs pas. Il se demanda fugacement si Néfertari aussi faisait de la magie noire contre sa rivale.

Peut-être était-il demeuré silencieux un instant de trop :

— Ton regard parle, dit-elle.

— Il ne dit, Majesté, que des paroles de révérence pour ta sagesse.

Un quart de sourire royal l'informa qu'elle n'en croyait pas grand-chose, sinon rien.

165

— Qu'est devenu cet acrobate qui nous a tant amusés, un soir ancien?

— Je l'ignore, Majesté.

— Il a dédaigné la charge de conseiller privé.

— Un acrobate n'a sans doute pas le sens des honneurs.

— Qu'est-ce qui t'avait séduit en lui?

Il faillit répondre : « Sa liberté. » Il se retint.

— Son talent, Majesté.

Elle ne broncha pas. Toute divine qu'elle fût, elle était probablement rompue au double langage. « Elle saura maintenant que je le pratique aussi, et elle ne saura pas la raison pour laquelle j'admire Imadi », songea Khaemouaset avec une satisfaction perverse.

Elle soupira et abaissa la main sur sa cuisse : la séance était levée.

— Je ne veux pas te retenir, dit-elle.

Il s'inclina pour baiser la main divine.

Dans le vaste couloir qui menait aux escaliers, Khaemouaset conserva une expression confite en félicité, comme il convenait à un homme qui venait de s'entretenir avec la Grande Épouse divine. Mais une fois dans la cour, loin des regards aigus des courtisans, il fit une grimace épouvantable. « Seth est un grand dieu », avait-elle dit. Elle ignorait donc que les cadeaux de ce dieu étaient empoisonnés.

— C'était d'abord amusant, mais cela devient par moments pesant. Quand il me dit « mon fils », il me lie la langue !

L'indignation de Setherkhepeshef fit sourire Khaemouaset. C'était évidemment de son père qu'il parlait. Le jeune homme venait de rentrer d'une semaine d'entraînement militaire au camp proche de Ouaset, où Ramsès était allé assister aux exercices de corps à corps. Mince, l'air volontaire, il était décidément bien différent du garçon chétif qui, jadis, voulait prendre le bain avec son cheval de bois. Ses cousins Sekhemrê et Hori, les enfants de Khaemouaset et de Nekhbet-di, le flattaient du regard ; Sekhemrê, qui allait sur ses quinze ans, admirait le corps déjà musclé de Setherkhepeshef, ses jambières lacées et son bracelet de soldat, et Hori, qui, à huit ans, n'était déjà plus tout à fait un enfant, admirait pour sa part la prestance nouvelle de ce garçon qu'il avait connu pâle et replié sur lui-même.

Quand Nekhbet-di apparut sur le seuil, il s'élança vers elle et l'embrassa sur les deux joues.

— Il faudra aller au repas de midi, annonça-t-elle.

— Où ? s'enquit Setherkhepeshef. À la salle à manger ? Non, je n'y vais pas !

— Bon, concéda Khaemouaset, nous allons faire monter des plats.

Setherkhepeshef avisa une gargoulette et avala une longue rasade d'eau claire.

— Il faudra que tu m'expliques un jour, mon oncle, le secret de cette comédie. Tu m'as dit qu'elle était motivée par le chagrin. Le roi ne se consolait pas de la disparition de son aîné, mon père. Il a donc décidé que je prendrais sa place. C'était déjà étrange de la part d'un homme mûr, militaire et roi. Mais voilà que, de surcroît, on me fait changer de nom pour la troisième fois. Je m'appelais comme mon père, Imenherounemef. Après sa mort on m'a renommé Imenherkhepeshef. Et voilà quelques mois, le roi a décidé de m'appeler Setherkhepeshef. Et j'apprends qu'il envoie des messages à Hattousil en mon nom. Et que c'est toi qui les as rédigés par-dessus le marché !

Il éclata de rire et Sekhemrê rit aussi.

— Je te l'expliquerai, dit Khaemouaset, au pied du mur. Mais d'abord, mangeons.

Peut-être un ventre plein apaiserait-il l'humeur du jeune homme. Ce fut le cas. Les beignets de fromage et de tiges de lotus frits, les quartiers de canard rôtis et les dattes de Koush ralentirent ses tambours intérieurs. Khaemouaset entraîna alors son neveu dans un coin ombreux du jardin, près d'un bassin de nénuphars.

— Écoute, ce que je vais te dire doit t'armer pour la vie et non t'inquiéter. Ton grand-père était roux et son dieu désigné était Seth, qui est roux, comme tu l'as appris au *kep*. Son propre père, d'ailleurs, s'appelait Séthi, comme tu le sais également. Ramsès a négligé celui qui était son dieu tutélaire et s'est désigné publiquement comme le fils d'Amon. Ton père, comme tu l'as dit tout à l'heure, s'appelait Imenherounemef. Ramsès a changé son nom et l'a renommé Imenherkhepeshef. C'était là placer son aîné

167

sous la protection d'Amon. Puis ton père a été blessé dans une tempête, au cours de laquelle il a été enduit de boue rouge, ce qui était un présage. Peu de temps après, il est mort. La disparition d'un aîné est une épreuve. Elle a été cruelle pour Ramsès. Beaucoup de gens au Palais et lui-même ont interprété cette mort comme une vengeance de Seth. Ramsès a voulu que tu prennes la place de ton père, bien que tu ne fusses que son petit-fils. Il t'a renommé Imenherkhepeshef. Mais pour éviter qu'il t'advienne un accident, il a changé encore une fois ton nom et t'a placé sous la protection de Seth. C'est désormais Seth qui arme ton bras.

Le jeune homme réfléchit un long moment.

— Et toi, qu'est-ce que tu penses? demanda-t-il à la fin.

— Si tu joues bien ton rôle, tu seras le prince héritier, en effet.

— Mais les frères de mon père, toi-même, Ramsès, Montou-herkhepeshef, Nebenkharou, Meryamon, Sethemouïa et tous les autres, ils sont plus âgés que moi?

— Ramsès imposera l'idée que tu es leur aîné.

Setherkhepeshef secoua la tête d'incrédulité.

— Tout ça parce qu'il a peur de Seth?

— Seth est un dieu dangereux, Imy.

Il l'appelait Imy comme autrefois.

— Et toi, tu me céderais le trône?

— Imy, répondit Khaemouaset avec douceur, je n'aspire pas au trône.

— Pourquoi?

— Je te le dirai une autre fois. Mais, si tu en hérites, je serai ton serviteur le plus dévoué au monde.

Les larmes jaillirent des yeux du jeune homme. Il se jeta dans les bras de Khaemouaset.

— Pourquoi pleures-tu? demanda celui-ci en le consolant.

— Je ne suis qu'un jouet!

— Nous sommes tous des jouets, Imy. C'est notre condition. Mais, si tu connais ta force et tes limites, tu peux te protéger.

— Quelle est ma force?

— Feindre. Feins l'aisance et le détachement. Feins l'ignorance aussi. Les puissants aiment bien les gens dociles. Tu seras bientôt convoqué par ta grand-mère.

— Néfertari?

168

— Oui. Elle s'est prêtée au jeu de Ramsès. Elle veut se convaincre que tu incarnes bien ton père. Je t'en prie, sois bon comédien.

Setherkhepeshef posa sur son oncle un long regard ténébreux, ourlé de longs cils humides :

— Comment supportes-tu tout cela ?

— Quand ton père est mort, j'ai décidé d'entrer au service de Ptah. J'ai échappé en partie à ces servitudes. En partie seulement.

Ils regagnèrent les appartements princiers. L'heure de la sieste approchait et l'argent du ciel semblait entrer en fusion.

Comme si ce n'était pas assez dur d'affronter sa propre vie, il fallait encore apprendre aux jeunes à le faire.

Il songea à l'angoisse d'Isis, quand elle avait appris que son fils Horus était tombé dans les griffes de Seth et qu'un scorpion l'avait piqué mortellement. Elle s'était alors lancée à la recherche de l'enfant, dans les touffes de papyrus sur les bords du fleuve. Mais le soleil se couchait et, bientôt, l'obscurité rendrait toute recherche impossible. La déesse Nephtys lui avait alors conseillé : « Supplie Rê d'arrêter le cours de sa barque. » Isis avait crié sa supplique au soleil. « Ô Rê, arrête ta barque ! » Rê l'avait exaucée. Et Thot était apparu et avait rassuré Isis : il avait retrouvé Horus et l'avait guéri grâce à sa science.

Il était, lui, Khaemouaset, prêtre de Ptah, dans la situation d'Isis. Mais il s'agissait bien d'arrêter le soleil ! La sagesse avait été une illusion. Le *rekh* était aussi impuissant que le *khem*[1]…

---

1. *Rekh* signifie « sage » et *khem*, « ignorant ».

SECONDE PARTIE

LA DANSE DE SETH

17

Chatoiements et scintillements

— Va donc voir ta sœur pour la consoler, si tu le peux...,
déclara Isinofret à son fils d'un ton las.

L'injonction était inattendue. Quelle était donc la cause du chagrin de Bent Anât ? Et qu'y pouvait-il ?

— Elle se sent délaissée. Depuis des mois le divin roi ne lui
a pas rendu visite. Il n'a plus d'yeux que pour sa nouvelle Épouse
royale : Merytamon, la fille de l'Autre...

Khaemouaset leva les yeux au ciel. Les épousailles royales
avec Merytamon lui avaient déjà causé assez de soucis ! Après ses
noces avec Bent Anât, près de deux ans auparavant, le roi avait
exigé qu'une statue fût érigée à l'élue, dans le temple de la grotte
sacrée de Méha, au pays de Ouaouât[1]. Encore des inscriptions !
Encore des statues ! Khaemouaset avait donc prévenu le sculpteur
Ahmose et s'était rendu avec lui dans le Sud, auprès du nouveau
vice-roi de Koush, Hekanakht, pour étudier l'emplacement de la
statue ; les délibérations avaient rapidement conclu que ce ne
pourrait être que le dernier mur libre de la grande cour du temple,
à peine achevé. La statue avait donc été sculptée et le cartouche
de Bent Anât gravé sur le socle, avec la mention *Hemet-nésout-
ouret*, Grande Épouse royale. La cour s'était déplacée pour une
grande cérémonie en présence d'Isinofret, au ravissement de Bent
Anât. Khaemouaset s'était donc cru au bout de ses peines.

---

1. La Basse-Nubie.

Puis (mais c'était à prévoir) Ramsès avait jeté son dévolu sur Merytamon et de nouvelles noces avaient eu lieu. Peu de courtisans en avaient été surpris : Néfertari souffrirait difficilement que seule la fille de sa rivale éternelle eût été distinguée par le roi. Et comme il fallait également s'y attendre, Ramsès avait exigé que la statue de la nouvelle élue fût érigée au même endroit. Or, il n'était pas homme à se laisser dire qu'il n'y avait plus de mur disponible. Rongé de perplexité, Khaemouaset était reparti avec Ahmose chez le vice-roi de Koush.

— Je ne vois que la montagne sur laquelle on puisse dresser ce monument, avait déclaré Ahmose.

C'était l'évidence. Toutefois, cela posait un nouveau problème.

— Tu veux dresser les statues du roi et de la nouvelle Grande Épouse toutes seules au-dessus de l'entrée de la grotte ? s'était écrié Khaemouaset. Mais c'est donner à la nouvelle épouse une importance démesurée !

— Que proposes-tu d'autre ?

— De représenter d'abord sa mère, première Grande Épouse et, au-dessus, la statue de Merytamon. Comme cela, on verra d'abord Néfertari.

— Mais c'est le double de travail !

— C'est la seule solution, en effet, avait déclaré le vice-roi.

— Mais le temps presse !

— Fais donc venir une équipe de secours.

Ainsi avait été fait, et le nouveau monument avait donc été achevé à temps, en dépit du délai nécessaire pour l'installation des échafaudages. Trois fois Ramsès avait convoqué le surveillant général des images du dieu vivant, afin de vérifier les effigies qui seraient offertes à la vénération du public ; mais enfin, il avait été satisfait : sur le tableau du bas, Néfertari, assise sur un trône et portant la coiffure de Sothys – deux plumes d'autruche sur lesquelles le soleil dardait ses cornes –, recevait l'hommage du vice-roi ; elle portait la parure des Grandes Épouses, symbole de fécondité. Merytamon, représentée au-dessus, au côté de Ramsès, portait bien la coiffure de Sothys, avec l'étoile qui annonçait l'arrivée de l'inondation, mais non la parure de fécondité, et son soleil était sans cornes, car elle n'avait pas enfanté d'héritier.

Pendant ces consultations, Khaemouaset avait contemplé son père dans la vingt-quatrième année de son règne : un homme déjà épaissi, bloc d'autorité suprême qui semblait durcir avec le temps. Il avait ravalé ses réflexions : qui donc au pays de Koush verrait jamais ces images qui coûtaient tant d'argent et de peine ? Les dignitaires du pays, oui, mais c'était presque tout, car les autres, les cultivateurs, les commerçants, les petites gens, même s'ils se rendaient aux cérémonies, ne verraient jamais que deux statues de plus sur le flanc de la montagne et, comme ils étaient illettrés, ils ne pourraient pas en déchiffrer les inscriptions. Ramsès exaltait son image et celles de ses compagnes dans des proportions cosmiques, mais c'était pour lui-même. Il était enfermé dans son monde.

Considérations dérisoires, sinon méprisables !

Jusqu'au jour où l'on avait retiré le dernier pilier des échafaudages, Khaemouaset avait eu chaud. Car une grande cérémonie, intitulée « Donner la maison à son Maître », était prévue pour l'inauguration des deux grottes sacrées de Méha et d'Ibshek.

Et, comme s'il n'avait pas subi assez de tracas, Khaemouaset était maintenant prié de remédier à la rivalité entre les filles des deux Grandes Épouses mères et aux états d'âme qui en découlaient.

Il se rendit donc chez sa sœur. Il la trouva alanguie sur un divan, emmitouflée dans une fourrure, car le temps était frais, en compagnie de ses sœurs Baketmoût et Nebettaouy. Elles buvaient toutes trois du vin chaud. Les parfums dont elles s'étaient enduites des orteils aux oreilles rendaient l'air à peine respirable ; Khaemouaset reconnut le mélange royal, le *kiphi*, à base de miel, de myrrhe et d'encens ; aussi les mouches avaient-elles rendu les armes et déserté les lieux. Un enfant vagissait dans les parages ; sans doute celui que Bent Anât avait mis au monde deux mois plus tôt.

Les trois almées se levèrent en l'honneur du frère aîné et, de surcroît, prêtre.

— Ta mère te dit éplorée et m'envoie à ton secours.

— Juge de mon état. Je lui ai donné un fils et me voilà abandonnée.

« Lui », c'était à l'évidence le roi.

— Tu n'es pas abandonnée, ma sœur. Il était sage de ne pas te rendre visite pendant ta grossesse. Ta situation éminente est établie une fois pour toutes. Ta mère n'est pas plus abandonnée que toi parce qu'il ne lui rend plus visite.

L'argument parut surprendre la jeune femme.

— Que ne m'a-t-il laissée épouser un homme comme les autres !

— Le roi n'est pas un époux comme les autres.

— Et, pour cette raison, je vais passer ma vie à me morfondre !

— Quand les premiers charmes de l'autre Grande Épouse se seront affadis, il te reviendra.

Elle lui lança un regard boudeur. Ses sœurs, enfin heureuses de trouver du renfort, renchérirent sur la perspective ouverte par le frère.

— Tu ne peux présenter ce visage à la grande cérémonie d'inauguration, reprit-il.

— Qu'y puis-je ? Je n'irai pas !

— Tu ne peux être absente, ma sœur. Toute la cour sera là. Tu désobligerais publiquement ta mère. Et ce serait consentir la victoire à l'autre. Tu dois, au contraire, y aller et te montrer si radieuse qu'il sera de nouveau séduit par toi.

Elle respira profondément. Elle reprenait confiance.

— Tu crois ?

— J'en suis sûr.

— Tu as bien fait de venir. Je te remercie.

Elle se leva et le serra dans ses bras.

— Ta femme a de la chance, dit-elle.

— Elle a surtout du bon sens. Remets-toi.

Était-il le médecin des *kas* en souffrance ? se demanda-t-il en quittant les appartements de sa sœur. Dans ce cas, son dieu était Thot et non Ptah !

Mais pourquoi dépensait-il tant de salive et usait-il tant de son sens de la persuasion pour convaincre les égarés de respecter les règles de la civilité ? Par hypocrisie ? Lui ? Pourquoi ne laissait-il pas Imy et Bent Anât se rebeller ouvertement et déclencher le scandale ? Il connaissait déjà la réponse : parce que cela ferait le jeu de Seth, le dieu de la destruction.

L'image de Hatha s'imposa soudain à lui : elle échappait à tout ce monde. Elle lui avait offert son corps et le plaisir, elle lui avait donné un fils, le jeune Sahourê, elle ne se plaignait jamais, non : c'était elle qui le soignait. Il se serait demandé quel était le secret de cette jeune femme s'il ne le connaissait déjà : elle était étrangère au pouvoir.

Le pouvoir, là résidait le mal. C'était une idée folle : que serait un monde sans pouvoir ? Mais les faits étaient là, indéniables :

plus on était loin du pouvoir, plus humain l'on était. Le pouvoir était pire que le *khat*; il obnubilait et rendait insensible, sourd et aveugle à la réalité.

Et telle était la raison pour laquelle il ne pouvait soigner le *ka* de Ramsès. Son père? Son père? Non, un prisonnier de Seth, un possédé, malade du pouvoir.

La cérémonie eut donc lieu, en présence de toute la famille royale et même des épouses secondaires et de leurs enfants les plus âgés. Elle avait été triomphale. Setherkhepeshef et Bent Anât s'étaient bien tenus. Peut-être avaient-ils été charmés par les musiques des dix harpistes et les chants des chœurs expédiés de Ouaset pour la circonstance.

Depuis qu'il avait prêté à Khaemouaset le *Récit de Hori*, le scribe Ipepi était devenu bien plus qu'un secrétaire : un complice. S'il avait désapprouvé sa lecture, Khaemouaset le lui aurait fait savoir. Mais, quand il lui avait rendu le texte séditieux, il n'avait émis qu'un long soupir, signifiant à peu près : « Eh oui, c'est bien comme cela et c'est triste. » Mais en quoi étaient-ils complices? Khaemouaset n'eût su le dire. Peut-être dans la désapprobation de l'état de folie qui s'installait insidieusement dans le royaume et contre lequel ils se savaient tous deux impuissants. Ipepi avait ensuite communiqué à son maître d'autres écrits non moins séditieux, dont un certain *Récit du gros chat et du gros rat*, où le rongeur s'assurait de l'impunité de ses rapines en informant le félin des pièges où il pouvait capturer ses congénères.

Les lettrés s'en donnaient décidément à cœur joie, et leurs livres étaient en tout cas plus piquants que le *Poème* du cancre-lat Pentaour, qui avait, des années plus tôt, jeté Khaemouaset dans la fureur.

Et le maître tenait désormais à l'employé : Ipepi était sa source d'informations officieuses, clandestines, voire compromettantes. Par son statut ambigu de prêtre et de fonctionnaire, le scribe était fourni en ragots par tous les clergés et les diverses administrations du Palais. Les scribes formaient les réseaux les plus nombreux et les mieux informés du pays; ils lisaient tout avant tout le monde du haut en bas des Deux Pays; leurs fonctions les rendaient déjà solidaires, mais si, d'aventure, ils étaient parents, le flux des échanges entre les réseaux du clergé et ceux de l'administration devenait irrésistible. C'était Ipepi qui, le premier, avait prévenu son maître qu'un énorme scandale ne tarderait pas à éclater : l'épouse d'un haut fonctionnaire dérobait depuis des années des provisions dans les entrepôts des temples ; mais l'enquête était en cours et il était prématuré d'en parler. Et ce fut encore lui qui informa Khaemouaset que la santé de la première Grande Épouse déclinait de plus en plus rapidement.

— Cela fait des années que je l'entends dire, observa Khaemouaset. Elle mourra bien un jour et l'on prétendra alors que les prédictions ont été vérifiées.

— Non, Khaÿ et ses frères ont baissé les bras.

C'étaient les *sinous*[1] les plus réputés du pays et leur renommée s'étendait jusqu'à l'étranger.

— Mais qu'a-t-elle ?

— Elle souffre du ventre et elle dépérit. Khaÿ dit que c'est comme si un crabe la dévorait de l'intérieur.

Sinistre comparaison.

Khaemouaset avait repoussé de son mieux l'éventualité de la mort de Néfertari ; il pressentait que l'effet sur Ramsès en serait désastreux et les conséquences, fâcheuses pour le pays.

Il fut distrait de ses inquiétudes par le service de son dieu et, quand celui-ci fut achevé, par un événement politique.

Il accueillit le premier avec une joie profonde : il suivit les rites de purification avec un soin minutieux, psalmodiant la formule consacrée :

Ton corps est purifié
Dans l'eau de Nefertoum,
Tes chairs sont purifiées
Dans le bassin sacré
De Heket[2].

Il regardait l'eau emporter les souillures visibles et invisibles. Il échappait à un monde qu'il ne pouvait s'empêcher de juger

---

1. Médecins.
2. Formule des rites initiatiques. Nefertoum, « Lotus parfumé », est le fils de Ptah et de la déesse Sekhmet. Heket est la déesse-grenouille.

méprisable. Il redevenait un *maâkherou*[1]. Il participait de la pureté divine, sans être entaché par le pouvoir. Il n'existait plus que pour servir le dieu, l'éveiller chaque matin et lui rendre la vie et le sourire. Ptah ne pouvait plus ressentir que tendresse et désir de protection pour les vivants. Les résonances du verbe divin créaient autour d'eux une barrière que les forces destructrices de Seth et des démons ne pourraient franchir.

Il échappa ainsi aux fêtes de Khoïak et à leurs bruyants débordements de gaîté. Il éprouvait le besoin de reconstituer ses forces. À vingt-sept ans, sa tête était devenue sans doute trop lourde pour ses épaules.

À la fin du service, Nekhbet-di et Hatha lui rendirent visite avec les enfants ; il fut émerveillé par ce bouquet de sourires. Les deux femmes le priaient d'abréger sa période d'accoutumance au monde extérieur ; en effet, celle-ci durait d'habitude plusieurs jours.

— C'est bon, dit-il, je rentrerai demain.

Il trouva le Palais bourdonnant, et le visage du Premier chambellan, qu'il croisa à l'étage, rayonnait : Kadashman-Tourkou, le roi de Babylone qui avait rompu avec le royaume à cause de Moursil le Troisième, se réconciliait avec Ramsès. On annonçait même l'arrivée d'une princesse babylonienne. Tancé par son allié Hattousil, le potentat asiatique avait compris qu'il n'avait rien à gagner d'un conflit avec To-Méry. Il s'était montré plus royaliste que le roi.

Nekhbet-di et Hatha n'auraient voulu pour rien au monde manquer la réception qui serait donnée en l'honneur des ambassadeurs et de la princesse de Babylone. Khaemouaset y consentit, à demi amusé. En avait-il vu, de ces fêtes ! Il projeta de rendre visite à son père, pour le prévenir de son retour ; mais le monarque séjournait à Pi-Ramsès et n'en reviendrait qu'après la réception ; force fut donc de se déplacer là-bas.

Pour Khaemouaset, la réception mérita la peine de subir le voyage, la bousculade et le brouhaha après des semaines de retraite silencieuse au temple.

Les trois ambassadeurs arrivèrent dans des tenues qui en époustouflèrent plus d'un : manteaux chamarrés brodés de pierreries ou

---

1. Justifié : c'est la qualité des initiés qui ont accompli les rites de purification.

de perles de couleur, on ne savait, sur des robes longues mystérieusement chatoyantes. Qu'était donc ce tissu lumineux ? Barbes bouclées, bouches carminées, yeux fardés à l'antimoine, perles et émeraudes à l'oreille, les émissaires s'inclinèrent profondément devant le monarque, puis s'agenouillèrent, mais ne baisèrent pas sa sandale. Sur quoi leur chef déroula un papyrus et en entonna – c'était le mot – la lecture, transcrite sur-le-champ par un traducteur officiel, bien que la cour fût dès lors rompue au babylonien. Le visage de Ramsès exprimait la béatitude : les compliments exaltés récités par le Babylonien ne pouvaient que le combler. Les cadeaux ensuite apportés sur des plateaux par des domestiques et déposés à ses pieds ne pouvaient certes pas en gâcher l'effet : une statue d'or ou dorée représentant le dieu Baâl, avec des yeux en rubis, des vases de verre curieusement bigarré, un coffret d'argent orné de gemmes…

Mais le plus beau cadeau restait à venir. Le chef des ambassadeurs annonça ensuite l'arrivée de la princesse royale, Ishtartât, gage de l'union désormais indéfectible entre les deux royaumes. Des tambours résonnèrent et leur fracas s'émietta dans le tintement de sistres. La princesse elle-même fit son entrée, escortée de deux dames de cour. Dix-sept ou dix-huit ans, mince comme un jonc, sauf là où il convenait, belle et jolie à la fois, les bras nus garnis de bracelets, l'abondante chevelure noire ceinte sur le front par un diadème de cabochons rouges, elle avança lentement vers le trône, dans les ondulations somptueuses d'une cape rouge, d'une laine si fine qu'elle semblait transparente. Or, la princesse était vêtue d'une robe fourreau de couleur ivoire du même mystérieux tissu ; et celui-ci semblait vivant ; il se plaquait amoureusement à son corps pour en relever le moindre détail, les pointes des seins, le nombril et le bas-ventre, dont on devinait même qu'il était épilé. Un silence absolu tomba sur la grand-salle d'audiences. Les courtisans tendirent le cou. Chacun pour ses raisons propres, femmes et hommes dardèrent sur la Babylonienne des yeux qui ne pouvaient plus ciller. Un seul point unissait les fascinations : par Baâl, quel était donc ce tissu magique ?

Khaemouaset jeta un regard à Nekhbet-di et Hatha : elles béaient. La déesse Isis en personne leur serait apparue qu'elles n'auraient pas été plus profondément saisies.

180

Ishtartât s'arrêta devant le trône, capta le regard du monarque, brillant d'un feu que peu de courtisans lui avaient vu, et s'inclina. Puis elle mit un genou à terre et, les bras écartés, récita un compliment inintelligible.

Quand elle se releva, Ramsès s'écria :

— Bienvenue, princesse de Babylone, Ishtartât, porteuse de la paix céleste et terrestre. Approche.

Elle avança. Il lui tendit la main, elle lui tendit la sienne. Le monarque invita la princesse à s'asseoir sur le petit trône à sa gauche.

Le vizir Pasar salua le jour faste qui voyait s'instaurer la paix entre les deux royaumes, sous l'égide de Baâl.

Les ambassadeurs gagnèrent alors leurs sièges. Une rumeur pareille au mugissement de la mer monta de l'assistance et les invités commencèrent à circuler. Khaemouaset, lui, réprima une grimace. Baâl. Baâl-Seth. Encore lui. Son emprise se resserrait.

Il aperçut de loin les mines consternées des Grandes Épouses, Bent Anât et Merytamon, sans parler d'Isinofret ; elles avaient de la concurrence. Mais les chatoiements et les scintillements du spectacle les avaient assez ébaubies pour atténuer leurs blessures d'amour-propre.

Le vin pétillant du banquet qui suivit acheva d'émoustiller tout ce monde. Ah, c'était quand même une bonne chose que de s'être réconcilié avec Babylone !

18

L'aumône et l'insulte

Pendant les jours qui suivirent, et jusqu'aux noces de Ramsès avec Ishtartât, la réception des Babyloniens, comme on l'appelait, défraya les conversations de la cour. Même les hommes, à qui la vanité n'est pas toujours refusée, comme en témoignèrent maints propos au Palais d'Ihy, se demandèrent quel était le mystérieux tissu des Babyloniens et où l'on pouvait s'en procurer. Moursil le Troisième, qui redevenait au fil des années Ourhi-Teshoub, car son nom d'éternel prétendant le ridiculisait désormais plus qu'il ne le flattait, fut abondamment questionné.

— C'est de la soie, expliqua-t-il. C'est tissé avec du fil de vers et ça tient affreusement chaud l'été, parce que ça colle à la peau. Vous ne voudriez quand même pas confectionner des pagnes dans ce tissu ? On verrait vos génitoires à chaque pas ! Je préfère cent fois votre lin !

Du fil de vers ? Si les hommes, et même ceux qui en avaient sous le pagne, renâclèrent à l'idée d'exhiber leurs organes de cette façon, il en eût fallu bien plus pour dégoûter les élégantes. À la fin, les dames de cour arrachèrent aux ambassadeurs et à la princesse de Babylone la promesse d'en faire venir de leur pays. Ceux-ci se créèrent de la sorte de puissantes alliées.

Les premières pièces du fameux tissu, qu'on appela *noufari-nem*, « peau de lotus », n'arrivèrent qu'après les noces et firent l'objet d'âpres querelles, car il n'y en avait évidemment pas assez pour tout le monde. D'astucieux marchands sautèrent sur l'occasion et partirent pour Babylone afin de rapporter de la « peau de lotus », quitte à traverser le désert pour cela.

Cette agitation prit fin de façon abrupte.

À quatre heures du matin, avant l'aube du premier jour de la deuxième décade du troisième mois de l'Inondation, en cette vingt-sixième année du règne de Ramsès le Deuxième, Khaemouaset fut réveillé par une rumeur anormale et persistante. Il se leva et alla à la fenêtre : des lampes de plus en plus nombreuses brillaient aux fenêtres de l'aile orientale du Palais, où se trouvaient les appartements royaux. Bientôt, toute l'aile fut éclairée et la rumeur gagnait même l'aile princière où il résidait avec la plupart de ses frères. Des éclats de voix se rapprochèrent. Nekhbet-di se réveilla aussi. Ils sortirent dans le couloir : des émissaires arrivaient, précédés de porteurs de torches. Ils allaient de porte en porte, toquant pour délivrer leur message.

Khaemouaset devina ce qu'ils annonçaient.

— Hathor est venue chercher Sa Majesté la Grande Épouse royale Néfertari.

La double déesse de l'amour et de la mort avait repris ce qu'elle avait donné au pharaon.

Il se rendit à l'appartement de son père. Sa tante Thiyi et plusieurs de ses frères et de ses sœurs faisaient le pied de grue devant les portes closes. Le directeur des Secrets du matin expliqua que le roi n'y était pas ; il se trouvait dans les appartements de la Grande Épouse défunte et n'y recevait pas.

— Quand en sortira-t-il ? demanda Khaemouaset.

— Je l'ignore, mon prince.

Ainsi Ramsès était-il enfermé avec le corps de sa bien-aimée défunte. Chacun s'en retourna sur ses pas.

À midi, Khaemouaset alla aux nouvelles, aux appartements de Néfertari. Il apprit que Sa Majesté avait une fois ouvert la porte pour demander de l'eau.

Le Palais vécut dans l'attente, chaque heure pesant plus lourd que la précédente. À cinq heures de l'après-midi, le bruit courut que Sa Majesté s'était rendue aux bains et que ceux-ci seraient fermés jusqu'à la fin de ses ablutions ; il semblait déterminé à ne voir personne. Les chargés des rites procédaient à la toilette funèbre de la Grande Épouse et les visiteurs seraient admis à lui rendre leurs hommages le lendemain matin, avant le transfert chez les embaumeurs. Vers six heures, le chambellan vint informer Khaemouaset que le roi divin demandait à le voir, ainsi que le vizir Pasar.

— Vous serez jusqu'ici les deux seuls visiteurs de la journée, les informa le fonctionnaire, les accompagnant jusqu'à la porte du roi.

— Entrez ! ordonna Ramsès quand il eut entendu des voix dans l'antichambre.

Un homme qui ressemblait au roi était assis sur un fauteuil, vêtu d'un simple pagne et sans perruque. Son visage était gris.

— Viens, dit-il à Khaemouaset, embrasse-moi.

Khaemouaset bouleversé se pencha vers son père. Il lui serra les épaules et lui embrassa la joue. C'était lui qui pleurait ; Ramsès, lui, avait les yeux secs.

— Embrasse-moi toi aussi, Pasar.

Le menton tremblant, l'ami de jeunesse embrassa le roi.

Puis les deux hommes se tinrent aux ordres devant leur maître.

— Non, ne dites rien. Je veux que vous vous occupiez de tout. Vous direz que ce sont mes ordres. Inutile de me montrer des plans ou de me consulter. Faites comme si c'était moi qui étais mort. Je vous fais entière confiance. Allez.

— Ne veux-tu pas te nourrir un peu, père ?

— J'ai ce qu'il faut. Va.

Quand ils furent sortis de l'antichambre, les deux hommes se trouvèrent face à une petite foule – Isinofret, des princes, des princesses, des ambassadeurs, des militaires, des prêtres, des fonctionnaires, des courtisans.

— Comment va-t-il ?

— Il se repose. Laissez-le.

Khaemouaset et Pasar se dirigèrent d'un pas rapide vers les bureaux du vizir. Et là, une fois la porte fermée, ils se regardèrent. Il n'y avait rien à dire. Les mots de Ramsès résonnaient dans leurs têtes : « Faites comme si c'était moi qui étais mort. » Pasar posa ses mains sur les épaules de Khaemouaset et baissa la tête.

Leur épreuve était de voir Ramsès ainsi atteint, pour la première fois de sa vie.

185

Il n'y eut pas de condoléances. La volonté du roi, répercutée dans tous les quartiers du Palais, tint à l'écart les gens de la famille, désormais une tribu, autant que les étrangers. Les paroles de compassion seraient importunes. On ne jette pas de petite monnaie aux rois.

Les mirages et les scintillements qui avaient papilloté à l'arrivée de la princesse de Babylone s'étaient brusquement dissipés comme un nuage de poussière sous la pluie.

Le corps de Néfertari fut transporté le lendemain chez les embaumeurs, après que les files de visiteurs eurent été admises à verser leurs larmes sur la forme émaciée de celle qui avait été la vraie souveraine.

Ramsès reparut le soir au dîner, mais sans aucune femme à ses côtés. À sa droite était assis Setherkhepeshef, à sa gauche, Khaemouaset. Il n'y aurait évidemment ni danseuses ni chanteurs pendant les soixante-dix jours du deuil. Isinofret dînait dans ses appartements. Les princes et les princesses qui approchèrent le roi après le dîner eurent droit à une main sur l'épaule ou une caresse sur la joue et ce fut tout.

Le chagrin stimule-t-il la pilosité ? Dans les derniers jours du deuil, Khaemouaset, comme maints familiers de la cour, fut effrayé par l'aspect du roi divin : sa barbe était devenue tellement touffue et la rousseur en était tellement accusée qu'il évoquait un fauve. Il semblait véritablement Seth réincarné.

Chacun se prépara à la grande épreuve : le départ de Néfertari pour le Set-néférou. Quand le roi eut jeté un dernier et long regard sur sa Grande Épouse, masquée d'or et parée pour la traversée des ténèbres, les yeux grands ouverts sur l'invisible, le premier sarcophage fut fermé et emboîté dans le deuxième, puis chargé sur un palanquin. Ramsès le suivit seul dans une chaise à porteurs jusqu'à l'embarcadère. Setherkhepeshef, Khaemouaset et les deux vizirs du Nord et du Sud, ainsi que les princes Ramsès, Montouherkhepeshef, Nebenkharou, Meryamon, Meryatoum, Sethemouïa, Séthi et Setepenrê, furent les seuls admis sur son bateau. Les femmes suivaient sur trois autres, avec les enfants en bas âge. La mort de Néfertari semblait avoir creusé un fossé entre le monarque et l'autre sexe.

Khaemouaset entra dans une semi-léthargie ; il était recru de fatigue. Les soixante-dix jours de préparation du caveau et des

186

cérémonies avaient été les plus éprouvants de sa vie. Il mâchait régulièrement du *khat* pour supporter la chaleur et la fatigue. De toute la cérémonie, il ne garda comme souvenir que l'interminable descente dans la syringe, au bout de laquelle devait reposer Néfertari, et l'atmosphère effroyablement oppressante des lieux. Devant marchaient à pas comptés les porteurs du sarcophage, suivis du grand-prêtre, Ramsès, Setherkhepeshef et lui-même fermant le cortège. Il avait écouté comme en songe les invocations et suppliques à tous les dieux qui devaient accompagner la défunte jusqu'à sa renaissance, Anubis, le gardien, Hathor, préparatrice à la vie éternelle, Ptah, maître des réapparitions, Thot, enseignant des livres sacrés, Osiris, dont elle était la sœur terrestre... Et tout cela dans les vapeurs de l'encens.

Il se souvenait d'avoir vu Ramsès détailler les fresques toutes fraîches et s'attarder devant les images de la disparue, jeune à jamais, dans sa robe serrée par la grande ceinture rouge. Il n'était pas sûr de ne pas avoir vu ses larmes...

Des chanteurs, puis le chœur des prêtresses d'Amon avaient célébré la félicité des âmes pures et imploré à leur tour les juges célestes.

Khaemouaset avait résisté à l'épuisement pendant le banquet funèbre. Mais sitôt les agapes achevées, il s'était fait raccompagner en chaise à porteurs à la barque royale et s'était écroulé sur un banc, dévasté par le besoin de sommeil. Il rêvait de Néfertari dans un disque rouge, prête à renaître à la lumière, quand une main s'était posée sur son épaule.

C'était Ramsès.

— Tu as fait le plus admirable travail que je pouvais souhaiter.

Khaemouaset s'était relevé, confus. Son père souriait, pour la première fois depuis longtemps. Derrière lui se tenaient Pasar et Setherkhepeshef, puis les autres princes.

De retour à Ouaset, Khaemouaset avait dormi un temps infini.

— Quatorze heures, lui avait précisé Nekhbet-di au réveil.

Des mois nébuleux s'écoulèrent. On pouvait en compter les jours et les décades, mais pas leur durée réelle. Les cadrans solaires et les clepsydres mesuraient bien les heures du jour et de la nuit, mais celles-ci ressemblaient à des fleurs sans couleur ou à des fruits sans saveur.

La raison en était que le roi semblait plongé dans un sommeil éveillé. Son masque, sans cesse changeant, était devenu impassible. Les plis partant de son nez et les commissures de ses lèvres s'étaient creusés. Il parlait peu et son regard s'était voilé. Même les parages de Pi-Ramsès semblaient le laisser indifférent.

Répercutée sur les vizirs et les princes, puis sur les femmes du Palais, cette morosité avait gagné le personnel, le clergé et jusqu'aux fonctionnaires de province. L'humeur du roi commandait celle du royaume.

Soudain, un soir, à table, l'envoûtement se brisa.

Khaemouaset s'entretenait avec l'un des ambassadeurs de Babylone et lui demanda, sur un ton plaisant :

— Quel est l'animal qui marche à quatre pattes le matin, sur deux pattes à midi et sur trois le soir ?

— Quel est-il ? demandèrent en même temps Ramsès et l'ambassadeur.

— L'homme.

Ramsès sourit d'abord, puis éclata de rire et donna une tape sur l'épaule de son fils. Les convives sursautèrent et s'interrogèrent du regard. Avaient-ils la berlue ? Le roi avait ri ?

— Quelle est la troisième patte ? demanda Ramsès.

— Son bâton de vieillesse, père divin.

Et le roi riait encore. Les convives demandèrent à savoir la saillie qui l'avait enfin déridé. Elle circula le long des tables et, à la fin, l'assistance entière s'esclaffait. Les regards reprirent leur éclat.

— C'est le génie de Ptah qui t'a inspiré, lui déclara le lendemain le vizir Pasar.

Le lendemain également, un séisme comparable advint : Isinofret apparut au dîner. Depuis la mort de Néfertari, la deuxième Grande Épouse semblait avoir, elle aussi, rejoint le royaume des ombres. Pour peu, on lui eût demandé des nouvelles de la défunte. Mais la mort lui ayant enfin concédé la place principale auprès de son époux, elle rayonnait. Quoi qu'il en fût, la vie du Palais reprit son cours, comme un char qui, sous la traction des chevaux, se dégage de l'ornière après s'être embourbé.

Ipepi, cependant, apprit le lendemain à son maître que la première bénéficiaire des faveurs du roi, après sa longue mélancolie, avait été la princesse de Babylone. Khaemouaset n'en fut pas surpris : la chair avait ses lois et l'essentiel, pour lui, comme pour tous les dirigeants du royaume, était que Ramsès eût retrouvé le goût de vivre. Combinant la fraîcheur du melon avec le miel capiteux des dattes d'Asie, la jeunesse fruitée de la princesse Ishtartât était bien plus apte à fouetter la sève royale que les chairs blettes et flapies d'Isinofret.

L'arrivée de la Babylonienne scellait enfin l'ouverture vers l'Asie souhaitée par Isinofret. Elle représentait donc une victoire pour celle-ci, qui cependant gardait le triomphe modeste. Chacun devinait qu'elle souffrait une vexation lancinante : la reine hattoue Poudoukhépa n'avait pas répondu à son cadeau d'amitié. En effet, informée du statut d'Isinofret à la cour de Ouaset, l'épouse de Hattousil n'avait pas jugé utile de lui accorder une reconnaissance particulière.

Peu de temps après, cependant, et en présence de Khaemouaset, Ramsès commanda à Pasar l'érection d'une stèle qui serait gravée dans la montagne de Koush, là-bas, après la première cataracte, où le Grand Fleuve pénétrait dans le royaume. C'était la première fois depuis des mois qu'il commandait un monument, et il en dicta lui-même l'esprit. À sa surprise, Khaemouaset découvrit sa propre effigie sur les tracés d'architecte ; il précédait le pharaon, faisant à Ptah l'offrande rituelle de Maât, incarnation de la justice et de la vérité. Derrière lui venaient Isinofret et Bent Anât. Dessous figuraient le jeune Ramsès, général et scribe royal, et Merenptah, treizième héritier. Que pouvait-il faire d'autre que de donner son accord ? Sa première apparition sur une stèle exprimait l'approbation, sinon la reconnaissance, royale. Il n'en fut pas moins troublé par l'absence de Setherkhepeshef : elle équivalait pratiquement à une disgrâce ; quelle pouvait en être la raison ? De même, les autres princes, Montouherkhepeshef, Nebenkharou, Meryamon, Meryatoum, Sethemouïa, semblaient oubliés. Interroger son père ? Autant lui déclarer que sa décision était incompréhensible.

Khaemouaset se demanda si le chagrin n'aurait pas affecté le raisonnement de son père. Puis il soupçonna que celui-ci avait écarté Setherkhepeshef parce qu'il avait lui-même changé son nom en hommage à Seth, avant la mort de Néfertari, et qu'il n'en avait pas été récompensé. Sans doute ne voulait-il pas faire figurer un protégé de Seth dans un hommage à Ptah. C'était la seule explication possible.

Restait à savoir pourquoi vraiment Setherkhepeshef, d'abord désigné comme prince héritier, disparaissait soudain du paysage.

Ramsès aurait-il donc enfin compris qu'il fallait se méfier de Seth?

D'habitude plus bavard, le scribe Ipepi, témoin de la perplexité de son maître Khaemouaset, restait mystérieusement silencieux depuis plusieurs jours. À la fin, ce dernier s'en étonna:

— Tu ne dis plus rien?

— Je respecte la réflexion de mon maître.

— Tiens, c'est nouveau, lança Khaemouaset, ironique. Et tu n'as sans doute rien à dire?

— Rien qui puisse faire fleurir la sérénité céleste dans l'esprit de mon maître.

— Je suppose donc que c'est mon épouse qui bénéficie de tes confidences.

— Mon maître est trop clairvoyant.

— Accouche donc, que j'apprenne de ta bouche ce que ma femme me racontera ce soir.

— Ce n'est pas de Seth seulement que notre divin roi devrait se méfier.

— Que veux-tu dire?

— La corruption, qui est la forme douce de la destruction, est en train de ronger ce pays. Deux scandales viennent d'éclater. L'intendant général des greniers de la deuxième ville de Pi-Ramsès vient d'être dénoncé pour s'être fait creuser et décorer un somptueux tombeau par les ouvriers de l'une des équipes de Maÿ.

— Sapristi!

— Et un contrôle du chef des scribes du Palais, ici, a révélé que six de mes honorables collègues de Hetkaptah ne mettaient plus les pieds au travail depuis vingt-trois semaines et qu'ils touchaient quand même leurs stipendes. Deux d'entre eux avaient d'ailleurs d'excellentes raisons pour cela: ils étaient morts!

— Par Baâl! Mais que fait notre vizir?

— Pasar? Il va succéder à Ounennéfer, le grand-prêtre du temple d'Osiris, le père de l'ami d'enfance du roi, Imenemipet, et qui vient, comme tu le sais, de mourir.

190

Khaemouaset fit la grimace. Il ne pouvait même plus dénoncer la corruption croissante : depuis qu'il avait été distingué par son père, par sa figuration sur la fameuse stèle du pays de Koush, il était muselé. Or, il n'était pas au terme de sa déconvenue. Quand le jour vint d'inaugurer la stèle en question, en présence du grand-prêtre du temple de Ptah à Apitou, Khaemouaset flaira un loup. Outre Isinofret, Bent Anât, le jeune Ramsès et Merenptah, évidemment, puisqu'ils étaient représentés, l'équipage royal était singulièrement réduit par rapport à son volume lors d'autres inaugurations : dix scribes en tout, plus le gouverneur d'Apitou, mais non le vice-roi. Au terme d'un voyage interminable et suant, tout ce monde arriva enfin à Méha et à la fameuse stèle. Là, Khaemouaset subit le choc. Il échangea un regard avec sa mère, puis sa sœur et les deux princes.

Les arêtes de ses figures et de ses hiéroglyphes encore aiguës, puisque fraîchement gravées dans le grès jaune de la montagne, cette stèle se dressait au milieu de nulle part. Méha était sans doute un lieu sacré, celui où le fleuve nourricier entrait dans le royaume, mais il était désert. Le premier village se trouvait à une heure de marche. Hormis quelques prêtres et scribes, personne ne regarderait jamais la stèle. C'était un hommage en trompe-l'œil.

Et, si l'héritier désigné Setherkhepeshef et les autres princes en étaient absents, c'était que ce monument n'avait aucune importance.

Ramsès s'était moqué d'eux ; il leur faisait l'aumône. Les bénéficiaires devraient lui en être éternellement reconnaissants, sous peine de trahison. Le visage de Khaemouaset se crispa. Il avait cru à la gratitude royale : il avait été naïf. Lui, sa mère, sa sœur et ses frères avaient été bernés. Cependant, il était tenu de participer à la reconstitution de la cérémonie représentée dans la pierre. La raideur brusque de ses gestes pendant les sacrifices à Ptah et la sécheresse avec laquelle il récita les formules sacrées devaient trahir son irritation. Quand, après les libations, il se retourna vers l'assistance pour prononcer les formules d'éloge de son père, il vit les visages tendus de Nekhbet-di, du scribe Ipepi et même du jeune Ramsès, d'Isinofret et de Bent Anât ; ils avaient perçu que quelque chose clochait et craignaient un esclandre.

Pendant l'inévitable banquet qui suivit, son maintien et son expression figée, même quand le roi lançait un bon mot, risquèrent plus d'une fois d'en dire trop long. Pendant ce temps, Ramsès rayonnait ; peut-être songeait-il qu'il venait de jouer un bon tour à ses deuxième et troisième Épouses royales et à tous ceux qui avaient cru avoir enfin barre sur lui à la faveur de son deuil, princes compris. Une pensée piqua Khaemouaset et il se ressaisit alors : sa mauvaise humeur risquait de faire plaisir à Ramsès, et c'était exactement ce qu'il voulait éviter. Il raconta alors la fable du roi des rats, qui avait été invité par le roi des chats et à qui celui-ci avait offert un festin plantureux. À la fin, le rat avait tellement mangé qu'il était incapable de se lever. Le chat l'avait alors posé sur la table même du festin et l'avait dégusté.

Le résultat en fut savoureux : le sourire déserta la face de Ramsès pour gagner celles des convives. Isinofret se tordit de rire la première et les autres suivirent.

— Qui est le roi des rats ? demanda Ramsès avec humeur.

— Un goinfre, père divin.

— Quel est le sens de cette fable ?

— Un appel à la tempérance, père divin.

Le pharaon fut-il dupe ? Son changement d'expression signifia toutefois qu'il avait perçu dans la fable une idée subversive. Se compara-t-il au rat glouton ? C'était peu probable. Mais l'image d'un gros chat à l'affût ne pouvait pas le rassurer non plus.

19

Mélancolies d'un prince héritier

— Tu l'as dit toi-même aux funérailles de Parêherounemef : il nous aura tous.

C'était la phrase la plus désagréable que Khaemouaset eût entendue de longtemps. Il essuyait d'un bout de pain le fond de sauce de son plat ; son geste se ralentit soudain.

Sekhemrê, l'aîné de ses enfants, releva la tête, intrigué par cette déclaration provocatrice. On pouvait toujours compter sur Setherkhepeshef pour mettre de l'animation durant les repas de famille !

— Je voulais parler de Seth, rectifia Khaemouaset en mâchant son pain imprégné d'huile d'olive et de graines de sésame. Je me suis peut-être laissé emporter par le chagrin.

— Eh bien, le roi n'est-il pas l'incarnation de Seth ?

Aussi brutalement formulée, et par un garçon que sa femme et lui avaient entouré de leur sollicitude, espérant arrondir ses angles, l'accusation contre le roi, son père, prit Khaemouaset de court. Il tourna vers Setherkhepeshef un visage contrarié et alarmé. Nekhbet-di observa, pour sa part, un silence prudent. Le jeune prince, lui, ne semblait pas troublé par le caractère presque sacrilège de ses propos ; son profil coupant, imperceptiblement hautain, se releva, dans une expression de défi. À son âge aussi, dix-huit ans passés, car les années filaient, les jeunes hommes manifestent souvent de l'impatience à l'égard des aînés. Il n'était pourtant pas dénué de toute prudence : avant de poursuivre, il

193

attendit que le domestique fût sorti de la petite salle à manger, car ce n'était un mystère pour personne que le personnel du Palais répétait souvent ce qu'il entendait.

— Aucun de nous n'est vraiment prince héritier, reprit-il. C'est tantôt l'un, tantôt l'autre qu'il semble désigner, mais, en réalité, il ne veut pas de prétendant au trône. Si ç'avait été le cas, il l'aurait nommé corégent, comme son père l'avait fait avec lui et comme le père de son père, Ramsès le Premier, l'avait également fait. Il ne veut d'aucune manière déléguer ou partager son pouvoir.

L'analyse était imparable, mais guère inédite : qui à la cour ne l'avait faite, ou plutôt, ne se l'était avouée en son for intérieur, sans jamais oser la formuler ? Ces choses-là ne se disaient pas, et chacun supposait que Ramsès finirait bien, tôt ou tard, par désigner l'un de ses fils comme successeur. Au fur et à mesure que les années passaient, toutefois, l'hypothèse faiblissait : au terme de vingt-sept ans de règne, et à trois de son jubilé, Ramsès semblait se refuser à l'idée de former un successeur.

Quand il était allé à Apitou veiller à la préparation du tombeau de Parêherounemef, Khaemouaset avait fait une découverte troublante : au-delà de son propre caveau, Ramsès avait fait aménager un nombre incalculable de chambres, destinées à ses fils. Et l'on en creusait sans cesse de nouvelles. Aucune, même pas la sienne – car il s'en était enquis –, ne se distinguait des autres. Qu'en déduire d'autre, sinon qu'aucun de ses fils n'apparaissait au roi comme digne de lui succéder ?

Le domestique apporta le plat principal, des quartiers de poulet frits et du blé cuit au lait, puis ressortit. Setherkhepeshef reprit sa diatribe :

— Ma désignation était une comédie, une lubie causée par la mort soudaine de mon père. Deux ans plus tard, c'était toi, Ramsès et Merenptah qu'il faisait figurer sur la fameuse stèle dans la montagne de Méha, comme tu l'as toi-même rapporté et comme si tous les autres n'existaient pas : Montouherkhepeshef, Nebenkharou, Meryamon, Meryatoum, Sethemouïa, passés à la trappe ! Dans quelque temps, ce sera l'un ou l'autre d'entre eux qui apparaîtra sur une autre stèle, à moins que ce ne soit un inconnu de la trentaine ou quarantaine de garçons nés de concubines, de Bent Anât, de Merytamon ou de la princesse de Babylone. Et ainsi de suite jusqu'à la fin.

— Nous n'y pouvons rien, Imy, dit enfin Nekhbet-di. Et de le dire n'y change rien, mais gâte les humeurs.

— Mais toi, tu es prêtre, tu ne peux rien lui dire ? Ta mère n'y peut rien ? s'écria Setherkhepeshef à l'adresse de Khaemouaset.

— Imy, tu penses bien qu'il est parfaitement conscient de la situation. Il la veut ainsi. Si je lui offrais le moindre conseil à ce sujet, non seulement cela serait inutile, mais je risquerais la disgrâce. Je serais expédié dans une province reculée avec ma femme, Hatha et mes enfants. Je ne peux pas leur infliger cet exil.

Le domestique déposa sur la table deux grands plats, l'un de bananes, l'autre de goyaves de Koush.

— De toute façon, reprit Khaemouaset, cela serait trop tard. Aucun des princes n'est en mesure de participer au pouvoir de quelque manière que ce soit. À trente ans passés, le général Ramsès, mon frère, par exemple, n'a jamais fait que s'occuper de l'administration de l'armée et ne connaît pas grand-chose d'autre. Il lui faudrait des années pour comprendre quelque chose aux finances. Moi-même je n'y connais rien. Montouherkhepeshef ne s'intéresse qu'aux chevaux des Écuries et ne sait du gouvernement que ce qu'il en entend. Les autres ne sont pas plus expérimentés.

Il dégusta une goyave mûre, crémeuse, au parfum musqué.

— La vérité est que mon divin père devient de plus en plus jaloux de son pouvoir. Il ne veut même pas de vizirs qui seraient trop influents. Telle est la vraie raison pour laquelle il a nommé Pasar au poste de grand-prêtre d'Osiris, en remplacement d'Ounennéfer. Pasar en savait trop, son autorité commençait à empiéter sur celle du roi auprès du chef du Trésor et des gouverneurs de province. À la place des deux vizirs du Sud et du Nord, il a nommé un seul vizir, Khaÿ, qui en sait évidemment bien moins que ses prédécesseurs et qui aura donc moins d'autorité.

— Nous sommes donc des prisonniers, dit Sekhemrê d'un ton pointu.

— Le pays est prospère, nous mangeons à notre faim, c'est déjà bien.

Khaemouaset se garda d'évoquer la corruption envahissante. Les nouvelles à cet égard n'étaient pas fameuses.

— Il n'est pas un gouverneur de nome, mon prince, lui avait confié un scribe du Trésor, Nebrê, qui ne se soit mystérieusement enrichi ces dernières années. Ils arrivent avec le pagne sur les fesses et, quelques années plus tard, leurs entrepôts sont pleins. Veux-tu que je te donne quelques exemples de gens du Palais même dont la fortune a soudain jailli de terre ?...

Khaemouaset avait décliné l'offre.

Le roi plissa les lèvres et donna un coup sec de chasse-mouche, signe ordinaire de colère. Celle-ci ne visait toutefois aucun des membres du Conseil réunis devant lui.

Le scandale annoncé depuis des mois par le scribe Ipepi venait enfin d'éclater au grand jour : l'épouse et la fille d'un fonctionnaire de province, jadis chargé de contrôler les entrepôts de grain, de vin, d'huile, de pièces de laine, de cuir ou de lin tissé, de minerai de cuivre et autres métaux, le bétail de toute sorte et autres biens de plusieurs temples du Bas Pays, y faisaient depuis un temps indéterminé des prélèvements sans aucune justification. Le fonctionnaire en question avait toute la confiance du nouveau vizir Khaÿ et venait même d'être nommé inspecteur des troupeaux du Bas Pays ; cependant les deux femmes poursuivaient leurs prélèvements indus.

Un scribe scrupuleux, nommé Hathiay, comptable des entrepôts, avait décidé de porter l'affaire devant les tribunaux. Périlleuse initiative : accuser de vol l'épouse et la fille d'un notable, de surcroît ami du vizir ? Il risquait gros. Cependant, il s'entêta. Il était de ces gens, souvent des scribes, d'ailleurs, que les façons des grands seigneurs agaçaient. Peut-être la pratique de l'écriture et la fréquentation des livres rendaient-elles l'esprit plus vigilant, critique et vétilleux. Les vols – quel autre mot ? – étaient particulièrement graves, puisque les entrepôts faisaient partie du domaine royal ; les prévaricateurs étaient passibles de la peine de mort.

L'affaire avait déjà fait grand bruit dans le pays. L'enquête qui s'en était suivie avait révélé que les deux indélicates avaient été ambitieuses : elles n'avaient pas « piqué » moins de vingt mille boisseaux de grain, trente taureaux, dix chèvres, trente oies, trente chars équipés, mille trois cents blocs de minerai de cuivre, quatre cent quarante paires de sandales, un nombre indéterminé de jarres de vin de toutes provenances, un vrai pillage de guerre.

Khaÿ, connaissant l'existence des réseaux parallèles d'information du pharaon, n'avait pu faire autrement qu'en informer Ramsès. Toute dissimulation eût rapidement entraîné des soupçons de complicité.

— Je charge le prince Setherkhepeshef de présider le tribunal qui jugera cette affaire, déclara le monarque. Le procès aura lieu à la cour de la Résidence.

C'était le tribunal royal, qui jugeait des grandes affaires criminelles.

Une légère surprise fut lisible sur les expressions. Setherkhepeshef? Il n'avait aucune expérience en matière juridique.

Mais Ramsès avait sans doute ses raisons; les petites indiscrétions qui fermentent dans des milieux aussi clos que celui de la cour l'avaient informé que, depuis quelque temps, le prince ruait dans les brancards.

— Il siégera avec le prince Khaemouaset qui le conseillera, ajouta-t-il.

La séance fut levée.

Informés de leur charge, Khaemouaset et Setherkhepeshef échangèrent des regards entendus.

— On va s'amuser, conclut le jeune homme.

Son oncle en était moins sûr.

🖋

Le procès s'ouvrit dans ce qu'on appelait la Résidence, sise dans l'aile administrative du palais de Ouaset, la Grande Maison, ou *Per-aâ*[1]. Dix juges, comme de coutume, siégeaient en pompe, présidés donc par Setherkhepeshef, six prêtres des divers cultes de la ville et trois représentants du Trésor.

Sur le conseil de son oncle, Setherkhepeshef avait fait convoquer à Ouaset toutes les personnes concernées par l'affaire et citées dans le procès-verbal de l'enquête, témoins compris; il y en avait cinquante-sept, qui attendaient dans une salle voisine de la salle d'audiences.

---

1. C'est de ces mots que dérive celui de « pharaon », habitant de la Grande Maison.

197

Les premières personnes introduites furent évidemment l'épouse et la fille du contrôleur des troupeaux. La première était une matrone quadragénaire, à la poitrine opulente et au museau de fouine, abondamment fardée et parée de bijoux ; la seconde, une accorte donzelle à la perruque frisottée ; elles avaient été arrêtées par nul autre que le chef des Écuries royales et quatre policiers.

L'assesseur qui faisait office de procureur interrogea la mère :

— Dis-nous la raison pour laquelle tu as fait ouvrir deux salles du magasin du domaine royal alors que le contrôleur n'en avait pas été averti.

— Les endroits où je suis entrée étaient depuis toujours contrôlés par mon mari.

— Ton mari n'occupait plus la fonction de contrôleur des magasins.

— Je l'ignorais. Je croyais que ses fonctions de contrôleur des troupeaux s'ajoutaient aux anciennes.

— Quelle que fût sa fonction, ce n'était pas une raison pour y prélever des biens du domaine royal, intervint Setherkhepeshef.

— La coutume est de vérifier la qualité des biens entreposés.

— Assesseur, lis à l'accusée la liste de ses rapines.

L'assesseur s'exécuta donc. Bien qu'ils connussent l'ampleur des vols, les juges furent de nouveau abasourdis par l'inventaire.

— Tu vérifiais la qualité du minerai de cuivre ? demanda Setherkhepeshef d'un ton agressif. Tu es peut-être fondeuse de cuivre ? Il t'a fallu pour cela piquer deux cents *débens*[1] de ce métal ?

Elle toisa le jeune homme sans répondre. On la reconduisit à son banc.

Sa fille, interrogée ensuite, fondit en larmes et balbutia qu'elle n'avait fait que se soumettre aux ordres de sa mère. On la renvoya aussi à son banc. L'époux et père de la matrone et de sa complice, le contrôleur des troupeaux du Bas Pays, un grand bonhomme à la mine impérieuse, fut à son tour conduit devant les juges. Il se nommait Zenti.

— Comment se fait-il que tu aies laissé ton épouse et ta fille commettre des vols en ton nom ? demanda Setherkhepeshef.

----

1. Un *dében* valait 91 g.

— Mon prince, je n'en savais rien !

— Voilà qui est bien étrange, contrôleur. On dépose dans ton entrepôt personnel deux cents *débens* de cuivre, trois cents rouleaux de laine, cinq jarres de vin de grenade, dix flacons de cuivre, trois chaudrons de cuivre, quatre pioches également en cuivre et tu n'en sais rien !

Les juges secouaient la tête d'un air goguenard. L'accusé, cependant, les toisait, les sourcils froncés.

— Mon prince, déclara-t-il d'une voix de stentor, je suis victime d'un complot infâme. Ces biens que tu cites ont été déposés par des malveillants dans mon entrepôt, afin de faire croire que mon épouse les avait dérobés !

— Et qui seraient ces malveillants ? demanda Khaemouaset.

— Les gardes eux-mêmes ! Ils estimaient qu'ils n'étaient pas assez rémunérés et ils ont monté ce coup avec la complicité du scribe intrigant et venimeux Hathiay !

— Voilà beaucoup d'accusations, observa Setherkhepeshef. Ton épouse a elle-même reconnu avoir prélevé ces biens.

— Elle confond. Il s'agit de ses prélèvements anciens. Si l'on peut prouver que ceux qui ont été trouvés dans mon entrepôt ont été détournés par ma femme, je m'engage, par Amon, à en verser le double ! Et j'irai plaider ma cause devant notre pharaon bien-aimé lui-même.

Il opposait donc sa parole à celle de Hathiay et des gardes. Il fut raccompagné à la salle d'attente. Des éclats de voix parvinrent alors dans la salle d'audiences : une altercation venait d'éclater entre le contrôleur et les gardes des entrepôts, qui avaient entendu les accusations portées contre eux. L'huissier, en effet, venait de convoquer ces derniers et le contrôleur les menaçait du pire. La police fut contrainte d'intervenir pour les séparer. Ils étaient quatre[1].

— Vous êtes accusés par l'ancien contrôleur des entrepôts, dit le procureur, d'avoir vous-mêmes dérobé des biens dans les entrepôts du domaine royal pour les déposer dans le sien et faire accuser sa famille. Qu'avez-vous à dire ?

---

1. Le détail de ce procès est, jusqu'à l'interrogatoire des gardes, dont le texte ne nous est pas parvenu, conforme aux documents retrouvés de l'époque.

— Rien d'autre, mon prince, répondit l'un d'eux, sinon que c'est un mensonge. Car, si c'était vrai, que ne les a-t-il rendus ?

C'était l'évidence même.

— L'un de vous a-t-il vu l'épouse du contrôleur pénétrer dans les entrepôts ?

— Nous l'avons vue tous les quatre et nous avons un cinquième témoin : le scribe Hathiay que nous avions prévenu.

— Est-ce vrai, scribe ? demanda Khaemouaset, interpellant ce dernier, dans la salle.

— Cela est vrai, mon prince. J'ai deux fois vu cette femme, accompagnée de quatre domestiques qui chargeaient les rapines sur trois baudets.

— Les domestiques ont-ils été interrogés ? demanda Setherkhepeshef à l'enquêteur principal.

— Ils l'ont été, mon prince, et ils ont confirmé qu'ils ont été sept fois aux entrepôts et dans les champs du domaine royal, sous les ordres de l'épouse du contrôleur.

L'accusée s'agita sur son banc et tenta de se lever pour protester, mais la police la fit rasseoir de force.

— Maintenant, dit Khaemouaset, nous voudrions entendre le nouveau contrôleur des entrepôts, puisqu'il était en fonction lors des vols. Gardes, faites-le entrer.

Celui-là était un grand gaillard à la face plate et à la bouche taillée à la serpe et distendue par un sourire de benêt ; peut-être croyait-il que la faveur du vizir Khaÿ lui servirait de sauf-conduit suprême. Il se nommait Amenemepe.

— Comment expliques-tu que tu n'aies rien fait pour mettre fin aux rapines de l'épouse et de la fille de ton prédécesseur ? lui demanda Setherkhepeshef.

— Je n'en savais rien, mon prince.

— Tu avais été prévenu à trois reprises par le scribe Hathiay, ici présent.

— Le scribe était en mauvais termes avec mon prédécesseur, j'étais donc fondé à croire qu'il lui faisait une mauvaise querelle.

— Il t'a présenté à trois reprises des états des prétendus prélèvements faits dans les entrepôts.

— Ses allégations étaient invérifiables, étant donné qu'il avait pu falsifier les états antérieurs et prétendre ensuite qu'il y avait des anomalies.

— La véritable raison de ton inaction n'était-elle pas plutôt que ta femme est une parente de l'épouse de ton prédécesseur?

— Mon prince ne me connaît pas, rétorqua le contrôleur, dont le sourire s'était alors effacé. Ma probité est garantie par le choix du vizir Khaÿ.

— Le vizir n'était pas informé du scandale quand il t'a nommé. Et comment expliques-tu que les enquêteurs aient retrouvé chez toi des jarres de vin portant le cachet du domaine royal?

— Elles attendaient d'être portées aux entrepôts.

— Et c'est pourquoi les cachets avaient été brisés et que trois d'entre elles, celles des meilleurs vins de Canaan et de Kypros, étaient à moitié vides! s'impatienta l'un des juges, un délégué du Trésor, qui avait aussi pris connaissance des procès-verbaux de l'enquête.

Le contrôleur Amenemepe avait alors perdu sa belle assurance.

L'audience fut levée jusqu'au lendemain et la principale accusée conduite en prison, ce qui provoqua l'indignation du contrôleur des troupeaux. Il alla protester avec véhémence devant les juges, puis s'emporta et les menaça.

— En voilà assez! s'écria alors Setherkhepeshef. Tu outrages les magistrats, donc l'autorité du roi! Tu rejoindras donc ta femme en prison! Mais pas la même. Gardes, arrêtez cet homme et menez-le en prison. Il y restera jusqu'à demain matin pour calmer ses humeurs.

Quand ils quittèrent la cour de la Résidence, Khaemouaset murmura à l'oreille de son neveu:

— Il y a maintenant un homme en danger : c'est Hathiay. Tu devrais le faire loger au Palais.

Setherkhepeshef convint qu'en effet le délateur risquait un mauvais coup : il le fit appeler et lui offrit des quartiers dans la caserne des Écuries. Le scribe accepta avec empressement et s'inclina pour baiser les mains de son bienfaiteur.

— On a quand même fait du bon travail, déclara Setherkhepeshef au dîner. On s'est même amusés.

— Pas assez, répondit Khaemouaset, méditatif.

— Peut-on faire mieux?

— Je crois que oui.

Il expliqua en aparté à son neveu le projet qu'il avait en tête. Setherkhepeshef s'anima tout à coup, enthousiasmé.

Il est des soirs où l'être souffre d'une frustration qui semble injustifiée. Le corps est nourri, l'esprit a toutes les raisons d'être content, car les proches et les amis sont toujours souriants et fidèles, et, pourtant, le *ka* grogne dans les profondeurs, comme ces chats dont on ignore quelle lubie les rend irascibles. La viande est coriace, le vin n'a pas assez de goût, l'eau n'est pas assez fraîche, le miel est âpre…

Tel était le cas de Khaemouaset au soir de la première audience. Il savait trop bien la raison de son humeur : le monde n'était décidément pas comme il l'avait rêvé et ne le serait sans doute jamais. Il éprouva le besoin de caresses. Non pas en vue du plaisir sexuel, mais comme un cadeau inattendu, et donc encore plus plaisant. Nekhbet-di était lasse de sa journée. Il se rendit donc à l'appartement de Hatha. Elle venait de coucher leur fils Sahourê et croquait des pépins de courge en compagnie de la nourrice. À sa vue, elle se leva, soudain contente. La nourrice s'éclipsa.

— Je voudrais être Ptah, avec toi comme prêtresse, lui dit-il. Le seul parfum que je désire est celui de ton corps, le seul onguent, ta peau, la seule prière, ton souffle.

Elle sourit.

— Mais quand je suis avec toi, Mouss, c'est moi qui ai l'illusion d'être la statue de ton dieu.

L'office fut donc célébré par deux dieux et deux prêtres virtuels.

Le cœur de Khaemouaset s'allégea. Son front fut lissé. Le monde s'éloigna de lui.

Son *ka* s'apaisa. La flamme de sa lampe s'éleva droite dans les hypogées.

Seul un couple, songea-t-il avant de s'endormir, pouvait remettre de l'ordre dans le monde. À la condition qu'un agité malveillant comme Seth ne vînt pas y semer la discorde sanguinaire. D'ailleurs, il n'avait pas d'épouse, puisque Horus l'avait émasculé.

20

« N'aime aucun frère et n'aie aucun ami... »

Le Palais bruissa, le lendemain, de rumeurs nouvelles. La reine Poudoukhépa avait envoyé à Ramsès une missive pointue, où elle déplorait qu'il ne respectât pas l'un des termes du traité unissant les deux royaumes : il n'avait pas, en effet, renvoyé dans son pays le neveu de son mari, l'infâme imposteur Ourhi-Teshoub, qui prétendait au trône hattou sous le nom de Moursil le Troisième.

On apprit que Ramsès avait répondu, mais par la bande : il était assuré que son frère Hattousil était l'authentique et légitime petit-fils de Souppilouliouma et justifiait l'asile offert par esprit de miséricorde à un fugitif de son sang. Tout le monde approuva la fermeté du roi à cet égard, car nul au Palais ne doutait du sort qui serait réservé à l'infortuné Moursil, au cas où il tomberait dans les griffes de son oncle et de l'épouse de ce dernier.

Puis l'on avait d'autres chats à fouetter : la préparation du grand jubilé qui célébrerait les trente ans de règne de Ramsès le Deuxième.

Khaemouaset, en attendant, multipliait ses entretiens avec Ipepi, dans des perspectives bien différentes. Il avait, en effet, compris que l'arrestation de deux contrôleurs et leur condamnation à la prison à vie, à supposer qu'on y parvînt jamais, risquaient d'amplifier le scandale beaucoup plus que d'offrir au pays l'exemple de l'impartialité de la justice royale. La réaction populaire la plus probable serait : « Voilà donc les grands seigneurs qui gèrent la fortune du pays ! On en juge un ou deux, mais les autres ne valent probablement pas mieux. » Cela affaiblirait l'autorité royale. Et pourtant, c'était nécessaire.

Et Khaemouaset avait abordé l'affaire par ricochet. Il avait d'abord appris que Zenti, le contrôleur des troupeaux dont l'épouse était en prison, projetait de faire appel à la clémence de Ramsès pour obtenir la grâce de l'accusée, à l'occasion des fêtes prochaines du jubilé. L'homme était un dur à cuire et userait de tous les moyens pour triompher de la justice. Le procès qui s'était annoncé retentissant finirait donc en pet de souris. Toujours grâce aux enquêtes secrètes de son scribe, il avait également appris que Zenti avait déjà reçu dans le passé une semonce d'un gouverneur militaire de la deuxième ville de Pi-Ramsès, dont les soldats avaient surpris, une nuit, des domestiques transportant des jarres d'huile marquées du cachet du domaine royal ; or, ces domestiques travaillaient pour Zenti. L'affaire avait été alors étouffée et la faute rejetée sur les domestiques et eux seuls. Les forfaits du scandale remontaient donc loin, des innocents avaient payé pour des coupables qui ne se limitaient pas à la seule épouse du contrôleur.

Khaemouaset chargea alors Ipepi de faire secrètement savoir aux scribes de Zenti que leur collègue Hathiay avait été alerté des vols par les hommes du gouverneur militaire et n'avait donc été qu'un instrument dans une querelle de bien plus vaste envergure. Ces scribes seraient également avertis que la justice se proposait de requérir le témoignage du gouverneur militaire. Ils ne manqueraient pas de le répéter à leur maître, et la panique pousserait celui-ci à un acte désespéré ; en effet, la fiction de son innocence ne résisterait pas au témoignage d'un haut gradé. Mais il fallait faire vite, car les affaires judiciaires pouvaient traîner des années et Zenti était, comme bien d'autres, capable de suborner des témoins, voire de renverser l'accusation. L'intention de Khaemouaset était que le procès fût achevé de manière spectaculaire avant l'année du jubilé ; ainsi laisserait-il une trace profonde dans l'esprit du public. Ipepi s'acquitta de sa tâche avec délices.

Le résultat ne se fit pas attendre longtemps : quelques jours plus tard, les gardes du gouverneur militaire arrêtèrent des hommes qui s'étaient infiltrés nuitamment dans les jardins du gouvernorat. Copieusement rossés, les malandrins avaient avoué que leur intention avait été d'assassiner le gouverneur dans son sommeil. Mais pourquoi? Ils avaient révélé que Zenti les avait payés pour cela.

Comme l'avait calculé Khaemouaset, Zenti avait donc joué son va-tout.

Khaemouaset se frotta les mains et prévint Setherkhepeshef. Celui-ci fit incontinent arrêter Zenti par un détachement de l'armée et annonça l'ouverture de la deuxième audience; sur le conseil de son oncle, il la fixa au 1er du mois de Méchir, jour faste selon le calendrier, car c'était celui où le ciel avait été élevé. Prévenue de faits nouveaux et dramatiques, une foule considérable s'amassa autour de la cour de la Résidence. L'arrivée du prévenu, ligoté, puis du gouverneur militaire entouré de sa garde justifièrent leur attente.

La confrontation entre Zenti et les malandrins fut mouvementée : écumant de rage, postillonnant à tout va et clamant qu'il avait été bâtonné, le contrôleur demanda à être libéré sur-le-champ et répéta ses allégations de complot.

— Il semblerait que le royaume tout entier soit ligué contre toi et que toi seul dans ce pays dises la vérité, rétorqua l'un des juges, excédé. Mais la parole d'un gouverneur militaire est égale à la tienne.

— Je ne suis pour rien dans les menées de mes domestiques ! Ce sont des menteurs !

— Jusqu'au soir de la tentative d'assassinat du gouverneur, ils étaient tes hommes de confiance.

— Ils auront été soudoyés !

Là-dessus, le chef des domestiques lui lança :

— Nous avons été soudoyés, oui, par toi ! N'as-tu pas été ouvrir ta cassette devant moi pour y prélever dix anneaux d'argent pour chacun de nous? Ne m'as-tu pas demandé, à moi qui te parle, de te rapporter le nez et les oreilles du gouverneur?

Ces aveux tombèrent comme une hache. La rage de Zenti devint incontrôlable. Il tenta de s'élancer contre le délateur, mais fut maîtrisé par la police et ramené dans la salle d'attente, à l'écart des domestiques appréhendés.

L'opinion des juges était dès lors faite. Quand le gouverneur comparut, l'assesseur lui demanda :

— Tu connaissais cet homme?

— Oui. Il y a plus de deux ans, je lui ai adressé une lettre de reproche, parce que mes hommes avaient surpris ses domestiques transportant de nuit des jarres d'huile appartenant au domaine royal. Il a prétendu que ces hommes les avaient volées pour leur compte. Je lui ai demandé pourquoi, dans ce cas, ils transportaient les jarres dans sa maison. Il a alors dénoncé les domestiques, qui ont été emprisonnés. J'avais cru que l'avertissement avait mis fin aux rapines. Mais je vois qu'il n'en a rien été.

La cour remercia le gouverneur et la sentence fut décidée à l'unanimité et rapidement : l'ex-contrôleur des entrepôts, puis des troupeaux, Zenti, était déclaré coupable de vol dans les biens du domaine et de tentative d'assassinat du gouverneur militaire. Il était donc condamné à mort ainsi que ses complices. Ses biens seraient confisqués au bénéfice du domaine royal. Quant à son épouse, elle était condamnée à la prison à vie et sa fille, à un an de la même peine.

Les inculpés furent introduits de nouveau dans la salle où les sentences leur furent annoncées. La femme hurla et dut être à son tour maîtrisée. La fille fondit en larmes. Zenti cracha en direction de la cour, traita les juges de pourris et appela sur eux la malédiction de Seth et de Sekhmet. Ces paroles produisirent sur Khaemouaset un effet particulièrement désagréable ; il se pencha à l'oreille de Setherkhepeshef pour lui murmurer quelques mots.

— Le coupable Zenti, déclara alors Setherkhepeshef, sera décapité. Ses restes seront interdits d'inhumation et brûlés sur un bûcher.

Apprenant les sentences, la foule à l'extérieur explosa en clameurs de joie.

L'affaire avait été rondement menée. Ramsès adressa ses félicitations au président du tribunal et aux juges. L'intendant aux Affaires judiciaires vint ensuite faire un long compliment à Khaemouaset et à Setherkhepeshef et les prier de bien vouloir recevoir les honneurs du vizir Khaÿ. Ils se rendirent donc chez ce dernier qui déclara leur travail de juges inspiré par Osiris lui-même, Juge des morts, et leur remit à chacun le collier de Maât, réservé aux magistrats qui s'étaient distingués.

— Votre travail est-il achevé à votre satisfaction ? demanda ensuite le vizir.

Avant que Setherkhepeshef n'eût pu répondre, Khaemouaset prit la parole. Il avait perçu le ton inquiet de la question et répondit, au nom de son éminent collègue, que la deuxième audience de la cour de la Résidence serait la dernière dans cette affaire. Un regard d'intelligence intima le silence à son neveu. Le vizir parut soulagé.

Au cours du dîner, Khaemouaset révéla à son neveu la ruse à laquelle il avait recouru. Setherkhepeshef, admiratif et stupéfait, se tapa les cuisses.

— Rappelle-toi, dit-il alors, que le nouveau contrôleur des entrepôts, Amenemepe, est également coupable, puisque les méfaits se sont poursuivis sous son autorité. Il était d'ailleurs suspect, sa femme étant apparentée à celle de Zenti. Nous pourrons maintenant lui régler son compte.

Le jeune homme avait décidément pris goût au sang.

— N'abusons pas de notre pouvoir ni du stratagème, observa Khaemouaset. Il ne faudrait pas que nous acquerrions une réputation de férocité. Comme tous les autres contrôleurs des entrepôts et des troupeaux, Amenemepe doit être à l'heure actuelle terrorisé par le sort qui est réservé à son prédécesseur. Je parierais volontiers qu'ils vont surveiller leurs domaines avec beaucoup plus d'honnêteté et de rigueur qu'ils l'ont fait jusqu'ici. Ensuite, n'oublie pas qu'Amenemepe a été nommé par le vizir Khaÿ en personne, et ce serait désavouer celui-ci de manière indirecte que d'inculper son protégé. Telle est la raison pour laquelle je t'ai coupé la parole quand nous étions chez Khaÿ. Et tu as vu combien il était soulagé quand je lui ai répondu que l'affaire était close.

Setherkhepeshef lui lança un regard goguenard.

— Voilà que mon oncle devient un parfait serviteur du royaume.

— Moque-toi donc. Mon esprit ne vise pas à détruire. Cela, c'est le travail de Seth.

— Mais tu as épargné un coupable pour faire plaisir à Khaÿ.

— Je pense qu'Amenemepe a surtout péché par faiblesse et inaction. Les jarres qu'on a trouvées chez lui étaient probablement des cadeaux de Zenti ou de la femme de celui-ci. Comme je te l'ai dit, il se tiendra désormais sur ses gardes. Il ne méritait pas la mort et la destitution aurait été une peine trop lourde.

— Comment fais-tu la nuance ?

Khaemouaset soupira.

— Apprends-le, puisque te voilà juge. C'est la tâche la plus pénible pour un homme que d'en juger un autre. Pour bien s'en acquitter, il faudrait être pur et omniscient, il faudrait être Osiris lui-même, et aucun homme ne l'est. Autrement la justice n'est qu'une vengeance et le fait qu'elle soit garantie par le pouvoir n'y change rien. Dans les conseils que je t'ai donnés, je me suis efforcé de ne laisser aucune place à l'esprit de vengeance. Je voulais que les accusés déclarent eux-mêmes leurs fautes ou les rendent évidentes. Je voulais aussi qu'ils montrent aux juges s'ils étaient capables de repentir et si la peine qu'on leur infligerait serait utile. Zenti, pour sa part, s'est montré irrécupérable et même dangereux. Il aurait été capable d'inverser le cours du procès et de faire accuser des innocents ou des comparses, comme il l'a déjà fait avec ses domestiques. Ce n'est pas le cas d'Amenemepe.

— Tu as tenu compte de la protection de Khaÿ.

— Le pouvoir, Imy, consiste à savoir faire des faveurs à ceux qui peuvent vous être utiles. C'est un art aussi froid que le jeu du serpent, j'en conviens. Mais en épargnant le nouveau contrôleur, toi et moi avons agrandi notre pouvoir auprès du vizir. Cela pourra servir un jour.

Setherkhepeshef ne put s'empêcher de sourire.

— Tu es habile. Est-ce au service de Ptah que tu as acquis ce talent ?

— Le service des dieux a ceci d'utile : il enseigne à interrompre le service qu'on se fait à soi-même durant toute sa vie.

Cette fois, Setherkhepeshef éclata de rire.

Trois jours plus tard, l'exécution des cinq condamnés eut lieu dans la cour de la prison. Un bûcher fut ensuite dressé dans un terrain désert, à distance de Ouaset, et les restes du contrôleur Zenti furent incinérés, puis leurs cendres dispersées au vent. Les juges en furent informés, comme le vizir Khaÿ, par les messagers des exécuteurs.

Khaemouaset ne s'attarda guère sur la nouvelle : un émissaire venu de Hetkaptah le matin même lui en avait annoncé une autre qui le touchait de bien plus près. L'oracle du temple de Ptah à Hetkaptah l'avait désigné comme successeur du grand-prêtre qui venait de décéder et Premier prophète de Ptah. Khaemouaset ne se faisait guère d'illusions sur l'oracle, qui n'avait évidemment qu'entériné la décision d'Ousermaâtrê Setepenrê. Il avait toutes les raisons de se féliciter de sa promotion extraordinaire : le temple de Hetkaptah était le plus important de tout le royaume, puisque Ptah était le dieu tutélaire de la ville. Sa joie fut cependant tempérée, car il savait que tout événement comporte ses faces secrètes. Un entretien avec son père, peu après, avait confirmé la nomination et le Palais faisait donc diffuser la nouvelle dans les Deux Pays.

L'enthousiasme de Ramsès frappa son fils : on eût dit qu'il avait lui-même été promu.

— Tu pourras comme cela t'occuper des cérémonies du jubilé, ajouta-t-il. Je t'ai vu à l'œuvre : je n'aurais pas fait mieux.

La nomination servait les projets personnels de Ramsès.

— Les fêtes auront donc lieu à Hetkaptah, père divin ?

— Non, la cérémonie inaugurale aura lieu à Pi-Ramsès. Mais elle sera répétée ailleurs, à commencer par Hetkaptah, bien sûr. Et je te nommerai grand maître des Jubilés.

Ramsès ne lésinait décidément pas sur les honneurs. Khaemouaset se confondit en remerciements de circonstance et le vizir Khaÿ, qui assistait à l'entretien, en félicitations profuses.

Khaemouaset alla prévenir sa femme : elle était déjà informée, et les princes et princesses, Setherkhepeshef inclus, accoururent pour tresser leurs guirlandes de mots et de congratulations. Puis, accompagné de ses assesseurs, le grand-prêtre du temple de Ptah à Ouaset vint lui-même présenter ses vœux à Khaemouaset. Seules une tête de pierre ou la surdité eussent préservé celui-ci du vertige, à la récitation de ses mérites ; il demeura serein.

Un banquet fut annoncé pour le lendemain, mais le soir même Khaemouaset était requis pour le dîner de la cour. C'en devenait haletant.

Ce ne fut que le quatrième jour qu'il retrouva enfin ses esprits et un peu de calme pour réfléchir à sa nomination, au cours d'un dîner de famille auquel assistait Setherkhepeshef.

— Nous devrons donc déménager à Hetkaptah, observa Nekhbet-di.

— C'était probablement l'un des buts de cette nomination, dit Setherkhepeshef d'un ton chargé de sous-entendus.

Khaemouaset ne réagit pas, mais il partageait l'avis de son neveu. Son influence, ces dernières années, n'avait cessé de grandir. De contrôleur des inscriptions et effigies du roi, il était devenu un juge influent. Sans détenir aucun titre, il apparaissait comme le troisième personnage du royaume, après le roi et le vizir. Il le mesurait au nombre croissant de requêtes que lui adressaient des courtisans. Le succès du procès des prévaricateurs avait accru son prestige autant que celui de Setherkhepeshef, bien que la charge de président de la cour conférée à ce dernier eût d'abord été destinée à servir celui qui avait un temps passé pour l'héritier.

Khaemouaset était le prince qui avait le plus de relief. Il risquait de porter ombrage au monarque ; il était donc éloigné là où il pouvait être utile. Peut-être aussi son association avec Setherkhepeshef revêtait-elle un air de ligue qui avait fini par en inquiéter certains.

Devenait-il soupçonneux ? Il voulut éviter de contaminer les siens. Il ne pouvait pas se résoudre à faire de son père un froid calculateur, et encore moins à communiquer sa méfiance au garçon qu'il avait été chargé de former ni surtout à son fils, Sekhemrê.

— Je suis prêtre de Ptah, dit-il, et il est normal que je sois nommé dans sa ville. Mon père n'aura fait qu'officialiser ce qui lui semblait juste.

— Tu ne vas pas me faire croire que tu trouves cette décision innocente ! s'écria Setherkhepeshef.

— Je ne sais pas ce que serait une décision innocente. Celle-ci convient certainement à mon père, puisqu'il l'a prise. Il est ainsi assuré que le chef du culte de Ptah lui est entièrement dévoué, et je ne crois pas que ce soit là une faute. Quant à moi, il ferait beau voir que je me plaigne de cet honneur.

— Tu feindrais d'ignorer que ta place au Palais devenait trop grande ? protesta Setherkhepeshef.

— Quelque grande qu'ait été ma place, il serait ridicule de penser qu'elle pouvait porter ombrage à celle de mon père. Les seuls qu'elle aurait pu inquiéter auraient été mes frères, et je n'ai aucun signe que ç'ait été le cas. Il faut se méfier des soupçons que l'on conçoit autant que des causes réelles qui les ont fait concevoir.

C'était un langage de scribe ; il contraignait ceux qui l'entendaient à un effort de réflexion. À parler trop clair, on incline souvent son interlocuteur à des conclusions trop simples. Un langage savant, et de préférence paradoxal, l'incite au contraire à user de son esprit d'analyse.

— Si le but de mon père avait été de réduire mon influence supposée, il ne l'aurait pas agrandie en me nommant grand-prêtre, ajouta Khaemouaset.

Ce dernier argument réduisit Setherkhepeshef au silence. Aussi Khaemouaset avait-il jugé qu'il ne fallait pas ajouter l'esprit de division aux problèmes du royaume. Cela ne pourrait que favoriser l'œuvre destructrice de Seth.

Il avait jadis aspiré à être utile à son père. Mais le pouvoir avait enfermé Ramsès dans un sarcophage de verre. Peut-être le roi avait-il un jour médité l'*Enseignement* d'un roi d'antan, Amenemhet :

> *Écoute ce que je te dis,*
> *afin que tu sois roi sur la terre*
> *et que tu domines les pays,*
> *et que tu fasses mieux que le bien.*
> *Arme-toi contre tous les subordonnés.*
> *Quand tu es seul, ne les approche pas.*
> *N'aime aucun frère*
> *et n'aie aucun ami.*
> *Ne te fais pas de confident.*
> *Quand tu dors, surveille toi-même ton cœur,*
> *car un homme n'a personne*
> *au jour du malheur...*

Oui, le pouvoir était un sarcophage. Une seule personne avait peut-être rompu l'isolement absolu qu'il exigeait : Néfertari. Pourquoi pas Isinofret ? Mystère. Mais, depuis que la première était partie, Ramsès ne jouissait plus que d'un semblant d'existence : il mangeait, il buvait, il dormait et s'éveillait, il avait même retrouvé une appétence sexuelle, mais ces activités s'étaient réduites à des rites. Khaemouaset avait mis longtemps à le comprendre. Il éleva dans son cœur une prière à Ptah pour son père. Ramsès avait plus besoin d'aide que de contestation.

Restait à savoir si le sort des dieux était plus enviable.

21

Feu Téti, seizième prince secondaire

L'installation à Hetkaptah commença par celle de la famille de Khaemouaset au palais de cette ville. Le pharaon y venant rarement, puisqu'il séjournait le plus clair de son temps à Pi-Ramsès, le personnel y avait pris ses aises, et il revint à Nekhbet-di, secondée par Hatha, d'y rétablir quelque discipline et une gestion plus honnête. Le nouveau grand-prêtre, lui, passerait maintes semaines au temple, pour son intronisation, puis pour la préparation du jubilé de son père, c'est-à-dire la double fête de la confirmation du pouvoir et du rajeunissement du monarque.

Comme toutes les célébrations religieuses, même celles qui étaient aussi exceptionnelles que la trentième année d'un règne, celle-ci devait être soumise aux rigueurs du calendrier. Qu'est donc ce dernier, en effet, sinon le miroir de l'activité céleste ? Et que sont donc les humains, sinon les sujets des divinités ? L'intronisation de Khaemouaset devait donc être accomplie la veille du premier jour du mois de Khoïak, consacré à Ptah-Sokharis-Osiris, afin qu'il menât les célébrations en toute auto-rité : c'était au dernier jour du même mois que le roi érigerait le pilier *djed*, à la fois colonne vertébrale d'Osiris, symbole du maître des morts Sokharis et sceptre de Ptah ; et c'était donc au matin de ce jour que commenceraient les cérémonies du jubilé dirigées par Khaemouaset. Lourd programme.

L'intronisation ne dura qu'un jour, au terme d'une décade de service du dieu. L'austérité retrouvée fut une purification supplémentaire pour Khaemouaset. De la prostration de son père après la mort de Néfertari au jugement des contrôleurs prévaricateurs, les derniers mois avaient été pour lui une succession de tumultes intérieurs, des va-et-vient entre le souci du royaume et la révolte contre la rigidité d'un pouvoir sous lequel fermentait la corruption. Mais, enfin, la sagesse l'avait engagé à ne pas aggraver les méfaits de Seth. Il n'oublierait pas de sitôt la surprise que lui avaient causée les oreilles et les stèles gravées d'oreilles votives amoncelées dans la salle des prières : des centaines de ces organes, modelés dans la terre, sculptés dans le bois ou dans une stèle et déposés par des fidèles au pied de l'autel, pour prier le dieu de les entendre ! Le spectacle de ces dons ne lui était certes pas inconnu : il en avait assurément vu dans la salle des prières du temple de Ouaset, mais jamais en si grande quantité. Aussi Ptah était-il le protecteur de Hetkaptah. Mais cette profusion de suppliques révélait aussi l'abondance des frustrations.

La volonté de Ramsès de commencer le jubilé à Pi-Ramsès posait un problème ardu : comment respecter le calendrier de la fête de Ptah à Hetkaptah et commencer simultanément les rites du jubilé à Pi-Ramsès ? Khaemouaset réalisa un montage périlleux : il obtint de son père qu'il vînt séjourner à Hetkaptah la veille du jubilé, afin de procéder à l'érection du pilier *djed* peu après le lever du jour. Après quoi, eux deux et la cour se rendraient par bateau à Pi-Ramsès pour la même cérémonie.

De longues conférences avec le vizir, le chef des Écuries, les secrétaires généraux des palais de Pi-Ramsès, de Hetkaptah et de Ouaset ne permirent cependant pas de régler les redoutables problèmes d'intendance qui se posaient ainsi. Le vizir Khaÿ et les généraux frémirent d'inquiétude à l'idée de ces dizaines de bateaux chargés à ras bord de membres de la famille royale, d'ambassadeurs et de courtisans s'élançant sur les eaux d'Avaris et les eaux de Rê[1] ; en fin de compte, il fut décidé que seuls le roi et Isinofret viendraient à Hetkaptah pour l'érection du pilier ; les Grandes Épouses, les princes, les princesses et la cour les attendraient à Pi-Ramsès pour la répétition de la cérémonie et les rites du jubilé.

Vint le grand jour. Khaemouaset avait à peine dormi quatre heures. Sous les yeux de la foule, tenue à distance, il accueillit

---

1. Bras du Nil entourant la ville de Pi-Ramsès.

son père à la porte du temple. La cérémonie, d'ordinaire bien plus longue, se résuma à l'érection du pilier, qui gisait couché devant un trou préparé dans le sol. Des prêtres l'enserrèrent dans une longue corde dont une extrémité fut remise au roi, l'autre au grand-prêtre, Khaemouaset. Ils tirèrent. Des chanteurs entonnèrent un hymne à la louange de Ptah. Les sistres tintèrent. Le pilier glissa dans le trou, Isinofret poussa un cri de triomphe, et les clameurs d'enthousiasme de milliers de spectateurs jaillirent. La puissance de Ptah était enracinée ; le dieu régnait dans sa maison. Quatre prêtres apportèrent des plateaux d'offrandes et les déposèrent au pied du pilier. L'ordre était rétabli. Mais alors, quatre autres prêtres s'élancèrent contre les premiers. Là commença une bataille rituelle, à coups de bâtons rythmés, symbolisant une antique bataille entre la ville de Pe et la ville de Dep, au terme de laquelle Ptah avait rétabli la paix. Quatre troupeaux de bœufs et d'ânes devaient faire rituellement, quatre fois, le tour de la ville. Le moment était propice au départ.

Le roi, Isinofret et Khaemouaset prirent chacun place à bord d'un char conduit par un lieutenant et tiré par deux chevaux qui filèrent vers le port. Le char d'Isinofret était pourvu d'un tabouret fixé au plancher, sur lequel, s'appuyant à la rambarde du véhicule, elle pourrait affronter les cahots. Les cadrans solaires n'avaient pas encore fixé leur doigt d'ombre sur midi que cet équipage arriva à Pi-Ramsès, passablement fourbu et assoiffé. À peine remis de l'épreuve, ils gagnèrent le temple de Ptah. Et les rites complets du jubilé commencèrent.

Ramsès, torse nu, les reins ceints de la peau de panthère royale, fit à Ptah-Sokharis-Osiris le don de sa momie, car le dieu Osiris allait donc renaître. La momie était grandeur nature, mais à la place de sa tête se trouvait un pilier *djed*. Chacun détailla le corps massif de cet homme qui abordait sa cinquante-sixième année et qui allait cependant requérir des dieux les fluides vitaux nécessaires pour poursuivre son règne sur les Deux Pays. Les vertèbres n'étaient-elles pas trop saillantes ? Et le cou, le cou, n'était-il pas un peu trop courbé ? Sottises !

Puis le roi et Khaemouaset se rendirent dans la seconde cour du temple, là où gisait l'autre pilier, celui qu'il fallait relever. Une fois de plus, un pilier *djed* gisant devant son trou fut attaché à des cordes et, derechef, le roi et Khaemouaset le redressèrent et l'insérèrent dans la cavité préparée. Mais, cette fois, en plus d'Isinofret, les trois Grandes Épouses, Merytamon, Bent Anât et Ishtartât, les princes et les princesses de premier et de second rang, les épouses secondaires et leurs enfants élevèrent un fracas assourdissant de vivats et de sistres, couvrant les chanteurs. Le peuple, hors de l'enceinte du temple, répondit par une rumeur qui monta jusqu'au ciel.

Tel était le prestige populaire de Sessou, comme on surnommait le roi.

Les prêtres vinrent déposer des présents autour du pilier. L'un d'eux tendit l'encensoir au grand-prêtre Khaemouaset, et celui-ci précéda alors Ousermaâtrê Setepenrê à l'intérieur du temple, le *sotpou-sa*, là où seuls pénétraient les initiés. Les portes furent refermées derrière eux, car nul méchant et nulle méchante n'y entrait, selon la formule : « La porte est fermée par Ptah et surveillée par Thot. » Khaemouaset s'arrêta devant le saint des saints, se coucha face contre terre et baisa le sol, puis se releva et prononça les paroles rituelles :

> *Je viens vers toi,*
> *ma purification est sur mes mains.*
> *J'ai passé devant la déesse Tefnoût*
> *Tefnoût m'a purifié.*
> *Pour ouvrir cette porte, j'ai rejeté à terre*
> *tout le mal qui était sur moi...*

Il fit le tour du sanctuaire quatre fois, revint à son lieu de départ, baisa de nouveau le sol, gravit les marches et ouvrit alors les portes dorées derrière lesquelles se dressait le dieu dont le pouvoir venait d'être affermi :

> *Ton trône est orné,*
> *ta natte est glorifiée,*
> *tes vêtements sont glorifiés,*
> *accueille le fils d'Amon, Ousermaâtrê Setepenrê,*
> *qui vient célébrer ta royauté.*
> *Il dit devant toi que, par le cœur et la langue,*
> *tu as donné figure à tout ce qui est au monde.*
> *Il vient vers toi, Ptah,*
> *pour que tu t'unisses à lui.*

Il invita du geste Ramsès à gravir les marches et lui indiqua les pots d'onguents et de fards avec lesquels il devait oindre la statue. Et Ramsès oignit la statue. Il enduisit les lèvres de carmin et récita :

> *Le dieu repose,*
> *il repose le dieu,*
> *l'âme vivante qui frappe ses ennemis.*
> *Ton âme est avec toi,*
> *ton sceptre est devant toi...*

Un lit était dressé dans la salle. Ramsès s'y étendit et deux prêtres procédèrent à de nouvelles fumigations, tandis que Khaemouaset psalmodiait la formule : « Quant à moi, c'était hier, quant à demain, c'est Ptah et c'est Amon. »

L'âme du roi était remise aux puissances célestes, qui lui insuffleraient la vie une seconde fois, afin qu'il fût sur terre leur légitime représentant. Et, quand le fils eut dit les formules secrètes qui assuraient l'incarnation du souffle divin dans le corps de son père, des prêtres emmenèrent le roi pour le baigner et le parfumer.

Nul autre que des prêtres n'avait vu quoi que ce fût des rites. La famille et la cour, le peuple, tous attendaient dehors, depuis près de deux heures. Mais enfin, les portes du temple furent rouvertes et un chœur de six chanteurs vint célébrer la nouvelle naissance du pharaon[1].

Khaemouaset sortit annoncer l'accomplissement. Puis Ousermaâtrê Setepenrê, portant la robe rouge, coiffé du *pschent* et tenant son sceptre, reparut au monde, à sa famille et au peuple des Deux Pays. Après un bref silence, les acclamations jaillirent. De nouveau les sistres tintèrent.

La perfection omnipotente habitait le monde.

Seuls quelques regards trop pointus s'avisèrent-ils d'une certaine altération de l'image royale. Ainsi la posture était-elle voûtée, au point que le pectoral semblait pendre au cou du monarque, au lieu de reposer sur sa poitrine. Un peu de fatigue, probablement. Et il avait maigri.

Khaemouaset aussi l'avait remarqué pendant les cérémonies secrètes à Hetkaptah et à Pi-Ramsès. Ici et là, les deux prêtres

---

1. Voir Notice, p. 369, sur les rites du jubilé.

porteurs d'encensoirs avaient dû aider le monarque à s'allonger sur le lit et leurs forces combinées n'avaient pas été de trop pour l'aider à se relever, ce qui ne figurait évidemment pas dans le rituel. De plus, la démarche de Ramsès s'était raidie depuis quelques mois. Son père souffrait d'un mal osseux. Et il en était conscient, car les bains étaient fermés à tout le monde quand il y était ; il ne voulait pas donner au monde le spectacle de son infirmité.

Mais ça ne regardait personne, à part les médecins de la cour.

Les distributions de vivres à la population commencèrent.

Un banquet gigantesque fut donné dans les jardins du palais. Les essaims de princesses, presque toutes vêtues de soie, répandaient leurs rires dans les bosquets et, de temps à autre, la brise venue du nord mélangeait le parfum des roses et du jasmin aux essences de myrte, de myrrhe et de musc dont les invités s'étaient frottés. Les jeunes gens et les hommes, eux, rayonnaient.

Khaemouaset parcourut du regard les visages et le paysage. Pourquoi avait-il douté de son père ? L'abondance et la paix ne régnaient-elles pas dans le royaume ? Même Setherkhepeshef semblait apaisé.

Tout était pour le mieux dans le meilleur des mondes.

Le repas dura des heures et les cuisiniers n'eurent donc pas à préparer de dîner. À dix heures du soir, le palais de Pi-Ramsès aurait été parfaitement silencieux, n'eussent été les ronflements qu'un promeneur eût perçus çà et là s'il avait longé les appartements royaux et princiers. Aussi le vin choisi par les sommeliers était-il capiteux.

Il n'en allait cependant pas de même dans les quartiers populaires de Pi-Ramsès. S'étant gobergée toute la journée des victuailles généreusement distribuées par les temples, imprégnée de bière et de vin, la populace bambochait en chantant, voire en braillant.

Un ventre plein, de la boisson, rien de tel pour dompter les chagrins.

༄

Réveillé à l'aube par le fidèle Ipepi, pour ses ablutions rituelles, Khaemouaset songea qu'il eût volontiers regagné ses quartiers et sa famille à Hetkaptah. Il aspirait à un peu de calme après le fracas des cérémonies. La sollicitation des puissances célestes l'emplissait d'un sentiment voisin de la terreur. Comment les mortels, fussent-ils prêtres, osaient-ils interpeller ainsi les dieux ? Il n'avait jamais pu se défendre de la crainte que, pendant qu'il assurait le service de Ptah, le dieu incommodé, pour une raison ou une autre, le foudroyât d'un éclair. Il aurait volontiers échangé sa vie, en ce moment, contre celle d'un homme ordinaire que les éclats de la splendeur royale n'éclaboussaient pas à chaque heure et qui n'était pas tenu d'interpeller Ptah, Amon, Osiris et d'autres au péril de sa vie. Il aurait voulu être loin des intrigues, cosmiques ou dérisoires, ou les deux, de cette cour. Il eut la vision d'une meute de singes interpellant les dieux. Il était excédé par la pétulance immodérée de ces princes qui s'efforçaient tous de s'éclipser les uns les autres. Oui, il rêvait d'une soirée tranquille au Palais d'Ihy, à siroter du vin pétillant en admirant des donzelles sveltes comme des lianes. Avec un peu de chance, il eût rencontré l'équilibriste Imadi, ils auraient échangé des impertinences, ils auraient ri et il se serait couché d'humeur paisible. Par tous les Livres de sagesse, ce n'était pas un crime que de goûter ces plaisirs innocents !

Tandis que le barbier lui moissonnait les joues et le cou, il se demanda une fois de plus si son père avait jamais mis les pieds au Palais d'Ihy. Peut-être cela aurait-il atténué sa solennité écrasante. Comment cet homme survivait-il sans rire de vrai rire, celui qui dénoue le cœur, depuis tant d'années ?

Mais purifié et rasé, séché et rhabillé, il se rappela qu'il devait présider le jubilé à Ouaset, puis à Apitou. Cela prendrait bien une dizaine de jours, et encore, à la condition que Ramsès ne décidât pas de répéter la cérémonie dans une autre ville. Car le monarque voudrait affirmer à tout son royaume, du haut en bas des Deux Pays, que sa puissance avait été régénérée par le fluide divin. C'était tout juste s'il n'allait pas faire célébrer le jubilé en Canaan, au pays de Koush, et pourquoi pas en Asie !

Il songea, en regagnant le Palais, suivi d'Ipepi, qu'il s'était jadis mis au service de Ptah pour échapper au Palais. Et maintenant, il était asservi au maître du Palais et du royaume ! Aurait-il dû refuser la dignité de grand-prêtre ? Mais s'il l'avait seulement tenté, il aurait été en butte à une avalanche de reproches sanglants et il aurait, à la fin, dû céder.

Il soupira.

À peine revenu à ses appartements, s'apprêtant à prendre sa première collation de la journée, il vit Nekhbet-di, suivie de la petite Sechen et de la nourrice, sortir précipitamment.

— Que se passe-t-il?

— Une des épouses est au plus mal… Je reviens.

Il leva les sourcils en signe d'impuissance. Vu la population des palais, un bon millier de personnes en comptant les princes, les princesses et leurs conjoints, les épouses secondaires, leurs enfants, les fonctionnaires et leurs familles, la domesticité, les esclaves, un certain nombre de gens sur le lot étaient fatalement malades à un moment ou à un autre. Khaemouaset prit donc son petit déjeuner en compagnie de son aîné, Sekhemrê, et l'interrogea sur ses impressions du jubilé.

— Qu'est-ce qui se passe dans le temple que personne ne voit?

— Je te l'ai déjà dit, ce sont des rites secrets. Je n'ai pas le droit d'en parler.

— Pourquoi?

— Parce que le propre des mystères, c'est qu'ils sont réservés aux initiés.

— Pourquoi?

— Parce que les autres ne peuvent les comprendre.

— Mais s'ils ne les voient pas, ils ne pourront jamais les comprendre?

— Non. On ne peut pas tout expliquer à tout le monde.

— C'est injuste.

— La justice, c'est l'idée qu'on s'en fait, répliqua Khaemouaset que cette conversation commençait à indisposer.

— Donc la justice est injuste?

Miséricordieusement, Nekhbet-di revint alors, affligée.

— Elle est morte, annonça-t-elle en s'asseyant.

— Qui est morte?

— Petoubastis.

— Qui était-ce?

— La quatorzième épouse secondaire. Une Babylonienne. Elle s'appelait en réalité Benthilal. Elle était jeune, la pauvre! se lamenta Nekhbet-di en sirotant du lait au jus de grenade. Et jolie comme un lotus!

— Quel âge avait-elle ?

— À peine quinze ans !

Khaemouaset affronta un instant de vieilles questions auxquelles il n'avait pas de réponses, et en particulier celle-ci : vaut-il mieux mourir dans la force de l'âge ou bien âgé et perclus d'infirmités ? Il les chassa de son esprit, mais l'une d'elles revint avec l'obstination du moustique assoiffé : existe-t-il une justice divine ? Celle-là était particulièrement importune.

La petite Sechen le regardait avec de grands yeux, comme si elle attendait une déclaration qui diluât le chagrin.

— Elle est morte en couches, reprit Nekhbet-di. L'enfant n'aura pas de mère.

Khaemouaset appréhenda un instant que sa femme voulût adopter l'orphelin.

— Heureusement, les *hemouset*[1] sont venues à son secours : ton frère Meryatoum a annoncé qu'il en prendrait soin.

Une autre idée importune piqua Khaemouaset : pourquoi les *hemouset* n'épargnaient-elles que si peu d'enfants ?

— Ça fera le second qu'il adopte.

— Le troisième, rectifia Nekhbet-di. Il n'a réussi à garder en vie qu'un seul de ses cinq enfants.

Elle poussa un soupir à faire avancer un bateau.

Les yeux de Sechen lui mangeaient maintenant la moitié du visage. Son père lui sourit et lui caressa la joue. Les yeux reprirent lentement une proportion normale.

La bizarrerie de la situation frappa Khaemouaset : Meryatoum avait donc trois enfants adoptifs qui étaient, en fait, ses frères et sœurs.

— Le Premier chambellan est en train de faire transporter le corps à l'extérieur du Palais. Cette mort tombe vraiment mal !

Mais on pouvait également supposer que la naissance d'un enfant le lendemain du jubilé était un bon présage. À la fin, on pouvait tout interpréter dans un sens ou dans l'autre. Ça devenait fatigant de penser !

Et, de toute façon, il avait d'autres chats à fouetter : l'organisation du jubilé à Ouaset. Il se leva pour se mettre en quête des

---

1. Déesses féminines, parèdres du *ka*, censées en particulier veiller sur le destin des enfants qui viennent de naître.

responsables et organiser une nouvelle réunion. Il fit appeler Ipepi par le domestique ; quelques moments plus tard, le fidèle scribe apparaissait à la porte et les deux hommes partirent dans les dédales de couloirs à la recherche du Premier chambellan. Il n'était pas dans son bureau ; un secrétaire expliqua qu'il avait été appelé pour une urgence au palais des épouses secondaires.

— Tu veux parler de la mort de Petoubastis ? demanda Khaemouaset.

L'autre hocha la tête et mit le doigt sur la bouche, comme s'il s'agissait d'un secret stratégique.

— Il ne faut pas en parler. Le pharaon n'en est pas informé. Il ne le sera que plus tard.

Bon, il ne fallait pas troubler la sérénité du dieu incarné au lendemain de son jubilé.

— Mais le chambellan est toujours là-bas ?

— Oui, je crois qu'il y a eu... un imprévu fâcheux...

Encore un ? De nouveau, le secrétaire mit le doigt sur la bouche. Khaemouaset agacé décida d'aller y voir. Ipepi et lui gagnèrent le palais des épouses secondaires par les jardins. Ils croisèrent un petit cortège hâtif portant une civière sur laquelle reposait une forme humaine, voilée par une couverture, l'infortunée Petoubastis. Mais sans doute un autre drame était-il survenu, à en juger par l'agitation que les deux hommes trouvèrent en pénétrant dans le bâtiment. Des domestiques et des fonctionnaires couraient dans tous les sens. L'intendant général de ce palais s'entretenait d'un air sombre avec le Premier chambellan au sommet de l'escalier. Khaemouaset avait enfin trouvé son homme ; il gravissait déjà les marches quand il dut s'effacer pour laisser passer un groupe d'hommes tirant de longues mines. Des médecins. Et, derrière eux, leurs novices portant les coffrets et trousses de leur art.

— Ah, mon prince ! se lamenta le chambellan.

L'instant d'après, une autre civière apparut au fond du couloir. Khaemouaset et Ipepi écarquillèrent les yeux.

— Qui est-ce encore ?

— Ah, mon prince ! répéta le chambellan.

— Mais encore ?

Et le fonctionnaire expliqua d'une voix cassée, avec des fragments de phrases, que l'on avait, une heure auparavant, découvert Téti, l'un des jeunes princes, fils d'une épouse secondaire, dans sa chambre, gisant par terre et poignardé. Sans doute à la suite d'une querelle avec un autre prince.

— Sait-on pourquoi ?

— Le vin, le *khat*, le feu de la jeunesse… C'est un grand malheur, au lendemain du jubilé. N'en parle surtout pas au roi divin. Téti avait quatorze ans… Il était le seizième des quarante et un princes de second rang… Oui, je sais, il nous faut préparer le jubilé de Ouaset. Va, je te prie, m'attendre dans mon bureau. Ah, mesure mon affliction…

Les porteurs descendaient précautionneusement la civière. Des exclamations retentirent : le cadavre menaçait de glisser. L'un des porteurs eut un geste maladroit et le corps ensanglanté de feu Téti roula jusqu'au bas des marches, dans les cris horrifiés de l'assistance. Les porteurs le ramassèrent, le reposèrent sur la civière et s'empressèrent de quitter les lieux en direction des jardins.

Khaemouaset demeura un instant sur place, consterné, puis s'empressa de quitter également les lieux, suivi d'Ipepi. Décidément, Seth ne désarmait pas.

22

Les tourments d'un grand-prêtre

L e délai avec lequel Ramsès fut informé de la mort de celui qui était après tout l'un de ses fils, Téti, et de Petoubastis atténua-t-il son chagrin ? Il fut impossible d'en rien savoir. Aucun deuil ne fut proclamé. Peut-être cela entacherait-il l'éclat du jubilé. Ou peut-être le roi ne portait-il pas d'affection particulière à l'épouse secondaire. Et Téti ? Chacun fouilla sa mémoire à la recherche d'un geste de son père à son égard.

— Je crois que je l'ai vu s'entretenir un jour avec lui de façon fort affectueuse, hasarda Thïa avec un soupir.

Mais ce n'était un secret pour personne de la famille que le monarque et géniteur s'embrouillait parfois dans les noms de ses enfants, et l'on pouvait se demander s'il avait bien su avec qui il parlait.

De toute façon, avec une parentèle avoisinant les trois cents membres, si l'on comptait les petits-enfants, la cour ne pouvait pas proclamer des deuils trop fréquemment. C'était déjà un privilège inouï que de couler des jours paisibles dans l'ombre du dieu incarné, l'on n'allait pas de surcroît exiger des honneurs funèbres. Escortées par quelques proches, les deux dépouilles partirent discrètement pour le Sud, celle de l'épouse secondaire pour le Set-néférou et celle du petit prince pour le vaste palais souterrain que l'on continuait de creuser dans la montagne, en face de la syringe du roi, sous l'œil impavide d'une gigantesque statue d'Osiris. Les deux dépouilles seraient momifiées sur place.

Alors Téti occuperait l'une des innombrables chambres déjà prêtes. L'essentiel était que l'on n'eût pas entendu de pleureuses au Palais.

En tout cas, il sembla que personne n'eût révélé au monarque les circonstances de la mort de Téti, car aucune enquête ne fut ouverte. L'affaire était donc close et même les ragots des femmes, pourtant efficaces, ne soulevèrent pas le couvercle du coffre où le secret avait été enfoui. Pour la grâce d'Amon, on n'allait pas ternir l'éclat du jubilé !

Les fastes du triple jubilé nourrissaient encore les conversations deux décades plus tard, quand un nouveau sujet d'intérêt défraya les confidences : il était possible qu'on célébrât bientôt des noces splendides, inespérées. Encore des noces ? Oui, mais celles-là surpasseraient en faste et en importance toutes celles que l'on avait vues depuis des années. Ce seraient celles du roi divin avec la fille aînée de Hattousil lui-même ! Oui, mais quand ?

Pouvait-on rêver union plus magnifique et de meilleur augure pour le royaume de To-Méry ?

L'on vit alors l'exilé, Ourhi-Teshoub, alias Moursil le Troisième, reprendre des couleurs et de la vivacité, tel un rouge-gorge au printemps. Il plastronnait de nouveau. Un moment disparu, il figurait aux dîners de la cour, à une place proche du monarque, mais seulement quand les ambassadeurs de son pays étaient absents. Il s'était aussi pourvu d'une nouvelle collection de couvre-chefs plus singuliers les uns que les autres, des bonnets de soie rouge brodée d'or, de fourrure rasée garnie de perles et ainsi de suite. Et, surtout, il arborait en toutes circonstances un pectoral offert par le roi. Pourquoi Ramsès avait-il ainsi distingué un prétendant qui ne chaufferait jamais aucun trône de ses fesses ? Ayant décidé de passer quelques jours à Pi-Ramsès pour se remettre des fatigues de trois jubilés à la file, Khaemouaset s'intéressait peu à ces affaires ; il eut cependant vent des raisons de ces mystères par les ragots d'Ipepi, dont le frère était employé au bureau des Affaires étrangères :

— Moursil a fourni à nos émissaires auprès de Hattousil une foule d'informations qui pouvaient leur permettre d'avancer leurs projets. Il leur a indiqué les gens de la famille de Poudoukhépa et de Hattousil qui prêteraient le plus l'oreille à leurs propositions ou tendraient la main le plus volontiers. Maranazi, par exemple, la sœur de Hattousil, apprécie beaucoup les bijoux.

— Mais quel est l'objet de ces manœuvres ?

— Le roi divin aspire à une alliance qui scellerait le traité avec Hattousil.

Telle était donc la raison pour laquelle il avait refusé de renvoyer Ourhi-Teshoub dans son pays. La mansuétude à l'égard du réfugié se doublait d'un bel et bon calcul politique. Et cela remontait loin.

— Hattousil est en piteuse santé, reprit Ipepi. Et, de plus, son pays est en proie à une terrible sécheresse. Il a besoin de vivres… Mais c'est à lui d'offrir sa fille.

La mention de la sécheresse raidit Khaemouaset : c'était la signature de Seth ! Ramsès se servait donc des pouvoirs dévastateurs de ce dieu pour asservir ses ennemis !

Le bourdonnement de guêpes suscité par la perspective du mariage de son père avec une princesse hattoue laissa à Khaemouaset une impression déplaisante. L'épreuve que subissait Hattousil excluait toute intention agressive de sa part. Que voulait donc Ramsès ? Une vierge de plus à déflorer ? Le caractère reptilien des menées de son père lui valut une bouffée de mauvaise humeur.

Sur quoi, alors qu'il se rendait à la salle à manger, le Premier chambellan l'informa que le roi divin n'y apparaîtrait pas ce jour-là, car il venait de subir l'extraction d'une dent, qui s'était révélée éprouvante.

La salle à manger était donc aux trois quarts déserte. Parents et courtisans n'y venaient que dans l'espoir d'être vus par le monarque et, à l'occasion, de lui glisser une requête. S'il n'y était pas, ils préféraient casser la croûte chez eux ou dans les jardins, à l'aise. Khaemouaset songea à en faire de même, quand il avisa son frère cadet Meryatoum, avec qui il entretenait des relations de sympathie, fussent-elles épisodiques. Doué d'une belle écriture, l'aîné avait jadis aidé le plus jeune à perfectionner la sienne. Aussi ténus soient-ils, pareils liens survivent longtemps, comme ces fils d'araignée qui ne se décident pas à céder aux courants d'air.

Ils s'assirent à l'une des grandes tables.

— Je me préparais à te rendre visite, annonça Meryatoum, avec un sourire entendu.

C'était un garçon fin, qui semblait toujours retenir une plaisanterie sur les lèvres, mais dont émanait une certaine mélancolie. L'échanson leur demanda s'ils préféraient de la bière ou du vin ; ils choisirent la bière.

— Ah bon ? Est-ce à propos de ce nouveau-né que tu viens d'adopter, l'enfant de Petoubastis ? Est-ce une fille ou un garçon ?

— Tu es au courant ? Je te croyais indifférent aux affaires de ce monde. C'est un garçon. J'ai décidé de lui donner ton nom.

— Je te remercie de l'honneur. Mais il n'est pas né à Ouaset comme moi.

— L'hommage n'en sera que plus évident. D'ailleurs, Khaeouempiramsès aurait été un nom trop long.

Khaemouaset sourit et ils burent une longue gorgée de bière.

— Tu désirais donc me voir.

— Oui. Je voulais t'informer en premier que j'entre au service de Rê, à Ouaset.

Meryatoum aurait annoncé l'intention d'apprendre à voler que l'effet n'aurait pas été plus saisissant. Khaemouaset tendit le cou vers son frère.

— Tu sembles surpris.

— En effet…

— Je pensais que toi, en particulier, tu t'y serais attendu.

— Pourquoi ?

— Tout est joué, Mouss. L'ignorerais-tu ?

— Qu'est-ce qui est joué ?

— Tout. Nos destins. Depuis le départ de Parêherounemef, nous sommes treize princes de premier rang…

— Treize ?

— Quatorze, si l'on compte Setherkhepeshef.

Khaemouaset parut abasourdi. Lui-même avait perdu le compte. Meryatoum récita donc, en comptant sur ses doigts :

— Ramsès, Montouherkhepeshef, Nebenkharou, Sethemouïa, Imenemouïa, Meryrê, Samontou, Meryamon, Setepenrê, Séthi, Merenptah, toi et moi… et une quarantaine de princes de second rang, dont je ne connais pas les noms. Aucun de nous ne verra jamais le trône. Et je ne parle pas des filles.

Khaemouaset connaissait le discours. Le même tableau lui avait été dressé bien des mois auparavant par Setherkhepeshef. Il songea qu'il eût mieux fait de remonter dans ses appartements pour déjeuner. Mais il ne pouvait laisser son frère dans la détresse. Le serviteur déposa devant eux des bols de salades, tiges de lotus cuites dans l'huile, olives, radis, poireaux, et un plat de canard grillé avec une sauce relevée. Un autre domestique vint leur présenter le bol d'eau parfumée pour le lavage des mains et la serviette.

— Notre but est-il d'occuper le trône ? demanda Khaemouaset.

— Il n'est en tout cas pas d'être des *oushebtis* grandeur nature de ce côté-ci de la mort.

L'image fit sourire Khaemouaset ; elle avait sa part de vérité. Les fils étaient devenus des répliques utilitaires du père.

— Je me fais une autre idée du bonheur, reprit Meryatoum. Telle est donc la raison pour laquelle je vais entrer comme novice au temple d'Amon à Ouaset.

— Si tu espères échapper ainsi à la cour, observa Khaemouaset, tu risques d'être déçu.

— Je l'ai compris rien qu'à te voir. Mais, au moins, je serai loin de tout ça, parce que notre divin père passe de plus en plus de temps ici, à Pi-Ramsès. Sa présence à Ouaset s'est réduite à moins de quatre mois cette année.

Le constat signifiait que le fils fuyait le père. Tel était, d'ailleurs, le cas de plusieurs autres princes ; Samontou et Setepenrê, par exemple, s'étaient retirés dans des propriétés de province et ne reparaissaient à la cour que pour les grandes occasions. Khaemouaset n'avait-il pas lui-même choisi la fuite, jadis ?

— Qu'un frère choisisse le service des dieux, déclara-t-il, ne peut que réjouir mon cœur.

— Ce n'est pas ce que laisserait penser ton attitude.

Khaemouaset pouffa.

— Comment veux-tu que ce que tu dis ne m'emplisse pas de mélancolie ?

— Et comment veux-tu que ce que je vis ne m'emplisse pas, moi, de mélancolie ?

Ils avaient achevé le repas. Le domestique vint leur présenter un vaste plat de fruits et, de nouveau, un bol d'eau pour se laver les mains. Il tardait à Khaemouaset d'emmener sa famille à Hetkaptah.

229

L'air de Pi-Ramsès devenait pesant. Les deux frères s'embrassèrent et se séparèrent sur la promesse réciproque d'une visite.

Dans l'après-midi, Khaemouaset alla prendre congé de son père. Il le trouva égrotant sur son trône, maussade et la joue enflée, aux soins de son médecin préféré, le célèbre Pariama-khou. La bouche pleine d'une potion cicatrisante, il hocha énergiquement du chef à la vue de son fils, lui tendit la main à baiser et, cela fait, il cracha un jet d'eau rougeâtre dans une bassine et marmonna des paroles d'au revoir.

Un abcès dentaire. Telle était la raison pour laquelle il boudait la salle à manger. Les fastes du jubilé s'étaient décidément ternis.

❦

Le retour à Hetkaptah ne fut guère non plus de nature à rasséréner Khaemouaset. Traversant les jardins pour aller au temple, son regard fut attiré, au-delà des buissons fleuris, par un couple de jeunes gens enlacés et riant aux éclats. Leur attitude amoureuse était déjà singulière, mais elle le parut encore plus quand Khaemouaset reconnut dans l'un d'eux Setherkhepeshef, son neveu et prétendu frère. Il s'arrêta. Setherkhepeshef tourna la tête, le reconnut et se dirigea vers lui, entraînant son compagnon.

— Quel plaisir de te revoir ! s'écria le jeune homme.

— Quel plaisir pour moi aussi, répondit Khaemouaset, dévisageant l'autre jeune homme, dont la beauté lisse et rayonnante accentuait ses soupçons.

— Je te présente le prince Djet.

Khaemouaset s'efforça de sourire et tendit la main. Si l'inconnu était prince, il ne pouvait l'être que dans la seconde catégorie. Un fils d'épouse secondaire.

— Djet est l'élu de mon cœur.

Khaemouaset ravala sa salive. Tous ses efforts visèrent à conserver sa contenance et éviter une explication en présence d'Ipepi et même du dénommé Djet. Était-ce à cela que son éducation était parvenue ?

— Je te croyais à Pi-Ramsès, dit-il d'un ton dégagé.

— Oh, tu sais comment c'est, là-bas ! répliqua Setherkhepeshef en haussant les épaules. Nous sommes partis le lendemain du jubilé, après la mort de ce pauvre Téti.

230

Donc, Setherkhepeshef avait préféré rentrer à Hetkaptah, où le Palais était quasi désert, pour filer son amour avec l'élu de son cœur.

— Téti a été assassiné, rappela Khaemouaset d'un ton sévère.

— Oui, je sais. Il l'a bien cherché.

— Comment ? s'écria Khaemouaset, alarmé.

Setherkhepeshef détenait-il l'explication du crime ? Ou pis, y avait-il participé ? En tout cas, son regard s'était teinté d'effronterie.

— Je te raconterai cela plus tard. Ce n'est pas la peine d'ébruiter l'affaire.

— Viens déjeuner.

— Je veux bien, si Djet est également invité.

Khaemouaset, désarçonné, mais surtout impatient de connaître les raisons du meurtre de Téti, accepta que le jouvenceau participât au repas. Le petit groupe se sépara donc. Chemin faisant vers le temple, Khaemouaset adjura Ipepi de ne rien révéler de ce qu'il venait d'apprendre.

— Mon prince me croit-il sot ? répondit le scribe. De toute façon, je n'ai rien appris de bien neuf.

— Que veux-tu dire ?

— Les préférences amoureuses du prince Setherkhepeshef sont connues depuis des mois. Elles n'ont rien d'exceptionnel. Quant au meurtre du prince Téti, il a été causé par une querelle avec un autre prince. Ils étaient tous deux avinés et drogués. Téti s'est jeté sur ce prince, dague à la main, pour se faire payer une dette de jeu, et il l'a blessé. L'autre, menacé, s'est défendu, voilà tout. L'intendant du Palais a décidé de jeter un voile de silence sur l'accident. Le scandale ne servirait à rien. On ne va quand même pas traduire un prince en justice !

Partagé entre la vexation de n'avoir pas été informé de ces détails par le chambellan du palais de Pi-Ramsès et le trouble que suscitaient les informations d'Ipepi, Khaemouaset garda le silence. L'après-midi passé au temple fut consacré à vérifier l'inventaire des entrepôts après les distributions de vivres faites pour le jubilé. Tâche fastidieuse que ce décompte des jarres de vin, de bière, des sacs de grain, des légumes, du bétail, petit et gros, des pièces de laine, de chanvre et de lin, des oies d'impôts, suivi de la vérification des cassettes d'or, d'argent et de cuivre. Il fit apposer son cachet sur les papyrus des comptes et, laissant Ipepi sur place, rentra donc pour le déjeuner avec Setherkhepeshef.

L'œil malin de Nekhbet-di, en compagnie de Setherkhepeshef et de son favori, Djet, en disait long ; aussi avait-elle envoyé Hori et la jeune Sechen déjeuner avec la nourrice. Seul Sekhemrê, assez mûr pour apprendre les choses de ce monde, était admis à table. En dépit de l'enjouement de Setherkhepeshef, le début du repas fut morose. Khaemouaset n'avait aucune intention de feindre la bonne humeur.

— Comment étais-tu informé des circonstances du meurtre de Téti ? demanda-t-il.

— Nous étions plusieurs à l'être. Après le festin du jubilé, la sieste et les bains, certains de mes frères ont continué à boire en jouant aux dés ou au serpent. Quelques-uns ont mâché du *khat*. Téti avait la chance avec lui. Il gagnait à tous les coups. Il a exigé d'être payé sur-le-champ par le perdant, Sebekhotep. Ils se sont querellés, puis ils ont échangé des injures et tiré leurs dagues. Téti a infligé une estafilade au bras de l'autre. Nous les avons séparés une première fois. Quelques-uns d'entre nous sont allés se coucher, mais pas les deux joueurs. Téti, qui semblait très agité, a demandé à Sebekhotep de jouer de nouveau avec lui, mais ce dernier a refusé avec mauvaise humeur. Téti l'a injurié une fois de plus et, pour en finir avec ce barouf, nous avons conseillé à Sebekhotep d'aller se coucher. Téti est allé l'injurier encore dans sa chambre et nous l'avons raccompagné dans la sienne. Puis nous nous sommes couchés. D'après ce qu'il nous en a dit, Sebekhotep, qui avait été insulté toute la soirée, est allé demander réparation à Téti. Celui-ci a tiré sa dague et Sebekhotep s'est défendu. Il a donné le coup fatal.

Setherkhepeshef avait fait son récit d'un ton détaché, comme si pareil incident était banal. Nekhbet-di et Sekhemrê semblaient consternés.

— Combien de gens sont au courant de cette querelle ? demanda Khaemouaset.

— Oh, je ne sais pas, une douzaine peut-être.

— Tu crois qu'ils garderont le silence ?

— Sans doute, c'est dans notre intérêt à tous, déclara Djet, prenant la parole pour la première fois. Le chambellan et le personnel aussi.

Un soupir profond jaillit de la poitrine de Khaemouaset. À quoi servait-il d'appliquer la justice pour les contrôleurs et les autres si les princes y échappaient ?

Quand les douceurs, fruits et galettes aux pistaches, eurent été servies, Khaemouaset entraîna son neveu à part sur la terrasse.

— Imy, qu'est-ce que tu m'as dit ce matin à propos de ce garçon ? demanda-t-il, sourcilleux.

— Qu'il est l'élu de mon cœur.

— Qu'entends-tu par là ?

— Que c'est mon amant, répliqua Setherkhepeshef en regardant son oncle dans les yeux.

Celui-ci en était abasourdi. À sa connaissance, une ou deux concubines royales avaient jadis été assignées à son neveu, comme d'habitude pour l'éducation amoureuse des princes avant leurs noces, mais il n'avait jamais poussé sa mission pédagogique jusque dans ce domaine ; il avait supposé que la nature ferait ce qu'elle avait à faire.

— Tu n'as pas l'intention de prendre femme ?

— Et de faire des enfants ? De futurs soldats du roi divin ? Non, mon oncle.

— N'as-tu jamais été attiré par une fille ?

— Une ou deux fois, mais j'ai suivi tes conseils, répondit Setherkhepeshef, de nouveau moqueur.

— Mes conseils ?

— Tu m'avais mis en garde contre les impulsions qui conduisent à des actes irréfléchis.

— Tu n'auras donc jamais de famille ?

— Celle que j'ai est déjà bien trop grande ! s'esclaffa Setherkhepeshef. Je ne connais même pas les noms de tous mes frères et sœurs. Et d'ailleurs, ils s'en moquent.

— Mais une femme, la compagnie d'une femme, sa douceur...

— Et neuf mois après, un marmot. Et les soucis. Et un autre marmot.

— Mais c'est une femme ! Un marmot, c'est une vie en plus, c'est ta lignée, ton sang...

— Exactement le raisonnement du roi divin, mon prince. Il a vraiment fini par t'influencer ! Ma lignée, je m'en fiche. Et qu'est-ce qu'une femme donne de plus qu'un homme ? Pourquoi un homme serait donc inférieur à une femme ? Le sais-tu ? Pour la douceur, Djet est pour moi un pot de miel. La beauté ? Tu peux en juger. Le plaisir, il me le prodigue à foison.

— Mais si tu héritais du trône… ?

— Je le désignerais comme corégent. Et je suis sûr qu'il y aura plein de petits princes pour prendre la succession.

— Et que dit ta mère de tout cela ?

Setherkhepeshef haussa les épaules. Depuis la mort de son époux, Nedjmaâtrê vivait dans les limbes du dérangement mental. La dernière fois qu'il l'avait vue, Khaemouaset avait été frappé par son regard fixe et son incapacité d'entretenir la conversation la plus simple.

Ah, l'armée et la guerre avaient quand même du bon ! Elles tenaient en respect l'oisiveté et protégeaient les jeunes hommes contre les lubies qu'engendre la solitude.

Il en resta sans voix. Le désintérêt des héritiers présumés pour le trône étendait donc ses ramifications plus loin qu'il ne l'avait soupçonné. Il s'en voulut d'être si peu au fait de la vie du Palais, en dépit des informations d'Ipepi. Il avait cru servir son père en se pliant à ses volontés et en prêchant la modération autour de lui. Mais il en eût fallu cent comme lui, mille !

— Ne fût-ce que pour ma réputation, reprit-il, puisque j'ai été ton éducateur, je te demande de la discrétion. Ne pouvez-vous prendre des épouses pour la forme… ?

Setherkhepeshef lui lança un regard ironique.

— Avoir des épouses et pas de descendance ? rétorqua-t-il. Crois-tu que ce soit vraiment là une situation enviable ?

Djet les observait de la salle à manger ; il était seul, Nekhbet-di et Sekhemrê ayant déserté les lieux. L'entretien prit fin.

Khaemouaset tenta de chasser le trouble que lui avait causé la beauté de Djet et les questions fuligineuses, mais incontournables, suscitées par ce couple : lequel des deux tenait le rôle du mâle ? Un autre détail le tourmentait : le pharaon avait-il vraiment ignoré les circonstances du meurtre de Téti ? Le lendemain, il effleura le sujet avec Ipepi avec des ruses de renard. Ce dernier demeura silencieux un moment, puis finit par répondre, comme à regret :

— Auguste grand-prêtre, mon prince, la querelle entre les deux princes n'a été que verbalement révélée au roi divin par le chambellan, en présence du premier scribe royal. Ordre a été donné de clore l'affaire et de n'en rien écrire. Le prince Téti est officiellement mort d'une chute de cheval. Il sera inhumé la décade prochaine dans l'une des nouvelles tombes destinées aux princes.

Et le masque serein qu'on appliquait aux morts voilerait la tragédie d'une vie gâchée.

23

Les révélations d'un séisme

E t ce mariage, alors?
Chacun, à la cour, savait qu'il n'est pas de rumeur sans fondement, de même qu'il n'y a pas de fumée sans feu. Si le divin Ousermaâtrê Setepenrê avait jeté son dévolu sur la fille aînée de Hattousil et de Poudoukhépa, son dessein était comme gravé dans les étoiles : il était inéluctable. Nul n'aurait été surpris que des génies ailés transportassent la princesse, que les ambassadeurs assuraient être plus belle que la beauté elle-même, jusque dans les jardins parfumés de Pi-Ramsès.

Qu'attendaient donc ce butor hirsute de Hattousil et sa laie de Poudoukhépa pour accomplir la volonté du roi divin de To-Méry?

La raison des lenteurs des souverains hattous finit par transpirer : ils ne voulaient pas que l'offre de leur fille passât pour un signe d'allégeance.

Des décades puis des mois s'écoulèrent de la sorte. Puis, un jour de la trente et unième année du règne, la nouvelle éclata à Pi-Ramsès : une missive de Hattousil était arrivée, offrant enfin la belle au glorieux roi de To-Méry.

Aux mines des courtisans encore plus que des princes, on eût cru que c'était à eux que le Hattou concédait le mariage. Qu'en escomptaient-ils? Sans doute la gloire qui rejaillirait sur eux.

Khaemouaset l'apprit à Hetkaptah et, ayant pris connaissance de la missive de Hattousil, demeura songeur. La dot, annonçait le Hattou, serait encore plus belle que celle que le roi de Baby-lone avait offerte pour sa fille :

> *J'enverrai ma fille cette année. Des serfs, du bétail, des mou-tons, des chevaux. Mon frère, pour sa part, devra envoyer une escorte au pays d'Aya[1] pour les accueillir.*

La sécheresse avait donc pris fin. Évidemment interrogé par les prêtres et les scribes sur la signification des épousailles pro-chaines, le grand-prêtre Khaemouaset répondit qu'elles augu-raient d'une ère de paix et de prospérité pour le royaume et les pays voisins, et qu'il convenait d'y déchiffrer les signes de la sagesse profonde du roi divin. Par-devers lui, il se dit que le per-dreau n'était pas encore dans les mains du cuisinier. Il apprit peu après que Ramsès avait assuré Hattousil que toutes les mesures avaient été prises pour que la princesse et sa dot fussent dûment escortées jusqu'à l'intérieur du royaume.

Des mois passèrent encore. Les gouverneurs des provinces d'Asie et des villes frontières étaient sur les dents. Et nul ne vit ni la princesse ni ses moutons.

Un certain énervement pointa.

Au palais de Hetkaptah, désormais quasiment déserté par la cour, Setherkhepeshef et Djet régnaient agréablement. Ils don-naient souvent des fêtes, auxquelles, sur les instances de son épouse et de ses fils, Khaemouaset daignait parfois assister. Ils les égayaient de spectacles de danseuses et danseurs, et plusieurs princes et princesses secondaires quittèrent même Pi-Ramsès, fût-ce pour de brefs séjours, afin de goûter à ces fastes parallèles.

Ce fut ainsi qu'à sa surprise Khaemouaset retrouva l'équili-briste Imadi. Il songea alors que la sagesse du danseur de corde, qui l'avait tant émerveillé autrefois, avait les ailes bien courtes. C'était un art de la feinte, consistant à éviter les obstacles de droite et de gauche, mais guère plus que cela. Elle n'offrait pas de recours contre la mélancolie que suscite le spectacle du men-songe, de l'injustice et de la folie.

---

1. Il s'agit de la Syrie du Sud, frontalière de l'empire hittite.

Leurs retrouvailles furent émues, mais sans lendemain.

Le lendemain, d'ailleurs, ne s'y prêtait pas.

En effet, passant par Hetkaptah, trois messagers venus au galop du Haut Pays en direction de Pi-Ramsès firent halte au temple dans les premières heures de la matinée. Khaemouaset les reçut, alarmé par leurs mines hagardes. Il leur fit offrir de la petite bière et une collation.

— Ah, grand-prêtre ! s'écria leur chef, un lieutenant de la garnison d'Apitou. Nous sommes envoyés par le nouveau vice-roi Pasar. (Car celui-ci était devenu entre-temps vice-roi. Ramsès ayant décidé qu'il n'y aurait plus qu'un seul vizir.) Un désastre s'est abattu sur le Haut Pays ! La terre s'est soulevée ! Elle a détruit des maisons jusqu'à Ouaset[1].

Khaemouaset, Ipepi et les prêtres écoutèrent, bouleversés.

— À Méha, les dommages sont considérables. Les monuments ont été saccagés.

— Et le temple des Millions d'Années ? s'enquit Khaemouaset.

— Terriblement endommagé, grand-prêtre. Une statue du roi divin a été jetée à terre ! L'autre est dans un état si précaire qu'elle ne tardera pas à tomber. Des piliers se sont fissurés et choiront d'ici peu, si cela n'est déjà advenu. L'édifice est en péril. Le vice-roi s'inquiète de l'effet de ces nouvelles sur le roi divin. Il a requis de moi que je ne les donne en premier lieu qu'à des personnes soucieuses du bien-être de Sa Majesté. Le vice-roi nous a ordonné de faire appel à ta sagesse, puisque tu es grand-prêtre et fils de notre roi divin.

Le lieutenant soupira et ajouta :

— Je n'ai pas parlé des victimes de ce séisme. D'Apitou jusqu'à Ouaset, des dizaines de maisons ont été détruites et leurs habitants gisent sous les décombres. Le vice-roi et le gouverneur de Ouaset ont chargé les garnisons d'aider au déblayage, nuit et jour. Ah, c'est un grand malheur qui frappe le royaume !

Le temps pressait donc.

Khaemouaset médita un moment sur les informations. Même atténuée par la diplomatie d'un homme de confiance du pharaon, la seule mention d'un séisme dans le Haut Pays, où il avait tant

---

1. En l'an 31 du règne de Ramsès II, soit en 1223 av. J.-C., un violent séisme ravagea, en effet, la Basse-Nubie et la Haute-Égypte.

construit de temples et tant érigé de statues, jetterait son père dans un état d'alarme incontrôlable. Il accueillerait la nouvelle comme un outrage personnel. Il partirait sur-le-champ pour le Haut Pays et, pendant des semaines, il ne songerait à rien d'autre qu'à réparer les dégâts et reconstruire ce qui avait été détruit. Ce serait l'équivalent d'une campagne militaire. Et lui, Khaemouaset, se refusait à y participer ; la tâche revenait au vizir, Khaÿ, et au trésorier, Panehesy. Si le pharaon voulait déléguer ses responsabilités, il avait assez de fils pour cela ; l'occasion serait bonne pour les arracher à leur oisiveté. Quant à lui, Khaemouaset, il ne voulait ni ne pouvait s'arracher à ses tâches pour participer à la reconstruction.

— J'approuve la prudence du vice-roi, déclara-t-il. Allez donc prévenir le vizir Khaÿ d'user de modération dans la façon dont il apprendra la nouvelle au roi divin. Quant à vous, si vous êtes convoqués devant Sa Majesté, montrez-vous plus sereins. La sagesse du divin roi fera le reste.

— Tu ne veux pas venir avec nous, Excellence ? demanda le lieutenant.

— Je ne peux pas laisser le temple pendant tout le temps que nécessiterait cette mission.

Les militaires parurent déçus. Conscients du préjugé défavorable qui s'attache aux porteurs de mauvaises nouvelles, ils avaient espéré se servir de lui comme bouclier.

Ils achevèrent leur collation, remercièrent le grand-prêtre de son accueil et retournèrent vers leurs chevaux. Ils atteindraient Pi-Ramsès dans l'après-midi. Khaemouaset se félicita de ne pas s'y trouver et d'échapper au profond désarroi qui s'emparerait du monarque, de ses ministres et de la cour. Restait encore à subir la petite tempête que déclencherait l'étape obligée du cortège royal à Hetkaptah, demain ou après-demain.

Il suivit les messagers du regard, incapable de penser à autre chose qu'à la signification du séisme : Seth avait frappé.

☙

— Les temples et les statues, cela se refait. Les vies perdues, non.

Tel fut le commentaire de Nekhbet-di quand, au dîner, son mari lui eut appris les nouvelles.

— Faites appeler le prince Setherkhepeshef, ordonna Khaemouaset à son majordome.

Quelques moments plus tard, le jeune homme apparut, souriant.

— Efface de ton visage cet air satisfait, lui déclara le grand-prêtre. Un séisme a ravagé le Haut Pays et détruit des monuments et des statues. Le divin roi fera étape à Hetkaptah demain, en route pour le Sud. Je souhaite que tu ne lui donnes pas l'image d'un garçon occupé à faire la fête.

L'expression du prince s'assombrit aussitôt.

— Les dommages sont donc si graves ?

— Toute la vallée a été ravagée, depuis Méha jusqu'à Ouaset.

— Pauvres gens !

À ce commentaire, Nekhbet-di leva les yeux. Le garçon n'était donc pas dénué de cœur.

— Ce sont eux qu'il faut aider, mon oncle. Ce sera aux temples d'y pourvoir. S'il te plaît, tu le lui diras ?

— Si j'en ai le loisir, répondit Khaemouaset, surpris lui aussi.

Or, il ne l'eut pas.

Tôt dans la matinée du lendemain, un fracas retentit dans la cour, Nekhbet-di sauta à bas de son lit et réveilla son mari. L'instant suivant, le cortège royal déboula dans le Palais : une cinquantaine de cavaliers escortant le roi. Des bruits de voix et de pas résonnèrent à l'étage royal. Khaemouaset se rendit aux appartements royaux et trouva porte close. Le chambellan lui expliqua que le roi recevait des soins médicaux et ne devait pas être dérangé.

— Il est malade ?

— Non, non, juste quelques potions de force, car le voyage sera long et fatigant.

Khaemouaset fit donc le pied de grue en attendant que le roi eût avalé ses potions. L'explication du chambellan lui paraissait douteuse : boire une ou deux potions ne requérait que deux ou trois minutes et ce n'était pas une activité si intime qu'elle imposât le huis clos.

Au bout d'une demi-heure, la porte s'ouvrit et le médecin Pariamakhou sortit, portant son coffret de médicaments qu'il remit à un novice de sa suite. Il jeta un regard cursif sur les gens qui lanternaient et s'éloigna. Il faisait donc partie de l'escorte royale.

— On peut entrer ? demanda Khaemouaset au chambellan.

— Je crois... Oui...

Un regard dans la salle : Ramsès était déjà debout et s'apprêtait à sortir. Des domestiques emportaient un pot de chambre. Le roi avait-il pris un lavement ? Khaemouaset fut frappé par le changement survenu en quelques semaines. Ramsès était nettement plus voûté et avait maigri. Son expression crispée et sombre contrastait fortement avec le masque de la sérénité triomphante affiché lors des cérémonies du jubilé.

— Père !

Ramsès tourna vers son fils un regard d'oiseau de proie et lui posa la main sur l'épaule.

— Ah, Mouss ! Quel coup ! Quelle épreuve ! Songe, le temple des Millions d'Années, mon cœur défaille rien que d'y penser ! Les statues abattues... Fais des prières...

— Oui, père...

— Je dois te quitter. Le voyage sera long.

Son aide de camp se rangea à son côté, un général et le premier scribe les rejoignirent, et le roi se dirigea vers l'escalier. Khaemouaset l'y suivit et jeta un coup d'œil sur le groupe qui l'attendait dans la salle du bas et lui emboîta le pas ; il reconnut les architectes Souti et Hor et, mais il n'en était pas certain, son frère Meryrê, l'un des fils de Néfertari.

Setherkhepeshef, arrivé sur ces entrefaites, avait observé la scène d'un œil stupéfait.

— Qu'est-ce qu'il a ? Il a terriblement changé.

— La fatigue, sans doute. Ou le choc.

— Tu ne peux imaginer les ravages que ce séisme a causés, déclara le prince Meryrê.

C'était dans la résidence du grand-prêtre, dans l'enceinte du temple de Ptah à Hetkaptah, deux décades après le premier passage de Ramsès dans cette ville. Car ç'avait bien été lui que Khaemouaset avait distingué dans l'escorte royale. Lors du retour de l'escorte vers Pi-Ramsès, il avait décidé de faire halte à Hetkaptah pour voir son frère ou plutôt demi-frère.

Le prince reposa son gobelet vide sur la table et, sur un signe de Khaemouaset, un domestique s'avança pour le regarnir de bière.

— Lors du retour vers le nord, nous avons traversé la mort. Depuis les faubourgs nord de Ouaset jusqu'à Méha, ce n'étaient que ruines et gémissements. Nous nous sommes d'abord arrêtés pour constater les dégâts, mais mon père était pressé d'atteindre Méha. D'ailleurs, s'il avait fallu visiter tous les villages, nous ne serions jamais arrivés. Mon père m'a chargé d'organiser le déblaiement des maisons ruinées et l'ensevelissement rapide des cadavres, une effroyable odeur de charnier nous poursuivait parfois sur la route. À Ouaset, déjà, plusieurs bâtiments avaient été endommagés. Des fissures sont apparues dans certains murs du Palais et des temples. Mais, au fur et à mesure que nous descendions, les dégâts étaient de plus en plus accusés. C'est à Méha que nous avons eu un choc : le Grand Temple que mon père avait fait construire a été gravement abîmé. Le torse et la tête de l'un des quatre colosses de la façade sont tombés, et un bras de son voisin devra être remplacé. Des piliers se sont fissurés et effondrés. Le temple des Millions d'Années exige des réparations très difficiles. Partout on voit les traces de la colère des dieux...

Meryrê s'exprimait sur un ton calme ; c'était un homme habitué à se maîtriser.

— Quels dieux, selon toi ?

— Ce serait à toi de répondre à cette question, dit Meryrê d'un air qui en disait long.

— Les destructions sont l'œuvre de Seth.

— Oui, je le sais. Mais le roi a décidé que c'était l'œuvre de Ptah.

Le cœur de Khaemouaset battit plus vite.

— Pourquoi Ptah ?

— Parce que, sur une statue qui le représente avec Meryamon et moi-même à ses côtés, il porte la coiffure *ta-ténen*, celle de « La Terre qui se soulève », et que Ptah est le seigneur des jubilés.

L'explication laissa Khaemouaset songeur. En tout cas, la volonté de disculper Seth était évidente.

— Le plus pénible a été la réaction de mon père. Il était dans un tel état que le médecin Pariamakhou lui a fait absorber je ne sais combien de potions pour le soutenir et le calmer tout à la fois.

Khaemouaset jugea inopportun d'évoquer les gens qui avaient perdu leurs maisons et des parents dans la catastrophe. Depuis quelque temps, il réprimait les indignations inutiles et les propos stériles.

243

— Bon, reprit Meryrê, nous avons laissé les architectes sur place, ils feront ce qu'ils pourront. Le vice-roi a reçu l'ordre de leur fournir toute la main-d'œuvre nécessaire.

— Et les habitations détruites ?

— Je suppose que le vice-roi y pourvoira, répondit Meryrê sur un ton incertain.

Un soupir témoigna qu'il n'était pas persuadé de ce qu'il disait.

— À en juger par l'attention que mon père a accordée aux ouvriers chargés des réparations, la main-d'œuvre sera choyée, ajouta-t-il.

Il s'agissait, bien sûr, de la main-d'œuvre employée à restaurer les temples et les statues. Ignorant les dispositions de Meryrê à l'égard de son père, Khaemouaset répugna à lui tirer des confidences telles qu'il en avait entendu de Setherkhepeshef et de Meryatoum.

Cependant, Meryrê prolongeait sa visite ; qu'avait-il d'autre à dire ?

— J'ai aperçu Setherkhepeshef, dit-il d'un ton détaché. Et son compagnon, Djet.

Khaemouaset se garda de relever l'information ; il opposa une expression impassible au regard questionneur de son frère. Au terme d'un silence un peu trop long, son frère reprit :

— Je lui ai parlé.

Khaemouaset ne réagit pas davantage. Meryrê soupira une fois de plus. Khaemouaset se dit que son frère soupirait beaucoup et se contrôlait peut-être un peu trop.

— Je me moque éperdument qu'il couche avec un homme, reprit Meryrê. C'est son attitude qui m'inquiète.

Khaemouaset n'émit pas un son.

— C'est la même que j'ai décelée chez Meryatoum, dit encore Meryrê. Je ne sais rien de l'état d'esprit des princes secondaires, mais je ne serais pas surpris qu'il soit à l'unisson. Tu ne dis rien ?

— À quoi servirait de proférer des évidences ?

— Mais toi, tu n'es pas inquiet ? Qui donc dirigera ce pays quand mon père ne sera plus là ?

— Comme je l'ignore et que je n'y peux rien, j'ai chassé ce souci de ma tête.

Meryrê émit un troisième soupir.

— Ma femme me pose souvent la question. Elle s'inquiète pour nos enfants. Peut-être, dit-il avec un sourire narquois en se levant et en guise de conclusion, Setherkhepeshef est-il plus heureux que nous à cet égard !

Après l'avoir raccompagné à la porte du jardin, Khaemouaset se demanda quels étaient les moments agréables de sa vie, ceux qui lui apparaissaient comme des récompenses, et il conclut que c'étaient ses repas en famille, avec Nekhbet-di et leurs enfants, certaines nuits avec Hatha et ses périodes de service du dieu Ptah.

Ce qui le ramena à la thèse de son père, Ousermaâtrê Setepenrê, sur la responsabilité de Ptah dans le séisme. Il haussa les épaules. Non, Ptah n'était pas destructeur, lui.

Il alla se pencher sur le lit de Sahourê, l'enfant que lui avait donné Hatha, leva la moustiquaire et regarda le jeune garçon endormi et béat. Une cuillerée de miel.

Le père se le jura : elle ne serait pas pour Seth.

24

Les roueries d'Ousermaâtrê Setepenrê

Tandis que les architectes réparaient les dégâts tant bien que mal, une fois les morts enterrés, les maisons rebâties et, surtout, le souvenir du désastre estompé par l'inconstance humaine, les humeurs de la cour à Pi-Ramsès se tournèrent vers des raisons d'espérer que l'aube prochaine serait plus odorante, les jasmins plus parfumés et les amours plus piquantes. Les dîners redevinrent plus animés et le roi divin, qui était rentré du Haut Pays d'humeur exécrable et l'air épuisé, redevint aimable.

À vrai dire, la cour n'eut pas grand-peine à oublier le désastre, étant donné qu'elle n'en avait rien vu ; elle n'en savait que ce que les membres de l'escorte royale lui avaient décrit : juste de quoi donner des frissons pendant un dîner ou deux.

On reprit le projet de mariage, comme un enfant le fait d'un jouet abandonné.

Alors ? Huit mois s'étaient écoulés et personne n'avait vu ni princesse ni dot. La cour, assemblage de princes, d'épouses de second rang, de fonctionnaires qui se haussaient du col et de ces personnages qui gravitent autour du pouvoir comme les bourdons autour d'amandiers en fleur, n'était certes pas la seule à s'étonner du retard : le principal intéressé, le divin Ousermaâtrê Setepenrê, s'impatienta. Il en écrivit à Hattousil.

Les ambassadeurs hattous supportèrent stoïquement les regards pointus qui s'attachaient à eux comme à des fermiers en retard sur les paiements.

Deux décades après que les émissaires de Ramsès furent partis remettre la lettre à Hattousil, une réponse arriva, non pas de ce dernier, mais de son épouse Poudoukhépa.

Le ton en était épicé ; aussi, peu de gens, en dehors du monarque, du vizir Khaÿ et des scribes archivistes, en eurent connaissance :

> *Voilà que mon frère m'écrit pour me rappeler que je lui avais annoncé par lettre l'envoi de ma fille. « Or, tu la gardes près de toi, au défi des bonnes manières », dit-il. Et il demande : « Pourquoi ne me l'as-tu pas encore envoyée ? »*
>
> *Ta méfiance est hors de propos. Aie plutôt confiance ! Je t'aurais envoyé ma fille depuis longtemps, mais des contretemps m'en ont empêchée. Un incendie a brûlé des trésors dans le palais et Ourhi-Teshoub en a donné les restes aux grands dieux. Puisqu'il est auprès de toi, pourquoi ne lui demandes-tu pas si ce n'est pas la vérité ? Quelle fille sur terre ou dans le ciel enverrais-je donc à mon frère ?*
>
> *Devrais-je l'inviter à épouser une fille de Babylone, de Zoulabi ou d'Assyrie ?*
>
> *Mon frère se trouverait-il démuni de tout ? Je ne pourrais croire que le fils de la déesse solaire et du dieu des orages en est réduit à l'indigence.*
>
> *Que toi, mon frère, tu veuilles t'enrichir à mes dépens n'est ni fraternel ni à ton honneur[1].*

C'était raide. Et, pour finir, Poudoukhépa reprenait l'antienne de la présence d'Ourhi-Teshoub chez Ramsès, qu'elle qualifiait de manquement aux termes du traité.

En résumé, la dot mirifique annoncée des mois auparavant s'était évanouie en fumée, et Poudoukhépa doutait fort que Ramsès le Deuxième fût sur la paille et qu'il eût besoin de cette dot pour fonder un foyer. Et à supposer que le couple royal hattou ne fût pas sur la paille comme il le prétendait, il n'était pas disposé à envoyer fille et dot aussi longtemps que le demandeur continuerait d'héberger l'infâme Ourhi-Teshoub.

Avant même de l'être, se gaussèrent certains impertinents, Poudoukhépa se comportait en vraie belle-mère.

Les ambassadeurs hattous se firent dès lors discrets jusqu'à disparaître de la cour.

---

1. Adapté d'après la traduction littérale du document originel, incomplet.

Les nouvelles parvinrent le lendemain à Hetkaptah, par l'intermédiaire du réseau des scribes, qui aboutissait donc au fidèle Ipepi. Mais il sembla à Khaemouaset qu'il y avait des canaux de communication parallèles. Le soupçon se trouva inopinément confirmé. Pendant la saison chaude, sa famille et lui prenaient leurs repas dans la grande salle à manger, car elle était fraîche et cela évitait que des relents de cuisine ne traînassent dans leurs appartements. Ils s'y retrouvaient quasiment seuls, sans chanteurs ni musiciens bien entendu. Or, Setherkhepeshef, qui avait pris le même parti, se montra le même jour au déjeuner avec son compagnon et déclara, goguenard :

— Il semble que les dix-huitièmes noces du divin roi soient compromises.

La formulation laissa Nekhbet-di et Hatha pantoises.

— Je n'aurai donc pas de petits frères hattous, ajouta Djet.

Ces garçons n'avaient donc plus de respect pour le personnage royal ?

— Comment le sais-tu ? demanda Khaemouaset.

— Nous avons encore des amis à Pi-Ramsès, répondit Djet.

À l'évidence, les princes et princesses de second rang avaient constitué leur petite cour et cultivaient une solidarité clandestine. Ils avaient organisé leur propre système de courriers. À première vue, ça n'avait aucune importance, mais la découverte laissa à Khaemouaset une impression désagréable.

Quelques jours plus tard, se rendant aux bains, Nekhbet-di et Hatha furent stupéfaites d'y trouver une dizaine de femmes, dont Ishtartât, la princesse de Babylone, et deux épouses secondaires qu'elles avaient laissées à Pi-Ramsès. Jusqu'alors, elles avaient eu les bains pour elles et quelques épouses de fonctionnaires résidant au Palais. Comment se faisait-il que les nouvelles venues eussent délaissé la compagnie royale et les charmes parfumés de Pi-Ramsès pour les touffeurs de Hetkaptah ? Les baigneuses se saluèrent avec l'enjouement convenable et Nekhbet-di ne tarda pas à demander aux arrivantes les raisons de leur désertion.

— Je répondrai pour moi, dit Ishtartât, d'une voix naturellement grave et lente. Quand je suis arrivée, l'autre année, j'ai été accueillie comme une reine. Puis j'ai sans doute perdu l'attrait de la nouveauté. Je me suis retrouvée dans un rôle de suivante. À peu près celui de la Seconde Épouse royale, qu'on ne voit presque jamais aux côtés du roi. J'ai supposé que ma grossesse expliquait l'indifférence. Mais je n'ai guère été réconfortée par la suite. Un collier d'or pour avoir donné naissance à un héritier. Et plus rien. J'ai pourtant scellé l'union de mon divin époux avec mon pays. Mais ce qui est fait ne peut être défait.

Elle battit des cils, puis reprit :

— Une fleur que personne ne regarde se fane plus vite. J'ai donc préféré m'exiler à Hetkaptah avec mes dames de cour. Je ne ressens plus l'indifférence qui tombe d'en haut.

Nekhbet-di en resta pantoise.

— Ce genre d'épreuve t'est épargné, reprit Ishtartât. Tu as un mari et une vraie famille. Tu dors avec lui, tu prends tes repas avec lui, tes enfants voient leur père et, s'il a une ou deux épouses secondaires, tu sais que cela évite la monotonie et consolide donc le foyer. Tu finis par t'entendre avec elles. Mais, quand tu vois arriver une nouvelle épouse tous les mois, tu comprends que tu n'auras jamais de vie de famille et tu désires être ailleurs...

Elle s'interrompit sur un petit cri quand l'épileuse lui arracha les poils des aisselles.

Pour qui donc se faisait-elle épiler, se demanda Nekhbet-di, puisqu'elle avait chassé de sa vie le seul homme qui lui était autorisé ?

Les deux épouses secondaires avaient écouté la princesse de Babylone avec attention. L'une d'elles expliqua à Nekhbet-di que les raisons de leur exil n'étaient pas très différentes. De plus, elles avaient suivi Ishtartât parce qu'elles s'étaient liées d'amitié avec elle, à Pi-Ramsès.

— Et comment le roi divin a-t-il pris votre départ ? demanda Hatha.

— Il n'en a pas paru très ému, répondit Ishtartât. Il nous a simplement fait savoir que les palais de Hetkaptah et de Ouaset étaient à notre disposition.

Les baigneuses convinrent alors de se retrouver pour le dîner dans la grande salle à manger. Elles y allèrent avec leurs dames de cour, de même que Setherkhepeshef et Djet, qui semblèrent ravis de trouver une plus grande compagnie. Le chambellan consulta Khaemouaset sur le plan de table et suggéra qu'en sa qualité de grand-prêtre et de prince il lui reviendrait de présider le repas et de prendre la princesse de Babylone à sa droite. Khaemouaset s'en trouva passablement déconcerté.

— Ce palais devient donc le refuge des exilés, observa-t-il le soir, quand il eut regagné ses appartements.

— Et je ne serais pas étonnée qu'il en arrive d'autres bientôt, répondit Nekhbet-di.

Pour elle, Hatha et les enfants, et même pour les domestiques, ce changement était cependant bienvenu, les vastes bâtiments du Palais ayant jusqu'alors été mélancoliques durant le jour et presque sinistres le soir. Désormais, et même lorsque Khaemouaset passait la nuit au temple, elle disposait du réconfort de présences voisines, Setherkhepeshef et Djet faisant office de maîtres des divertissements.

À la fin de l'hiver, des nouvelles parvinrent de Pi-Ramsès : le projet de mariage qui avait semblé prendre l'eau était miraculeusement remis à flot. Sans doute Hattousil était-il intervenu auprès de son épouse pour qu'elle baissât un peu le caquet. Ramsès en serait convenu : s'il le fallait donc, le mariage se ferait sans dot. Cependant, le changement d'attitude du monarque hattou et de son épouse était trop radical pour ne pas susciter d'interrogations : Hattousil et Poudoukhépa étaient-ils des girouettes ?

Même Khaemouaset, qui se souciait pourtant assez peu du mariage, en fut intrigué et se laissa aller à le reconnaître en présence d'Ipepi. L'air finaud du scribe l'intrigua.

— Tu as l'air de savoir quelque chose, toi ?

— Mon prince et maître, il faut rendre hommage à la puissance et à l'habileté de notre divin roi, car elles parviennent même à mettre les dieux à son service.

— Qu'est-ce que ça veut dire ? demanda Khaemouaset, interloqué et vaguement agacé par le ton facétieux du scribe.

— Des choses fort simples. Peut-être as-tu été informé que le pays des Hattous a été affecté par une sécheresse inhabituelle jusque dans les premières décades de l'hiver. Ni pluie ni neige, les Hattous étaient menacés d'un désastre.

— Je m'en souviens. Et alors ?

— Sa Majesté a consulté nos astrologues. Ils lui ont répondu que les pluies ne tarderaient plus beaucoup à arriver chez les Hattous.

— Comment le savaient-ils ?

— Par les marchands qui vont acheter du vin à Chypre, à la fin de l'été. Ils ont rapporté que, cette année, le soleil avait été généreux et que le vin le serait aussi, mais que les pluies commençaient à arriver du nord. Ainsi informée, Sa Majesté a alors écrit à Hattousil pour lui dire que Seth, dieu de la sécheresse, étant son dieu tutélaire, avait voulu punir le roi des Hattous de lui refuser sa fille.

Khaemouaset fut abasourdi.

— Hattousil a alors convoqué son armée pour lui représenter le danger de la vengeance de Baâl-Seth. Les militaires ont supplié leur roi d'accorder au plus vite sa fille au divin roi de To-Méry.

Ipepi retenait mal une envie de rire. Il reprit :

— Hattousil s'est dépêché d'envoyer un émissaire à Sa Majesté pour lui promettre d'envoyer sa fille et des cadeaux somptueux. Et, comme prévu, les pluies sont arrivées.

Cette fois, Ipepi pouffa.

— Et c'est là le secret du changement d'attitude de Hattousil et de son épouse ?

— Quel autre motif, mon prince ? Mais ce que je te dis là n'est connu que de quelques-uns à la cour. Seul le vizir Khaÿ en est informé, ainsi que le premier scribe du cabinet royal. Ne l'ébruite pas, je t'en conjure !

— Je te le promets, assura Khaemouaset, à la fin gagné par le rire, lui aussi.

— Je te l'avais dit, mon maître, il faut rendre hommage à la puissance de notre divin roi.

Et surtout à sa formidable rouerie, songea Khaemouaset. Comme un marchand véreux qui tente de vous refiler des anneaux de cuivre en prétendant qu'ils sont en or, Ramsès avait tourné à son profit des circonstances climatiques inhabituelles, tout comme il avait jadis transformé la retraite de Qadesh en victoire contre les Hattous. À la fin, il fallait se résigner à l'admirer. Il était passé maître en filouterie. Il roulerait Seth lui-même. Non, il était Seth, il l'était vraiment.

L'évidence contournée, dissimulée, repoussée tant d'années s'imposa soudain comme un bloc.

Comment cela finirait-il?

Ipepi le regarda:

— Mon maître penserait-il à Seth?

Le silence partagé du grand-prêtre et du scribe fut leur conclusion.

Khaemouaset connaissait cette mine de Nekhbet-di, une façon de garder les yeux mi-clos, certaines moues de la bouche et le verbe qui se faisait rare. Elle avait quelque chose à dire et il la connaissait suffisamment pour ne pas l'interroger avant qu'elle ne fût prête à pondre son œuf.

Ils avaient, ce jour-là, déjeuné dans leurs appartements. Avant la sieste, elle laissa tomber, faussement désinvolte:

— Nous avons trois nouvelles locataires au Palais. Je les ai vues aux bains.

Un silence.

— Trois concubines.

Les yeux clos, il étendit une jambe sous la couverture de lin épais, car le temps devenait parfois frisquet, et il n'avait pas le droit de toucher de la laine. Aussi, l'hiver, faisaient-ils lit à part, car elle était frileuse.

— Ce n'est pas le seul couple.

Là, il ouvrit les yeux.

— Couple? répéta-t-il.

— Qu'est-ce que tu crois? Elles n'ont pas d'hommes.

Il assimila le message.

— La princesse de Babylone vit comme un prince. Elle a sa première épouse princière et une épouse secondaire. Ça te fait rire?

Non, la situation n'était pas risible, c'était la manière dont Nekhbet-di l'avait présentée qui l'était.

— Ces femmes ne peuvent avoir ni mari ni amant. Alors, elles s'arrangent entre elles.

La situation, oui: elle avait dégoûté Setherkhepeshef et Djet de fonder un foyer et, maintenant, elle contraignait les délaissées à s'arranger entre elles, comme disait Nekhbet-di.

253

— Que veux-tu que j'y fasse ?

— Soit que nous allions habiter ta maison au temple, soit que tu éloignes d'ici Sekhemrê. Fais-le envoyer en garnison à Ouaset.

— Il va s'y sentir seul.

— J'ai encore de la famille à Ouaset. Elle s'occupera de lui. Ce palais devient un refuge de déshérités.

— Non, je préfère que nous allions occuper ma maison au temple. Mais ça m'ennuie de laisser Imy ici sans surveillance avec son… son compagnon.

— Les dés sont jetés pour lui. Il faut penser à nous et à nos enfants.

La sieste de Khaemouaset fut légère. Un changement était en cours et il ne parvenait pas à en définir le sens. Ou peut-être ne le voulait-il pas. Mais un point était sûr : Nekhbet-di avait raison. Il emmènerait sa famille à la résidence qui lui était réservée au temple.

Le matin, en allant au temple, il aperçut Setherkhepeshef et Djet dans le jardin, en conversation enjouée avec deux autres jeunes gens. Il crut y reconnaître deux autres princes secondaires et, de toute façon, il n'en avait cure. Il bifurqua tout net et, par un chemin plus long, quitta le domaine sans avoir pris congé de son neveu et de son conjoint ni salué les arrivants. Il lui suffisait d'avoir annoncé son départ au gouverneur du Palais et au Premier chambellan.

🪶

Grâce aux efforts conjugués de ses deux épouses, le grand-prêtre n'eut pas à subir le moindre inconvénient du déménagement ; il ne rentra tout simplement pas au Palais, et le repas qui lui fut servi le soir ne le cédait en rien à ceux du chef des cuisines royales ; il n'avait pas d'échanson à son service et ne disposait que de trois domestiques, mais il s'en accommodait fort bien. Les prêtres n'ayant pas droit à des concubines, l'arrivée de Hatha eût pu poser problème, mais personne n'aurait eu l'audace de contester un passe-droit mineur à un grand-prêtre qui était de surcroît fils du pharaon.

De toute façon, le clergé du temple eût été imprudent d'agiter le sujet : les aventures de certains prêtres avec des prêtresses

254

d'Amon avaient, dans un passé récent, fait jaser. Et c'était justement Khaemouaset qui avait passé l'éponge sur l'affaire. Deux ou trois semonces et les visites nocturnes avaient pris fin.

— Le service des dieux n'exclut pas la nature humaine de ses servants, avait-il conclu devant les prêtres réunis pour la circonstance. L'essentiel est de ne pas transformer l'erreur en coutume.

Et l'assemblée avait chaleureusement applaudi à son indulgence.

Celui qui se félicita le plus du transfert fut le fidèle Ipepi, désormais attaché à la Maison de Vie du temple, centre d'études pour les prêtres et d'apprentissage pour les scribes et les novices, comme en possédaient tous les temples du royaume ; il eut ainsi le loisir de voir Khaemouaset bien plus souvent que lorsque celui-ci partageait son temps entre le Palais et le centre du culte. Il servit de mentor et précepteur aux jeunes enfants de son maître, Sechen et Sahourê. Il apprit ainsi au benjamin, dans l'atelier réservé à cet usage, à battre du papyrus sur une feuille de lin pour en écraser les fibres de manière égale, puis à en faire de même, mais dans le sens transversal, afin d'obtenir le précieux matériau sur lequel les livres étaient écrits. Il lui apprit également à tailler son calame et diluer exactement son encre et il perfectionna ses talents d'écriture et de lecture, à peine défrichés par le *kep*.

Nekhbet-di se trouva investie du titre de doyenne des épouses de prêtres, au nombre d'une douzaine, ce qui n'était pas pour lui déplaire, et Hatha n'y perdit rien non plus. Elle était, en quelques années, passée du statut d'esclave à celui de seconde épouse de l'un des plus hauts dignitaires du royaume.

Située à brève distance du temple, dans une palmeraie, la résidence du grand-prêtre valait bien un petit palais de gouverneur de province, et Nekhbet-di put enfin, après tant d'années, réaliser son rêve de tenir sa propre maison et de ne plus dépendre d'une administration aussi vaste et ténébreuse que l'intendance royale.

Quelques décades après son installation, Khaemouaset eut la surprise d'une visite du Premier chambellan. Quinquagénaire dressé à l'impassibilité courtoise, le fonctionnaire avait jusqu'alors donné à Khaemouaset, comme au reste de ceux qui avaient pu juger de ses offices, l'impression d'un diplomate capable de contraindre deux hyènes affrontées à se comporter correctement.

— Grand-prêtre, mon prince, je te prie de venir à mon secours, déclara-t-il d'emblée.

Il ne restait qu'à l'écouter.

— Depuis ton départ et celui de ta famille, poursuivit le fonctionnaire, ce palais s'est transformé en un cabaret et un centre d'intrigues. Les occupants se sont sensiblement accrus. D'une vingtaine quand tu honorais les lieux, ils sont passés à une soixantaine. Princes, princesses et épouses secondaires, ils viennent tous de Pi-Ramsès et beaucoup sont des Babyloniens. Tous les deux jours, ils donnent un festin avec danseurs et danseuses, qui dure toute la nuit et se poursuit dans les jardins. Je ne voudrais pas offenser ta décence en te décrivant certaines scènes qui devraient être clandestines, mais ne le sont pas toujours. Tous ces hôtes boivent d'abondance et mâchent du *khat*. L'autre nuit, la fille d'une épouse secondaire est entrée nue dans les dortoirs du quartier voisin des écuries et les gardes ont montré beaucoup de force d'âme en la raccompagnant au Palais. Je suppose que sa raison l'avait désertée. Les nouveaux hôtes commandent des repas à toute heure du jour et de la nuit. Une algarade a ainsi éclaté entre la Grande Épouse Ishtartât et le chef des cuisines, qui l'a envoyée promener vertement. Elle avait, en effet, demandé un repas chaud pour elle et ses dames de cour à minuit. Le personnel est épuisé et sur les nerfs, et les dépenses s'élèvent à la moitié de ce qu'elles étaient quand le divin roi séjournait avec toute la cour.

Au bout d'un moment de silence consterné, Khaemouaset demanda :

— Tu as dit que le Palais s'est aussi transformé en un centre d'intrigues ?

— Oui, mon prince. Tout ce monde s'est mis en tête de désigner le successeur au trône divin, et c'est évidemment le prince Setherkhepeshef qui a été élu, parce qu'il organise pas mal de festivités. Je ne sais comment ils ont réussi à mêler certains lieutenants des écuries à leurs élucubrations.

— Il reste beaucoup de monde aux écuries ?

— Comme le sait mon prince, le plus gros des effectifs et des chevaux est désormais à Pi-Ramsès, mais il en reste quand même ici une fraction appréciable et une trentaine de chevaux.

Le risque que Setherkhepeshef se mît en tête de prendre le pouvoir à Hetkaptah était donc réduit.

— Attends le plus beau ! renchérit le chambellan. Le prince Setherkhepeshef a demandé à organiser un dîner royal et m'a ordonné de mettre à sa disposition le trône de Sa Majesté. J'ai évidemment refusé. Il s'est énervé et a menacé de me licencier. Je lui ai répondu que le siège royal était exclusivement réservé à Sa Majesté, que c'était Sa Majesté seule qui avait le droit de nommer et démettre les fonctionnaires du Palais et que, s'il insistait dans ses prétentions, j'en déférerais au divin roi en personne. La menace a paru le calmer, mais nos rapports sont devenus détestables.

— Que veux-tu que je fasse ? Je ne peux quand même pas décréter un couvre-feu, avec tout le monde au lit à minuit.

— Non, mon prince, mais je pense que ton autorité de grand-prêtre et de prince pourrait ramener ces gens à la raison.

Khaemouaset médita la requête et décida de suivre le chambellan au Palais. En réalité, seule l'autorité royale pourrait en imposer à cette meute de fêtards évaporés et il doutait de l'efficacité de sa mission. Chemin faisant, le chambellan lui confia que la licence de certaines filles d'épouses secondaires avait donné lieu à des scandales.

— Elles s'imaginent que personne ne parle babylonien, et je ne te répéterai pas les propos salaces qu'elles échangent ! On croirait qu'elles ont été élevées dans une maison de joie !

Une fois au Palais, Khaemouaset convoqua en premier lieu son neveu en présence du chambellan.

La mine enjouée du jeune homme s'évanouit dès qu'il aperçut les deux hommes arborant un air renfrogné et ses compliments firent long feu. Khaemouaset fut bref :

— Tu représentes le prestige royal et ton comportement dans ce palais est indigne de ton rang. Si tu n'y mets pas immédiatement fin, j'interviendrai auprès du roi divin. Tu peux disposer.

La deuxième personne convoquée fut la princesse de Babylone, qui refusa de déférer au mandement par le truchement d'une dame de cour. Ce fut donc celle-ci qui subit l'admonestation :

— Tu diras à ta maîtresse que cette demeure est vouée à la gloire du roi divin et non pas aux fêtes désordonnées de ses sujets. Je la charge donc de veiller à la décence de ses compagnes et amies, faute de quoi j'en référerai directement au roi.

— Es-tu donc intendant du Palais ? rétorqua insolemment la dame de cour. Pour qui te prends-tu, à tancer une Grande Épouse ?

— Je suis intendant général de l'image du pharaon et ton insolence à l'égard d'un grand-prêtre est passible de l'arrestation,
répliqua Khaemouaset d'un ton ferme. En mon autorité, j'ordonne
au Premier chambellan que les cuisines soient fermées à dix
heures du soir et ne rouvrent qu'à sept heures du matin. Remonte
transmettre mon avertissement à ta maîtresse. Sinon, j'alerterai le
divin roi.

Elle tourna les talons, visiblement secouée.

Le chambellan se confondit alors en remerciements.

25

Fastes, remous, cabales
et l'exil d'une désaimée

L'un des effets immédiats de l'intervention de Khaemouaset au Palais fut de renvoyer à leur point de départ une partie des exilés de Pi-Ramsès. Mais il le comprit vite : ce n'était pas tant la peur des semonces que l'attrait de nouvelles festivités. Pi-Ramsès était, en effet, entré dans une période d'effervescence qui promettait de s'étendre sur bien des mois.

Assuré d'avoir enfin obtenu le consentement de Hattousil et de Poudoukhépa pour son mariage avec leur fille, Ramsès s'était lancé dans une nouvelle frénésie bâtisseuse : Pi-Ramsès, sa ville par excellence, devrait surpasser en faste non seulement les deux autres centres du royaume, Ouaset et Hetkaptah, mais toutes les cités du monde connu. De nouveaux palais, de nouvelles casernes, de nouveaux bâtiments administratifs furent mis en chantier. De vastes avenues furent tracées, des jardins furent plantés et, évidemment, des statues colossales du monarque furent prévues pour jalonner les nouvelles perspectives.

L'érection d'un nouveau palais suscita des échos qui parvinrent même à Hetkaptah : les appartements de la future Grande Épouse s'annonçaient d'un raffinement dont le royaume n'avait jamais connu l'égal, qui reléguerait le luxe des palais d'Akhenaton, pourtant légendaire, au rang de coquetteries de provincial enrichi. Il n'y avait pas un pied carré du sol au plafond qui ne fût orné de peintures évoquant des bassins de lotus, des parterres fleuris ou des bocages habités d'oiseaux. Les faïenciers de Het-kaptah produisirent des dizaines de coudées carrées de carreaux de la couleur préférée du monarque, bleu turquoise. Et les ébénistes s'ingénièrent à créer des meubles d'argent ornés d'incrustations de la même couleur. La citée de Pi-Ramsès n'était-elle pas surnommée désormais la Ville turquoise ?

Pareillement, les architectes créèrent des terrasses d'où l'on apercevait le lac de la Résidence. Si l'on allait à pied, des jardins de fleurs bleues, des bassins de lotus bleus, des volières enchantaient partout les sens.

Le spectacle participait intrinsèquement de la royauté et celle-ci n'existe que si elle est visible, éclatante, omniprésente. Ousermaâtrê Setepenrê emplirait de ses merveilles et des reflets de sa majesté l'œil de sa promise, cette montagnarde à peine dégrossie. Il envoya à Poudoukhépa une description dithyrambique et bizarrement détaillée :

> *Les prairies sont verdoyantes. La plante* iadès *y est haute d'une coudée et demie, et le caroubier a le goût du miel dans le sol humide. Les greniers sont pleins d'avoine et d'orge qui poussent près du ciel. Les oignons, les poireaux, les laitues, les grenades, les pommes, les olives, les figues du verger et les vins doux de Kakémé surpassent le miel en douceur...*

Qu'était donc ce discours de fermier satisfait ? se demandèrent certains mauvais esprits. Et quelques autres attribuèrent la paternité de la missive au déplorable Pentaour, encore en vie, mais guère plus épargné par le ridicule.

Pi-Ramsès avait été rebaptisé Aânakht, « Grande de Victoire », et, après des considérations géographiques de la même farine que le texte précédent, le pharaon assurait que « la jeunesse d'Aânakht est en vêtements de fête tous les jours, la tête enduite de la douce huile de moringa[1] et la chevelure finement tressée. Les jeunes se tiennent près de leur porte, les mains brandissant des feuillages et des tiges de lin des eaux d'Horus[2], lorsque Ousermaâtrê Setepenrê, Montou-des-Deux-Terres, entre au matin de la fête de Khoïak... »

---

1. Noix de Behen, dont le parfum balsamique rappelle celui de la muscade.
2. L'un des onze bras principaux du Nil, dit branche pélusienne, sur lequel s'élevait Pi-Ramsès.

Il fallait espérer qu'Imenemipet, émissaire du monarque à Hattousas, traduisît correctement pour les Hattous ces descriptions lyriques.

Et Khaemouaset reprit donc du service comme intendant de l'image royale. Un message de son père l'avait informé d'une tâche spéciale : le pharaon désirait que fût réalisée dans le plus bref délai une statue de lui de vingt et une coudées de haut, dans la pierre de la plus fine qualité, flanquée sur la jambe gauche d'une figure féminine qui représenterait sa future épouse. « Le cartouche de son nom ne sera gravé qu'à l'arrivée de ma future épouse, quand j'aurai décidé du nom qu'elle m'inspirera. »

Une conférence fut organisée avec le maître Ahmose.

— Vingt et une coudées ! s'écria le sculpteur.

— C'est l'ordre précis du roi.

— Le problème, expliqua le maître, c'est que le climat de Pi-Ramsès est plus humide que celui du Haut Pays et qu'il nous faut donc une pierre au grain plus serré, moins encline à absorber l'eau. De ce fait, elle demandera un polissage plus long.

— Eh bien, qu'il en soit donc ainsi.

Ahmose lui lança un regard pointu.

— Certes, mais une pierre plus dure sera aussi plus longue à extraire, comme tu le sais, et le transport d'un tel bloc sera plus difficile.

— Il me semblait qu'on trouvait une belle pierre dans les montagnes près de Ouaset.

— Elle est rougeâtre.

— Le rouge n'est-il pas la couleur de Seth ? Elle sera donc adoucie.

Ahmose sembla amusé par la suggestion.

— Elle est de bonne qualité, en effet, et le transport sera moins long. Va donc pour cette pierre-là ! Quel délai m'est imparti ?

— Dis-moi plutôt celui qui te paraît possible.

— Douze mois pour l'achèvement.

Khaemouaset réfléchit : il ignorait la date prévue pour l'arrivée de la belle princesse, mais il doutait que ce fût avant l'année suivante. La saison chaude se prêterait mal à la traversée du pays hattou. Et de l'Amourrou jusqu'à To-Méry, à travers le désert de Moab, elle serait particulièrement éprouvante pour une princesse, fût-elle hattoue ; le voyage se ferait vraisemblablement à la fin de la saison chaude et peu avant la saison Péret, celle des pluies. Tel avait sans doute été également le calcul de Ramsès, car les travaux en cours à Pi-Ramsès en prendraient au moins autant.

— Douze mois donc, mais je te tiens comptable de ta parole, convint Khaemouaset avec un sourire.

— Ne l'ai-je pas tenue depuis nos premiers entretiens, mon prince ? répliqua Ahmose.

C'était vrai, le réalisme et la qualité de la sculpture s'étaient sensiblement améliorés. En témoignait, par exemple, le détail du pli du ventre au-dessus du pagne dans un colosse représentant le roi en Horus, érigé à Apitou. Khaemouaset en avait même fait l'éloge au maître. Pareillement, le creux du nombril, les arrondis des bras et le détail des mains et des pieds s'étaient affinés.

— Mais qu'en est-il des autres statues ? s'inquiéta Khaemouaset.

— Elles sont en cours, mon prince, et elles seront, elles aussi, achevées au jour dit.

Restait à établir le détail des coûts ; Ahmose promit d'adresser au grand-prêtre un relevé de ses prévisions, qui serait ensuite envoyé au trésorier Nébit.

Khaemouaset admira une petite sculpture en pierre noire, haute d'une coudée, polie à l'égal d'une pierre précieuse, et représentant le jeune Horus posant chaque pied sur un crocodile ; pareilles statues, il le savait, étaient prisées des riches particuliers, en raison de leurs vertus prophylactiques ; elles étaient généralement posées sous des fontaines, car l'eau qui ruisselait sur le jeune dieu était censée guérir des morsures de vipère et des piqûres de scorpion. Puis il prit congé du maître Ahmose, qui l'accompagna au-delà de la cour.

— Oserais-je faire une confidence au grand-prêtre ? susurra ce dernier.

Une confidence ? Quel secret un artiste pouvait-il faire partager au grand-prêtre ?

— Le prince Setherkhepeshef s'est présenté à l'atelier il y a quelques jours. Il souhaitait que je réalise une sculpture le représentant, avec un compagnon, le prince Djet, près de sa jambe gauche.

Khaemouaset se raidit et Ahmose le remarqua : jusqu'où irait donc l'impudence de ce godelureau ?

— Et alors ?

— Je lui ai répondu que les ateliers étaient débordés de commandes et ne pourraient satisfaire la sienne avant quelque temps. Le caractère des effigies demandées m'a paru ressembler un peu trop à celui des images royales. Ai-je eu tort ?

— Certes non. Une telle commande est déplacée. S'il veut une statue de lui, à la rigueur, tu peux l'exécuter. Mais celle-là, non.

— Je te remercie.

Khaemouaset enfourcha son baudet. Son humeur était sombre : il avait été mauvais éducateur. Il n'avait pu chasser de l'esprit du fils les influences délétères qui avaient mené le père au désastre, celles de Seth. Peut-être un astrologue expliquerait-il cet échec, mais il ne saurait en dissiper les conséquences. Setherkhepeshef était perdu.

Ipepi, qui avait entendu la conversation avec Ahmose, ne souffla mot. Il devinait trop bien la frustration de son maître.

Sekhemrê avait décidé d'être médecin. Khaemouaset et Nekhbet-di s'en félicitèrent et le confièrent au praticien le plus renommé de la ville, Seseb. Le jeune homme fit une recrue de choix pour le maître de l'art, qui se languissait à Hetkaptah et dédaignait de disputer sa place à Pariamakhou, médecin favori du pharaon. Le rang et la renommée de son père auguraient bien de ses vertus. Il témoignait d'une nature réfléchie, contrastant avec les comportements évaporés de son cousin et de tant de princes qui avaient hanté le palais de Hetkaptah. La bibliothèque de la Maison de Vie du temple lui fournit de quoi emplir ses loisirs, en plus de ce qu'il apprenait avec son maître.

Peut-être, songea alors Khaemouaset, était-il possible de bâtir une vie paisible en dépit des remous et tempêtes que Seth fouettait de ses doigts crochus.

Tandis que Pi-Ramsès s'agitait dans la perspective d'une union presque cosmique, quasiment les noces du Soleil et de la Lune, le grand-prêtre et sa famille coulaient des jours heureux, indifférents aux vanités du pouvoir.

Puis l'imprévu advint, comme toujours.

Un domestique du Palais vint prévenir le grand-prêtre que la Grande Épouse royale Isinofret était arrivée à Hetkaptah et souhaitait le voir. Il se rendit sur-le-champ au Palais, empli de sentiments et pressentiments incertains et de pensées inachevées. Isinofret était sa mère. Elle l'avait peu été, certes, sinon pas du tout. Mais il lui devait respect et compassion. Elle lui avait donné la vie, mais n'avait guère été une mère. Jeune et belle, elle avait été la deuxième Grande Épouse et, maintenant, vieillissante et réduite au rang de quatrième Grande Épouse, elle allait reculer d'un rang de plus. Les hommages suprêmes reviendraient à la belle Hattoue ; Isinofret s'effacerait dans le grand bas-relief de la vie d'Ousermaâtrê Setepenrê, avant de s'y fondre pour l'éternité.

Son fils ne devinait que trop bien les raisons de son arrivée à Hetkaptah : incapable d'assister une fois de plus au triomphe d'une autre, elle se retirait de la scène. Le Palais serait pour elle l'antichambre de la mort.

Le chambellan introduisit le grand-prêtre dans les appartements royaux. Isinofret y siégeait avec quatre dames de cour. Il baisa l'auguste main, garnie d'un gros scarabée monté en bague, et salua les dames ; elles répondirent avec grâce et, sur un signe de leur maîtresse, se retirèrent. Khaemouaset contempla sa mère. Les fards prêtaient encore de l'éclat au visage, estompant les atteintes du temps, mais aucune robe ne pouvait masquer celles que la cinquantaine passée avait laissées sur le corps. Les grossesses multiples avaient épaissi les hanches et les chairs s'étaient affaissées. Avant de la reléguer aux limbes de ses palais, Ramsès avait épuisé les capacités reproductrices de la Deuxième Épouse royale.

Il se souvint qu'elle avait jadis pratiqué la magie, sans doute contre sa rivale. Et la rivale était bien partie, mais sans aucun bénéfice pour celle qui restait.

Il chercha dans les yeux abondamment cernés d'antimoine les traces de la bonté, qui fleurit avec le temps, assure-t-on ; il ne trouva que désenchantement. Sans le maquillage, Isinofret aurait eu un visage masculin. La royauté avait triomphé de la féminité, jusque dans la voix, étrangement basse. Nul prodige à ce qu'elle eût été désaimée. Chacun de ses gestes dégageait un parfum puissant, à base de musc et de jasmin, et Khaemouaset se demanda si ce gaz était destiné à séduire, subjuguer ou masquer.

— J'entends que tu as quitté le Palais, dit-elle. J'en connais les raisons. Mais cette bande d'agités ne reviendra pas de sitôt, la vie à Pi-Ramsès est devenue trop excitante pour qu'ils lui préfèrent une existence austère à Hetkaptah. Pourquoi, toi et ta famille, ne reviendriez-vous pas ?

— L'honneur et le plaisir de ta compagnie seraient de grands attraits. Mais il est préférable que le grand-prêtre séjourne au temple.

Elle parut déçue ; elle avait sans doute espéré de la compagnie, le soir, mais Khaemouaset était bien décidé à tenir désormais sa famille à l'écart des palais.

— Ton prétendu frère Setherkhepeshef, celui que nous appelions Imy, et son mari, reprit-elle, ne reviendront pas ici, sois tranquille. Ramsès leur a donné comme repaire l'ancien palais de son père à Mi-Our, et il a confié à Imy la direction des spectacles de la cour.

Khaemouaset fit la grimace à la mention du « mari ». Mais il trouva surprenant que Ramsès eût officialisé l'union. Était-ce en hommage à Seth ?

— Ils s'amusent beaucoup et on les voit presque tous les soirs dans un des cabarets de la ville, La Fortune de Nephtys. Ils semblent aussi amuser mon divin époux, dit-elle d'un ton sarcastique. Je suppose qu'en réalité il n'est pas fâché de compter deux ou trois futurs héritiers de moins, parce qu'il y en a vraiment beaucoup trop. Pour ma part, je ne retournerai pas à Pi-Ramsès, dit-elle. Je n'y ai que faire. La vie là-bas deviendra insupportable avec l'arrivée de l'Autre.

L'Autre.

— Bent Anât et Merytamon voulaient me suivre, mais Sessou leur a ordonné de rester jusqu'au mariage. Je me demande bien pourquoi, parce que la réserve de concubines s'est enrichie de Babyloniennes. C'est cette Ishtartât qui les fait venir de son pays et les lui fourre dans les pattes. Il paraît qu'elle ne veut pas d'une nouvelle grossesse. J'ai conseillé à Khaÿ d'ouvrir l'œil.

L'Asie n'avait décidément plus les faveurs d'Isinofret. Khaemouaset n'était pas disposé à écouter indéfiniment des ragots de cour. Mais il perçut vaguement que celle de Pi-Ramsès était divisée en trois factions au moins : celle de sa mère, à laquelle appartenait le vizir Khaÿ, celle d'Ishtartât et celle de Setherkhepeshef.

— Je demanderai à Nekhbet-di et à Hatha de te rendre visite, conclut-il.

— Comment va ma petite Isinofret?

— Elle grandit exquisément. Tu la verras. Je te souhaite une bonne journée.

Il devrait recommander à la maison de ne pas oublier que le nom officiel de Sechen était Isinofret. Sur quoi il se retrouva au grand soleil de Khoïak et pressa le pas vers son baudet. Ipepi l'aida à se mettre en selle. Ils trottaient déjà quand ils croisèrent le médecin Seseb qui entrait dans la cour du Palais, suivi de Sekhemrê; ils s'arrêtèrent donc pour se saluer.

— J'ai été mandé par la Grande Épouse, ta mère, expliqua le médecin, et j'ai pensé qu'il serait utile à mon jeune et brillant élève d'assister à une consultation.

Khaemouaset hocha la tête. La coïncidence était piquante.

— Elle souffre d'un vieillissement des os et d'une faiblesse des veines des jambes, annonça Sekhemrê au dîner.

La crudité cruelle du diagnostic surprit Nekhbet-di.

— Quand elle se tient debout trop longtemps, ses pieds gonflent et elle a mal aux genoux.

Il était tout content de faire étalage de sa science.

— Le maître Seseb lui a ordonné quatre potions et deux onguents.

— Elle a dû être contente de te voir, dit Khaemouaset.

— Oui, elle m'a aussi posé beaucoup de questions. Elle voulait savoir pourquoi Meryatoum était entré au service de Rê, si nous voyions beaucoup la Babylonienne quand elle séjournait au Palais, si nous irions à Pi-Ramsès pour l'arrivée de la Hattoue...

Bref, elle avait tenté de tirer les vers du nez au garçon. Même exilée de Pi-Ramsès, elle prétendait sans doute tirer encore des ficelles.

— Et tout ça devant Seseb? demanda Nekhbet-di.

— Non, elle l'avait prié de nous laisser seuls un moment. Elle m'a demandé aussi quand je me marierais et si vous aviez arrêté votre choix sur une épouse. « J'ai un parti pour toi », m'a-t-elle dit.

— Ah bon?

— Oui, c'est la fille de notre divin roi et de la princesse Bent Anât, Grande Épouse royale.

266

Le regard du garçon brillait de malice ; celui de la famille exprimait plutôt la stupéfaction.

— Bent Anât est ma sœur, observa enfin Khaemouaset.

— Je le sais, père. Et toi, tu es l'un des héritiers du trône. La reine veut mettre toutes les chances du côté de sa lignée. Elle veut faire triompher son clan le jour où le divin roi disparaîtra.

Khaemouaset fut surpris par la précocité d'esprit de son fils et la justesse de son analyse.

— Mais si j'épousais la fille de Bent Anât, reprit le jeune homme, il faudrait que j'aille vivre à Pi-Ramsès. C'est-à-dire que j'entre dans ce cercle infernal dont je sais que tu as voulu t'échapper. Mon épouse ne voudrait jamais de l'existence terne et monotone de Hetkaptah. À Pi-Ramsès, il faudrait que je me mette au service du médecin Pariamakhou. J'appartiendrais d'office au clan d'Isinofret, donc je serais en butte aux intrigues des deux autres, celui de Setherkhepeshef et celui de la Babylonienne. Je ne suis pas sûr que tout cela me séduise ni me convienne, conclut-il.

Un silence tomba sur la table.

— La prochaine fois que Seseb ira voir Isinofret, il ira seul, déclara Sekhemrê.

— Je pense que tu es sage, dit son père. Nekhbet-di lui rendra une visite de courtoisie avec Hori et Sechen, et nous en resterons là. Je suis au service de Ptah et du trône, et c'est tout.

Il regarda Hori traîner complaisamment, au bout d'une cordelette, le vieux cheval de bois de Setherkhepeshef, entre-temps récupéré et repeint, sur lequel Sechen, aux anges, feignait de chevaucher un destrier fougueux.

Deux jours s'étaient à peine écoulés après la visite de Nekhbet-di que la fausse recluse du Palais fit adresser au médecin Seseb un message le priant de lui envoyer un nouveau flacon de l'une des potions prescrites. Sans doute avait-elle escompté que le médicament lui serait livré par Sekhemrê et qu'elle aurait ainsi l'occasion de poursuivre leur première conversation. À la vue d'un porteur inconnu, elle exprima bruyamment sa déception.

— Où est le médecin Sekhemrê ? s'écria-t-elle.

— Il étudie à la Maison de Vie, Majesté.

— Qu'on me l'envoie !

Prévenu de l'éclat, Khaemouaset chargea Ipepi d'un message pour sa mère : il interdisait à son fils d'interrompre ses études pour d'autres motifs que ceux du savoir. Elle tempêta. Mais l'autorité d'un grand-prêtre était supérieure à la sienne. Elle se fit alors doucereuse : « Me priveras-tu, dans mes vieux jours, du réconfort de ma famille ? », demanda-t-elle par message écrit. « L'homme sage reste dans sa maison quand l'orage tonne », répondit-il, également par écrit.

Sans doute comprendrait-elle qu'il n'avait pas l'intention de s'aventurer dans les cabales qui, de palais en palais, se fomentaient autour du trône, ni de laisser un membre de sa famille s'y fourvoyer. Il n'avait pas eu le cœur de lui reprocher d'avoir été, jadis, si peu maternelle. Il éprouvait pour elle de la pitié : jeune beauté élue par le plus grand pouvoir, elle avait été grisée par son triomphe. Elle n'avait allaité aucun de ses enfants ; ils n'avaient tous connu que le sein de nourrices, car elle ne voulait pas que la tétée flétrît ses mamelons. Elle ne s'était jamais levée la nuit quand ils pleuraient, parce que les chambres des nourrices étaient éloignées des appartements royaux. Elle n'avait jamais joué avec eux ni écouté leurs chagrins ou leurs joies, parce qu'elle était trop absorbée par les servitudes d'une Grande Épouse. Pauvre pécore entraînée trop tôt dans le tourbillon des ambitions et des vanités royales !

Et, de toute façon, il réprouvait la pratique de la magie noire et, à cet effet, il chargea Ipepi de garder un œil sur ceux qui la pratiquaient à Hetkaptah. Interdiction leur serait faite de prêter concours aux requêtes de la Grande Épouse Isinofret ou de quiconque au Palais.

26

Un jubilé, des sortilèges
et des fleurs bleues

Le vizir Khaÿ écoutait son maître avec l'expression tendue qu'on voit aux bons chiens quand leurs maîtres les admonestent. Ses bajoues et son nez court, aux narines dilatées, ajoutaient à la ressemblance.

— Vizir, ce voyage doit être organisé jusque dans le moindre détail et avec un faste sans reproche. La princesse des Hattous sera accompagnée par sa mère, la reine Poudoukhépa, jusqu'à la frontière de nos empires. Je veux que la délégation qui ira l'accueillir pour l'escorter jusqu'à Pi-Ramsès reflète la puissance et le faste du royaume. Les étapes devront être calculées de façon à ne pas fatiguer la princesse, et les lieux où elle passera la nuit devront être à la mesure de notre gloire, de notre prévenance et de son rang.

— Comment voyagera la princesse, Majesté ?

— Ah, bonne question ! Elle ne saurait se déplacer à cheval sur une aussi longue distance. Un char la contraindrait à se tenir debout, ce qui n'est guère imaginable. Je souhaiterais que l'on conçoive pour elle un chariot où elle pourrait s'allonger et, le cas échéant, s'assoupir. Mais ce serait évidemment un chariot somptueux. Fais-le réaliser par nos ébénistes de Koush quand j'en aurai approuvé le dessin.

— Oui, Majesté.

— Soumets-moi un programme détaillé.

269

— Oui, Majesté. Et pour la réception?

— Je veux que les fêtes durent un mois. Le grand-prêtre Khaemouaset et toi en aurez la charge. Nous en reparlerons.

— Oui, Majesté. Son Altesse la princesse voyagerait donc à l'arrivée de la saison froide?

— J'y veillerai.

Le vizir se garda de ciller. Il connaissait l'astuce.

— Le prince Meryrê et le général Menna conduiront le cortège chargé d'accueillir la princesse Bentarourou, ajouta le monarque.

Tel était, en effet, le nom de la grande, la suprême élue.

Sur quoi le monarque ouvrit un coffret d'ivoire posé près de lui, y préleva une boulette noirâtre, la posa sur sa langue et avala une rasade d'eau. Il connaissait la composition du médicament: du suc de pavot, de l'amidon et du miel.

— Dois-je t'accompagner? demanda Nekhbet-di d'un ton inquiet.

— Je t'en laisse la décision, répondit Khaemouaset.

Trois ans après le jubilé de l'an 30 de son règne, Ousermaâtrê Setepenrê avait, en effet, décidé de faire de nouveau infuser le fluide divin dans sa personne déjà divine. Et, en sa nouvelle qualité de maître des Jubilés, Khaemouaset serait donc appelé une fois de plus à Pi-Ramsès pour y officier. Miséricordieusement, Ramsès avait consenti à ce que les rites ne fussent célébrés qu'à Pi-Ramsès et à Apitou, à des dates bien séparées. Sans doute ne gardait-il pas le meilleur souvenir des courses haletantes d'une ville à l'autre de la fois précédente.

— Mais un jubilé ne se célèbre que tous les trente ans? observa Nekhbet-di.

— Mon divin père est maître du temps et des rites, répondit sarcastiquement Khaemouaset.

— Ce qui ne l'empêche pas de vieillir comme tout le monde, ajouta Sekhemrê, soutenant le regard sévère de son père.

— Que veux-tu dire?

— Qu'il a de la peine à marcher au même rythme qu'avant, ne l'as-tu pas remarqué? Son rhumatisme s'est aggravé et lui cause par moments des douleurs aiguës. Son médecin Pariamakhou a demandé son avis à mon maître Seseb à ce sujet. Mais il n'existe pas de remède contre le mal, seulement contre la douleur. C'est-à-dire le suc de pavot. Cependant, celui-ci constipe.

À l'énoncé de ces précisions médicales, Khaemouaset soupira. L'évidence s'imposait : Ramsès espérait de cette nouvelle célébration du jubilé un surcroît miraculeux de force divine.

— Je ne serai pas absent plus d'une décade, dit Khaemouaset à l'adresse de son épouse.

— Raison de plus pour que je reste ici. La cohue de ces fêtes est pénible, on est sans cesse debout et il n'y aura certainement pas assez de place au Palais pour tout le monde.

— Moi, je veux bien suivre mon père, s'il m'y invite, dit Sekhemrê.

— Tu es le bienvenu, tu le sais. N'oublie pas que ton nom officiel est Ramsès.

Sekhemrê hocha la tête d'un air entendu.

Ils partirent donc le lendemain à dos de baudet, suivis de l'indispensable Ipepi. Les routes menant à Pi-Ramsès devenaient de plus en plus encombrées au fur et à mesure qu'ils approchaient de la ville : chars militaires, chariots de voyageurs, cavaliers et voyageurs sur de simples mulets ou baudets. La halte que firent les trois voyageurs dans un village, pour vaquer à leurs besoins, se désaltérer et casser une croûte, ressemblait à un bivouac. Certaines gens venaient du Haut Pays pour vendre des pièces de tissu, des fruits ou des légumes exotiques, d'autres par simple curiosité. Le trajet qui ne prenait d'ordinaire que cinq heures en requit le double. Nekhbet-di avait été bien inspirée de renoncer au voyage.

— Nous prendrons le bateau pour le retour, résolut Khaemouaset.

Mais en passant devant le port, désormais aussi grand que celui de Hetkaptah, les trois voyageurs aperçurent un embouteillage de bateaux de toutes tailles et une cohue sur les quais ; des gens s'invectivaient, les portefaix ne savaient où donner de la tête et les chefs de quai s'époumonaient à mettre un peu d'ordre dans la pagaille.

Ils arrivèrent au Palais rendus et seul l'accueil du chambellan les rasséréna quelque peu : en sa qualité de grand-prêtre et de maître des Jubilés, Khaemouaset bénéficiait évidemment de privilèges dignes de son rang ; il disposait de vastes appartements où son fils, Ipepi et lui purent s'installer à l'aise. Ils préférèrent le confort des bains au grand dîner qui se tenait en présence de Sa Majesté et se firent servir le repas chez eux, sur la terrasse.

La rumeur qui montait des jardins surprit les convives ; un regard par-dessus la balustrade leur révéla que, le repas royal ayant pris fin, les allées fleuries et désormais éclairées de flambeaux regorgeaient de monde. La fièvre du plaisir reculait le coucher. Les filles émoustillaient les garçons, et ceux-ci bramaient avec fougue.

La même fièvre sévissait dans la journée. Quand les trois visiteurs se présentèrent à la porte du cabinet royal, ils trouvèrent l'antichambre pleine de monde. Khaemouaset ne put identifier qu'une seule personne, le grand-prêtre du temple de Ptah de la ville. Accolades et congratulations échangées, Khaemouaset demanda à son collègue :

— Qui sont tous ces gens ?

L'autre sourit :

— Des courtisans qui viennent proposer des services, des solliciteurs de faveurs, des notables de province qui apportent des cadeaux, l'éternel essaim de phalènes autour des lampes. La plupart ne pourront débiter leur discours qu'au vizir et seront simplement autorisés à baiser la sandale du divin roi après l'annonce de leur nom.

Le vizir ouvrit la porte et, apercevant Khaemouaset, leva les bras au ciel et s'écria :

— Faste journée ! Le maître des Jubilés est parmi nous !

Le grand-prêtre fut introduit d'office dans le cabinet royal, suivi de son fils, Ipepi patientant dans l'antichambre.

Khaemouaset n'avait pas revu son père depuis trois ans. Il fut saisi. Le masque avait perdu ses dernières rondeurs. La chevelure était d'un roux étincelant, éclatant de reflets. L'huile de moringa ajoutée au henné. Un regard d'épervier se fixa sur lui et un sourire effrayant étira la bouche. Seth ! Seth en personne !

— Mon fils bien-aimé ! s'écria-t-il, ouvrant les bras.

Khaemouaset pressa le pas, gravit les marches qui menaient au trône et se pencha pour recevoir l'accolade royale.

— Et ce jeune homme est ton fils aîné, je suppose ?

— Oui, il s'appelle Ramsès.

Sekhemrê s'avança pour baiser la sandale royale, mais sur un geste du monarque, il gravit lui aussi les marches et s'inclina pour l'accolade.

— J'apprends que tu voyages en bien petit équipage, observa le roi à l'adresse de son fils. Tu es venu à dos de baudet ? Tu prendras mon bateau pour le retour. Je veux que tu sois dignement représenté. Et si des voleurs vous avaient attaqués ?

— Ils n'en auraient pas eu le loisir, père divin, il y avait trop de monde sur la route.

Ramsès feignit de rire et découvrit de longues incisives brunes, de part et d'autre desquelles, au fond, manquaient des compagnes.

— Le jubilé est dans deux jours, conclut-il. Repose-toi. Ces cérémonies sont éprouvantes pour toi comme pour moi. Mais elles me rendent mes forces. Nous nous verrons au dîner avec mon petit Ramsès.

Il lança un autre regard gourmand à Sekhemrê, assorti d'un sourire carnassier.

Quand ils furent sortis, sous l'œil envieux de ceux qui lanternaient encore dans l'antichambre, le garçon se tourna vers son père, l'air ahuri :

— Comment peux-tu être son fils ?

— Je ne sais pas, fils. Parle bas.

— Moi, je sais pourtant que tu es mon père.

Khaemouaset serra l'épaule de Sekhemrê.

Il vient un temps dans la vie où l'on ne peut vraiment parler qu'avec ceux qui partagent votre expérience et votre langage. Car les mots changent de contenu avec l'âge. Sekhemrê le comprit et eut la bonne grâce de ne pas tenter d'approfondir la conversation.

Le dîner fut fastueux et vide, du moins au gré de Khaemouaset. Setherkhepeshef présidait la table des princes avec son sigisbée ; l'oncle et le neveu échangèrent des sourires lointains. L'ambassadeur hattou à la droite de Khaemouaset pérorait sur les splendeurs de la grande ville de son pays, Hattousas, dont partirait la princesse, et Ramsès détaillait à l'ambassadeur de Babylone, à sa gauche, la perplexité que lui valaient certains rapports sur des peuplades inconnues, récemment apparues dans les parages des côtes de la Grande Verte, les Pelesets et les Tjékers[1].

— Ils ont la peau étrangement blanche et les yeux clairs, précisait Ramsès, et certains des leurs ont des cheveux jaunes comme l'or. Ils semblent nés sur un bateau, car ils manient les leurs comme nous manions nos pieds.

— Que font-ils dans tes parages ? demanda l'ambassadeur.

— Ils achètent et ils vendent. Ils achètent chez nous des tissus de lin et vendent du vin et de l'huile d'une variété inconnue. Leur vin est clair et âpre, leur huile est parfumée, mais elle rancit vite.

— Quelle langue parlent-ils ?

— Point la nôtre ni la vôtre.

— On m'a décrit des gens pareils sur les côtes de Canaan. Les crois-tu dangereux ?

— Leur intérêt le leur interdit ! rétorqua Ramsès avec un grand éclat de rire. Mais je voudrais savoir d'où ils viennent et quel est leur nombre.

Mais cela, le Babylonien l'ignorait.

Au dessert, un fracas de cymbales annonça un spectacle. C'était les sempiternelles danseuses, mais, cette fois, elles exécutèrent des tours acrobatiques, sur les épaules les unes des autres. Elles n'avaient pas quitté la scène qu'arrivèrent des danseurs, qui en firent de même, cependant que les musiciens entretenaient la tension par un frémissement de tambourins et de sistres. Puis danseurs et danseuses mélangèrent leurs tours et, raffinement nouveau, s'accrochèrent à des cordes pendues au plafond, croisèrent leurs balancements et finirent par échanger leurs cordes d'un bond audacieux. L'exemple d'Imadi avait décidément essaimé, et tout cela était placé sous la régie de Setherkhepeshef, qui arborait une mine triomphante. Les sourires du pharaon et des dîneurs, puis leurs applaudissements, récompensèrent sa fatuité. Telle était donc

---

1. Il s'agit des Peuples de la Mer, qui devaient envahir l'Égypte un demi-siècle après la mort de Ramsès II. Les Pelesets (parfois dit Phélepets) étaient les Philistins, les Tjékers étaient peut-être des navigateurs partis de Crète. Bien que leurs origines demeurent incertaines, ces peuplades auraient fait partie de la grande vague indo-européenne qui déferla sur l'Europe après la dernière glaciation, et dont un ou plusieurs groupes auraient fait escale en mer Égée.

la métamorphose de celui qui avait siégé, il n'y avait pas si long-temps, comme juge suprême de la Grande Maison !

Après ces divertissements, les convives gagnèrent les jardins et Khaemouaset retrouva son frère Meryrê.

— C'est donc toi qui conduiras la princesse jusqu'ici, me dit-on ?

— Je ne t'ai jamais celé mes ambitions, répondit Meryrê, goguenard. Les travaux de terrassement ont déjà commencé.

— Quels travaux de terrassement ?

— Les sapeurs hattous aplanissent les défilés entre les montagnes pour que la princesse puisse quitter Hattousas sans être trop cahotée ! Imagine que son chariot verse dans un ravin ! C'en serait fait de notre alliance avec Hattousil ! Mais ce n'est rien comparé à ce que nous faisons. Imagine que l'on construit quatre relais depuis Djahy[1], près de nos garnisons, pour que la princesse et sa suite puissent y passer confortablement la nuit.

Khaemouaset et son fils écoutaient, médusés ; Meryrê poursuivit :

— L'escorte qui l'accompagnera depuis Oupi ne comptera pas moins de mille deux cents hommes, cavaliers, conducteurs de chars et fantassins.

— Mais quel est le sens de ces déploiements ?

Meryrê vérifia que personne alentour ne pouvait l'entendre et dit d'une voix basse et facétieuse :

— N'as-tu pas compris ? Ousermaâtrê Setepenrê est en train de gagner la bataille de Qadesh.

— Quoi ? Je ne comprends pas...

— Il a obtenu le tribut suprême du roi des Hattous : sa fille aînée.

C'était confondant de cynisme. Mais le raccourci de Meryrê frappa Khaemouaset comme un caillou : il étincelait de vérité. La déroute de Qadesh blessait Ramsès dans son orgueil, telle une brûlure jamais cicatrisée. Le *Poème* de Pentaour et les stèles mensongères n'avaient été que des pansements superficiels. Le pharaon savait bien ce qu'en pensaient les militaires et surtout les princes d'Asie, qui avaient assisté à la retraite des troupes de To-Méry. Seule l'offre, sinon l'offrande, de la princesse par son père Hattousil, hommage réservé aux vainqueurs, pouvait guérir la

---

1. La Syrie.

plaie secrète. Tous les efforts de Ramsès depuis des années, y compris la duperie de la sécheresse interrompue grâce à sa prière à Seth, avaient tendu à enlever le trophée suprême qu'était la fille de Hattousil.

— Il faut quand même admirer sa persévérance, murmura Khaemouaset.

Puis il regagna ses appartements, car la journée suivante serait éprouvante.

Elle le fut, en effet. Pour des raisons psychologiques autant que physiques.

Le caractère artificiel de ce deuxième jubilé contrariait secrètement le grand-prêtre Khaemouaset ; il lui apparaissait comme une façon de forcer la main aux dieux.

Puis l'obstination de Ramsès à masquer la défaite de Qadesh éclairait désagréablement sa duplicité, déjà révélée par la duperie de la prière à Seth.

Enfin, la lente mais indéniable dégradation physique de son père serrait le cœur de Khaemouaset. Ce masque crispé au-dessus d'un corps usé par l'insidieuse progression d'un rhumatisme général particulièrement féroce disait trop bien la vérité de l'homme : Ramsès ne subsistait plus que par la volonté d'affirmer aux yeux du monde sa suprématie absolue. Et aussi par les drogues.

Quatre hommes, cette fois-ci, avaient dû aider le pharaon à s'allonger sur le lit, pendant le rite de la renaissance. Et nul n'eût alors pu nier que l'échine du pharaon se voûtait et qu'elle était impossible à mettre à plat. Aussi l'un des prêtres s'élança-t-il hors du saint des saints, au défi des rites, pour se procurer un appuie-tête, pendant qu'un autre soutenait de ses mains la tête à la flamboyante chevelure rousse. Et les mêmes durent l'aider à se relever et affermir sa posture.

Enfin, l'évidence, affirmée au fil des années, que Ramsès était véritablement une incarnation de Seth troublait plus que tout le grand-prêtre de Ptah. Seth était la destruction. Et ni ce qui subsistait de tendresse filiale ni le respect dû au dieu incarné n'atténuaient le malaise de Khaemouaset quand il pensait qu'il attirait la force divine sur le serviteur de la destruction.

L'épuisement lui tirait les traits quand il émergea du temple, devant la foule, pour annoncer l'accomplissement des rites.

Meryrê, Sekhemrê et Ipepi s'en avisèrent. Quand Khaemouaset quitta enfin le temple pour se rendre au banquet, dans les jardins du Palais, ils accoururent pour le soutenir. Ils ignoraient ce qu'il avait enduré, mais son expression parlait pour lui.

Et il faudrait recommencer tout cela à Apitou !

Toutes les épouses secondaires et leurs filles n'étaient pas des évaporées. Sekhemrê en avisa une, lors des déjeuners dans les jardins, qui retint son regard par ses gestes mesurés et sa voix calme ; tout en elle contrastait avec l'exubérance criarde de certaines autres. Ils croisèrent leurs regards une fois, puis commencèrent à les tisser. Ils se retrouvèrent au bord de l'un des étangs de nénuphars. Elle s'appelait Isishérou, « Aube d'Isis ».

À vingt-quatre ans, Sekhemrê avait eu une vie sentimentale chaotique. Marié à seize ans, il avait, l'année suivante, perdu femme et enfant : les couches, prématurées, avaient été fatales à son épouse et l'enfant était mort-né. La morosité le tint célibataire, sinon continent, jusqu'à sa rencontre avec une veuve. Ses parents s'alarmèrent d'une liaison sans lendemain, la dame ayant passé le temps de concevoir, ils se mirent en quête d'un parti. Mais aucun ne le séduisit : l'une était trop maigre, l'autre revêche et l'autre encore lui semblait sotte. Il tournait donc au vieux garçon.

La rencontre avec Isishérou le prit au dépourvu. Elle ne pouvait passer inaperçue des siens.

Son père les ayant vus ensemble de loin, Sekhemrê le prévint de sa rencontre. Isishérou avait près de deux ans de moins que son prétendant, et ses qualités séduisirent aussi Khaemouaset. Convoquée par le grand-prêtre, la mère accourut, visiblement ravie de la bonne fortune qui arrachait sa fille à la morne tribu des favorites d'un soir.

— Grand-prêtre, confessa-t-elle, ma fille n'aura pas de dot.

— Si fait, elle possède le charme qui a convaincu mon fils.

Elle fut alors, ou se déclara, éperdue de bonheur. Mais peut-être ignorait-elle sincèrement que la cassette royale pourvoyait aux besoins des jeunes filles qui épousaient des descendants directs du pharaon.

— Mais elle vivra à Hetkaptah, précisa Khaemouaset.

— Puis-je avouer qu'elle sera heureuse de quitter Pi-Ramsès ?

— Comment cela ?

— Grand-prêtre, le Palais est un lieu de délices pour les hommes.

Khaemouaset sourit. L'ancienne concubine ne s'exprimait que par allusions, et c'en était assez.

Le mariage serait célébré au retour d'Apitou, mais à Hetkaptah.

Sekhemrê prit la main d'Isishérou. Khaemouaset fut consolé de ses tourments.

Le contrat de mariage fut rédigé par Ipepi. La cérémonie eut lieu au temple. La fête fut célébrée dans la maison du grand-prêtre, qui regorgea de fleurs bleues. Les chanteuses furent attendrissantes. Il n'y eut pas de danseurs ni de danseuses. Hatha, que ces noces émouvaient sans qu'on sût pourquoi, offrit à la mariée un scarabée de turquoise monté en bague. Puis les nouveaux époux prirent leurs quartiers au Palais. Khaemouaset avait obtenu que l'un des appartements princiers, désormais déserts, fût réservé au petit-fils du monarque, aussi loin que possible de ceux d'Isinofret.

Celle-ci avait été invitée à la fête, mais n'avait pu s'y rendre, car elle était souffrante, disait-elle. Le soir, Nekhbet-di, riant sous cape, confia à son époux, sous le sceau du secret, que Hatha avait convoqué un magicien pour protéger le mariage de Sekhemrê et d'Isishérou. Peut-être les sortilèges avaient-ils tenu la Grande Épouse à l'écart. Après tout, c'était de bonne guerre, puisqu'elle avait elle-même usé de sortilèges, et pas pour une cause généreuse.

27

Mensonges éternels et parodies d'un soir

L'Orient tout entier résonna du fracas annonciateur des nouvelles noces d'Ousermaâtrê Setepenrê.

Les dieux mêmes s'en étaient mêlés, annoncèrent ceux qui faisaient profession d'être bien informés, à la satisfaction secrète des prêtres, mages, prophètes et thaumaturges de tout poil.

Un nuage avait cependant flotté au-dessus de l'idylle la plus prodigieuse de toutes les mémoires.

Le grand roi des Hattous, Hattousil, siégeant dans sa forteresse imprenable de Hattousas, s'était alarmé d'envoyer sa fille bien-aimée Bentarourou vers le lointain pays de To-Méry, alors que les neiges et les frimas de la saison froide étaient proches. Alors Sa Splendeur suprême Ousermaâtrê Setepenrê avait rassuré Hattousil. Une fois de plus, il avait supplié son père Seth de suspendre les rigueurs de l'hiver et de dispenser les clémences de l'été sur le monde.

Ainsi en avait-il été, à l'abasourdissement renouvelé des Hattous. Et le fastueux cortège de la reine Poudoukhépa et de sa fille avait-il pu descendre des montagnes vers les pays de la Grande Verte. Le nuage avait été dissipé.

Cet homme était vraiment le dieu Baâl incarné ! Il commandait aux saisons ! Trois ans auparavant, il avait fait tomber les pluies sur le pays des Hattous, affligé par une longue sécheresse et désormais rendu à la prospérité. Et voilà qu'il les retardait pour permettre à sa future Grande Épouse de voyager sous un ciel serein.

Les ambassadeurs d'Ousermaâtrê Setepenrê auprès des rois et des princes d'Asie se firent évidemment l'écho de ces merveilles, exaltant la puissance et la bonté de leur maître.

À vrai dire, la trêve dans l'ordre des saisons n'avait pas été parfaitement respectée par les autorités célestes, car lorsque la reine et sa fille arrivèrent à Qadesh, une belle averse les contraignit à y prolonger leur halte. Mais il eût fallu avoir l'esprit bien chagrin pour y trouver motif à contester l'omnipotence du roi de To-Méry, et surtout celle de son protecteur, Seth.

Toujours fut-il que les gens de Kizzouwadna, de Karkemish, de Moukish et de Noukashtché[1] furent stupéfaits par l'ampleur du cortège militaire et des cadeaux que Hattousil envoyait à son ancien ennemi et futur gendre : des troupeaux de gros et de petit bétail, des chevaux, des serfs, des chars… Quand on pensait que ces deux hommes s'étaient, quelques décennies auparavant, exécrés comme chien et chat !

Enfin, après avoir traversé Canaan et longé la mer, la reine et sa fille arrivèrent au premier poste-frontière de To-Méry, où elles furent accueillies à son de trompe par le prince Meryrê et le général Menna. Là, Poudoukhépa confia officiellement sa fille au prince et, après un banquet, regagna son pays, sans bénéficier évidemment des mêmes douceurs climatiques qu'à l'aller.

Après cette étape, le prince Meryrê présenta à la princesse Bentarourou le véhicule de voyage spécialement conçu pour elle : un long char de bronze dont l'intérieur était lambrissé de cèdre et équipé de trois sièges, dont deux pour ses premières dames de cour ; une tente à rideaux protégeait des rigueurs du ciel et des vents chargés de poussière. Le reste du cortège voyagerait comme il était venu, dans des chariots. L'escorte militaire hattoue se mêlait désormais à celle des soldats de Sa Majesté. On était loin des empoignades de Qadesh.

Enfin, la princesse entra dans Pi-Ramsès et put jouir du spectacle magnifique des temples, des jardins et des statues de la ville nouvelle construite par son futur époux. S'étant rafraîchie après une halte dans le palais qui lui avait été réservé, elle rencontra enfin l'homme que les dieux lui avaient destiné.

---

1. Régions correspondant aux territoires qui s'échelonnent depuis les monts Taurus, en Turquie actuelle, jusqu'à la frontière de l'Égypte.

Ce fut par un matin de la saison froide, dans la grande salle d'audiences du nouveau palais, décorée de carreaux de faïence turquoise et garnie d'une profusion de nénuphars bleus. La cour était assemblée autour d'une estrade sur laquelle Ramsès occupait l'un des deux trônes dorés. Quatre porteurs d'éventails en plumes d'autruche agitaient doucement ces ornements du pouvoir. Deux harpistes égrenaient une mélodie au rythme ample et solennel. Puis des crotales[1] crépitèrent. La mélodie s'accéléra soudain, des tambourins et des sistres résonnèrent et la princesse fit son entrée, suivie de ses dames de cour.

Vêtue d'un fourreau de soie pourpre, d'une cape de la même couleur, doublée de fourrure blanche, retenue sur ses épaules par une large chaîne d'or, les pieds chaussés de bottines d'agneau garnies de pierreries et le front ceint d'un bandeau d'or où brillaient des cabochons rouges, elle traversa d'un pas solennel, avec un léger dandinement, le vaste espace qui menait jusqu'au trône. Un tapis bleu lui indiquait le chemin. Elle s'arrêta à cinq pas du trône, à la fois altière et provocante, sous les regards fascinés de la cour. Bouche sanglante, œil charbonneux, elle leva les yeux vers le pharaon, avec une assurance pimentée de défi. Il la considéra un instant. Puis il se leva, descendit de son trône, se dirigea vers elle et lui tendit la main. Après un retard infinitésimal, mais significatif, elle détacha son bras droit du corps et tendit à son tour la main au pharaon, avec un abandon calculé.

— Bienvenue à la fille d'Ishtar et de Baâl ! s'écria-t-il d'une voix retentissante. Le roi et son royaume t'attendaient et te souhaitent la bienvenue et la félicité suprême.

Il la conduisit vers l'estrade et l'invita à prendre place près de lui. Une fois assis, ils firent face à la cour, au monde, aux dieux eux-mêmes. Exaltés jusqu'à la fiction, ils semblaient près de se dématérialiser. Les chœurs graves des chanteuses s'élevèrent, pour célébrer le jour faste à jamais de l'union divine d'Ousermaâtrê Setepenrê et de la fille du Soleil.

Le grand-prêtre de Seth entra alors, suivi de deux collègues, et s'arrêta devant l'estrade pour réciter les louanges du fils dans lequel le père divin se réjouissait.

---

1. Castagnettes d'ivoire.

Le nom de la princesse n'avait jusqu'alors pas été prononcé une seule fois. Ramsès appela le vizir, qui appela lui-même le premier scribe et, quelques moments plus tard, le premier échanson apporta deux gobelets d'or au couple royal. Le roi divin et la princesse hattoue y trempèrent cérémonieusement leurs lèvres. Puis le pharaon annonça le nouveau nom qu'il avait choisi pour Bentarourou : Maât-Hornéférourê, « Celle qui voit Horus incarnation de Rê ». Les acclamations jaillirent.

Des messagers s'élancèrent discrètement pour prévenir les sculpteurs qui attendaient devant la grande statue du pharaon et graveraient incontinent le nom de la Grande Épouse dans le cartouche demeuré vide.

Le couple merveilleux descendit l'estrade et, suivi du grand-prêtre de Seth, se dirigea vers la vaste place aux six obélisques où le jubilé avait été célébré, afin d'y faire un sacrifice au dieu, sur l'autel érigé pour la circonstance.

Mystérieusement, Ramsès avait requis que le grand-prêtre de Ptah à Pi-Ramsès, qui n'était donc pas Khaemouaset, célébrât également un sacrifice à ce dieu. Pourquoi ce choix ? se demanda Khaemouaset, d'autant plus intrigué qu'il n'avait pas été consulté. Et pourquoi pas Amon ? Quoi qu'il en fût, le mariage d'Ousermaâtrê Setepenrê et de Maât-Hornéférourê était officiel en cette trente-quatrième année du règne immortel.

Vers la première heure après midi, les festivités commencèrent. Un banquet avait été organisé dans les jardins.

Mais dès lors, la vie tout entière n'était censée être qu'un long banquet.

✤

Prié à Pi-Ramsès par le vizir Khaÿ pour l'érection des statues royales, Khaemouaset avait donc assisté à l'arrivée de la princesse hattoue. Cette fois, Nekhbet-di avait cédé à la curiosité, de même que Hatha, et toute la famille, Sekhemrê et son épouse compris, s'était donc installée dans les appartements réservés au grand-prêtre, maître des Jubilés.

— Les médecins ont fait merveille, confia Sekhemrê à son père, quand ils purent goûter enfin un moment de solitude et de silence dans leurs quartiers. Les massages d'onguent au suc de pavot ont fait disparaître ses douleurs et les étirements l'ont un peu redressé. Pariamakhou est vraiment un maître ! Le roi semblait parfaitement à l'aise. C'est tout juste s'il a dû, à deux ou trois reprises, prendre appui sur son sceptre quand il est descendu du trône.

— Mais le visage aussi semblait plus reposé et plus coloré, observa Khaemouaset.

— Des pâtes rubéfiantes et un peu de fard ont fait l'affaire. Mon divin grand-père est reparti pour un tour.

Khaemouaset hocha la tête. Il restait sous le coup du double sacrifice à Seth et à Ptah. Il connaissait assez son père pour savoir que celui-ci ne faisait rien au hasard et que le choix de Ptah correspondait à un calcul.

— Parlant de fard, la princesse, elle, était peinte comme une poterie ! Je comprends qu'elle ait évité la pluie ! lâcha Nekhbet-di.

Sa bru Isishérou pouffa. Leurs regards avaient percé les atours magnifiques et débusqué la vérité physique : une fille point si jeune, vingt ans passés, et grassouillette.

— Bon, maintenant le vin est tiré, il faut le boire, dit Hatha.

Par égard pour les oreilles de la jeune Sechen, ils évitèrent de soulever un sujet délicat : l'expérience de Maât-Hornéférourê. À coup presque sûr, elle n'était ni en puissance de mâle ni mère, sans quoi le pharaon eût été gravement offensé, mais, à son âge, il était douteux qu'elle fût une naïve tourterelle.

Puis chacun se retira dans sa chambre pour la sieste avant les bains.

Parvenues avec les nourrices à la grande piscine des femmes, double de celles de Ouaset et de Hetkaptah, Nekhbet-di et Hatha parcoururent les lieux du regard pour vérifier le constat déjà fait la veille : aucune des Grandes Épouses n'y était présente ; il n'y avait là que les autres filles du pharaon et des épouses et filles de fonctionnaires. De fait, Merytamon, Bent Anât, la princesse de Babylone et toutes les épouses secondaires avaient été priées de gagner Hetkaptah avec leurs progénitures et leurs suites pendant le mois des cérémonies. Ramsès avait veillé à ce que la vue d'aucune rivale n'offensât les yeux de celle qui représentait pour lui le trophée suprême. Il connaissait assez les femmes ; un seul regard assassin pouvait agiter des humeurs fâcheuses. Et tout risque de crêpage de perruques était hors de question, fût-ce entre les dames de cour ou les domesticités.

Précaution ultime : Maât-Hornéférourê séjournerait dans le nouveau palais, spécialement érigé pour elle, loin des servitudes de la cour et du Palais des Femmes.

La rumeur caqueteuse des baigneuses porta sur le luxe sans précédent des appartements de l'élue, les dalles fleuries de ses chambres, les draps de lin parfumés, les robes qui, dans les placards, attendaient par dizaines le caprice de la nouvelle Grande Épouse…

Le premier et le plus illustre cocu de ces noces fut évidemment Ourhi-Teshoub, jadis Moursil le Troisième, cousin de la nouvelle Grande Épouse. Lors d'une entrevue orageuse, qui eut lieu dès l'entrée de la princesse Bentarourou sur le territoire du royaume, le vizir Khaÿ avait fait comprendre à l'ancien prétendant, en termes diplomatiques mais non moins fermes pour autant, qu'il devrait déguerpir sur-le-champ de Pi-Ramsès. Le Hattou tempêta, mais l'évidence l'emporta : si jamais il se trouvait en présence de la nouvelle Grande Épouse, Ourhi-Teshoub risquerait d'être insulté publiquement et ne pourrait riposter, sauf à injurier celle-ci, crime de lèse-majesté passible de la peine de mort. Moyennant compensation financière, il fut donc exilé avec sa suite au palais de Hetkaptah, quitte à en être évacué derechef s'il prenait à son illustre cousine la fantaisie de visiter cette ville.

Les courtisans se gaussèrent. Ramsès s'était servi du Hattou comme d'un domestique et, l'ayant pressé comme un citron, le jetait à la poubelle. Quelques-uns craignirent qu'il fanfaronnât, mais l'instinct de conservation prévalut sur la fierté. L'ancien prétendant au trône des Hattous s'esquiva à l'aube avec armes et bagages.

Il avait déjà évité la cour depuis que Hattousil avait fait savoir qu'il consentait à donner la main de sa fille au pharaon, car les ambassadeurs hattous n'eussent pas vu d'un bon œil que ce fanfaron poursuivît ses jactances sur l'usurpation de son trône par un oncle félon. Il eut une fois de plus l'occasion de constater les inconstances de la fortune et la hargne de Baâl-Seth à l'égard des faibles. Bien peu, en effet, furent ceux et celles qui le suivirent dans son exil : quelques courtisans étiques, qui n'avaient rien de mieux à se mettre sous la dent, deux rejetons en bas âge et trois concubines qui ne concubinaient plus avec personne.

Comme dit le proverbe, quand le pauvre n'a plus rien, les poux trouvent toujours quelque chose à lui prendre.

Le mois des festivités nuptiales n'était pas achevé que Khaemouaset, vérificateur des inscriptions et intendant des images du pharaon, se trouva chargé d'une nouvelle tâche : le roi désirait ériger des stèles dans les Deux Pays pour immortaliser son mariage avec la fille de Hattousil. Il en voulait à Méha, à Apitou, à Khnoum, dans le Haut Pays et le pays de Koush… Il avait commencé à en dicter le texte au premier scribe et le grand-prêtre devrait en vérifier les diverses versions destinées à chaque stèle.

Khaemouaset avait aspiré à retrouver le calme de sa maison de Hetkaptah ; il dut y surseoir et laissa donc les siens regagner le foyer. Il eut d'autres raisons de déchanter. L'enflure pompeuse et la présomption effrénée qui l'avaient choqué dans le *Poème* de Pentaour se retrouvaient dans les textes royaux et atteignaient leur pinacle :

> *Ici commence ce monument impérissable, destiné à célébrer la force du Maître du bras, à exalter sa vaillance, à louer sa puissance. Ce monument évoque les grandes et mystérieuses merveilles advenues au Maître des Deux Terres, Rê en personne, plus que toute forme divine, et à qui, à peine mis au monde, la vaillance a été impartie…*

Tel était le début du texte. Khaemouaset en demeura pantois. Son père se présentait donc comme supérieur aux divinités émanant de Rê. Avait-il perdu la raison ? Et aucune correction ni altération ne pourraient être apportées : elles seraient simplement ignorées et la charge de vérificateur des textes serait abolie d'un trait de roseau.

La suite était de la même farine :

> *Il est la semence divine de toute forme divine. Il a été mis au monde par toute déesse. Il a été élevé pour le Bélier, maître de Mendès, dans la grande demeure de On. Ramsès, Image-de-Rê, symbole de Celui-qui-réside-à-On. Lui dont les chairs sont de l'or,*

les os d'argent, les membres de lapis-lazuli, fils de Seth, nourrisson d'Anât...

Outre les éloges éperdus que le pharaon se décernait, le chambard inconcevable introduit dans l'histoire des dieux déconcerta le grand-prêtre de Ptah. Cela défiait le sens : comment le pharaon pouvait-il être à la fois le fils de Rê et d'Anât ? Pareil couple n'avait jamais existé ! L'expression de Khaemouaset devait être tellement convulsée qu'Ipepi s'en inquiéta :

— Maître, mon prince, tu vas bien ?

Les doigts du grand-prêtre laissèrent échapper le papyrus, qui roula par terre. Ipepi le ramassa et en lut les premières lignes. Il comprit l'émotion de son maître. Mais aucune parole ne pouvait compenser le vertige causé par ces débordements de vanité.

Après avoir croisé le regard navré de son scribe, Khaemouaset reprit sa lecture :

Lui à la vue de qui tous les êtres jubilent, sa vigueur est pour son peuple comme l'eau et l'air, son amour comme le pain et son vêtement est l'orbe solaire de To-Méry tout entier. Les Deux Terres s'unissent comme un seul homme pour dire à Rê, lorsqu'il se lève : « Donne-lui l'éternité dans la royauté, pour qu'il brille pour nous chaque jour, comme toi. Accorde-lui qu'il se renouvelle sans cesse, comme la lune, et qu'il prospère comme le ciel... »

— Fais-moi apporter, je te prie, un gobelet de vin coupé d'eau, murmura le grand-prêtre.

Il suspendit sa lecture et la même question ressurgit : Ramsès avait-il perdu la raison ? L'œuvre destructrice de Seth avait-elle commencé ? Le pire désastre s'était-il abattu sur les Deux Terres ? Le vin clair fit son effet et le regard de Khaemouaset traîna sur le reste du papyrus et en arriva à la rencontre des futurs époux à Pi-Ramsès :

Sa Majesté vit qu'elle était belle : la première parmi les femmes, et les grands du royaume la considérèrent comme une réelle déesse.
Voyez, c'était un événement majeur et inouï, un prodige incommensurable comme en n'en avait jamais connu, et comme les écrits n'en avaient pas enregistré depuis le temps des dieux : la fille du grand souverain du Hatti entrant dans To-Méry pour rencontrer Ramsès Meryamon...

Et là, Khaemouaset tiqua :

Elle fut plaisante au cœur de Sa Majesté, qui l'aima plus que tout. Elle représentait pour lui un événement d'immense importance, une victoire que son père Ptah-Taténen lui avait ménagée[1]…

Qu'est-ce que Ptah-Taténen venait faire dans cette histoire ? Comment celui qui avait été fils d'Amon, puis qui s'était présenté dans ces inscriptions délirantes comme fils de Seth, pouvait-il être maintenant fils de Ptah ?

Khaemouaset secoua la tête avec exaspération et Ipepi en fit de même. Ce texte défiait tout l'enseignement des cultes. Et il serait exposé, gravé dans la pierre, dans une demi-douzaine de temples du Haut et du Bas Pays !

🪶

Mais Khaemouaset n'était pas au terme de ses surprises. Deux jours plus tard, Ramsès le convoqua. L'œil cerné par ses efforts amoureux et la lippe avantageuse, il demanda :

— As-tu lu les textes que je t'ai fait soumettre ?

— Oui, père divin.

— Bien. Donc tu les as approuvés. Maintenant, je veux que tu rédiges toi-même un texte pour témoigner de mon adoration de Ptah. N'es-tu pas, Premier prophète, l'homme le plus apte du royaume pour cela ?

— Je te remercie de ta confiance, père divin.

— Tu sais l'immense faveur que Ptah m'a faite quand il a provoqué le séisme dans le Haut Pays ?

Khaemouaset allait béer ; il retint sa mâchoire. La catastrophe qui avait détruit l'une de ses statues et endommagé une autre était donc un signe de la générosité divine. Ramsès poursuivit :

— L'avais-tu compris ? Ptah-Taténen m'a adressé un signe pour m'indiquer que Seth avait exaucé mes prières et infligé une terrible sécheresse aux Hattous. Il m'a annoncé l'événement extraordinaire qu'a été l'arrivée de Maât-Hornéférourê.

Ramsès avait-il donc oublié sa détresse lorsque, accompagné de Meryrê, il était allé constater les dégâts causés par le séisme ?

---

1. Texte authentique.

Assommé par l'impudence pyramidale de l'affabulation, Khaemouaset ravala sa salive. Ce qu'il entendait eût pu faire perdre la raison à des âmes moins bien trempées que la sienne.

— Je veux que tu me désignes sous le nom du Seigneur-des-fêtes-Sed-comme-son-père-Ptah-Taténen. M'as-tu entendu ?

— Oui, père divin.

— Fais vite. Cette stèle sera dressée à Méha, à Ouaset et dans maints autres temples du royaume.

— Oui, père divin.

— Voilà. Que Ptah veille sur ton roseau.

Sur cette recommandation à double sens, qu'on entendait plus souvent dans la bouche des cabaretiers que dans celle d'un pharaon, Ramsès donna congé au grand-prêtre.

Celui-ci regagna ses appartements dans un état proche de l'égarement. Ipepi s'empressa :

— Que puis-je faire pour alléger ton cœur, mon maître ?

— Écris sous ma dictée.

Ipepi alla chercher un papyrus vierge et le fixa sur la table à l'aide d'une lampe. Puis il déboucha l'encrier et tira le calame de son oreille. Mais le texte énoncé par le grand-prêtre fut tellement outrancier que le scribe leva des yeux incrédules vers Khaemouaset.

— Oui, tu as bien entendu. Écris.

S'il fallait danser avec Seth, eh bien, l'on danserait ! Et l'enflure volontaire des paroles destinées à être gravées dans la pierre dépassa les limites du bon sens. Ce soir, les dieux s'esclafferaient.

Et ils ne seraient pas les seuls.

Sur l'ordre de son maître, Ipepi s'était procuré deux perruques ordinaires. Et les deux hommes quittèrent discrètement le Palais à l'heure où un banquet, un de plus, étalerait sur les tables les mets les plus fins, où les échansons verseraient avec des gestes soyeux des vins fermentés dans les gobelets à liseré d'or, où le pharaon débiterait des galanteries prometteuses à une princesse hattoue conquise de haute lutte.

— Connais-tu le chemin de La Fortune de Nephtys ? demanda Khaemouaset.

— Oui, maître, répondit Ipepi, l'œil malin.

— Et un estaminet où nous pourrions manger quelque chose ?

— Oui, maître.

Ce fut ainsi que le grand-prêtre et son scribe dînèrent inco-
gnito de galettes de blé garnies de miettes de mouton et d'oignon
haché. Point de domestiques pour leur tendre un bol d'eau parfumée et des serviettes de lin et, pour boisson, un vin ordinaire
dans des gobelets de terre cuite.

— J'ai besoin d'un peu de réalité, expliqua Khaemouaset.

— Je l'avais compris, maître.

— Les dieux ont donné la parole à l'homme pour dire la
vérité, il s'en est servi pour dire le mensonge.

— Tu m'as dit un jour, maître, que la parole est une arme. J'en
ai conclu que le pouvoir s'en sert pour accroître ses possessions.

Tout en mâchant sa dernière bouchée de galette, Khaemouaset considéra son scribe. Silencieux comme un cobra, vif comme
une alouette, vigilant comme un épervier, il savait également rire ;
Ipepi était un fils spirituel parfait.

— Tu es plus endurant que moi, dit Khaemouaset.

— Je n'y ai aucun mérite, maître. La poutre maîtresse subit
plus de poids que le roseau. Je plie dans le vent, mais, toi, tu
menaces de craquer si le poids est trop lourd.

C'était dit simplement : le pouvoir était une affliction. Mais qui
ne le savait ?

Quand ils parvinrent à La Fortune de Nephtys, une agitation
anormale y régnait. Un homme pleurait sur l'épaule du tenancier,
un autre vitupérait un inconnu qu'il appelait le plus grand men-
teur du royaume. Renseignements pris, il apparut que le scribe
Pentaour, auteur du fameux *Poème* racontant la fausse bataille de
Qadesh, était mort brusquement dans les lieux une heure auparavant et l'on avait ramené sa dépouille chez lui. Le tenancier pro-
posa d'annuler le spectacle de danseuses en hommage à son
client le plus généreux, mais un tollé le contraignit à changer
d'avis.

Khaemouaset et Ipepi observèrent ces remous en buvant leur
vin. Puis un client s'avança au milieu de la salle et chanta en se
tortillant, d'une voix de fausset :

Tes paroles, ô mon bien-aimé, étaient douces comme le miel,
mais quand tu es parti,
j'avais la bouche amère.
Tes mains sur mon corps étaient des tourterelles
Mais quand tu es parti,

289

Mon corps était couvert de fientes.
Ta bouche, ô mon bien-aimé, était comme un abricot,
Mais quand tu es parti,
Je n'avais qu'un noyau dans ma bouche.
Ah, qui me donnera du vrai miel, du baume et de vrais abri-
cots ?
Ce n'est pas mon bien-aimé,
Car c'était un voleur !
Si vous le revoyez, ne me le ramenez pas !

La salle se tordait de rire et, quand il eut achevé sa parodie de chanson d'amour, le faux chanteur se vit offrir maints gobelets de vin. Telle fut l'oraison funèbre du scribe Pentaour. Et ainsi fut guéri le trouble du grand-prêtre Khaemouaset. Ipepi et lui ne se décidèrent à regagner le palais qu'après l'heure habituelle à laquelle s'achevaient les banquets.

Néanmoins, quelques fêtards traînaient encore dans les jardins, un gobelet dans la main.

28

Une fable est aussi importante
qu'une victoire militaire

L a grosse tête de bélier en bois, au-dessus de la proue, semblait hocher sentencieusement dans les embruns, au-dessus de la houle, l'air de dire : « J'en ai vu d'autres. » La grand-voile rectangulaire de la *Gloire d'Amon*, un bateau de quatre-vingts coudées de long et seize de large, avait été orientée de biais, pour naviguer au plus près, étant donné la force du vent, mais elle claquait quand même dans les bourrasques. Dans le tangage et le roulis combinés, les puissantes planches de cèdre de l'embarcation craquaient à qui mieux mieux, cependant que les claies entourant la coque chuintaient et gémissaient dans les vagues. Là-haut, dans sa nacelle, au sommet du mât unique, la vigie ballottait. Tous muscles tendus, les deux pilotes sur la plateforme arrière s'échinaient à maintenir les deux grandes pagaies qui orientaient le bateau ; un courant fort et malin s'obstinait, en effet, à leur faire manquer la côte de la Crète, chatoyant à quelque deux mille coudées, sous un ciel limpide. Mais, au bout d'une heure, enfin, le bateau entra dans une anse où la houle était moins rétive. Le roulis se réduisit à un balancement plus doux, presque féminin. Le capitaine fit de nouveau ajuster la voile pour réduire la vitesse. Il accosta en douceur, parmi des dizaines de bateaux, les uns ancrés dans le port, les autres amarrés perpendiculairement au rivage. Les gens qu'on voyait là-bas grandirent peu à peu, et la *Gloire d'Amon* aborda le quai de grandes pierres

291

taillées. Quand il fut parvenu à quelques coudées de distance, un matelot lança des cordes que des haleurs saisirent et enroulèrent autour de deux gros pitons scellés dans le quai. Par le jeu des cordes, ils orientèrent l'embarcation poupe contre le quai. D'autres matelots précipitèrent par-dessus bord une grosse pierre cylindrique, en guise d'ancre. Une planche jetée sur la plateforme des pilotes, à la poupe, servit de passerelle, et le scribe de bord la franchit allègrement. Quatre jours de mer, même si ce n'était pas la plus agitée qu'on eût vue, préparaient amplement au plaisir de fouler la terre ferme. Après avoir salué cordialement les indigènes dans une langue que le capitaine ne parvenait toujours pas à maîtriser, le scribe s'écarta pour vider sa vessie.

La tête de bélier contempla le large avec un sourire philosophique.

Pendant ce temps, les matelots retiraient les toiles de chanvre qui protégeaient la cargaison. Le navire n'étant pas ponté, les Crétois plongèrent leurs regards dans la cale, tentant d'inventorier les merveilles qu'apportaient ces gens de To-Méry. Un homme vêtu d'une robe de grosse toile, barbe carrée et chevelure nouée dans le dos, une longue dague dans un fourreau de cuir attachée à la ceinture, s'avança alors vers le scribe. Le capitaine le connaissait : il s'appelait Phalp et semblait être le fournisseur des chefs de tribu que personne n'avait encore vus.

— Bonne traversée ?

— Un peu rude, comme d'habitude.

— Mais pas dangereuse avec un navire à quille, comme le vôtre. C'est au printemps et au début de l'hiver que la mer l'est vraiment. Que nous apportez-vous, cette fois-ci ?

— Du lin, des onguents, des parfums, un peu de verrerie et, si tu en as les moyens, des défenses d'éléphant.

— Tu en as trouvé ?

— Deux paires. Mais tu connais le prix.

Le Tjéker soupira. Oui, il connaissait le prix : vingt jarres du meilleur vin la paire de ces cornes prodigieuses dans lesquelles les gens de son peuple sculptaient des manches de dagues, des idoles, des bijoux.

Le capitaine et les huit hommes de l'équipage attendaient le résultat des échanges et l'accord, qui se concluait toujours par le choc ferme du plat des deux mains droites ; ils étaient impatients d'aller s'attabler dans la seule auberge du port, de boire du vin corsé et âpre de l'île et de se régaler de poisson frit. Depuis leur départ de To-Méry, ils avaient vécu de galettes, de dattes, de figues et d'eau claire. Ils iraient ensuite se baigner dans l'eau froide du ru voisin, pour laver le sel qui poudrait leur peau, et reviendraient passer la nuit sur le bateau. Quant à se raser, ils attendraient le retour, car ces gens ne connaissaient pas les lames effilées de To-Méry.

Une vingtaine de Tjékers, dont des femmes et des enfants, observaient le marché à distance. À chaque débarquement, les matelots de Sa Majesté éveillaient toujours la même curiosité. Mais elle n'était pas vraiment réciproque. La difficulté de la langue mise à part, les gens de la Crète étaient trop différents, trop frustes, pour inspirer le désir d'échanges sociaux. Lors d'un voyage précédent, l'équipage en avait vu quelques-uns pris de boisson et s'était alarmé : pour un gobelet de trop, les Tjékers devenaient sauvages, agressifs et braillards. Les femmes n'étaient guère plus attirantes, en dépit de leurs cheveux jaunes, singularité pourtant prisée ; leurs manières étaient rudes, et leurs jambes, tare impensable, poilues ; n'importe quelles villageoises de To-Méry leur eussent sans effort damé le pion en matière de séduction.

Et puis on ne savait pas la foi de ces gens. Des légendes de sacrifices humains couraient sur le compte des Tjékers comme des Pélésets de Kypros. Et nul n'était désireux de s'aventurer près des temples qu'on voyait sur les hauteurs. Si jamais ils étaient en quête d'une victime…

Les décomptes commencèrent donc : deux jarres d'huile pour une pièce de lin, trois jarres de vin pour un pot d'encens. Le scribe inscrivit les échanges sur une planchette de bois et en fit la lecture ; le Tjéker opina du chef et les marchandises vendues furent débarquées par les matelots et des débardeurs du port. Deux chariots tirés par des baudets arrivèrent alors, et les jarres de vin et d'huile furent chargées et arrimées au fur et à mesure dans la *Gloire d'Amon*. L'après-midi tirait vers le rouge. Quand l'équipage se fut rincé du sel – à tour de rôle, car le capitaine ne voulait pas laisser son bateau sans surveillance –, ils allèrent donc à l'auberge du port, en compagnie d'une demi-douzaine d'indigènes.

— Votre pays est décidément bien riche, déclara Phalp au scribe. Vous arrivez chaque fois avec des marchandises qui font rêver nos chefs et nos femmes.

— Il l'est. Quand tu verras nos plaines verdoyantes, fertiles et fourmillantes de gibier, nos lacs poissonneux, nos cités splendides et nos mines d'or, tu croiras être parmi les dieux. Quand tu verras nos femmes, tu souffriras les affres de mille désirs.

Phalp et ses amis ouvrirent de grands yeux.

— D'ailleurs, reprit le scribe, ceux d'entre vous qui ont abordé nos rivages ne veulent plus retourner chez eux.

— Je sais, je sais ! soupira Phalp en vidant son gobelet. Que de marins nous avons perdus !

Un de ses compagnons demanda :

— Mais si votre pays est si accueillant, vous devez être envahis ?

— C'est vrai qu'il y a beaucoup d'étrangers chez nous. Mais notre roi et notre armée nous protègent.

— Quelques-uns de ceux qui sont revenus nous ont raconté que votre roi est un dieu ?

— Les rois, chez nous, sont tous divins.

Un silence suivit cette information, puis quelques ricanements étouffés la commentèrent. Le capitaine et le scribe perdirent leur sourire.

— Vous êtes riches et votre roi est un dieu, dit l'un des Tjékers, un gaillard hirsute à peine dégrossi, s'adressant au scribe, mais nous, nous sommes les rois de la mer. Et nous sommes nombreux. Si nombreux que tu passerais ta vie entière à nous compter. Nous vous envahirons un jour ! Nous nous frotterons le cul avec vos parfums, et vos femmes, elles crieront de plaisir entre nos cuisses !

Phalp tenta de calmer le braillard et se fit rabrouer. Comme le capitaine l'avait craint, l'alcool avait une fois de plus altéré le comportement de leurs commensaux. Il fit signe au scribe de ne pas répliquer. Il avait l'expérience et l'horreur des querelles de matelots avinés. Il voulait ramener sa cargaison aux rivages de To-Méry sans plus d'encombre que les vagues d'une mer revêche. L'heure était venue de regagner le bord.

Phalp sourit finement :

— Notre ami a été séduit par tes descriptions, tu le vois.

— Quand il viendra dans mon pays, je lui offrirai un gobelet de notre bière, répliqua le scribe.

Le capitaine paya le repas frugal : trois anneaux de cuivre. Quand ils eurent regagné le bateau, il fit lever l'ancre et s'éloigna du quai à bonne distance avant de jeter l'ancre de nouveau. Assez loin pour qu'un Tjéker vindicatif fût déjà fatigué quand il arriverait à la nage jusqu'à la *Gloire d'Amon* et qu'un bon coup de gaffe sur le crâne lui fît perdre prise.

Ce fut sans déplaisir qu'à l'aube le capitaine donna l'ordre de hisser l'ancre et de desserrer la voile. Il était impatient de retrouver les doux rivages de To-Méry, et bénit dans son cœur le glorieux Ousermaâtrê Setepenrê qui protégeait le pays contre des sauvages tels que les Tjékers, les Pélésets, les Shasous et autres Shardanes.

La tête de bélier, elle aussi, semblait contente.

🖋

À la même heure, avant de quitter Pi-Ramsès, Khaemouaset relisait le texte qu'il avait dicté à Ipepi.

> *Je suis ton père parmi les dieux, de sorte que tes chairs sont celles du dieu. J'ai fait ma transformation en Banebdjedet. Je t'ai procréé dans ta noble mère, car je savais que tu serais un protecteur et que tu accomplirais de bonnes actions pour mon ka. Quand tu naquis au pays de Rê, je t'élevai devant les dieux...*

S'il s'était résigné à le composer, c'était parce qu'il espérait secrètement que ce texte servirait d'exorcisme contre Seth.

> *... J'ai provoqué des secousses* menmen *afin de t'annoncer le grand miracle sacré : le ciel a tremblé et ceux qui étaient présents se sont réjouis de ce qui t'advenait. Les montagnes, les eaux et les murs ont été secoués parce qu'ils ont vu le décret que j'ai pris pour toi. Les gens du Hatti seront les serfs de ton palais. J'ai gravé cela dans leurs cœurs, afin qu'ils avancent courbés devant ton ka, te présentant les tributs de leurs chefs et les leurs, ainsi que la princesse aînée, en hommage à la puissance de Ta Majesté...*

Suivait la liste des édifices dédiés par le pharaon à Ptah, y compris, bien sûr, le temple de Hetkaptah et ses ornements d'or et de pierres dures. Khaemouaset soupira. Le sort en était jeté. Et un grand-prêtre était encore plus asservi à la puissance royale qu'un simple paysan.

Mais surtout, une idée l'avait soutenu dans la rédaction de ce texte fallacieux.

Tout être humain a besoin d'une histoire pour vivre : la sienne. S'il ne la connaît pas, il l'invente. Si celle qu'il a inventée ne suffit pas à le conforter, il veut qu'un autre la lui raconte et qu'elle soit exaltante, qu'elle stimule l'énergie de sa tête et de son cœur. Il vivra ainsi selon l'image du récit.

Mais, pour un pharaon, il n'est pas assez que ses proches et lui croient à son histoire. Ne règne-t-il pas sur un peuple ? Alors ce peuple entier doit connaître son récit. La parole ne peut suffire ; elle s'envole dans le vent. Seul le mot gravé dans la pierre la plus dure garantira l'éternité et la véracité de ce récit.

Ainsi lui, Khaemouaset, offrait-il à son père le récit fondateur. Fils et grand-prêtre, il tendait au *ka* de son géniteur le gobelet du vin magique sans lequel ce *ka* s'étiolerait, tituberait et tomberait. Dans un acte suprême de piété filiale, il donnait vie à son père.

Grâce au récit qui serait inscrit sur la pierre des stèles, puis érigé dans les temples, Ramsès serait désormais assuré que Ptah le protégeait aussi bien qu'Amon, Horus et Seth.

La sagesse était de chercher au-delà de la sagesse.

L'épreuve avait été longue et âpre. Khaemouaset en avait les yeux cernés et les joues creuses. Mais l'accueil enthousiaste de sa famille et le retour dans sa maison lui dilatèrent le cœur. La vue des sycomores chargés d'ibis, sous lesquels son fils Hori et sa fille Sechen jouaient au serpent, fut un baume. Quand il eut tendu à Ipepi la longe du baudet et qu'il se dirigea vers eux, son pas se raffermit.

Les nouvelles que lui apprit son épouse, quand il se fut rafraîchi et restauré, furent moins toniques. Le palais de Hetkaptah était déchiré par une guerre civile. Une guerre de femmes, une de plus.

— Ta mère Isinofret et ta sœur Bent Anât, raconta Nekhbetdi, ont constitué un clan, Merytamon en a formé un autre. Elles sont liguées contre la Babylonienne. Ce qui ne signifie cependant pas qu'elles s'entendent entre elles. Les épouses secondaires se sont réparties dans ces clans. Leur but à toutes est de reconquérir leur influence auprès de ton père, quand il se sera dépris de Maât-Hornéférourê, comme elles pensent que cela adviendra. Le résultat est qu'elles prennent leurs repas à part, pour ne pas se rencontrer dans la salle à manger, et qu'elles se rendent aux bains à des heures distinctes. À l'exception d'Isinofret, qui a décidé de se fixer définitivement ici, elles ne voient pas le moment de retourner à Pi-Ramsès, mais l'ordre n'en a pas encore été donné. Évidemment, les domesticités sont à couteaux tirés. Les chambrières se battent dans les couloirs…

— La grande famille s'agite et l'aîné bat le tambour, lâcha ironiquement Hori, reprenant une expression populaire.

— Parce que les garçons s'en mêlent? demanda Khaemouaset, alarmé.

— Oui, quelques-uns ont rejoint leurs mères ici pour organiser un plan de bataille.

— Quelle bataille?

— Celle de la succession, répondit Nekhbet-di.

Khaemouaset fut atterré.

— Il faut bien admettre qu'en présence de tant de fils l'ordre de succession est devenu aussi incertain qu'une partie de jeu du serpent, reprit son épouse. Tu es donné comme l'héritier le plus probable, mais le fait que tu n'aies pas constitué de factions dans l'armée et à la cour semble indiquer que la succession t'est indifférente. C'est également le cas de Meryatoum. Setherkhepeshef est considéré comme exclu, puisqu'il n'a pas de descendance et ne paraît pas en vouloir. Ramsès est donc le chef du clan de sa sœur, car il prétend avoir l'armée pour lui. Mais ses frères ne l'entendent pas de cette oreille. Montouherkhepeshef, Nebenkharou, Meryamon, Sethemouïa, Imenemouïa, Meryrê, Samontou, Setepenrê, Séthi, Merenptah et leurs fils ont refusé de prendre parti et de le soutenir.

— Mais mon père est vivant! s'écria Khaemouaset, indigné.

— Certes, observa Hori. Mais ils se disent que le temps passe. Certains ont même tenté de soudoyer les scribes du médecin Pariamakhou pour savoir quel est l'état réel de la santé du roi divin.

— C'est indigne!

297

— Que veux-tu y faire !

Personne n'y pouvait rien, en effet. On ne peut pas empêcher les faucons et les vautours de tournoyer dans le ciel au-dessus des taureaux qui leur paraissent fatigués.

Le moins piquant n'était pas que l'exilé Ourhi-Teshoub, qui n'avait rien à voir dans ces cabales, mais résidait au Palais, se fût attribué le rôle d'arbitre. Ses préférences, disait-on, allaient au capitaine Ramsès. Sans doute espérait-il qu'un jour l'alliance de Hattousil et du pharaon volerait en éclats et que le successeur qu'il avait défendu le restaurerait sur son trône.

Quand ils regardent les chauves-souris, les rats aussi rêvent de voler.

À quelques jours de là, le grand-prêtre fut informé par le vizir Khaÿ qu'une fois de plus des sépultures royales avaient été violées et que les tombes et les momies avaient été dépouillées ; le vizir voulait savoir si Son Éminence accepterait de présider un tribunal et de lancer une enquête, comme il l'avait fait si brillamment quelques années auparavant. Le fait qu'il ne mentionna pas Setherkhepeshef confirmait les dires de Nekhbet-di : l'image du prince ne correspondait plus guère à celle d'un dignitaire du royaume. Cependant, Khaemouaset n'éprouvait aucune envie de fouiller une fois de plus les tréfonds de la corruption et de la noirceur humaine, et encore moins de dépêcher des criminels à la mort ; il répondit donc qu'il préférait laisser à d'autres les tâches juridiques et policières, et suggérait, pour les assumer, l'un de ses frères cadets, Montouherkhepeshef. Pour sa part, écrivit-il, il ne souhaitait que rendre leur dignité aux disparus troublés dans leur sommeil éternel et diriger la restauration des tombes.

Ainsi fut-il décidé. Par décret royal, le grand-prêtre Khaemouaset dirigerait la réparation des dommages et déprédations infligés par des voleurs aux sépultures royales.

La tâche, jusqu'alors, avait été à la charge des gouverneurs de province, qui s'en tiraient plutôt mal que bien ; elle s'effectuait, en effet, à leurs frais et ils s'en acquittaient donc de la manière la plus expéditive et économique ; ils faisaient restaurer la tombe à la va-vite et replacer la momie dans son sarcophage ; mais si le couvercle de celui-ci avait été cassé, par exemple, ils ne se souciaient évidemment pas d'en faire confectionner un autre. Si les réparations du tombeau et des momies de Sekhemrê-Sched-taouer et de son épouse Khasnoub avaient pu être menées à bien, quelques années auparavant, ç'avait été parce que le roi avait témoigné de son attention à l'outrage ; le Trésor royal en avait donc assumé le coût.

Khaemouaset eut une vision.

— Oui, c'est cela…, murmura-t-il pour lui-même.

Ce serait sa façon de s'opposer aux déprédations de Seth : restaurer les monuments et les œuvres endommagés par les agents du Grand Destructeur. Il serait, lui, le Grand Réparateur.

Les tombes violées se trouvaient dans le Set-néférou, là où étaient inhumées les reines. Les voleurs avaient justement raisonné : les momies des reines avaient été certainement parées des bijoux qu'elles avaient portés de leur vivant, et personne ne savait plus lesquels avaient orné leurs dépouilles ; la partie était donc belle. Accompagné d'Ipepi, Khaemouaset se rendit d'abord à Ouaset, où résidait Arinefer, le restaurateur qui avait œuvré sur les momies de Sekhemrê-Sched-taouer et Khasnoub.

Prêtre de Ptah, Arinefer était un homme jeune au visage d'oiseau pensif, impression qu'accusait un œil rond, cillant peu. Il reçut ses visiteurs dans la Maison de Vie ; les stores sur les fenêtres étaient relevés pour laisser entrer le plus possible de lumière ; une brise fraîche agitait délicatement les rouleaux de papyrus sur les étagères. Un scribe apporta un broc de bière et trois gobelets. Un esprit de détachement vigilant semblait régner dans les lieux : celui qui commande d'observer le monde sans se laisser gagner par l'émotion, mais aussi de se garder de la froideur, qui est contraire à l'attention.

— La restauration des momies et des tombes, déclara-t-il quand Khaemouaset lui eut exposé l'objet de sa visite, ne répare pas les dommages commis. Quand elle est tachée, la pureté du dernier sommeil est comme un linge déchiré. Le viol de sépultures est donc un acte irréparable. Mais l'entreprise consiste à dire au dormeur : « Non, tu n'es pas livré impuissant à la violence du destructeur, vois, l'esprit de réparation existe. »

Khaemouaset reconnut là un collègue avec qui il serait en harmonie.

— Le réparateur ne peut reconstituer les trésors dérobés, parce que la liste en est presque toujours perdue dans des archives sans fond. Mais, même si l'on parvenait à en reconstituer la liste et à copier exactement les bijoux dérobés, l'outrage demeurerait, là aussi, irréparable. Le dormeur était protégé par la mort, cette porte de pierre que l'on ne franchit qu'une fois. Or, voilà qu'un vivant insulte les dieux autant que le défunt en franchissant cette porte dans les deux sens.

Khaemouaset et Ipepi étaient ravis.

— Je voulais m'assurer que nous sommes d'accord sur l'objet de ce que tu me proposes, dit-il au grand-prêtre.

— Nous le sommes parfaitement.

— Bien. Notre tâche est subtile autant qu'ardue. Mais elle est facilitée par la nature grossière des voleurs. Ils ne visent que l'or qu'ils pourront fondre et les trésors qu'ils pourront vendre. Dans leur précipitation bestiale, leurs méfaits consistent donc à arracher le masque de la momie et les bijoux accrochés aux bandelettes. Leurs dommages, comme tu le sais, sont donc superficiels. Notre intervention, quand du moins on la requiert, consiste à recoudre les bandelettes et à refaire un masque, ainsi qu'à réparer les couvercles des sarcophages.

Le mélange de spiritualité et de sens pratique d'Arinefer avait conquis Khaemouaset.

— Ne peut-on déjouer les voleurs ? demanda-t-il.

— Si. Mais cela n'est pas de ma compétence.

— Que faudrait-il faire ?

— Inventer un système de maçonnerie qui ferait choir un bloc de pierre devant les voleurs une fois qu'ils seraient parvenus à brève distance de la chambre funéraire.

Arinefer regarnit les gobelets de bière.

— Mais il y aura toujours des voleurs, dit-il calmement.

— Pourquoi ? demanda Ipepi.

Arinefer lui lança un regard qui exprimait tant de sentiments et d'idées qu'il valait un discours.

— Seth est inséparable d'Amon, dit-il à la fin. Il a sauvé sa barque en transperçant le serpent Apopis de sa lance. Si Seth était maître du monde, il se retrouverait bientôt sans royaume, parce qu'il aurait tout détruit.

— Et si Amon était maître du monde ?

— Il n'y aurait plus de monde non plus, parce que la mort en aurait disparu. Nous ne pourrions plus manger d'oies, parce que nous ne pourrions plus en tuer. Le créateur serait donc le destructeur.

Le visage d'Ipepi revêtit une expression de telle perplexité qu'Arinefer ne put s'empêcher de rire.

Khaemouaset, lui, devint soudain songeur. L'image de l'équilibriste Imadi s'imposa brusquement à son esprit. Le souvenir de leur première conversation lui revint à la mémoire. Arinefer redisait exactement ce qu'avait dit Imadi. C'était vexant. Ce « baladin » avait compris d'emblée ce qu'un scribe studieux tel qu'Arinefer avait fini par percevoir après des années d'étude des livres réservés ! Et que lui, tout grand-prêtre qu'il fût, venait de découvrir ! Aussi aurait-il dû prêter plus d'attention au conseil de Ptahotep : « Apprends auprès de l'ignorant comme auprès du savant. » Il se reprocha alors d'avoir négligé Imadi la dernière fois qu'il l'avait vu. Il avait là commis une faute : sous-estimer ce qu'on tient pour naturel.

Tout cela était bel et bon, mais il fallait maintenant agir. Une tringle tinta. Arinefer convint qu'il accompagnerait Khaemouaset au Set-néférou, puis il les invita à partager le déjeuner de la Maison de Vie.

C'était un avantage certain que les dieux détenaient sur les humains : ils n'étaient pas tenus de faire trois repas par jour pour se tenir en vie.

29

Soins mortuaires et délires pharaoniques

Du cuir fin, presque noir, plissé et ridé, mal tendu sur le crâne. Des paupières closes sur des yeux de pierre, des lèvres tendues sur une dentition délabrée. Une reine d'antan. Le spectacle était pathétique, et plus encore en raison de l'attitude de la tête, tendue vers l'arrière, comme pour adresser une protestation aux dieux et aux vivants conjoints : « Pourquoi tant d'outrages ? »

La première momie n'avait pas été démaillotée.

— Ils n'ont apparemment pris que le masque et les bijoux, sans compter les offrandes, bien sûr, déclara Arinefer. Elle n'avait pas d'ongles en or, sans quoi ils auraient saccagé les mains.

Le couvercle du sarcophage de pierre gisait par terre, en morceaux, mais celui du sarcophage de bois, posé contre le mur, n'était pas trop endommagé.

— Ipepi, veux-tu appeler deux des ouvriers dehors, je te prie ?

Quand ceux-ci furent parvenus à la chambre mortuaire, Arinefer leur fit enlever un à un les débris du couvercle de pierre, pour le faire copier. Puis Ipepi et lui saisirent le couvercle de bois et le portèrent à l'extérieur. Khaemouaset les suivit ; la chaleur, la poussière et la fumée des bougies avaient rendu l'air du tombeau irrespirable. Ipepi poussa un cri quand le couvercle eut été dressé sur le mur extérieur, au soleil : un scorpion s'y était posé. Et ils l'avaient transporté tout le long du couloir !

— Selkis[1] nous a protégés, dit Arinefer, laconique, en examinant le portrait sur le sarcophage.

— Qui était-elle ? demanda Khaemouaset, qui n'avait pu examiner les inscriptions sur le sarcophage de pierre.

— Imenhaty, épouse d'Entef le Deuxième.

Un roi d'antan. Mais cesse-t-on d'être roi parce qu'on est mort ?

Arinefer retourna dans la tombe, suivi de trois ouvriers. Une heure plus tard, ceux-ci ressortirent, portant précautionneusement le sarcophage de bois dans lequel reposait la momie. Arinefer remit le couvercle en place et le sarcophage fut hissé sur un chariot et transporté jusqu'à la maison des Embaumeurs, à Apitou. Le trajet fut long et brûlant. Le maître embaumeur fut convoqué. À la vue du grand-prêtre, reconnaissable à son collier, il se prosterna sans fin et se perdit dans des formules de révérence. Puis il aperçut le chariot à la porte :

— Vous l'avez sorti du tombeau et vous me l'apportez. Est-ce le gouverneur qui paiera ?

— Non, répondit Khaemouaset, amusé, c'est le Trésor. Fais donc un travail royal.

La sarcophage fut donc transporté dans l'atelier du maître.

— Et maintenant, ordonna Khaemouaset, fais appeler l'orfèvre.

Tandis qu'un domestique allait quérir ce dernier, l'embaumeur examinait la momie.

— Les bandelettes sont plus délabrées par le temps que par les voleurs, annonça-t-il enfin. Je déconseille d'y toucher. Ferez-vous refaire un masque ?

— Oui.

— Je propose alors de le fixer par des bandelettes neuves sans toucher au reste.

Arinefer hocha la tête ; c'était la solution la plus sage.

Les nouvelles circulaient vite à Apitou, car lorsque l'orfèvre arriva il savait déjà ce qu'on attendait de lui et qui le paierait. Après les civilités d'usage, il examina le portrait sculpté sur le couvercle du sarcophage, puis la momie.

— Elle devait avoir près de cinquante ans, annonça-t-il.

— À quoi cela se voit-il ? demanda Ipepi.

---

1. Déesse-scorpion, bienveillante.

— La largeur des hanches et l'état des mains. Vous voulez le masque et les bijoux ?

— Le masque suffira, répondit Khaemouaset.

Le marché fut donc conclu.

La journée avait été longue et la fréquentation des tombeaux n'était pas la plus revigorante qu'on pût espérer. Le grand-prêtre et le scribe étaient recrus de fatigue. Le temple d'Amon était le plus proche ; ils y arrivèrent peu avant le coucher du soleil et le grand-prêtre, flatté de la visite de Khaemouaset, s'empressa de leur offrir des chambres dans la Maison de Vie. Baignés de frais et passablement dispos, ils partagèrent le repas des prêtres et goûtèrent la bière légère des brasseries du temple. Les voyageurs se retirèrent tôt : les journées à venir seraient consacrées aux autres tombes violées, puis à l'organisation des travaux de maçonnerie nécessaires. Car ce n'était pas une sinécure que leur tâche.

— Quel soin nous prenons des morts..., murmura Khaemouaset, après l'inventaire de ces travaux.

— C'est que nous nous aimons tant ! répliqua Arinefer, avec un léger sourire.

La promptitude avec laquelle l'information se répandait dans le Haut Pays n'était pas une découverte pour Khaemouaset, mais, cette fois-ci, elle lui donna à réfléchir.

— Nous aurons à peine restauré les tombes et nous serons encore sur le bateau que les mêmes voleurs ou d'autres seront de nouveau à l'œuvre, dit-il à Arinefer, alors qu'ils venaient d'engager les maçons pour la réparation des tombes. Ils savent déjà que nous garnirons les momies de masques d'or. Autant disposer des mangeoires pour les chacals.

— Qu'envisages-tu ?

— De les égarer, de compliquer leurs entreprises et de mettre leurs vies en péril. La disposition des tombes du Set-néférou, comme celle de la plupart des nécropoles du pays, est trop simple : une syringe au bout de laquelle se trouve la chapelle funéraire. Je propose déjà d'aménager différemment la première tombe, celle d'Imenhaty. Creusons une chambre en dessous et, cela fait, une autre encore à côté de celle-ci, où nous descendrons le sarcophage. Puis disposons une fausse porte dans la première, celle où se trouve actuellement le sarcophage de pierre. Nous donnerons ainsi aux voleurs l'illusion que nous l'avons déplacé à côté, alors qu'il se trouvera en dessous.

Arinefer éclata de rire.

— C'est une idée digne de Thot ! s'écria-t-il.

— Ce n'est pas tout : aucune équipe de travail ne sera recrutée sur place. Nous en ferons venir une de Ouaset pour une partie du travail et une autre de Hetkaptah pour le reste. Aucune des deux ne saura ce que l'autre a fait. Ainsi, la première équipe creusera la chambre voisine sur le même niveau. Si l'un de ses ouvriers se montrait bavard, les voleurs en déduiront que nous avons déplacé le sarcophage à côté. La deuxième équipe creusera les chambres en sous-sol, mais ne saura pas comment y accéder.

Arinefer et Ipepi secouaient la tête, admiratifs. Khaemouaset sut que son idée allait occuper ses jours et ses nuits pour des mois à venir. Pour commencer, il conçut un escalier qui partirait de la syringe principale et descendrait vers une fausse porte. Des voleurs apercevant cet escalier s'y engageraient irrésistiblement et s'attaqueraient à la fausse porte, perdant ainsi un temps précieux, puisque celle-ci serait plaquée contre la montagne. Puis il raffina son plan originel et décida de faire creuser une chambre de plus au niveau de la syringe, et de la faire décorer à l'instar d'une chapelle. Les voleurs en déduiraient que la vraie tombe se trouverait au même niveau.

Des mois se passèrent ainsi sur le chantier du Set-néférou, entrecoupés de retours à Hetkaptah. Compte tenu de l'expérience acquise auprès de son maître, Ipepi fut élevé au rang d'architecte délégué et de restaurateur des momies ; Arinefer devint celui des tombes royales.

Le royaume des morts était désormais bien administré. Les voleurs n'avaient qu'à bien se tenir.

꒰ꔛ꒱

L'an 36 du règne arriva.

Khaemouaset vérifiait en présence du contrôleur général les inventaires du temple et les quantités qui seraient distribuées à l'occasion de la fête d'Opet.

Leur attention fut attirée par un scribe qui se tenait à la porte du bureau.

— Grand-prêtre, un messager royal vient d'arriver de Pi-Ramsès.

C'était un jeune homme ruisselant de sueur jusque sur ses jambières. S'étant dûment prosterné, il tendit à Khaemouaset un tube de roseau, étui ordinaire dans lequel les papyrus étaient roulés.

— Tu peux enlever ton casque, lui dit Khaemouaset. Et au scribe : Fais-lui donner à boire.

— Je remercie Son Éminence. J'ai une nouvelle heureuse à lui annoncer aussi : la Grande Épouse royale Maât-Hornéférourê a mis au monde un enfant.

— Un garçon ?

— Non, une fille, Éminence.

Une de plus. Ramsès devait être déçu. Khaemouaset tira le message de l'étui, le déroula et reconnut au bas le sceau du vizir Khaÿ.

Sa Majesté désirait que le grand-prêtre du temple de Ptah à Hetkaptah préparât le troisième jubilé, qui se tiendrait à Ouaset. Sa Majesté adressait ses éloges pour le travail que le grand-prêtre avait fait effectuer au Set-néférou et dans d'autres nécropoles. Enfin, Sa Majesté désirait que le grand-prêtre supervisât les modifications apportées aux bas-reliefs du temple des Millions d'Années, à la charge du nouveau vice-roi de Koush, Houÿ. Suivaient les vœux assortis.

Khaemouaset fronça les sourcils : qu'étaient donc ces modifications ? Chaque fois que Ramsès faisait changer quelque chose dans l'ornementation des temples, c'était pour chambouler l'ordre des représentations divines.

Sa perplexité ne fut pas longue : le lendemain, venant de Pi-Ramsès, le bateau de Houÿ fit escale à Hetkaptah et le vice-roi se fit annoncer au temple. C'était le quatrième vice-roi de Koush que Khaemouaset connaîtrait ; le pharaon attribuait le titre selon ses humeurs à chaque nouveau favori qui emportait ses faveurs. Après Iouny, coupable de mollesse et de connivence, ç'avait été le bien-aimé et fidèle Pasar, et après Pasar c'était donc Houÿ, un an plus tôt ambassadeur auprès de Hattousil. Sans doute Ramsès le récompensait-il d'avoir si bien œuvré au rapprochement des deux rois.

L'homme était melliflu et pompeux tout à la fois. Il se confondit longuement en déclarations de bonheur à l'occasion de la naissance de la fille de la Grande Épouse, en éloges de la beauté et de la sagesse de celle-ci, en bénédictions pour l'enfant, en vœux d'éternité pour Ousermaâtrê Setepenrê et autres expressions d'allégeance. Khaemouaset fut surpris par la complaisance avec laquelle certains hommes dévoilent leur servilité.

Quand la conversation aborda enfin le sujet des modifications du temple des Millions d'Années, il apparut que Ramsès entendait ni plus ni moins figurer sur les bas-reliefs en tant que dieu. Ainsi, dans les scènes le représentant en tant que roi célébrant les rites devant des dieux, il fallait le placer parmi ces dieux. En d'autres termes, Ramsès roi rendrait hommage à Ramsès dieu.

Là, Khaemouaset fut certain que son père avait perdu la raison. Or, il n'était pas question de manifester le moindre trouble devant ce fonctionnaire abject.

— Mais les scènes sont déjà gravées ? observa-t-il.

— Nous les effacerons et les regraverons, grand-prêtre. Cela s'est déjà fait.

Khaemouaset se maîtrisa.

— Les nouveaux dessins sont prêts ?

— Certes, grand-prêtre.

Houÿ héla un scribe de sa suite et lui ordonna d'apporter les rouleaux des bas-reliefs. Quand cela fut fait, il en déroula un et montra du doigt les corrections qu'il se proposait d'apporter. L'image de la déesse Moût serait effacée, puis sculptée de nouveau à une main d'écart, pour ménager un espace devant elle ; là serait sculptée l'image de Ramsès sous la forme du dieu Khonsou, fils de la déesse et d'Amon.

C'était confondant. Khaemouaset en perdit un moment l'usage de la parole.

— Mais cela demande beaucoup de travail et de talent ? observa-t-il enfin.

— Le royaume ne manque ni de l'un ni de l'autre, grand-prêtre, répondit Houÿ avec une belle assurance. Il me suffit de ton aval.

— Je le donne sur le principe. Mais je ne peux garantir l'exécution, répondit Khaemouaset avec une pointe d'impatience.

— Je la garantis, moi, grand-prêtre, rétorqua le vice-roi avec superbe[1].

Le vin que Khaemouaset fut contraint de boire par courtoisie, puisqu'il en avait offert au vice-roi, ne put dissiper sa consternation.

Quand il regagna sa maison, sa mine alarma son épouse, puis Hatha et Hori. Il avait scrupule à livrer l'objet de son accablement. À ses yeux, c'eût été une trahison. Que Ramsès se présentât comme d'ascendance divine était déjà une outrance inouïe, mais qu'il se fît représenter comme un dieu en personne mettait en péril le respect envers la divinité. Quelle serait la réaction des clergés ? Les prêtres s'étaient déjà rebellés jadis contre l'élévation d'Aton au rang de dieu unique par Aménophis le Quatrième. Le royaume n'avait pas besoin d'une nouvelle fronde.

Incapable de penser à autre chose, Khaemouaset ne mangea guère. La décision de son père lui apparaissait de plus en plus comme une monstruosité. À la fin, il fondit en larmes devant sa famille éplorée.

— Ne suis-je pas ta femme ? Ne t'ai-je pas toujours soutenu ? Quelle est ta douleur ? lui demanda Nekhbet-di quand ils se furent retirés dans leur chambre.

Mais il ne répondait toujours pas.

— L'objet de ta tristesse semble grand, reprit-elle. Alors songe qu'il ne restera pas longtemps secret.

Ce fut l'argument qui l'emporta. Il révéla enfin sa conversation avec Houÿ. Nekhbet-di fut à son tour accablée.

— Depuis que je te connais, Mouss, tu penses que ton père a perdu la raison, dit-elle.

C'était vrai, mais cela ne changeait rien.

— Seth poursuit son œuvre, gémit-il.

Sekhemrê vint le lendemain déjeuner à la maison ; il fut frappé par l'abattement de son père. Les efforts de Khaemouaset pour reprendre contenance ne suffisaient pas, en effet, à cacher son désarroi. Le fils prit le père à part :

— Ta tristesse me donne à supposer, père, que tu es informé des rumeurs qui courent les milieux proches de notre divin roi, à Pi-Ramsès.

---

1. Comme on peut en juger aujourd'hui, le résultat fut déplorable.

Khaemouaset leva sur son fils un regard inquiet ; qu'allait-il apprendre encore ?

— Il s'imagine depuis quelque temps qu'il est doté de pouvoirs divins. Pariamakhou a tenté de réduire les quantités d'extrait de suc de pavot, mais il s'est fait tancer par le pharaon, parce que cette drogue est la seule qui calme ses douleurs. Est-ce cela que tu as appris ?

Khaemouaset secoua la tête :

— Non, mais ce n'est guère plus réconfortant.

— Nul n'a d'influence sur lui.

Son seul caractère divin, songea Khaemouaset, résidait peut-être dans son intégrale indifférence aux considérations, approbatrices ou non, du monde alentour. Il était un séisme humain.

— Mais qu'est-ce qui te chagrine tant, père ?

Pouvait-il le révéler ? Tôt ou tard, cela se saurait. Les bas-reliefs seraient exposés aux regards de tous. Et dès que les premiers prêtres les auraient vus, la rumeur se répandrait de haut en bas du pays. Il se résigna enfin à répondre :

— Il s'est conféré le statut de dieu. Il va faire sculpter de nouveau les bas-reliefs de je ne sais combien de temples pour y figurer en tant que dieu, Montou, Khonsou, Ptah, que sais-je...

Sekhemrê battit des cils. Puis il haussa les épaules et vida son gobelet de vin :

— Il ne pourra pas faire lever le soleil une heure plus tôt.

C'était l'évidence, mais Khaemouaset n'y avait pas songé.

— Il s'est ridiculisé, poursuivit Sekhemrê. C'est cela qui t'afflige ?

— Je crains la réaction des clergés.

— Elle sera négligeable. Ils ne protesteront pas, parce qu'ils y joueraient leurs charges. Dès qu'il aura fait graver sa proclamation et modifier les bas-reliefs, il aura perdu leur respect.

Sekhemrê avait peut-être raison. Les scribes dans les Maisons de Vie s'esclafferaient, les prêtres se dévisageraient avec des yeux ronds et les grands-prêtres les considéreraient avec des mines attristées et moqueuses. Khaemouaset ajouta cependant :

— Seth aura donc détruit son œuvre.

Et c'était lui, grand-prêtre de Ptah et maître des Jubilés, qui devrait dans quelques mois organiser le rajeunissement de Ramsès, appeler sur lui le fluide céleste...

Ce fut le jour où l'on apprit le nom que Sa Majesté avait choisi pour la fille que lui avait donnée Maât-Hornéférourê : Néférourê, une abréviation du nom maternel. « Incarnation de Rê » suffisait sans doute.

Une surprise attendait Khaemouaset : vers midi, un scribe lui annonça l'arrivée de Pasar, l'ancien vizir et le fidèle serviteur du royaume, nommé en compensation grand-prêtre d'Amon à Apitou. Il courut au-devant de son collègue. Les deux hommes s'étaient peu vus jadis, mais, en dépit de leur différence d'âge, ils avaient spontanément forgé une relation d'amitié ; qu'ils fussent devenus tous deux grands-prêtres ne pouvait que la doubler d'estime et d'admiration. Pasar expliqua qu'en route pour Pi-Ramsès il faisait escale à Hetkaptah et qu'il souhaitait s'entretenir avec le grand-prêtre de Ptah. Il était escorté d'un seul scribe.

— Ceci est une visite officieuse, mon frère, prévint-il. Prenons une bière à distance des oreilles.

Ils s'assirent sous l'un des sycomores qui ombrageaient la Maison de Vie. Khaemouaset ordonna à un domestique d'apporter un broc de bière.

— Tu as certainement été prévenu du grand projet de notre divin roi, dit-il. Je requiers ton avis.

Khaemouaset plongea son regard dans celui de Pasar ; il y déchiffra le souci. Le grand-prêtre d'Amon avait été personnellement choisi par Ramsès, il lui était donc dévoué. Un moment s'écoula, Khaemouaset demeurant silencieux et impassible.

— Je vois donc que tu partages mon avis, conclut Pasar.

Il but une gorgée de bière et Khaemouaset songea qu'il devrait vite se départir de son attitude de sphinx. Pasar ne pouvait être un provocateur et ce ne serait certainement pas lui qui rapporterait que le grand-prêtre de Ptah désapprouvait son roi et père. Il était sincère et, dans ce cas, Khaemouaset ne pouvait lui laisser l'impression qu'il approuvait la décision insensée de Ramsès.

— Tu ne m'as pas dit quel était ton avis à toi, déclara-t-il.

— Tu es son fils, et je conçois ton embarras. Mais je dois dire ce que je pense. Nous entrons dans la folie !

Claire et nette, l'accusation était surprenante de la part d'un homme habituellement modéré comme Pasar. Cependant, Khaemouaset n'enchaîna pas sur l'indignation ; cela ne servirait qu'à tricoter des évidences et des lamentations. Oui, la décision de se déifier était aberrante et abaisserait le prestige des dieux, mais personne n'y pouvait rien.

— Nul en ce monde n'a fait revenir Sa Majesté sur une décision, dit enfin Khaemouaset. Tu as quitté la cour il y a des années. Le divin roi n'écoute plus aucun conseiller. Si tu comptais te rendre à Pi-Ramsès pour lui signifier ton hostilité à sa décision, tu peux aussi bien lui signifier que tu te démets de tes fonctions de grand-prêtre d'Amon. Un autre plus docile sera nommé à ta place et rien n'aura changé.

— Tu veux dire que nous sommes impuissants ?

— Toi, moi, les prêtres, les membres du gouvernement, les princes, les princesses, si nous nous liguions contre lui, nous ne le ferions pas démordre de son idée, au contraire. Mais nous, les prêtres, pouvons remédier au désordre qui menace.

— Comment ?

— En réduisant cette décision à cela, une décision. En poursuivant les rites comme ils l'ont été jusqu'ici. Et, quand ils mettront en jeu la divinité d'Ousermaâtrê Setepenrê, en les accomplissant de telle sorte qu'ils ne paraissent inclure aucun élément nouveau.

Pasar s'adossa à son siège, surpris par le discours qu'il venait d'entendre.

— Mais les bas-reliefs... ?

— Qui donc les observe vraiment, mon frère, sauf dans les cérémonies ? Et, à l'exception des lettrés, c'est-à-dire des prêtres, des scribes et de quelques dignitaires, qui donc est capable d'en déchiffrer les cartouches ? N'as-tu pas relevé qu'ils se trouvent à de telles distances que peu de gens parviennent à les voir ?

Pasar émit un grognement évoquant un rire amer.

— Tu veux dire qu'ils n'ont pas d'importance ?

— Si fait, autant que les peintures murales des tombeaux, qui ne sont vues que par les *kas* des morts.

Le grand-prêtre d'Amon secoua la tête comme pour manifester le conflit qui l'agitait. Puis il s'agita un instant sur son siège et, enfin, redevint immobile. C'était un spectacle déconcertant que celui de ce dignitaire physiquement ballotté par ses émotions, comme si des serpents se battaient dans son corps.

— Mais que dirai-je aux prêtres ? Aux scribes ?

— Espéraient-ils donc qu'une visite à Sa Majesté suffirait à lui faire annuler sa décision ? s'étonna Khaemouaset. Nous ne manquons pas d'arguments pour expliquer que Sa Majesté a souhaité affirmer sa volonté d'union avec toutes les formes de la divinité.

— C'est ce que tu as prétexté à tes scribes ?

— Ils savent la sollicitude que Ptah lui a témoignée lors du séisme.

Pasar capta l'éclair d'ironie qui avait lui dans les yeux de son interlocuteur ; il connaissait évidemment l'interprétation favorable que Ramsès avait avancée pour cette catastrophe. Il émit un autre grognement moqueur.

— Nous sommes donc complices, dit-il.

— Il en va de la stabilité du royaume.

Là, le regard du grand-prêtre d'Amon devint grave.

— C'est ton père, s'étonna Pasar.

Il avait peut-être attendu des signes d'émotion, des mots de révolte ou d'amour.

— Osiris avait un fils, répondit alors Khaemouaset, mais Seth ne peut pas en avoir.

L'infinie froideur des mots recouvrait exactement leur infinie tristesse.

30

Misères du corps et périls politiques du suc de pavot

Troisième jubilé.

Pour la deuxième fois, Khaemouaset appréhenda le moment où le souverain devrait s'allonger, puis se relever du lit. Il avait muni le saint des saints d'un appuie-tête, pour éviter que la panique du deuxième jubilé ne se renouvelât. Précaution bienvenue. Deux prêtres suffirent à caler la tête et allonger les jambes de Ramsès, visiblement mal à l'aise, mais quatre choisis parmi les plus vigoureux ne furent pas de trop pour aider le malade – quel autre mot ? – à se remettre debout et préserver le décorum.

Khaemouaset se demanda fugitivement comment l'éternel époux faisait donc lors des exploits amoureux où il s'obstinait. Un regard critique sur le corps nu lui révéla les signes du mal qui avançait : les genoux étaient gonflés, presque difformes, ce qui expliquait la démarche de plus en plus lente et raide, la poitrine se creusait et le corps s'émaciait. Ramsès Meryamon entrait alors dans sa soixante et unième année ; combien de temps tiendrait-il ainsi ?

La traversée de Ouaset eût dû lui faire oublier ses inquiétudes. La ville était enguirlandée et les foules insouciantes chantaient au passage de l'interminable cortège royal. Les gens étaient heureux, n'était-ce pas l'essentiel ?

Mais au Palais, décoré de lotus bleus à profusion, le malaise reprit Khaemouaset. Assis à la droite du roi, au banquet qui suivit, il n'osa observer son père directement ; il avait relevé les gestes imperceptiblement hésitants et saccadés et cela lui avait déjà blessé le cœur. Il nota que les plats servis au monarque, et à lui seul, étaient différents de ceux qui étaient présentés aux convives ; les viandes étaient hachées menu et tous les légumes qui pouvaient présenter quelque résistance à la mastication étaient écrasés en purée. Ramsès mangeait avec une cuiller d'or, qu'il tenait d'une main heureusement épargnée par le mal, bien que les poignets fussent, eux aussi, gonflés, et il aspirait la nourriture plus qu'il ne la mâchait, ce qui, à chaque bouchée, produisait un chuintement liquide singulier. À l'évidence, ses dents se déchaussaient et celles qui restaient le faisaient souffrir, ou bien il prenait soin de les épargner. Une seule autre personne pouvait s'en aviser : c'était la Grande Épouse Maât-Hornéférourê.

Khaemouaset eut pour la première fois l'occasion de la détailler. Le corps, potelé, était vêtu d'un fourreau de soie, en dépit de la clémence de l'air, le visage, lui, était habillé de fards. Une couche de poudre d'argile, des traits d'antimoine généreux autour des yeux, un onguent à lèvres écarlate et un bandeau orné de turquoises lui composaient un masque de sarcophage. Une voix étonnamment basse lui prêtait une présence d'oracle. Le seul signe d'humanité résidait dans ses yeux malins. Dès qu'elle s'avisa que le grand-prêtre la dévisageait, elle dirigea vers lui un regard de belette curieuse. Elle mesurait le personnage, ses dispositions, son âge, son état de santé. Il était donc l'un des premiers héritiers du trône en plus de son statut de grand-prêtre ; pourquoi donc le voyait-on si peu à la cour ? dut-elle se demander. Et, s'il succédait un jour à son père, quel regard porterait-il sur elle ?

À deux sièges de là, le vizir Khaÿ épiait chaque miette de la scène, guettant chaque geste, chaque ébauche de sourire, chaque regard dérobé, pour en faire son miel.

— Père divin, dit Khaemouaset, se penchant vers son père, nous n'avons pas restauré tous les monuments endommagés par le séisme sur le site du temple de…

— Non ! coupa Ramsès.

Et comme Khaemouaset semblait interloqué par cette réponse abrupte, il expliqua, doctoral :

— Ne l'ai-je pas assez dit ? Le soulèvement de la terre était le signe généreux que m'adressait le dieu pour m'annoncer ma victoire !

Que pouvait-on ajouter ? Il fallait donc laisser les statues à demi détruites, les obélisques jetés par terre, les colonnes fissurées. Et tout cela en souvenir d'un signe prétendument généreux.

— Mais on me dit que la pyramide de Djoser a souffert des intempéries, reprit le monarque. Tu pourrais t'en occuper.

— Certes, père divin.

Khaemouaset vit arriver la fin du repas avec soulagement. Il se composa un masque serein et ne cilla pas quand deux domestiques vinrent aider le monarque à se lever de son siège. Et il regarda le couple royal s'éloigner et regagner ses appartements pour la sieste. Un coup d'œil circulaire lui permit de saisir l'expression tourmentée du jeune Ramsès, qui n'était d'ailleurs plus si jeune, et de Nebenkharou. Son frère Meryrê vint à sa rencontre. Les regards et les demi-sourires qu'ils échangèrent tinrent lieu de commentaires.

— Je n'ai pas vu les autres Épouses royales, observa Khaemouaset. Elles sont toujours écartées de la cour ?

— Non, elles sont retournées à Pi-Ramsès, à l'exception de la Babylonienne, mais elles ne sont pas du voyage. Maât-Hornéférourê n'était pas disposée à les voir dans sa suite, ni partager les bains avec elles. Mais cela changera bientôt.

L'œil malicieux de Meryrê intrigua Khaemouaset.

— Notre divin père s'apprête à prendre une nouvelle Grande Épouse.

— Encore ? s'écria Khaemouaset.

Meryrê hocha la tête.

— La Hattoue n'est, semble-t-il, pas une amante performante. Notre divin père a donc choisi l'une de nos sœurs, Nebettaouy.

Le visage de Khaemouaset se rembrunit.

— La faveur de Maât-Hornéférourê a aussi souffert du fait qu'elle a mis au monde une fille pour premier enfant. Quand notre père en a informé Hattousil, celui-ci lui a répondu : « Dommage, si ç'avait été un garçon, j'en aurais fait mon héritier. »

Meryrê pouffa de ce qu'il racontait.

— Cela revenait à dire qu'une fille, reprit-il, ce n'était pas assez bon pour lui. Je crois que notre père en a été vexé. Remarque que Hattousil n'a pas assuré non plus que, si le prochain enfant que sa fille mettrait au monde était un garçon, il en ferait son héritier.

Bien évidemment, le commentaire de Hattousil se référait implicitement à l'idée que la semence qui engendrait une fille était moins vigoureuse que l'autre, ce qui avait dû exaspérer Ramsès. Ces perfidies feutrées semblaient amuser énormément Meryrê. Khaemouaset, pour sa part, s'interrogeait sur la verdeur sexuelle d'un homme qui éprouvait des difficultés pathétiques à se lever d'un lit et qui ne mangeait plus que des purées. Les regards du vizir Khaÿ, des autres princes et particulièrement de Setherkhepeshef, qui s'attardaient sur le tête-à-tête des deux héritiers, lui parurent pesants. Les vapeurs qui flottaient autour du pouvoir l'enfumaient. Il éprouvait le besoin de se retrouver dans sa maison de Hetkaptah, entouré des siens. Ah, une bière fraîche sirotée le soir, sur le perron, en regardant les oiseaux chercher une place dans un arbre, pour la nuit... Il abrégea l'entretien. Plus il gagnait en âge, plus il perdait en compréhension du monde. Il s'éveilla donc le lendemain à l'aube et prit le chemin du port pour s'embarquer sur un bateau en partance pour le Nord.

Six mois plus tard, comme l'avait annoncé Meryrê, les noces d'Ousermaâtrê Setepenrê et de Nebettaouy furent célébrées à Pi-Ramsès dans la pompe et le fracas ordinaires. Les échos en parvinrent dans les heures suivantes à Hetkaptah, véhiculés par les scribes et courriers qui circulaient entre les deux villes. À force d'être répétées, les épousailles du souverain ne suscitaient plus l'excitation qui les accompagnait jadis. Pour la famille du grand-prêtre en particulier, la naissance du premier-né de Sekhemrê et d'Isishérou étant motif à des réjouissances plus spontanées.

C'était au cours d'une halte de Khaemouaset et de Sekhemrê dans la ville. Père et fils voyageaient ensemble de plus en plus souvent. Quelque peu lassé de la fréquentation de corps cachectiques, hydropiques ou arthrosiques, des soins donnés à des plaies suppurantes et des yeux purulents, de la palpation de tumeurs, de chairs blettes ou étiques, des traitements de la constipation, l'aîné, en effet, avait résolu de seconder son père dans son œuvre de restauration de la pyramide de Djoser. La révérence pour ce monument, commune à tous les scribes, ne s'adressait pas au roi de ce nom, mais à l'esprit suprême qui l'avait conçu mille cinq cents ans auparavant, le grand sage Imhotep, architecte, mais aussi esprit universel. Pour Khaemouaset, cette restauration constituait un hommage particulièrement opportun, puisque Imhotep était considéré comme le modèle des maîtres d'œuvre, c'est-à-dire des inspirés de Ptah.

Ils discutaient un matin des travaux à entreprendre, qui se résumaient en substance à refaire les parements de la pyramide à degrés, érodés par les vents de sable. Alors arriva un messager du Palais, priant le noble scribe Sekhemrê de bien vouloir rejoindre dans l'heure son maître Seseb auprès de la Grande Épouse.

— Encore? s'écria Sekhemrê, pensant que c'était, une fois de plus, Isinofret qui le faisait mander. Quelle Grande Épouse?

— Sa Majesté Maât-Hornéférourê, mon prince.

Père et fils se regardèrent, ahuris : que faisait donc la Hattoue au palais de Hetkaptah?

— Elle est arrivée hier soir, mon prince, précisa le messager.

Était-ce le dépit qui l'avait chassée de Pi-Ramsès? Ou bien une nouvelle convulsion des cercles royaux?

— Si elle est souffrante et que Seseb t'appelle, tu dois y aller, jugea Khaemouaset.

— Mais pourquoi aurait-il besoin de moi?

— Peut-être en raison de tes connaissances sur les affections des femmes, suggéra son père.

Sekhemrê se résigna donc à répondre à l'appel de son maître. Quand il fut introduit dans les appartements de Maât-Hornéférourê, il trouva deux novices du médecin dans l'antichambre, occupés à préparer un onguent dont il reconnut les éléments : du blé, du miel, du plantain, du suc frais de pavot, de l'huile d'olive, de l'essence de rose… Le remède était destiné aux plaies vives. La vue de la patiente elle-même fut un choc : la Grande Épouse gisait nue sur le lit, les jambes écartées et le sexe bien en évidence. Elle haletait. Seseb, penché sur le bas-ventre, l'examinait minutieusement, tenant du pouce et de l'index les grandes lèvres écartées. Il fit signe à Sekhemrê d'approcher.

La Grande Épouse jeta un regard terne au nouveau venu et continua de haleter.

Sekhemrê examina l'organe à son tour et fronça les sourcils ; les tissus tuméfiés et rouges semblaient avoir été l'objet de violences ; on discernait çà et là des traces d'érosion sanglantes.

— Il faut d'abord le laver, dit-il.

— Sa Majesté ne supporte aucun contact, objecta Seseb.

— Alors faisons couler dessus de l'eau tiède.

— Bien vu. Va demander qu'on fasse chauffer de l'eau.

Dans l'antichambre, les deux novices avaient fini de malaxer leur mixture et attendaient, accroupis, l'œil vide. Sekhemrê ordonna au domestique d'apporter de l'eau tiède et un grand bassin et retourna dans la chambre. Toujours nue et les jambes écartées, la patiente s'était assise sur le lit, les jambes pendantes ; elle paraissait hagarde.

— Comment est-ce advenu ? demanda Seseb, qui avait achevé son examen.

— Comment voulez-vous que cela n'advienne pas ? rétorqua-t-elle de sa voix rauque. Quand il reste une heure à piocher dans mon ventre sans parvenir à ses fins ? Il répète sans cesse qu'il est le dieu Mîn et que je dois lui donner un garçon. On dirait un vautour qui s'acharne sur une charogne !

Renforcée par l'accent rocailleux, l'image était brutale. Sekhemrê tenta de se représenter la scène. L'abus de produits au suc de pavot avait évidemment ralenti les fonctions du royal amant et, s'il était bien parvenu à une érection, il s'obstinait à « piocher », comme disait sa royale maîtresse. L'état de transe où le mettaient les mêmes produits lui faisait évidemment perdre conscience de la situation.

— J'espère que je ne suis pas de nouveau enceinte ! Cet enfant me déchirerait le ventre ! gronda-t-elle. Je me suis sauvée de là-bas ! Je ne veux plus jamais faire l'amour !

La gravité des propos interdisait tout commentaire. Le médecin Seseb se borna à dire qu'apparemment Sa Majesté n'était pas enceinte et que, si elle l'était, elle serait guérie au moment de l'accouchement.

Les domestiques dans l'antichambre annoncèrent que l'eau tiède était prête. Sekhemrê sortit prendre le broc et le bassin. Il posa celui-ci par terre, entre les jambes de la patiente, qu'il pria de bien vouloir se rallonger. Puis il versa lentement de l'eau sur le sexe, cependant que Seseb exposait l'organe à l'ablution. Au premier contact de l'eau, la patiente poussa un cri. Quelques instants plus tard, elle urina. Quand ces préalables furent achevés, les tissus apparurent dans leur état réel. À la demande de Seseb,

Sekhemrê alla alors chercher l'onguent préparé par les novices. L'appliquer fut une autre affaire ; à chaque contact sur un organe aussi sensible, la patiente sursautait. Mais, à la fin, un certain effet apaisant dut se produire, car elle réagissait moins vivement.

— Voilà, Majesté, dit Seseb. Ce sera tout jusqu'à demain.

— Je me sens mieux, murmura-t-elle.

Elle se rassit, appela une dame de cour pour l'aider à enfiler sa robe et se mit enfin debout. Elle paraissait éprouvée. Seseb conseilla le repos.

— Qui est ce médecin ? demanda-t-elle en indiquant Sekhemrê.

— C'est le petit-fils de Sa Majesté, Ramsès.

Elle le toisa d'un œil sévère.

— Il travaille mieux que son grand-père, dit-elle.

Ils s'empressèrent de quitter les lieux. Ils avaient chacun vu son lot de chairs meurtries, mais le contexte du cas de Maât-Hornéférourê était sans doute le plus troublant de tous. Ils avaient accédé à l'intimité du couple royal et découvert le comportement aberrant du monarque. Ils se firent face à la porte du Palais :

— Je crois que le silence est beaucoup plus indiqué que les mots, dit Seseb.

— C'est aussi mon avis, répondit Sekhemrê.

De retour à la résidence du grand-prêtre, il s'assit sous les sycomores, se fit servir un gobelet de vin et le but en silence. Son attitude en disait long.

— Qu'as-tu et qu'a-t-elle ? demanda Khaemouaset, qui s'était assis en face de lui.

— Je suis horrifié et elle souffre de ce qui serait presque une éventration. L'organe du ventre est en mauvais état.

— Pourquoi ?

— L'organe du divin roi l'a ravagée. Tu ne sais pas ce que j'ai entendu ! Le médecin Pariamakhou est en train de rendre le roi fou.

— Mais c'est très grave ! s'écria Khaemouaset. Si elle rentrait chez elle, ce serait un désastre politique. C'en serait fini de l'alliance entre mon père et Hattousil !

Sekhemrê haussa les épaules, façon de dire qu'il n'y pouvait rien.

— Il faut que tu m'accompagnes à Pi-Ramsès. Nous allons voir Pariamakhou, annonça Khaemouaset.

— Pour quoi faire ? Contester son traitement ? Il dira que c'est une intrigue, d'autant plus que je suis un élève de son rival Seseb.

— Non, pour le prier d'apaiser la colère de Maât-Hornéférourê.

— Mais qu'y peut-il ?

— Nous verrons bien. Je t'en prie, accompagne-moi.

La détresse de son père frappa Sekhemrê. Il hocha la tête.

Le grand Pariamakhou habitait une demeure splendide proche du Palais. Quand il fut informé de la qualité de ses visiteurs, il sortit les accueillir et se prosterna devant Khaemouaset, puis les invita à s'asseoir dans son jardin, sans doute pour être loin des oreilles indiscrètes. Son visage était de ceux qu'on n'imagine guère souriants.

— Je sais pourquoi vous me faites l'honneur de cette visite, dit-il d'emblée. La Grande Épouse est partie hier en urgence pour Hetkaptah. La domesticité m'a seulement appris qu'elle souffrait du ventre et qu'elle était hors d'elle. Je n'ai pas eu besoin de longs discours pour savoir la nature de ce mal. Le roi divin ne l'a appris que ce matin, et il est inquiet. Il m'a prié d'envoyer un de mes élèves pour s'occuper d'elle, car il ne peut pas se passer de moi. Je lui ai répondu qu'elle bénéficierait à Hetkaptah des soins d'un excellent confrère, Seseb, et de son petit-fils Ramsès.

— C'est le cas, dit Khaemouaset.

— Bien. Je suppose que le prince Ramsès seconde son maître ? demanda Pariamakhou. De quoi souffre donc la Grande Épouse ?

— De tuméfaction de l'organe.

Pariamakhou soupira.

— Que puis-je pour vous ?

— Persuader le divin roi qu'une marque d'attention adoucirait l'humeur de son épouse. Ceci est un affaire politique. Si Maât-Hornéférourê rentrait chez son père, les conséquences seraient désastreuses, comme tu le conçois sans peine.

Pariamakhou réfléchit un moment.

— Ce que tu dis est sage, grand-prêtre. Mais est-ce bien à moi de faire une pareille requête ?

— Tu es le seul à être informé de cette affaire et des causes du départ de la Grande Épouse. Tu es donc le seul aussi à pouvoir expliquer au divin roi, mon père, sa responsabilité dans le mal qui frappe son épouse. Tu m'as déjà dit qu'il est inquiet. Une suggestion t'est plus facile qu'à tout autre.

— Je vais essayer, concéda le médecin au bout d'un temps de réflexion.

— C'est bien du suc de pavot qu'il prend dans ses médicaments ? demanda Sekhemrê.

Pariamakhou lui lança un regard d'exaspération résignée.

— C'est le calmant le plus efficace.

— Ne peut-on réduire les doses ?

— Les bains de sable chaud et les massages à l'extrait d'écorce de saule lui font du bien, j'en suis sûr, mais c'est lui qui réclame le suc de pavot. Il croit que cela prolonge les érections, mais il ignore que cela retarde seulement l'éjaculation. Quand j'ai tenté d'en réduire les doses, il s'est mis en colère. Si je les lui refusais, ce ne seraient pas les fournisseurs clandestins qui manqueraient. Le seul frein qu'il connaisse est la constipation que cause cette substance. Car les lavements émollients l'incommodent.

Cette intrusion dans les misères physiques de son père accabla Khaemouaset plus qu'il ne l'aurait prévu. Il aurait souhaité qu'on s'en tînt là, mais son fils et Pariamakhou échangeaient des informations et des recettes de leur art. Comme c'était lui qui avait pris l'initiative de la démarche, il endura donc patiemment son inconfort.

La conclusion de la conversation mûrissait dans son esprit. Le divin Ousermaâtrê Setepenrê était un invalide. Telle était la raison pour laquelle il avait demandé les deux derniers jubilés hors date.

Trois jours plus tard, l'arrivée d'une délégation menée par le vizir Khaÿ suscita un petit émoi à Hetkaptah. L'objet en fut soigneusement divulgué, sans tarder : le souverain adressait à sa Grande Épouse Maât-Hornéférourê ses souhaits ardents de prompt rétablissement et renouvelait l'expression de son affection ; en témoignait un somptueux bandeau d'or incrusté de nacre et de cabochons de rubis, au centre duquel le scarabée de la vie éternelle, en turquoise, se préparait à prendre son envol.

Seseb et Sekhemrê, qui traitaient toujours la patiente, assurèrent qu'elle paraissait rassérénée et qu'elle avait même fait les éloges de son divin époux. Elle regagnerait sous peu Pi-Ramsès. La jalousie n'était pas plus son fort que la diplomatie, car elle se félicita bruyamment qu'une autre eût désormais à subir les assauts génésiques d'Ousermaâtrê Setepenrê.

Il apparut plus tard, toutefois, que ce dernier avait lui-même pâti de ses ruts intempérants et qu'il avait donc appris à ménager ses ardeurs.

Bref, l'orage était passé. Bien peu soupçonnèrent qu'il avait été éloigné par la magie diplomatique du grand-prêtre Khaemouaset.

Le paysage mental de ce dernier en avait cependant souffert.

31

Le chien venu de nulle part
et l'homme qui aboyait

— Des gradins pour monter vers le ciel ! s'écria Sekhemrê. Des gradins de géant. Mais le *ka*, surtout celui d'un roi, n'en avait cure. Il monterait au sommet et, de là, il gagnerait l'éternité.

La brise du désert lui caressait le visage avec le frémissement des doigts amoureux. Khaemouaset détacha son regard de la pyramide et le promena sur le vaste ensemble funéraire, placé sous l'égide du dieu des morts, Sokar[1]. Puis il alla aux deux autres pyramides qui se dressaient au loin, à degrés elles aussi, comme celle de Djoser : celle de Sekhemkhet et celle du Horus Khaba. Oui, c'était un paysage qui inspirait l'envol vers le soleil éternel et la paix.

Escortés du maître des travaux en cours, le père et le fils franchirent la vaste enceinte des monuments funéraires et se dirigèrent vers la pyramide. Le contraste entre la partie restaurée et l'ancienne sautait aux yeux : sur les deux premiers degrés, les revêtements neufs, polis, aux arêtes aiguës, réfléchissaient la lumière avec exactitude, mais sur les quatre degrés supérieurs, les plaques grisâtres des parois érodées ou tombées laissaient voir les pierres du soubassement, comme des plaies révélant la chair sanglante. Vingt siècles de vents de sable avaient rongé les revêtements d'antan comme les souris du temps.

---

1. Qui est probablement à l'origine du nom actuel du site, Saqqara.

— Comme Son Éminence peut en juger, les réparations ont avancé avec célérité, dit le maître des travaux.

Ils n'avaient commencé, en effet, que cinq mois plus tôt. Khaemouaset hocha la tête.

— Le pharaon Djoser serait fier de nous, reprit le maître des travaux.

— Le maître Imhotep le serait autant, rectifia Khaemouaset, paterne. Comme tu le sais, Djoser n'a même pas vu sa pyramide achevée.

Le pharaon d'autrefois était, en effet, mort subitement et mystérieusement.

Le spectacle des ravages du temps sur les degrés supérieurs du monument le laissa rêveur. À son infime échelle, quelques années avaient érodé son monde à lui de façon bien plus spectaculaire. Les volontés divine et humaine conjuguées avaient effacé ou dégradé un nombre effrayant de gens qu'il avait tenus pour durables. Il avait, quelques jours plus tôt, au cours d'une visite au palais de Pi-Ramsès, croisé son ancien pupille et neveu Setherkhepeshef et il avait été frappé par le changement de ses traits et de son personnage ; la spontanéité juvénile qui en avait été le charme avait fait place à une maîtrise froide de l'expression et des gestes. Le visage s'était durci. Leur échange avait été courtois, mais sans chaleur. Setherkhepeshef avait sans doute compris qu'il n'était qu'une étoile pâlissante dans l'essaim des prétendants.

Une visite à sa tante Thiyi, motivée par la mort de son époux Thïa, n'avait guère été plus réconfortante. À la place de l'ancienne princesse, affectueuse et rayonnante, il avait trouvé une vieille femme, figée par le chagrin et un mal inconnu.

— On me dit que c'est toi qui t'occupes désormais des tombeaux ? avait-elle demandé, le regard creusé et pathétique.

— Je restaure ceux qui ont été outragés, ma tante, et je tente de déjouer la rapacité des voleurs.

— En as-tu fait de même pour celui de Thïa ?

— Non, mais il en est encore temps.

— Je ne veux pas être séparée de lui, Mouss. Je ne veux pas dormir seule au Set-néférou.

Il fut frappé par ce diminutif, Mouss, qui remontait à son enfance et que bien peu de gens pouvaient encore lui donner.

— Je veux que tu nous fasses préparer une tombe pour nous deux, où les voleurs n'auront jamais accès.

— Oui, ma tante.

— Fais-la décorer gaiement, à l'image de nos jours heureux.

— Oui, ma tante.

À l'image de nos jours heureux. Ces mots blessèrent Khaemouaset. Il semblait que personne ne fût plus heureux à la cour. Les fonctionnaires qui avaient le privilège de blanchir dans leur charge montraient des visages impassibles comme ceux que l'on peindrait sur leurs sarcophages, les autres disparaissaient silencieusement, chassés par le déplaisir du souverain ou partis pour le Grand Occident.

Il tourna son regard vers l'ouest, là où tout finissait, là où régnait la déesse Imentit, reine du peuple innombrable des morts, et dont seul le soleil avait le pouvoir de ressurgir.

— Moi aussi je veux dormir ici, murmura-t-il.

Sekhemrê se tourna vers lui, surpris. Il savait que la tombe de son père avait été préparée là-bas, avec celle des autres enfants de Ramsès, dans la montagne du Haut Pays.

— Alors, dit-il, je viendrai un jour dormir avec toi.

Khaemouaset hocha la tête. Il avait, en moins de soixante-dix jours, fait construire une tombe secrète pour Thïa et l'avait fait orner de fresques charmantes, du style ancien d'Akhenaton. Il décida sur-le-champ d'en réaliser une pour lui et sa famille.

L'idée de ce chantier l'emplit d'enthousiasme. Il en parlerait à Ipepi.

※

— J'ai trouvé beaucoup d'agitation au Palais, dit Ipepi, de retour d'une visite à Pi-Ramsès, où séjournaient désormais beaucoup d'artistes, vu la demande croissante de décoration de leurs demeures par les courtisans qui séjournaient là.

Il dînait ce soir-là chez le grand-prêtre, dans la résidence du temple, à Hetkaptah. Tout le monde désormais, dans la famille de Khaemouaset, appréciait le scribe, pour son esprit fureteur autant que pour sa fidélité. Il avait toujours un ragot piquant dans sa besace.

— Les ambassadeurs de Hattousil ont, en effet, suggéré à Sa Majesté qu'il serait heureux que l'union entre le royaume et leur pays soit consolidée par celle d'une princesse de sa famille avec un fils de leur roi. Les Grandes Épouses et les épouses secondaires s'agitent donc.

— Ils ignorent les lois du royaume, répondit Khaemouaset en découpant le second des canards rôtis que le domestique venait de déposer sur la table. Elles interdisent qu'une princesse royale épouse un étranger.

— Juste, observa Ipepi, mais les ambassadeurs font valoir que Hattousil a donné sa fille aînée à Sa Majesté et que ce serait donc un juste retour des choses qu'il approuve le mariage d'une des filles des Grandes Épouses avec son fils Hishmi-Sharouma.

— Qu'est-ce que c'est que celui-là encore ? demanda Sekhemrê.

— L'héritier du trône hattou. Son cousin Ourhi-Teshoub va partout racontant que c'est un bellâtre avec un pois chiche dans la tête. Toujours est-il que Sa Majesté a invité le prince à Pi-Ramsès. Les Grandes Épouses et les épouses secondaires sont certaines que le Hattou ne repartira pas sans une princesse dans son cortège.

— Ça doit intriguer ferme au Palais, dit Sekhemrê.

— Pire que ça, répondit Ipepi, plantant ses dents dans une cuisse de canard, une bataille rangée a eu lieu au Palais entre les partisans de la petite Néfertari et un clan de princesses secondaires. Les princes Ramsès, Meryrê et Setherkhepeshef ont tenté de les séparer, mais ils ont dû appeler à la rescousse la domesticité pour mettre fin à l'empoignade. Le prince Ramsès s'en est tiré avec un œil au beurre noir.

Il pouffa de rire à l'évocation de la scène, mais Nekhbet-di, Hatha et Isishérou ne semblèrent pas trouver l'épisode si drôle. On ne savait jamais où mèneraient ces guerres intestines.

— Et mon divin père n'a pas sévi ? demanda Khaemouaset.

— La scène a eu lieu après dîner et il ne semble pas qu'il en ait été informé.

Apparemment, Ramsès n'était jamais informé des désordres de la cour. Le silence régna un moment. Les convives firent un sort aux derniers quartiers d'okra, cuits dans la graisse d'oie et fondants. Puis les domestiques apportèrent des galettes de dattes cuites avec des amandes et des grenades égrenées. Ipepi parcourut l'assistance du regard et mesura le souci suscité par ses informations ; mais il avait conscience de faire son devoir ; désormais éloigné de la vie quotidienne de la cour, son maître en ignorait les convulsions ; or, celles-ci pèseraient sur l'avenir du royaume et Khaemouaset devait en être informé. Il but une longue rasade de vin pour se donner du courage :

— Nous le savons tous, chaque année qui passe accroît le poids de la question qui hante la cour : qui succédera à Ousermaâtrê Setepenrê ? Plus d'une centaine de princes royaux et secondaires et leurs descendances sont en lice. Le jeune Ramsès, par exemple, a quarante ans. Il compte trois fils, tous désireux de voir leur père accéder au trône, parce qu'ils y gagneraient le titre de princes héritiers. L'aîné, qui s'appelle également Ramsès, a déjà trois enfants lui aussi, dont un garçon. Eux, leur père et leur grand-père forment déjà un clan. Je ne vais pas dresser ici la liste des princes royaux et de leurs fils, Montouherkhepeshef, Nebenkharou, Meryatoum, Meryamon, Sethemouïa, Imenemouïa, Meryrê, Samontou, Setepenrê, Séthi, Merenptah, vous la connaissez mieux que moi. Celle des princes secondaires est encore plus longue et je ne la connais d'ailleurs pas. Même le directeur des Secrets du matin et le premier scribe s'y perdent, et leurs listes ne concordent pas. Cela fait une mosaïque de clans.

Khaemouaset secoua la tête et soupira.

— Et voilà que les princesses s'en mêlent ! s'écria-t-il.

— C'était prévisible. Elles se rangent du côté de leurs frères préférés. La visite de Hishmi-Sharouma n'arrangera rien. Même si le mariage avec un prince héritier hattou ne confère aucun droit de succession à la couronne, il en est plus d'une qui se voit déjà en future Hatchepsout.

— Et il en ira ainsi jusqu'à ce que le roi désigne un héritier ? demanda Isishérou.

— Il n'en désignera pas, répondit son époux, Sekhemrê.

— Je te remercie de ces informations, dit Khaemouaset à Ipepi. Que Ptah prête longue vie à son fils !

Il songea au quatrième jubilé, que son père l'avait chargé de préparer, par courrier spécial du premier scribe, Sethaou. Ce serait dans trois ans, en l'an 40 du règne. La cérémonie se tiendrait à Apitou.

La perspective de marier son héritier à une princesse secondaire n'eut pas l'heur de plaire à Hattousil ni à sa reine Poudoukhépa. Comment, ils avaient offert à Ousermaâtrê Setepenrê la plus belle fleur de leur jardin et, en échange, il leur proposait une courgette ? Goujaterie ! Le vizir eut beau expliquer aux ambassadeurs que, selon les lois du royaume, un fils né du mariage de Hishmi-Sharouma avec une princesse royale serait héritier du royaume de To-Méry et qu'il ne saurait être question d'une telle dévolution, ils n'en démordirent pas.

— Vous n'avez qu'à changer les lois ! Vous avez déjà offert l'asile à cet usurpateur d'Ourhi-Teshoub ! Ce n'est pas là une politique équitable !

Ils boudèrent donc.

Nul ne se faisait d'illusions sur ces gesticulations hypocrites : Hattousil et Poudoukhépa connaissaient bien les lois dynastiques ; ils avaient caressé l'espoir de mettre la main sur le royaume par une entourloupe aux droits de succession et le coup avait foiré. Ils n'allaient pas rompre leurs relations pour autant, car la paix les arrangeait autant que Ramsès.

Comme la visite du prince étranger devenait douteuse, l'agitation des princesses secondaires se calma. Et Ramsès fit de nouveau briller le soleil de l'amitié entre les rois en expédiant le médecin Seseb à Hattousil, qui souffrait des pieds. Ce n'était pas la première fois que les Hattous requéraient les hommes de l'art de To-Méry, car les leurs ne possédaient pas le quart de l'ancestrale science des élèves de Thot. Les soins de Seseb durent faire merveille, car Hattousil envoya une lettre à Ramsès pour le remercier de sa sollicitude.

« Je peux enfin mettre les pieds par terre sans souffrance », écrivit-il.

On apprendrait au retour de Seseb que le monarque Hattou souffrait de varices, d'arthrose et d'hydropisie. L'embellie dans les relations entre les potentats ranima le projet de visite de Hishmi-Sharouma et les princesses reprirent leurs trépignements.

Ramsès avait d'autres soucis. La preuve en éclata dans les palais et les temples : il s'était défait de son vice-roi de Koush,

Houÿ, pour nommer à sa place le premier scribe royal, Sethaou. Était-ce que Houÿ était devenu poussif ? Qu'il s'entendait trop bien avec ses administrés, les gros propriétaires ? Qu'il passait plus de temps à voyager sur le Grand Fleuve que dans les territoires confiés à sa gestion ? Peut-être toutes ces causes y contribuèrent-elles. Il en fut une autre à laquelle peu songèrent : comme tous les potentats vieillissants, Ramsès voulait de la jeunesse autour de lui, et il aspirait à construire, encore construire. Sethaou ne fut pas plutôt installé sur son trône que les projets furent connus de haut en bas du royaume. Le plus imposant serait le nouveau temple d'Amon, non loin de Méha, dans le désert de l'Ouest, dit aussi désert des Tjéhénous, au débouché de la piste qu'empruntaient les caravanes pour entrer dans le Haut Pays.

Après avoir assumé l'ingrate besogne de faire refaire les bas-reliefs du temple des Millions d'Années, qu'il n'avait pu achever d'ailleurs, Houÿ goûta donc aux délices de la retraite. Et qu'en était-il au juste de cette besogne ? Sous couleur d'effectuer un repérage du site où se déroulerait le quatrième jubilé, Khaemouaset décida d'aller en juger de ses yeux ; il partit avec ses deux fils, Sekhemrê et Hori. Ils demandèrent l'hospitalité à Pasar. Visage affaissé et démarche alourdie depuis leur dernière rencontre, ce dernier affichait le poids des décennies vouées à la gloire du roi dont il avait été l'ami de jeunesse avant d'en devenir le serviteur. Il fit à ses hôtes un accueil paternel.

Le lendemain, sous un soleil torride, ils se rendirent au temple examiner les bas-reliefs. Le résultat en était consternant :

— Les figures n'ont pas le même relief ! s'écria Hori.

Sekhemrê l'invita à la discrétion, car des travailleurs et des scribes traînaient alentour. Les mots eussent d'ailleurs été superflus : chacun voyait bien que, dans des groupes complexes de personnages, ceux qui avaient été sculptés sur des surfaces martelées n'avaient pas, en effet, la même profondeur. Le martelage lui-même avait été effectué à la va-vite et c'était ainsi qu'une couronne du Haut Pays, appartenant à l'ancien décor, flottait sans possesseur. Ailleurs, la pierre n'était pas lissée et des traces des figures effacées y transparaissaient. Les lignes étaient raides et leurs bords souvent ébréchés. La confusion de l'exécution accentuait l'incongruité de la représentation : Ramsès se présentant des hommages à lui-même !

331

Khaemouaset approcha pour déchiffrer un cartouche neuf commentant la scène d'offrande. Le nez quasiment sur la pierre chaude, il en resta bouchée bée. Le pharaon était désigné comme *Pa-netjer*! Le dieu! Ses compagnons remarquèrent son expression et vinrent en identifier la cause. Puis ils se regardèrent les uns les autres, éberlués.

Pasar serra les mâchoires et secoua la tête ; il ne pouvait plus dissimuler sa consternation, et les mines de ses compagnons n'étaient guère plus heureuses. Avisant le petit groupe d'observateurs, parmi lesquels deux grands-prêtres, le chef des sculpteurs alla vers eux et exprima sa déférence avec force sourires ; il ne trouva que des faces maussades.

— Leurs Éminences ont-elles des souhaits à exprimer ? demanda-t-il.

— Ce n'est pas la peine, rétorqua Pasar à l'artiste interloqué.

Les visiteurs retournèrent à leurs baudets. Pasar ne remonta jamais sur le sien. Il mit la main sur la selle et s'écroula. Aucun effort pour le ranimer ne produisit le moindre effet. Un filet de sang avait coulé du coin de sa bouche et coagulait déjà. Une attaque avait emmené le grand-prêtre d'Amon au Grand Occident. Sekhemrê ne douta pas que la contrariété causée par les bas-reliefs avait été la cause de sa mort.

Personne ne sut quel était le chien qui suivit le petit cortège funèbre jusqu'à la résidence de Pasar, ni pourquoi il s'y obstina et, arrivé à destination, s'esquiva brusquement.

— Un émissaire d'Anubis, murmura Hori, que la matinée avait éprouvé.

— Non, nous sommes dans le pays de Ouaouât, l'informa son père. C'est un émissaire de Ouapaoût, le dieu-chien de ce pays.

Mais nul n'avait jamais résolu la question de savoir si les chiens, et tous les animaux, d'ailleurs, ont un *ka*. Peut-être celui-là en avait-il un et portait-il le deuil d'un homme bon.

Qui donc avait cafté ?

Au cours d'une halte à Ouaset, avant de reprendre le bateau pour Hetkaptah, Sekhemrê et Hori décidèrent de sortir en garçons et de se rendre au Palais d'Ihy. Ils en entendaient parler depuis leur enfance et n'y avaient jamais mis les pieds. Ils ignoraient donc que l'accorte quadragénaire qui les accueillit était la fille de l'ancienne tenancière, partie pour le Grand Occident.

Arrivés au moment où le spectacle de danse commençait, ils s'assirent, gobelets de bière à la main, pour se rafraîchir les yeux et le gosier. Ils ne furent pas déçus : c'était bien ce qu'ils avaient espéré, des corps sveltes et des suggestions amoureuses ; quand la dernière danseuse se fut esquivée, sur un lever de jambe aussi révélateur qu'acrobatique, Hori, qui était mal marié, en fut émoustillé. Le spectacle suivant, toutefois, les laissa sans voix. Deux comiques s'avancèrent sur l'estrade, l'un avantageux, l'autre penaud.

— Citoyens de Ouaset, déclara le premier, jusqu'à aujourd'hui, j'étais contremaître en travaux de maçonnerie. Depuis ce soir, tout a changé. Je suis devenu dieu. Comment ? Vous ne me croyez pas ? Je vais vous le prouver sur-le-champ. Je vais transformer cet homme en chien. Il était mon employé, il est maintenant mon chien.

Il pointa le doigt vers son compère :

— Obéis !

L'autre se mit à quatre pattes, émit des jappements de chien, aboya et tourna autour de son maître. La salle s'esclaffa. Le maître lui jeta un morceau de galette et le faux chien le happa, s'assit sur son train arrière, à la façon de l'animal, et le mâcha d'un air ravi.

— Regarde, il y a quelqu'un là qui ne croit pas que tu sois un chien, dit le maître en indiquant un spectateur, va lui prouver le contraire.

Le spectateur en question était Sekhemrê. Le faux chien se jeta sur lui en aboyant et tenta de le mordre. La salle maintenant, Sekhemrê et Hori compris, riait aux éclats.

— Reviens !

Le faux chien remonta sur l'estrade. Le maître le considéra un moment, d'un air pensif.

— Bon, dit-il enfin, je t'ai transformé en chien, c'est bien. Mais, le soir, on a besoin d'autre chose que d'un animal. On voudrait de la compagnie, hein, une jolie fille qui vous distraie et vous offre des caresses. Je suis un dieu, n'est-ce pas ? Alors je vais te transformer en jolie femme.

Il jeta au compère une perruque féminine et celui-ci s'en empara, s'en coiffa, se releva et se déhancha subtilement. Puis il se mit à onduler de haut en bas, et les rires repartirent de plus belle, quelques-uns filant à l'aigu. Pendant quelques instants, les deux compères se livrèrent à une scène de séduction brûlante. Puis le maître l'arrêta :

— Bon, on ne va pas passer la nuit en galipettes. Je veux dormir et il me faut un chien pour garder la maison. De toute façon, je vois bien que tu es comme toutes les autres femmes, lascive, cupide et infidèle, et que je vais me ronger de jalousie. Allez, chien ! dit-il en enlevant la perruque du compère.

Ce dernier se remit à quatre pattes et regarda son maître d'un air ému, puis il le flaira et fit mine de lever la patte sur lui. La salle céda au délire et même Sekhemrê applaudit. Puis le chien fit la quête et Sekhemrê lui donna deux anneaux de cuivre.

— Ce n'est pas vrai, murmura Hori scandalisé en sirotant sa deuxième bière pendant qu'un chanteur s'installait sur l'estrade avec sa harpe. Comment sont-ils déjà au courant ?

— Ce n'est pas difficile, répondit Sekhemrê, nous ne sommes pas loin du temple… Un scribe aura rapporté ce qu'il a lu sur les bas-reliefs et les comiques s'en seront inspirés.

— C'est une plaie que ces scribes !

Ils débattirent pour savoir s'ils raconteraient la soirée à leur père et conclurent que ce n'était pas nécessaire. Puis les danseuses vinrent à leur tour faire la quête et, comme il avait remarqué l'intérêt de son frère pour l'une d'elles et qu'il le soupçonnait d'être sexuellement timide, Sekhemrê donna un anneau d'argent à la donzelle, en lui disant :

— Ceci est pour mon frère. Emmène-le au jardin. J'attendrai ici.

Hori lui lança un regard éploré :

— Et si je la mettais enceinte ?

— Ne t'inquiète pas, elles ne sont pas fertiles tous les jours et ceux où elles le sont, elles prennent leurs précautions.

Hori n'avait aucune idée de ce que ces précautions pouvaient être, mais, son frère étant médecin, il lui fit confiance. Sekhemrê commanda une troisième bière et médita sur le numéro des deux comiques et les prétentions de son aïeul à la divinité. Ce fut alors que ces derniers vinrent s'asseoir à côté de lui.

— La morsure est guérie ? demanda le maître.

— Plus une trace, répondit Sekhemrê sur le même ton facétieux. Quelle chance as-tu d'être un dieu !

— Crois-tu ? soupira l'autre, avec une affection d'affliction. Nous ne pouvons jamais réaliser notre plus grand désir !

— Lequel ?

— Être des hommes !

Sur cette nouvelle plaisanterie, Sekhemrê leur offrit à boire. Leur impertinence sans cesse renouvelée lui fit passer le temps sans même y songer.

— À quoi faisait donc allusion ton numéro de dieu ? s'enhardit-il à demander.

— Comment, tu ne sais pas ? Notre bien-aimé Sessou est devenu dieu !

Sur quoi le pitre s'esclaffa et se tapa les cuisses.

— Je l'ignorais. Comment l'as-tu appris ?

— Les sculpteurs sont en train de corriger les décors des temples pour l'installer entre Ptah et Amon !

La seule évocation de cette promotion jeta les deux compères dans une hilarité convulsive. Peut-être avaient-ils raison, peut-être était-ce le meilleur parti à prendre dans cette affaire. Sekhemrê leur offrit une deuxième tournée.

Puis Hori revint, ébaubi de son expérience extra-conjugale, et il fut temps de rentrer se coucher.

Il était dommage, songea Sekhemrê, que Ramsès ne pût pas se rendre de temps en temps au Palais d'Ihy ; cela lui eût fait autant de bien qu'au pays. Il ignorait qu'il se faisait exactement la même réflexion que son père maintes années auparavant.

Quant aux émotions de Hori, leur récit attendrait le lendemain.

32

Une vaste odeur de pharmacie...

L e prince Hishmi-Sharouma daigna enfin venir dans le pays de
Horus. Une délégation militaire alla à sa rencontre et l'escorta
jusqu'à Pi-Ramsès, comme elle l'avait fait pour sa sœur Bentarourou. Le faste de la réception au cours de laquelle le visiteur
fut accueilli par le maître de To-Méry et retrouva ladite sœur,
devenue Maât-Hornéférourê, égala au moins celui de l'arrivée de
celle-ci. Nul ne s'y trompa, même pas le prince : l'objet en était
d'exalter la puissance et la gloire d'Ousermaâtrê Setepenrê bien
plus que de faire honneur à l'invité. Carré et peu démonstratif,
celui-ci promena un œil apparemment amusé sur cet étalage de
richesse et de raffinement dont son montagneux pays était peu
coutumier. Ramsès, pour sa part, le détailla d'un œil gourmand :
il tenait enfin sa proie, le premier représentant mâle d'une puissance qu'il n'avait jamais pu vaincre. Une princesse avait été un
beau trophée, la visite d'un prince héritier en constituait le pendant nécessaire. S'il n'avait pas remporté l'Amourrou, Ramsès
avait enfin imposé la paix et l'amitié aux Hattous.

Hishmi-Sharouma en était bien conscient ; le détachement un
brin condescendant avec lequel il s'adressait à Ramsès le signifiait même à ceux qui ne pouvaient qu'observer de loin les rapports des deux hommes : « Tu es le pharaon et tu es riche, mais
tu as besoin de moi. » La présence de sa sœur amplifiait le poids
de la sienne et, à la fin, certains princes se demandèrent si la visite
du Hattou était aussi opportune que leur père l'avait imaginé.

Les princesses secondaires s'en trouvèrent déconfites : elles qui avaient tant misé sur ce mirifique parti n'avaient pu que le regarder de loin durant un banquet, le lendemain de son arrivée. Et aucune d'elles ne lui avait été présentée. Le troisième jour, elles perçurent la défaveur qui l'entourait et rejetèrent leur beau rêve, comme un enfant, un jouet cassé. Non, elles ne se laisseraient pas enlever par ce barbare revêche pour aller moisir dans les montagnes glacées de son pays ! Les princes, les fonctionnaires et autres gens de la cour se félicitèrent, eux, de ce que le prince eut demandé à visiter le noble pays de Horus ; de la sorte, il soulagerait la cour de l'inquiétude que suscitaient sa voix de basse menaçante, ses regards inquisiteurs et son masque énigmatique à la barbe soyeuse. Le prince Ramsès lui fut délégué comme guide et, cinq jours après son arrivée, il prit un bateau royal qui le mènerait jusqu'au pays de Koush.

Ce fut ainsi que, lors d'une visite du temple de Ptah à Hetkaptah, Khaemouaset fit sa connaissance.

— Vos statues sont bien grandes, observa le visiteur en considérant les colosses qui semblaient garder le temple.

— Elles sont à la mesure du respect et de l'amour que nous portons aux dieux, prince, répondit Khaemouaset.

— Et vous n'aimez pas Seth, à Hetkaptah ?

La ville ne comportait pas, en effet, de temple dédié à ce dieu.

— Notre cité est vouée au culte de Ptah, répondit Khaemouaset, étonné de l'acuité d'observation du visiteur.

— Et quelle cité est vouée à Seth ?

— Il est honoré dans les oasis, prince.

— Le grand dieu Seth de notre pays, celui dont votre roi est le représentant sur terre, n'a donc pas de cité dans le pays de To-Méry ?

Ce bougre cherchait-il querelle ?

— Plusieurs de nos dieux révérés n'ont pas de cité, répondit Khaemouaset, à la fin agacé.

Le prince Ramsès jugea bon d'interrompre l'entretien en proposant un rafraîchissement au prince. Cet échange et le rappel de l'existence de Seth dans la politique du royaume contrarièrent Khaemouaset.

— Un montagnard ! grommela-t-il quand le Hattou fut parti. Un montagnard poilu !

Et il pria les domestiques de laver les traces de pas du visiteur et de son assesseur, de brûler de l'encens dans les parties du temple où le prince s'était rendu.

🌿

La visite du Hattou n'était pas achevée que Khaemouaset officia aux funérailles de Pasar, dans la chapelle jouxtant le tombeau déjà construit de longue date. Il lui revint donc de lui ouvrir la bouche avec la fourche de silex et l'herminette, cependant que l'assesseur du prêtre disparu, assis à l'arrière, agitait les bras dans une transe magique : il essayait de saisir l'oiseau *ba* du défunt afin de le faire revenir dans son corps.

La famille, les prêtres d'Amon, les amis suivaient les rites avec des regards mouillés. Pasar avait été aimé. Et quand son oiseau *ba* aurait été apaisé et que son *ka* rasséréné se serait installé de nouveau dans sa dépouille, il pouvait être certain que les offrandes ne manqueraient jamais, que les fleurs de lotus et les pots de miel, les flacons de parfums et les cruches de vin seraient régulièrement renouvelés devant l'autel.

Et l'eau.

Les fils et les filles n'oublieraient jamais l'injonction aux survivants :

> *Donne de l'eau à ton père et ta mère qui reposent dans la vallée...*
>
> *Ami Pasar, je te rends la parole, mais je sais que désormais tu te tairas, comme ceux qui savent. Que Thot te soit indulgent, car je sais ton âme et tes bienfaits aussi purs et lourds que l'or.*

La cérémonie s'acheva. Les larmes coulaient aussi des yeux de Khaemouaset. Il se tourna vers l'assistance. Le prêtre en transe poussa un cri et joignit les mains. Quelqu'un lâcha une colombe blanche : l'oiseau *ba* s'était libéré ! Et le prêtre avait trouvé le *ka* !

Une rumeur d'émotion monta. Le chœur des chanteuses d'Amon s'éleva.

Il ne restait qu'à porter le sarcophage dans sa demeure. Khaemouaset se munit d'un encensoir où les parfums brûlaient et précéda les porteurs. Le sarcophage fut posé sur des tréteaux. Les dernières prières furent prononcées. Pasar serait présent à jamais dans le cœur de ceux qu'il aimait et qui l'aimaient. Les morts sont présents. Aucune vie ne s'achève jamais.

Convoqué par son père à Pi-Ramsès, Khaemouaset guetta un mot, un accent, un regard qui refléteraient, sinon le chagrin, au moins le regret de la perte d'un ami. En vain. Depuis quand les dieux pleuraient-ils sur les vivants ?

L'objet de l'entretien était le choix du successeur de Pasar.

— Connais-tu Bakenkhonsou ?

— Le Père divin ? Bien sûr, qui ne le connaît pas ?

— Et qu'en penses-tu ?

— Je n'éprouve pour lui qu'admiration.

Khaemouaset était stupéfait. Qui donc avait conseillé Ramsès ? Bakenkhonsou était l'une des lumières du culte, mais sa réputation ne s'étendait guère aux cercles du Palais, mis à part quelques scribes studieux. Soudain, il comprit : Meryatoum ! Grand-prêtre de Rê, il avait soufflé à son père le nom de celui qui était alors Deuxième prophète d'Amon. Restait à savoir si l'élu supporterait les lubies de son souverain.

— Bien. J'en ferai le Premier prophète d'Amon. Je veux espérer qu'il hâtera l'achèvement du temple des Millions d'Années. Pasar était devenu un peu lent à la fin.

Et voilà l'oraison funèbre. Était-ce l'âge qui avait rendu Pasar lent ? Ou bien une sourde résistance intérieure à une œuvre qu'il désapprouvait ? Il se souvint de la visite du grand-prêtre d'Amon et de son exclamation : « Nous sommes entrés dans la folie ! » Il leva les yeux sur son père et le dévisagea. Il lui sembla que le monarque penchait un peu trop la tête de côté, ce qui lui prêtait une attitude interrogative. Un geste brusque du chasse-mouche interrompit l'examen.

— Il faut que je reçoive le prince Hishmi-Sharouma, qui vient de rentrer de sa visite du royaume et qui s'apprête à repartir pour son pays. Tu l'as rencontré, je crois ?

— Oui, père divin.

— Qu'en as-tu pensé ?

— L'entrevue fut trop brève pour que je m'en fasse une opinion. Il a paru s'intéresser au culte que nous rendions à Seth et il a admiré la taille de nos statues.

— Oui, nos ambassadeurs là-bas me disent que les Hattous ne savent pas sculpter des pièces monumentales. J'imagine que le prince va les y contraindre. Sais-tu qu'il sera le prochain roi de son pays ? Ah, Ourhi-Teshoub va être bien dépité !

Ramsès fit appeler un domestique et lui ordonna de lui apporter un pot de chambre. Khaemouaset sortit. De la balustrade du premier étage, il aperçut le cortège princier qui venait de pénétrer dans la grand-salle du Palais. Il emprunta alors une porte dérobée pour éviter le Hattou et songea qu'au moment où le prince aurait atteint l'antichambre royale le roi aurait alors fini de pisser.

En cette trente-neuvième année du règne d'Ousermaâtrê Setepenrê, nom auquel fut adjointe l'appellation de *Pa-netjer* Hathon, le dieu, souverain d'On[1], il en fut un qui se félicita d'avoir délaissé la médecine pour seconder son père : Sekhemrê. À Hattousas comme à Pi-Ramsès, les maîtres du monde et leurs satellites ressentaient, en effet, les insultes de l'âge. Et il n'y avait plus assez de médecins au royaume de To-Méry pour soigner les arthrites et les arthroses, les hydropisies, les aménorrhées royales et princières, sans compter le bon peuple qui, lui, accusait son fardeau ordinaire d'ophtalmies, de fractures, de courantes et d'écoulements par tous les orifices.

La première à se plaindre, mais par l'entremise de son frère Hattousil, fut Maranazi, demeurée stérile jusqu'à un âge avancé, en dépit des tentatives de fécondation de maints étalons, à deux pieds, du pays des Hattous. À cinquante ans, assurait son frère, elle demeurait bréhaigne alors qu'elle rêvait d'un enfant, et ses mamelles déjà pendantes s'en désolaient. Hattousil demanda donc à Ramsès un de ces remèdes dont les merveilleux médecins de To-Méry avaient le secret. Quelques scribes se souvinrent que c'était celle dont Ourhi-Teshoub avait révélé le faible pour les

---

1. Héliopolis, rappelons-le, était le grand centre théologique du royaume.

bijoux et que, moyennant quelques ruineux brimborions, elle avait soutenu le projet de mariage de sa nièce avec Ramsès ; on ne pouvait la négliger.

Maranazi, désireuse d'horizons nouveaux, avait été du voyage de sa belle-sœur Poudoukhépa, lorsque celle-ci avait accompagné sa fille Bentarourou aux confins de son royaume. Les officiers de Sa Majesté avaient bien repéré cette dame, s'étaient enquis de son statut et, l'ayant appris, lui avaient témoigné le respect dû aux anciennes. C'étaient des hommes rompus à dresser un état civil au vu de la peau, des hanches et de la dentition et, quand il s'agissait de femmes, les teintures de cheveux les plus savantes et les fards les plus subtils ne les dupaient pas ; ils en avaient fait un rapport à Sa Majesté : une vieille belle jouant les jeunesses, qui avait tenté de séduire un ou deux officiers aux étapes.

— Y est-elle parvenue ? avait demandé Ramsès, amusé.

— Sire, l'hospitalité a ses lois et, de toute façon, à son âge, cela ne tirait pas à conséquence.

Ramsès avait ri ; après un printemps stérile, la princesse espérait donc un hiver fertile. Il répondit au Hattou, à la fin d'une lettre :

> *Voyons maintenant à propos de Maranazi, la sœur de mon frère. Elle aurait cinquante ans, dis-tu ? Allons, je la connais, elle en compte soixante, c'est évident. Aucun médecin ne peut confectionner de médicaments qui permettent d'avoir des enfants à cet âge.*
>
> *Mais, évidemment, dans le cas où le dieu-soleil et le dieu de l'orage le requerraient, j'enverrai un bon magicien et un bon médecin et ils lui procureront quelques drogues capables de favoriser l'enfantement[1].*

Malignité royale ou coupable indiscrétion, la teneur de la lettre transpira peu après qu'elle eut été confiée aux messagers, et la cour se gaussa dans le dos de la Grande Épouse Maât-Hornéférourê et des ambassadeurs. Quelques plaisanteries, inspirées sans doute par Ourhi-Teshoub, tombèrent même dans le graveleux. Sa Majesté n'ignora pas les rires et les sanctionna même de

---

1. Texte authentique.

342

quelques ricanements. C'était sa vengeance des commentaires dédaigneux de Hattousil sur la naissance d'une fille.

Mais voilà que Hattousil lui-même requit les soins d'un médecin de To-Méry. Ses maux de pieds étaient revenus et le contraignaient à l'immobilité. Les ambassadeurs de Sa Majesté à Hattousas l'informèrent que ces histoires de pieds avaient pris la dimension d'un drame d'État et que la reine Poudoukhépa avait promis des dons fabuleux à la déesse Ningal si elle guérissait son époux. Là aussi, le sens diplomatique exigeait une intervention rapide. Le roi convoqua le médecin Seseb, qui avait déjà été envoyé à Hattousas pour soigner Hattousil, et lui demanda de quoi souffrait ce dernier et si l'on pouvait y faire quelque chose.

— À son âge, Majesté, l'arthrose et l'hydropisie se soignent, mais ne se guérissent pas. Hattousil a cru à tort que les remèdes que je lui avais prescrits mettraient fin à son état, il ne m'a pas compris. Il lui faut suivre un traitement jusqu'à la fin de ses jours.

Ramsès l'avait sans doute compris, puisqu'il suivait lui-même un traitement régulier, voire quotidien.

— Veux-tu aller le lui faire comprendre ?

L'expression de Seseb répondit pour lui.

— Majesté, je souffrirais de quitter le soleil de ta présence pour aller m'exiler dans les montagnes. De plus, je soupçonne que Hattousil a une épine plantaire et je n'ai pas envie de l'opérer. S'il succombait lors de l'intervention, je n'y survivrais sans doute pas.

La question était entendue. Seseb n'avait pas envie de retourner à Hattousas, ni de s'exiler dans les montagnes glacées de l'Asie en compagnie d'un potentat atrabilaire et invalide.

— Veux-tu donc remplacer Pariamakhou auprès de moi ? Je l'y enverrai à ta place.

— Majesté, un tel honneur m'emplit de joie.

On le concevait : devenir le médecin attitré du pharaon et supplanter son rival était une double victoire.

Les instructions furent données au vizir Khaÿ, les scribes inscrivirent la nomination de Seseb, son stipende, ses devoirs et privilèges, ainsi que la demeure qui lui serait assignée à Pi-Ramsès, et Pariamakhou partit donc pour Hattousas avec deux novices et d'amples provisions d'herbes, de sucs, de dents de serpent et autres queues de lézard, sans oublier le manuel de magie et les trousses de chirurgie.

Toutefois, l'on n'en resta pas là : la mystérieuse colère de Sekhmet, la déesse-lionne qui répandait sans doute la maladie sur le monde, toucha des principicules asiatiques dont personne, hormis quelques militaires chevronnés, n'avait entendu parler. Eux aussi réclamaient des médecins de To-Méry. Ou peut-être la perspective d'en être guéris leur fit-elle prendre conscience de maux dont ils s'étaient jusque-là accommodés. Ainsi un certain Kourounta, vassal de Hattousil et maître de Tarountas, un fief perdu quelque part au-delà de l'Amourrou, supplia-t-il Ramsès de lui dépêcher un homme de l'art pour traiter d'affreuses coliques récurrentes. Dans sa grande bonté, le pharaon lui en envoya également un.

Parfois, ces excellences requéraient les soins d'un chirurgien et ne pouvaient être opérées sur place. Quelques-unes arrivèrent donc à Pi-Ramsès, qui pour se faire enlever une tumeur gommeuse du visage, qui pour se faire circoncire, en dépit d'un âge avancé, en raison d'un phimosis.

Bref, une vaste odeur de pharmacie régnait sur l'Orient.

🌿

Sekhemrê s'était réjoui trop tôt. Il rentrait d'une longue journée où il avait contrôlé l'avancement du tombeau de son père quand il trouva une missive du chambellan de la Grande Épouse Maât-Hornéférourê qui l'appelait à Pi-Ramsès. « Sa Majesté ne désire aucun autre praticien que l'illustre prince Ramsès », précisait le chambellan.

Il déclara d'abord avec humeur qu'il n'irait pas.

— Elle est rentrée en grâce, observa son épouse Isishérou, tu ne voudrais pas désobliger ton père en lui refusant tes services.

C'était la voix du bon sens et Sekhemrê s'y rendit, fût-ce à contrecœur.

Il trouva l'avant-dernière Grande Épouse assise sur la terrasse, d'humeur sensiblement plus amène que la fois précédente, parée, fardée et perruquée de frais.

— Je t'ai mandé parce que je me suis félicitée de tes soins. Tu as été prompt et discret. Je suis rétablie.

344

Il fut sensible à l'éloge. Fort bien ; il n'aurait donc pas à procéder à des examens et des soins déplaisants. Mais de quoi souffrait-elle donc ?

— Je n'ai pas de règles, expliqua-t-elle de cette voix basse et feutrée qui donnait l'impression d'entendre une lionne. Non, je ne suis pas enceinte. Depuis ma dernière expérience, je n'ai nulle intention de l'être une fois de plus, ni de m'y exposer. Aucun homme ne me possédera plus. Un ou deux quarts d'heure de plaisir et neuf mois de servitude.

La révélation était de poids, mais Sekhemrê demeura impassible. En fait, les coïts royaux lui importaient autant que ceux des mulots dans les champs. Il fut toutefois surpris : la pécore montagnarde avait étonnamment changé depuis leur dernière rencontre.

— Pas de règles du tout ? demanda-t-il.

— Quasiment pas, mais des douleurs au ventre souvent insupportables.

Ce n'était pas sorcier : le refus de toute activité sexuelle avait probablement induit la Grande Épouse à un déni de son corps. Son *ka* était mécontent et c'était là une autre maladie. La magie était requise, mais il n'y était pas disposé. Les invocations et conjurations que lui avait enseignées Seseb exigeaient une prudence extrême dans le choix des esprits à solliciter et de ceux qu'il fallait repousser. Il n'y était pas enclin. Mais pourquoi diantre se souciait-elle de ses règles puisqu'elle n'entendait plus procréer ? Peu importait.

— Je vais prier Sa Majesté de mettre un domestique à mon service, afin de réunir les ingrédients nécessaires, et je préparerai moi-même ton remède.

— En quoi consistera-t-il ?

— Une potion à verser dans le vin.

— Dans combien de temps agira-t-elle ?

— Le temps qui nous sépare des prochaines règles.

— C'est dans vingt-trois jours, annonça-t-elle.

Elle hocha la tête et fit appeler le domestique. Sekhemrê l'envoya chez le grand apothicaire de Pi-Ramsès, muni d'un *ostracon* sur lequel il avait écrit : achillée, millepertuis, ortie blanche, ellébore. Maât-Hornéférourê l'invita à déjeuner sur la terrasse ; comme il n'avait rien de mieux à faire, il accepta.

Elle l'interrogea sur les raisons pour lesquelles il ne pratiquait plus la médecine.

— Le spectacle des misères du corps exige un grand effort de sérénité, répondit-il. Leur traitement est un sacerdoce plus astreignant que le service des dieux. Il faut quasiment se mettre dans la personne du patient pour identifier son mal. Et l'on doit être à tout moment à son service. C'est une prêtrise.

— Ou une grossesse sans fin.

La réflexion le fit rire, et son rire entraîna celui de la Grande Épouse.

— L'un de vos scribes m'a enseigné votre religion, dit-elle. Enfin, ce qu'il pouvait m'en apprendre, car je crois qu'une vie entière n'y suffirait pas. Vous avez plusieurs déesses, mais au fond, il n'en est qu'une qui domine : Isis. Elle devrait être la patronne des médecins, car elle guérit les piqûres de scorpion. Elle passe sa vie à essayer de réparer les sottises des hommes.

— Et les crimes de Seth, ajouta Sekhemrê, qui s'était enhardi.

Il ne se serait jamais attendu à une conversation de cet ordre avec celle qui lui était apparue quelques mois plus tôt comme une furie blessée.

— Oui, vous n'aimez pas Seth dans ce pays, dit-elle en grignotant un pilon de poulet.

— Comment cela ? Il s'est incarné dans le pharaon et il triomphe depuis bien des années.

— Mais je pense qu'un jour vous aurez besoin d'Isis de nouveau.

C'était quand même étrange d'entendre une fidèle de Seth-Baâl annoncer que le royaume aurait besoin un jour d'Isis. Qu'entendait-elle par là ? Sekhemrê y songeait encore quand il alla préparer ses décoctions et infusions. Celles-ci faites, il demanda à l'une des dames de cour de lui remettre un grand récipient qu'on pût boucher ; il se vit confier un superbe et gros flacon de verre bleu fileté de jaune et y versa le remède : à boire à raison d'un gobelet par jour, mélangé à du vin.

Puis il reprit le bateau pour Hetkaptah.

Vingt-cinq jours plus tard, un messager royal arriva de Pi-Ramsès et lui remit un coffret luxueux. Sekhemrê y trouva un pectoral d'or orné de pierres bleues de deux tons, turquoise et lapis-lazuli, arrangées autour d'une effigie d'Isis entre deux yeux

oudjât. Sur le fond de la boîte, quelques mots étaient inscrits :
« Les crues ont repris, sois remercié. Ce bijou est pour ton épouse,
au nom d'Isis. »

Isishérou fut évidemment enthousiasmée, mais son époux
demeura songeur.

33

Ce que disent les oiseaux

L e grand projet de Ramsès en politique étrangère se dessina aux yeux de la cour : amener Hattousil à lui rendre visite. Après lui avoir imposé la paix, puis le mariage avec sa fille aînée, il lui arracherait le dernier symbole de sa victoire virtuelle, clamée jadis dans le *Poème* de Pentaour et dans maints bas-reliefs de temples. Cela n'était pas dit, mais évident pour plus d'un : c'est le vaincu qui se rend chez le vainqueur.

La visite de Hishmi-Sharouma n'aurait alors été qu'un préambule à celle de son père, le vieux fauve, le roi des montagnes d'Asie.

Hattousil ne semblait guère enthousiasmé par ce projet. « Me diras-tu au moins ce que j'irais faire là-bas ? », répondit-il fraîchement à l'une des premières invitations. Ramsès argua de l'intérêt de faire plus ample connaissance et promit d'aller recevoir le Hattou en Canaan. Mais celui-ci demeurait sur sa réserve. Pour masquer la discourtoisie de son attitude, ses ambassadeurs évoquèrent les difficultés que le monarque éprouvait à se déplacer et déclarèrent qu'il fallait attendre les résultats des soins que Seseb lui dispensait.

Entre-temps, l'on bâtissait. Le nouveau grand-prêtre d'Amon, Bakenkhonsou, agrandit le temple des Millions d'Années et en enrichit les ornements. C'était à l'autre extrémité du royaume, mais la cour de Pi-Ramsès et les fonctionnaires des autres villes ne parlèrent plus que des portes plaquées d'or et d'électrum[1] que le chef des orfèvres, Nakhtdjehouty, y avait fait ériger.

Le royaume semblait entrer dans une ère de prospérité effervescente. Tout enflait de gloire et de splendeur, même les noms ; ainsi Pi-Ramsès était devenue Aânakht, « Grande de Victoire », comme le monarque l'appelait depuis quelque temps, « Maison de Ramsès » étant plutôt banal. Mais, au goût de Ramsès, le nouveau nom n'était pas à la hauteur de la cité qu'il avait créée et il décida d'en changer encore : ce serait désormais Aâkarê-Horakhty, « La Grande Âme de Rê-Horakhty[2] ». Ce qui créa une certaine confusion administrative, les gouverneurs des nomes et les commandants des garnisons n'étant pas tous informés de ces modifications. Aussi des courriers s'égaraient-ils à l'occasion ; ils débarquaient dans les villages voisins et demandaient la direction de la localité d'un air ahuri ; les gens leur répondaient alors, hilares :

— Ne t'inquiète pas du nom, c'est la ville que tu vois là-bas.

Le changement d'appellation était assez important pour appeler réflexion. Lors d'une visite à Khaemouaset, pour l'organisation du jubilé, Meryatoum le commenta ainsi :

— Le nom précédent était martial, le nouveau est religieux. Cela doit bien signifier quelque chose...

— Notre divin père considère maintenant l'horizon, répondit Khaemouaset. Le temps de la guerre est passé...

— ... et celui de la mort approche, compléta Meryatoum.

— Il changeait les noms des gens, il changeait la réalité, il a changé d'identité, il change maintenant les noms des villes, que va-t-il changer encore ? gémit Nekhbet-di.

— Il ne change rien, mère, il invente, observa Sekhemrê.

— N'a-t-il pas été assez aimé ?

Mais cet homme défiait l'analyse, et le bref échange entre mère et fils s'interrompit, au soulagement de Khaemouaset. À l'exception de Néfertari, peut-être, aucune femme n'avait réussi à former un couple avec Ramsès. Aucune ne l'avait déchiffré. Personne ne lui connaissait la moindre faiblesse pour quiconque. À force d'y réfléchir, Khaemouaset en était arrivé à la conclusion que son

---

1. Alliage d'or et d'argent.
2. Horakhty est le Horus de l'Horizon.

père avait peur ; Ramsès était hanté par la peur de la mort. Une peur qui faisait elle-même peur, tant elle était profonde, viscérale, insurmontable et menaçait d'être contagieuse. Il était fou de peur et ses noces répétées, sa fureur génésique, ses jubilés accélérés, son recours frénétique au suc de pavot, ses statues omniprésentes et démesurées, sa délirante volonté de s'identifier aux dieux ne pouvaient s'expliquer autrement. Le fils ressentit pour son père de la pitié. Le sentiment n'était pas nouveau, mais là, il se fixa.

Il existe maintes infirmités dans le monde. Chaque population humaine compte son lot de bancroches, bossus, invalides et autres disgraciés physiques ; la compassion naturelle aux espèces animales remédie parfois à leurs misères. Les invalides mentaux, eux, ne jouissent pas du même privilège, car leur infirmité est invisible. La vieille femme acariâtre qui invective le monde à longueur de journée passe pour une méchante, et le commerçant qui estime avoir perdu sa journée s'il n'a pas roulé quelqu'un, pour un voleur. Or, l'une est bancroche du cœur, elle s'imagine que le monde n'aspire qu'à sa perte. L'autre est infirme dans la tête : il considère ses semblables comme le chacal, les gerboises du désert. La compassion ne peut les guérir. On s'en débarrasse par le truchement de la police. Ramsès n'était ni méchant ni voleur, et il était trop puissant ; il avait simplement peur.

Ce fut dans cette disposition d'esprit que Khaemouaset aborda les préparatifs du quatrième jubilé. Il prodiguerait à son père la confiance et la patience, il traiterait sa peur.

Puis, tout à coup, survint l'inattendu.

Peut-être les espions avaient-ils bien fait leur travail.

Si c'était le cas, ils auraient prévenu le monarque des guerres de clans qui agitaient le Palais, mobilisant les Grandes Épouses, les épouses secondaires, les princes et princesses, leurs descendances et jusqu'aux domesticités.

Khaemouaset imaginait sans peine l'informateur en chef glissant à l'oreille du souverain :

— Cette agitation pourrait gagner les casernes, Sire. Plus d'une princesse est mariée à un officier.

Il n'en était pas question. Aussi le cabinet royal avait-il fait adresser au vice-roi de Koush, aux grands-prêtres, aux généraux et aux commandants des garnisons, aux gouverneurs de la quarantaine de nomes des Deux Pays, bref, à tous ceux qui étaient censés le savoir, des messages les informant de la décision d'Ousermaâtrê Setepenrê Hatsedouit-Ptah-Taténen, Seigneur-des-fêtes-Sed-comme-son-père-Ptah-Taténen : le prince général Ramsès était l'héritier du royaume.

— Enfin ! s'écria Sekhemrê. Tout ce monde va enfin cesser de grenouiller !

Mais une décision aussi importante devait être officialisée publiquement, et un deuxième message suivit : la totalité de la famille royale était priée de se rendre dix jours plus tard à une cérémonie qui se tiendrait au palais d'Aâkarê-Horakhty. Les grandes oreilles d'Ipepi lui apprirent que même la recluse du palais de Hetkaptah, Isinofret, était priée d'être présente.

Un troisième message parvint aux grandes-prêtres d'Amon, de Rê, de Ptah et de Horus : ils devraient célébrer des rites pour la protection de l'héritier. C'était une nouveauté et Khaemouaset adressa donc un message à ses collègues pour les prier d'être en avance sur les lieux afin d'organiser ces rites.

La famille le suivit donc : Sekhemrê, Hori, Sechen et le dernier-né Souharê étaient des héritiers, puisque enfants de prince. Un autre bateau transporta Isinofret et ses dames de cour.

Khaemouaset, assis à l'avant avec Sekhemrê, laissait son esprit vagabonder. Mais une pensée bourdonnait plus fort parmi les autres : la fiction de la succession de Setherkhepeshef s'était évaporée. Le génie inventif d'Ousermaâtrê Setepenrê Hatsedouit-Ptah-Taténen était admirable ; mais il était parfois contraint de se heurter à la réalité.

🌿

Le spectacle était d'une majesté cosmique.

Au fond de la grand-salle hypostyle du temple d'Amon, Ramsès siégeait en majesté, coiffé de la double couronne, la barbe divine au menton, la peau de guépard ceinte autour des reins. Assis sur un trône d'or juché sur une haute estrade et flanqué de flambeaux, il était visible de tous, telle une effigie libérée de la pesanteur et flottant dans l'air. À ses pieds se tenait son fils Ramsès, debout. Et les quatre grands-prêtres leur faisaient face, à une distance suffisante pour qu'on y eût dressé un autel.

Tout le long de la nef, de part et d'autre de l'allée centrale, se tenaient les membres de la famille royale : à droite, les princes, leurs fils et leurs petits-fils ; à gauche, les Grandes Épouses, puis les épouses secondaires, leurs filles et petites-filles.

Le chœur des prêtresses d'Amon s'éleva.

Des prêtres balancèrent leurs encensoirs autour du père et du fils. Grand-prêtre d'Amon et maître des lieux, Bakenkhonsou s'avança le premier devant Ramsès et pria le maître des Deux Terres, fils d'Amon et dieu lui-même, de bien vouloir accorder sa faveur à son fils bien-aimé Ramsès, héritier par le sang de sa sagesse. Il éleva un vase de parfum vers le souverain et celui-ci s'inclina et toucha le vase de son sceptre. Le grand-prêtre s'adressa alors à l'héritier, l'assura que le dieu Amon se réjouissait en ce jour de voir le fils de sa chair conférer à son tour sa puissance au fils de sa chair, puis il appliqua le parfum sur le front et les épaules de l'impétrant.

Ce fut alors à Meryatoum, grand-prêtre de Rê, de procéder au même rite, avec des paroles à peu près identiques. Vint le tour de Khaemouaset, qui appliqua le parfum sur la bouche et les mains, en hommage à Ptah. Enfin, Neferhor, grand-prêtre de Horus, paracheva les rites de l'onction.

Des serviteurs apportèrent alors un siège doré et le posèrent au pied de l'estrade.

— Assieds-toi, Ramsès, héritier, ordonna le souverain.

Le prince Ramsès baisa la sandale divine, sans effort, puisqu'elle était à hauteur de son visage, et s'assit. Le chœur des prêtresses fusa avec force, cependant que le vizir Khaÿ remettait à Bakenkhonsou une couronne d'un modèle que personne n'avait encore vu et que ce dernier la posait sur le centre de l'autel. Les quatre grands-prêtres élevèrent les mains pour appeler sur l'ornement les bénédictions de leurs dieux respectifs, puis l'enduisirent l'un après l'autre de parfum et, enfin, la rendirent à Bakenkhonsou. Le grand-prêtre d'Amon quitta l'autel pour aller en ceindre le front de l'héritier, dans un vacarme de sistres et de tambourins.

Khaemouaset détailla l'objet du regard : c'était un bandeau plus qu'une couronne, garni des deux cornes de bélier horizontales de la couronne *hemhemet*, aux connotations guerrières. Elle avait probablement été conçue exprès pour l'héritier, puisqu'il était général. Et elle ne pouvait qu'être simple et symbolique, puisque le prince Ramsès n'était maître d'aucun pays.

Le roi se leva et disparut. Khaemouaset et Meryatoum comprirent : le souverain descendait de son estrade par un escalier dérobé aux regards. Quand il reparut, il ne portait plus la double couronne. Sans doute ne tenait-elle pas en équilibre en raison de sa posture. Escorté par les porteurs d'éventails, il s'avança dans l'allée centrale, d'un pas solennel. L'héritier Ramsès le suivait, escorté par un seul porteur d'éventail. À la porte du temple, il s'arrêta, attendit son fils et, devant la foule massée, lui posa la main sur l'épaule.

Des vivats jaillirent.

Ramsès monta dans une chaise à porteurs et son fils prit place près de lui.

Khaemouaset les suivit du regard, deux personnages magnifiques qui s'éloignaient dans la foule d'une ville magnifique.

Deux passagers d'une barque sur l'océan.

La fête dans les jardins du palais d'Aâkarê-Horakhty battait son plein. Des musiciens étaient disposés dans les bosquets et l'on ne savait que goûter, le spectacle des fleurs, leur parfum ou la musique qui semblait en émaner. La perspective éblouit Toutou, l'un des fils adoptifs de Meryatoum ; il s'élança à la découverte de ce monde de délices.

— Prends garde de ne pas te perdre, recommanda son père.

Il erra entre les massifs fleuris et parvint à un kiosque, en fait une vaste cage où pépiaient des oiseaux bleus. Il admira leurs longues queues, écouta leurs roucoulements et, soudain, son regard capta un spectacle encore plus charmant : à l'opposé, un visage qui observait les oiseaux et qui venait de l'apercevoir, comme dans un miroir transparent. L'un et l'autre rirent et se rejoignirent.

— Ils sont beaux, dit-elle, le plaisir étirant ses yeux sombres.

Elle portait une robe de lin si fin que le cœur de Toutou battit violemment. Il rêva de souffler dessus et de la faire s'envoler.

354

— Écoute, répliqua-t-il en levant le doigt : ils disent qu'ils te trouvent ravissante.

Le sourire se changea en rire. Elle leva à son tour le doigt :

— Je les entends, ils te trouvent beau.

— Comment t'appelles-tu ?

— Neferneith. Et toi ?

— Toutou.

— De qui es-tu le fils ?

— Du grand-prêtre Meryatoum. Et toi, de qui es-tu la fille ?

— Du premier officier des Écuries et de la fille d'Ishtartât.

— La princesse de Babylone ?

— Oui, dit-elle en riant, je sais que c'est comme ça que vous l'appelez.

— N'as-tu pas soif ?

— Si.

— Allons prendre un vin à la grenade.

En fait, il l'emmenait voir ses parents. Chemin faisant, il songea que son initiation au Palais d'Ihy servirait peut-être bientôt.

En voyant arriver son fils accompagné de cette inconnue, Meryatoum, qui se trouvait en compagnie de Khaemouaset et de Nekhbet-di, devint soudain grave. Puis un sourire éclaira son visage. Les trois aînés remirent à plus tard leurs commentaires sur ce que signifiait vraiment le titre solennel d'héritier. Ils en oublièrent les fastes compassés de la journée. Comme Hatha, Sekhemrê et Isishérou, qui se joignirent à eux, ils firent un accueil charmant à Neferneith. Sa seule présence était une aube.

Jamais le vin mousseux au jus de grenade n'avait paru plus léger. Khaemouaset en tâta et lui trouva un goût de vengeance : le Grand Grimaçant au museau d'ichneumon, Seth l'Émasculé, pouvait bien se démener dans sa danse de fou criminel, il n'en aurait pas une goutte.

Un amour naissait. Seth devait en être vexé, l'ichneumon !

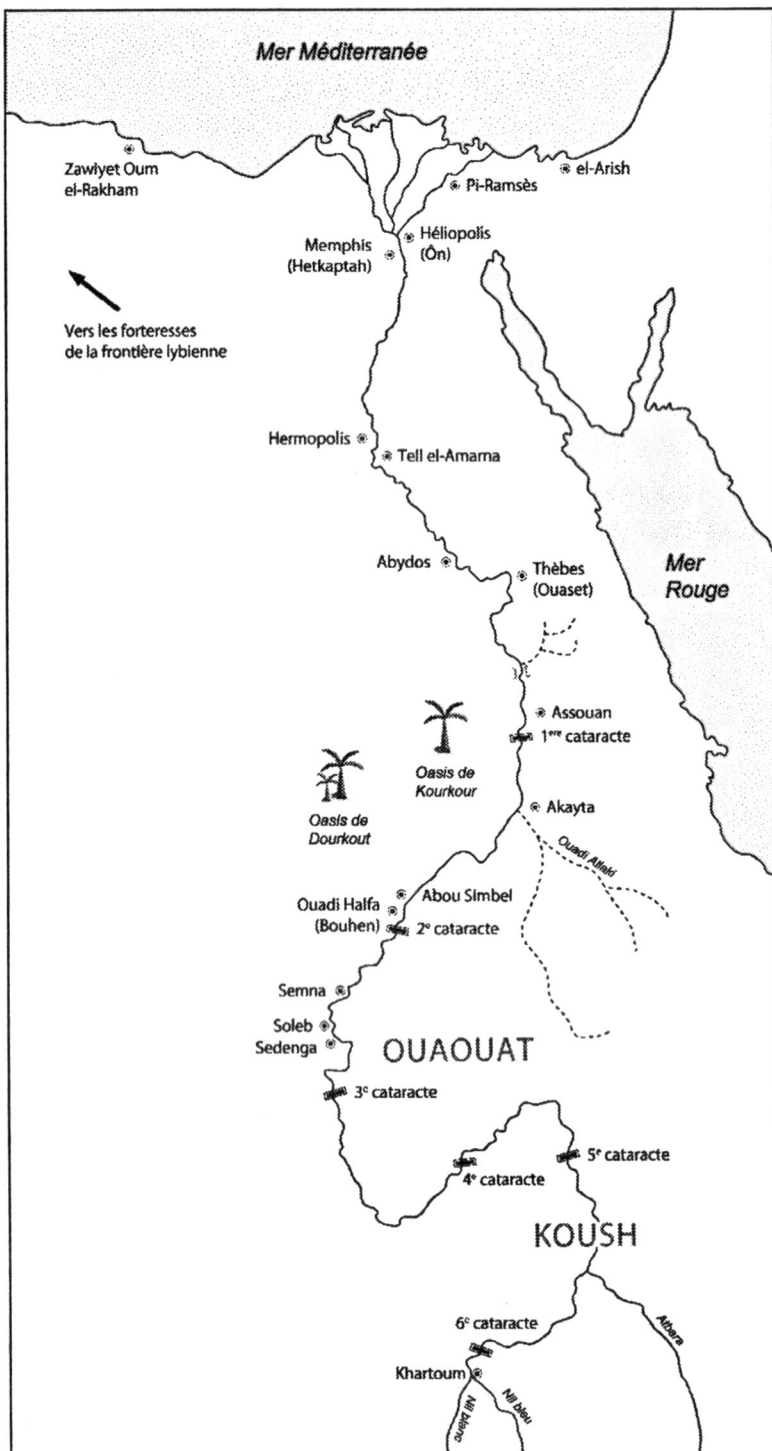

Mer Méditerranée

Zawiyet Oum
el-Rakham

Pi-Ramsès

el-Arish

Memphis
(Hetkaptah)

Héliopolis
(Ôn)

Vers les forteresses
de la frontière lybienne

Hermopolis

Tell el-Amarna

Abydos

Thèbes
(Ouaset)

Mer
Rouge

Assouan
1ère cataracte

Oasis de
Kourkour

Akayta

Oasis de
Dourkout

Ouadi Allaki

Ouadi Halfa
(Bouhen)

Abou Simbel

2e cataracte

Semna

Soleb
Sedenga

OUAOUAT

3e cataracte

5e cataracte

4e cataracte

KOUSH

Athara

6e cataracte

Khartoum

Nil blanc

Nil bleu

Nous ne connaissons de l'Égypte ancienne que ce que ses maîtres et leurs artistes et scribes ont bien voulu nous en révéler. Autant dire ce qui servait le mieux leur image, à l'intention immédiate de la population d'alors et d'une postérité disposée à les idéaliser. Le résultat en fut que plus de trois cents rois de trente dynasties, jusqu'à la conquête du pays par Alexandre le Grand, ont laissé dans l'imaginaire collectif des images quasi parfaites, sinon divines, représentant la sagesse, la force, le courage et autres vertus éternelles, en plus d'une prescience quasi surnaturelle. Prodige de l'imaginaire, la civilisation contemporaine, solennellement éprise de démocratie et de laïcité, a élevé au pinacle l'une des théocraties les plus radicales de l'histoire de l'humanité. Et l'on tient pour acquis que la population aurait vécu trois millénaires et demi dans la révérence idolâtre de rois et de reines qui incarnaient la divinité au sens le plus littéral du mot.

Pour le croire, il faudrait prêter aux Égyptiens la nature de créatures à deux dimensions, incapables d'humour, de révolte ou de bon sens. Des preuves du contraire existent cependant, les textes cités dans ces pages en témoignent, mais ils sont bien moins connus du public.

De la sorte, et grâce au raffinement des artistes, les extravagances et défaillances d'un Aménophis IV, plus connu sous le nom d'Akhenaton, et son règne, désastreux pour le pays, ont à peine ébréché son image. Et il a fallu attendre Cléopâtre, intrigante malheureuse dont le suicide fut le dernier recours, pour émettre l'hypothèse que le trône d'Égypte ne communiquait pas la prescience suprême et que les Égyptiens de l'Antiquité étaient peut-être des gens comme tout le monde.

Ce fut ainsi avec un grand chagrin et une incrédulité scandalisée que le monde civilisé se résolut à détrôner l'une des deux femmes les plus célèbres du monde de l'art, Néfertiti, épouse d'Akhenaton, dont le buste régnait sur le Musée égyptien de Berlin depuis des décennies ; c'était, avec *La Joconde* de Léonard de Vinci, l'une des deux incarnations suprêmes de l'éternel féminin. Or, en 2009, les soupçons de nombreux égyptologues et amateurs d'art égyptien se sont vérifiés : le fameux buste, suspect à bien des égards (outre son orbite gauche vide, ce serait le seul de l'histoire de l'art égyptien antique qui aurait été réalisé avec des épaules aussi étrangement taillées), était un faux du XIXe siècle[1]. L'Occident avait continué à inventer l'Égypte.

De même, quelque trente-deux siècles après la mort de Ramsès II, quand le gouvernement égyptien moderne résolut de prendre des mesures de conservation de sa momie, fort malmenée par les pillards, et qu'il recourut aux meilleurs techniciens que la France pouvait offrir, il imposa une singulière censure sur l'opération : celle-ci devait s'effectuer dans le secret, et les médias ne devaient pas en être informés. On n'eût pas pris plus de précautions si le monarque avait été vivant. Et les analyses et remèdes devaient se limiter à la stricte conservation, avec interdiction de prélèvements, de recherche du groupe sanguin, du taux de mélanine ou autres données ! Bref, il fallait protéger la légende de Ramsès II[2].

Le rôle de l'historien, cependant, consiste autant à scruter ce qui n'a pas été dit qu'à fouiller les lacunes de l'Histoire, sur lesquelles les documents sont souvent plus diserts qu'on ne le croit. Le roman historique permet, lui, de démasquer les mensonges de la légende et de pallier les carences de l'Histoire, avec une liberté que l'historien ne pourrait se permettre sous peine de passer pour tendancieux… Il est certes invention ; mais celle-ci ne peut être gratuite ; elle est dictée par des analyses et des synthèses.

Tel est le cas de ces pages.

KHAEMOUASET : ce personnage, dont le nom signifie « Celui qui est apparu dans Thèbes », est bien historique ; né vers 1283 av. J.-C., mort au seuil de la soixantaine ou peu après, en 1224 av. J.-C., fils de la Seconde Épouse royale Isinofret, il fut le quatrième des premiers héritiers du trône de Ramsès II, dont le nombre finit par s'étendre à plusieurs dizaines de mâles à la mort du pharaon : cinquante-deux aux dernières estimations.

Fait singulier : il entra au service du temple de Ptah à Thèbes et finit sa vie comme grand-prêtre du même culte à Memphis. Le choix de la prêtrise, au lieu de la carrière administrative ou militaire réservée aux

---

1. Henri Stierlin, *Le Buste de Néfertiti : une imposture de l'égyptologie ?*, Infolio, 2009.
2. On trouvera les regrets des égyptologues et scientifiques dans « La Momie de Ramsès II », réalisé par le Muséum d'histoire naturelle et le musée de l'Homme, CIC/Éditions Recherche sur les Civilisations, Paris, 1985.

princes, éclaire son personnage sous un jour particulier. La prêtrise imposait une ascèse rigoureuse, dont la moindre astreinte n'était pas l'obligation de prières et de purification toutes les six heures : pendant trois mois chaque année, le prêtre était au service exclusif du dieu et ne devait pas quitter l'enceinte du temple. Il vivait alors retranché de sa famille et du monde, sous la discipline stricte de tous les prêtres. Un tel choix implique un retrait de sa famille et de la cour, et le moins qu'on en puisse penser est que Khaemouaset choisit volontairement de prendre ses distances avec son père et le Palais.

Je l'ai choisi comme personnage central de ces pages pour deux raisons ; la première est que, peu après son accession au pouvoir, Ramsès II devient indéchiffrable ; la seconde est qu'il m'a paru qu'un fils éminent tel que Khaemouaset refléterait le mieux les étonnantes transformations du monarque son père.

La divinisation de sa personne, que Ramsès II porta à un degré inégalé dans l'histoire de l'Égypte, peut-elle avoir laissé indifférent un fils qui possédait une bien plus grande connaissance de la religion que lui ? Les rites traditionnels de couronnement impliquaient que l'essence divine s'emparait du roi et l'habiterait jusqu'à sa mort, notion reprise en Occident notamment dans le principe de droit divin, mais il ne s'ensuivait pas que la personne même du roi fût divine ; or, ce fut bien la volonté de Ramsès II que de se présenter comme étant de substance divine : en attestent déjà les textes et bas-reliefs du temple dédié à sa mère Thouy, où celle-ci est décrite comme l'épouse d'Amon, signifiant ainsi que son fils naquit de la semence divine. Le martèlement de bas-reliefs antérieurs, où Ramsès II impose d'être représenté comme dieu parmi les dieux, *Pa-netjer*, ne peut l'avoir laissé indifférent : c'était une énormité théologique sans précédent.

Héritier présomptif du trône, Khaemouaset a-t-il pu réellement envisager que, tout grand-prêtre qu'il fût, il succéderait un jour à son père ? Sans connaissances administratives ni militaires, il ne pouvait méconnaître ses propres carences. Et, en tant que prêtre, voué au service d'un dieu, donc homme, il lui eût été difficile de régner comme fils de celui qui s'était identifié au dieu Amon.

Telles sont les raisons pour lesquelles il m'a paru représenter l'observateur idéal pour le règne de son père, bien qu'il n'en ait pas vu la fin.

✐

IMENHERKHEPESHEF pose une énigme : le premier-né du couple Ramsès II-Néfertari meurt en 1201 av. J.-C., alors que son père a soixante-dix-huit ans. Sa date de naissance est inconnue, mais comme il a été présent à la bataille de Qadesh, en 1272 av. J.-C., on peut supposer que son âge le justifiait, du moins selon le point de vue d'alors ; et Ramsès II ayant épousé Néfertari vers 1283 ou 1282 av. J.-C., on en déduit que l'aîné aurait vu le jour en 1282 ou 1281 avant notre ère. Il serait donc mort vers soixante ans, un bel âge pour l'époque. Incidemment, on constate qu'il aurait eu dix ou onze ans à la bataille de Qadesh, et l'on mesure l'exagération des éloges que son père lui décerne et que certains historiens contemporains s'empressent de reprendre sans commentaire.

L'énigme réside d'abord dans le fait que l'aîné, héritier présomptif du trône, a trois fois changé de nom au cours de sa vie ; il s'est d'abord appelé Imenherounemef, puis Imenherkhepeshef et enfin Setherkhepeshef, ce qui est singulier ; il est donc passé de la protection d'Amon (le nom Imenherkhepeshef signifie « Celui qui reçoit d'Amon son arme victorieuse ») à celle de Seth, ce qui n'est pas moins singulier. Ensuite, ce valeureux guerrier présumé, héritier du trône, disparaît des inscriptions jusqu'en l'an 21 du règne, soit 1246 av. J.-C., date du traité de paix avec les Hittites. Puis il ne reparaît quasiment plus. Étrange destin pour le premier-né du pharaon et de son épouse préférée, Néfertari. Certains historiens ont, pour ces raisons, supposé qu'il était mort et que Setherkhepeshef était un autre homme ; l'hypothèse est plausible du fait que, sur la stèle du Djebel Silsileh, qui fut gravée entre les ans 24 et 30 du règne, Setherkhepeshef, pourtant prince héritier, est absent de la scène, alors que Khaemouaset, Ramsès le Jeune et Merenptah y figurent. Toutefois, l'hypothèse est également difficile à soutenir, étant donné qu'une longue liste d'autres héritiers, encore vivants, attendaient leur tour. D'autres ont voulu expliquer le changement de nom par le fait que Seth-Baâl était le dieu des Hittites, avec qui Ramsès venait de conclure un traité de paix et à qui il aurait voulu être agréable en faisant de son héritier un protégé de ce dieu ; l'hypothèse n'est guère plus commode à soutenir que la précédente du fait, d'abord, que Ramsès II se présentait comme le fils d'Amon et, ensuite, qu'Imenherkhepeshef était l'héritier du trône ; un changement de nom dans la famille royale eût constitué un tel signe d'allégeance qu'il aurait placé quasiment la religion du royaume sous l'emprise hittite.

Autre singularité, alors qu'il est l'aîné, c'est son frère Ramsès que le pharaon désigne, en l'an 39 de son règne, comme prince héritier, titre certes vague, mais qui n'en donne pas moins la préséance au cadet.

Mon hypothèse est qu'un événement tragique interrompit bien la biographie officielle de l'héritier : il décéda dans des circonstances évidemment mystérieuses, occultées par le silence des textes, mais Ramsès élut à sa place le fils du disparu. Un détail semble le confirmer : dans les fresques du caveau de Néfertari, dans la Vallée des Reines, deux officiants royaux accueillent la momie de leur mère ; leurs noms ne sont pas indiqués, mais, de l'avis d'égyptologues aussi compétents que Christiane Desroches-Noblecourt[1], ce ne peuvent être que les fils aînés de la feue reine, Setherkhepeshef et Meryatoum ; or, le premier porte, à l'âge présumé d'au moins trente ans (Néfertari est morte entre l'an 26 et 30 du règne de Ramsès), la mèche bouclée de la jeunesse, qui était abandonnée avant l'âge de dix ans. Ce fut donc un jeune garçon qui prit la place de son père.

On est donc fondé à supposer qu'il aurait ensuite connu la défaveur royale, pour une raison qui n'est évidemment pas indiquée.

✎

LA POLITIQUE INTÉRIEURE ET ÉTRANGÈRE de Ramsès II éclaire son caractère, évidemment inconnu, puisque nous ne disposons sur lui que de témoignages officiels, donc peu révélateurs.

Sa politique intérieure ne fut pas différente de celle de ses prédécesseurs depuis l'unification de la Haute et de la Basse-Égypte, qui semble s'être forgée au xxxve siècle avant notre ère, quand le légendaire pharaon Ménès partit de la Basse-Égypte pour conquérir la Haute – jusqu'à la cataracte d'Assouan –, réunissant ainsi la vallée du Nil sous le même sceptre, mais qui ne se consolida vraiment que sous le règne d'Amenemhet Ier, fondateur de la XIIe dynastie, vers 2000 av. J.-C. Six siècles plus tard, et jusque sous Ramsès II, le pouvoir pharaonique affronta un problème récurrent, le même, d'ailleurs, qu'allait connaître Louis XIV une quarantaine de siècles plus tard et bien plus au nord : les tentatives d'affranchissement du pouvoir central par des seigneurs locaux et les rébellions contre les perceptions des impôts.

L'histoire au sens moderne n'existait pas, aucune chronologie générale n'avait été établie, les années étant, dans les documents officiels, datées à partir de la première du règne d'un pharaon, et personne n'avait jamais entrepris une synthèse des documents laissés par les rois précédents, monceaux de papyrus poussiéreux qui eussent défié le chartiste le plus obstiné. Un monarque ne disposait au mieux que de l'expérience de ses deux ou trois prédécesseurs. Ramsès II n'avait ni ne pouvait avoir aucune culture politique, au sens moderne de ces mots ; il ne savait pas grand-chose du passé, et ne se gênait pas pour l'inventer, comme lorsqu'il fit remonter sa lignée à de lointains pharaons avec qui il n'avait pas le moindre lien de parenté. Il disposait

---

1. *Ramsès II, la véritable histoire*, Pygmalion, 1996.

d'une administration pléthorique, qui étendait son pouvoir à travers la vallée du Nil et dans les territoires sous sa domination, d'une armée qui protégeait le royaume et conquérait des territoires, et d'un clergé chargé de répandre le culte de sa personne. En bref, il n'avait aucune notion de ce qu'est un État, laquelle ne fut ébauchée que cinq siècles plus tard, dans les cités de Grèce.

Cette situation n'aurait pas été exceptionnelle si Ramsès II ne l'avait durcie par un pouvoir sans partage : à la différence du général Horemheb, fondateur de la XIXe dynastie, qui forma son successeur Ramsès Ier en le nommant corégent, puis de ce dernier et de son fils, Séthi, Ramsès II, lui, ne partagea jamais son pouvoir avec aucun de ses fils au cours des soixante-sept ans de son règne (1292-1225 av. J.-C.). Nous ne disposons d'aucun indice que l'héritier Ramsès, évoqué plus haut, ait jamais exercé aucune autre fonction que celle de général d'armée et, quand il mourut, en l'an 50 du règne, nous n'avons aucune trace non plus que son père lui ait donné un successeur.

Ainsi s'explique, peu après la mort de Ramsès II, l'effondrement chaotique de son glorieux empire, qui fera l'objet du troisième tome de ce roman. La puissance du royaume tenait essentiellement à l'énergie de son maître. L'État, lui, ne pouvait lui survivre : tel est le destin ordinaire des autocraties tentaculaires.

Une volonté d'autocratie aussi farouche s'explique, mais seulement en partie, par la volonté d'unir les Deux Pays, Haute et Basse-Égypte, qui avaient maintes fois menacé de se séparer.

Les deux soulèvements de Nubie, survenus en moins d'un quart de siècle, indiquent que ni Ramsès II ni son père Séthi Ier n'étaient disposés à prendre en compte la volonté d'indépendance des peuples ; la Nubie, dite Koush, avait été annexée militairement parce qu'elle possédait les mines d'or sur lesquelles l'Égypte fondait une partie de ses dépenses (outre le fait qu'elle exportait des denrées de luxe telles que l'ivoire, les plumes d'autruche, des épices). Soumise à l'autorité d'un vice-roi, cette région était une colonie comme le seraient les Indes quelque trente siècles plus tard. L'histoire d'hier, on le voit, s'est répétée à l'infini.

Certains historiens ont soutenu que le racisme était inconnu des maîtres de l'Égypte ; le mépris témoigné par les pharaons à l'égard des Nubiens – le « méprisable Koush » – et des peuples orientaux, dits Asiates, considérés comme des sauvages, invite à nuancer beaucoup ce postulat. La capture de sept mille Nubiens au terme du soulèvement qui advint sous son règne indique également que Ramsès II n'avait guère de considération pour la gestion des ressources : la Nubie n'était pas très peuplée – quelque deux cent mille habitants tout au plus – et la perte de sept mille hommes constituait une grave saignée pour son agriculture.

Mais Ramsès II ne faisait en cela que suivre les habitudes politiques de ses prédécesseurs. Son caractère farouchement autocratique, qui frisa le délire, semble plonger ses racines dans d'autres causes, évoquées plus loin.

Sa politique étrangère, elle, est plus difficilement compréhensible : après la « défaite victorieuse » de Qadesh, en 1272 av. J.-C., an 5 de son règne, où ses troupes avaient été incapables d'emporter la citadelle hittite, Ramsès II avait adopté à l'égard des Hattous, ou Hittites, une attitude de paix armée ; ceux-ci conservaient le nord de la Syrie, et l'Égypte la plus grande partie de Canaan et le sud de la Syrie. Douze ans plus tard, en 1260, il prit la décision d'accueillir en Égypte le rival et neveu de Hattousil, nouveau chef des Hittites, Moursil III. Héritier nominal du trône, ce dernier ne semble pas avoir possédé l'étoffe ni les partisans nécessaires pour diriger le pays ; la preuve en est qu'après avoir tenté de résister à son oncle il se trouva déporté près d'Ougarit, l'actuelle Ras Shamra. On ne voit guère la raison de la générosité du pharaon, qui ne pouvait qu'irriter Hattousil ; prendre le parti du neveu revenait à défier le chef hittite, c'est-à-dire prendre le risque d'une guerre, sans bénéfice prévisible. L'explication la plus vraisemblable est que Ramsès disposait, en la personne de Moursil III, d'un informateur de premier ordre sur l'Empire hittite.

Les remarquables études scientifiques effectuées à Paris, en 1976 et 1977, sur la momie de Ramsès II fournissent une autre hypothèse sur la politique résolument pacifique du pharaon à l'égard de ses belliqueux voisins : elles nous ont appris que celui-ci souffrait d'une maladie invalidante, la spondylarthrite ankylosante, qui déforma sa colonne vertébrale, causant une cyphose et une posture de plus en plus voûtée avec le temps ; à partir d'un certain âge, l'espoir de réitérer les exploits de campagne de sa jeunesse lui fut interdit. Quel âge ? Les hypothèses les plus prudentes estiment que c'est à partir de soixante-dix ans (il mourut à quatre-vingt-douze). Mais si l'on examine les quatre colosses à son image qui flanquent la façade du grand temple d'Abou Simbel, datant à peu près de la trentième année du règne, quand Ramsès II avait cinquante-cinq ans, et qui le représentent assis, on ne peut manquer d'être frappé par l'étrangeté de la posture : la tête semble enfoncée dans les épaules et tendue vers l'avant, attitude qui est celle des gens ordinairement voûtés ; elle contraste fortement avec les statues antérieures qui le représentent debout, bien droit et le cou nettement dégagé. La statue du Musée de Turin, qui le représente également assis, comporte une autre anomalie relevée par maints experts : la tête penche du côté gauche, singularité qui n'est certes pas imputable à une maladresse du sculpteur.

La statuaire monumentale égyptienne, surtout au Nouvel Empire, ne se distingue certes pas par le réalisme qu'on admire dans certaines pièces de petite dimension ; elle présente au peuple des images idéalisées des divinités incarnées ; mais l'anomalie de la posture des colosses reste troublante ; elle indiquerait que Sessou, comme on le surnommait, souffrit de sa maladie bien avant soixante-dix ans. Les colosses datent, en effet, des environs de la dixième année du règne, alors que Ramsès avait atteint le milieu de la quarantaine.

On peut en déduire que, si elle ne diminuait pas nécessairement son énergie, cette semi-invalidité ne l'engageait pas à poursuivre une politique belliqueuse. La réserve de Ramsès II fut cependant bien inspirée. En effet, la dégradation constante de son état général, due à sa maladie, ne peut être restée sans remèdes ; le plus probable de ceux-ci fut sans doute l'opium, qui figure largement dans la pharmacopée du temps, ainsi que l'indique le papyrus Ebers ; il fut appliqué sous forme externe et interne, en onguents, mais aussi en préparations telles que potions et boulettes. Or, si l'on connaît aujourd'hui les effets psychiques d'une opiomanie prolongée, il n'en allait pas de même à l'époque.

✎

LE PERSONNAGE DE RAMSÈS II a été élevé par les historiens aussi bien que par les formes les plus populaires de la culture moderne, comme les bandes dessinées, à des sommets surprenants. La légende aime les personnages hors du commun. Encore faudrait-il qu'elle fût informée exactement, ce qui ne semble pas être toujours le cas.

Le pouvoir de Ramsès II fut certes immense et, durant les dernières décennies de son règne, l'Égypte connut une période de paix et de prospérité peu fréquentes dans l'histoire antique de ce pays ; son prestige posthume fut donc considérable et pesa sur ses successeurs. Cependant, plusieurs autres pharaons, tel Amenhotep III, véritable fondateur du culte du Soleil, avaient également assuré la prospérité et la puissance au pays sans atteindre à ce statut légendaire.

Les éléments dont on dispose sur la personnalité du monarque invitent cependant à la prudence. Le rôle de l'histoire, et pour autant du roman historique, n'est pas de porter des jugements moraux sur le passé, mais il ne saurait l'exclure ; les portraits anciens de tyrans romains, par exemple, Caligula ou Héliogabale, ont formé notre jugement historique et politique ; ils ont conditionné notre perception d'autocrates contemporains, Hitler, Staline, Mao et autres Ceausescu.

Quatre points en particulier incitent à porter un regard critique sur Ramsès II, et surtout à rejeter l'image d'un héros imprégné d'une sagesse millénaire.

Le premier, évoqué plus haut, est son refus de former un successeur à l'exercice du pouvoir, à la différence de ses prédécesseurs ; Ramsès II s'est comporté comme s'il était éternel, ne se souciant pas du sort de son pays après sa mort. Son empire en subit d'ailleurs les conséquences. Ce ne fut qu'en l'an 39 de son règne, alors qu'il atteignait soixante-cinq ans, qu'il se décida à nommer l'un de ses fils, le général Ramsès, « Héritier », titre d'autant plus vague que ce Ramsès ne semble pas avoir participé au gouvernement du pays. Mort onze ans plus tard, en l'an 50, le général Ramsès ne semble pas non plus avoir été remplacé.

Le deuxième est sa volonté, de plus en plus affirmée au cours des années, d'accéder au statut divin, qui le porta à se faire représenter parmi les dieux sur les bas-reliefs du Ramesseum et de maints autres temples, où les cartouches le désignent nettement comme *Pa-netjer*, « le dieu » ; pareil délire est unique dans l'histoire de l'Égypte ancienne et n'incline pas à juger favorablement de son équilibre mental.

Le troisième est sa volonté parallèle de nier la réalité ; en atteste d'abord le confondant *Poème* de Pentaour, où il transforme effrontément une déroute en victoire, remportée miraculeusement grâce à son père Amon. Dans les nombreux bas-reliefs et fresques des décennies suivantes, il amplifie cette fable jusqu'à l'invraisemblance et fait raconter par ses artistes que ce sont les dieux Seth et Ptah qui, en changeant l'ordre des saisons et en provoquant un tremblement de terre catastrophique en Haute-Égypte, l'ont aidé à remporter la victoire, une de plus, mais celle-là finale, contre les Hittites : l'envoi de la fille aînée de Hattousil, qui devint une de ses nombreuses Grandes Épouses royales. Épouse qu'il délaissa promptement après qu'elle lui eut offert une fille, alors qu'il espérait visiblement un garçon.

Le quatrième point est sa sexualité proliférante, sinon aberrante ; tout homme fut et reste heureux d'avoir une famille nombreuse ; mais engendrer plus d'une centaine de rejetons (cinquante-deux garçons quand il mourut, et probablement autant de filles, sans compter ceux qui étaient morts en bas âge) ne témoigne ni de sens familial ni de sens politique. Il ne les reconnaissait d'ailleurs plus et, vraisemblablement, ils ne se reconnaissaient pas non plus entre eux. À sa mort, ces héritiers risquaient de se quereller et le pouvoir en pâtirait à coup sûr. Il serait, d'ailleurs, étonnant qu'ils n'aient pas commencé à se quereller de son vivant.

D'un point de vue contemporain, dont il me paraît impossible de faire abstraction, on évoquera sa propension à épouser ses propres filles, comme s'il manquait de reproductrices. Or, il faut rappeler que l'inceste, dans les dynasties régnantes égyptiennes, se « justifiait » par la nécessité d'une alliance avec une femme descendant d'une lignée légitime ; on n'était alors sûr que de la génitrice, seule garante de la légitimité royale ; d'où les mariages, symboliques ou consommés, d'héritiers mâles avec leurs sœurs ou leurs mères. Tel n'était pas le cas de Ramsès II, qui s'est proclamé tour à tour fils d'Amon, de Seth, de Ptah et d'autres dieux, avant de s'identifier carrément à eux et d'affirmer sa propre légitimité absolue, source de toute autre. Il est donc difficile de ne pas réprouver ces incestes répétés, qui semblent dictés par une nature libidineuse plus que par la volonté de prolonger sa lignée. Quelles qu'aient été les coutumes et les tolérances de l'époque, dans l'Égypte antique, l'interdit instinctif et universel de l'inceste, que l'on retrouve même chez les primates, constitue une barrière infranchissable. Il s'oppose, aux temps modernes, à ce qu'on élève Ramsès II au rang de héros suprême.

LA SEXUALITÉ DE L'ÉGYPTE ANCIENNE était, pour autant qu'on en sache, à peu près ce qu'elle a été et reste partout, sous toutes ses formes. L'histoire moderne officielle, car il en existe une même pour l'Égypte antique, et la légende populaire ont tendu à représenter les Égyptiens d'autrefois d'une façon étrangement puritaine, qui n'est pas sans évoquer celle de la représentation de l'*Homo sovieticus* du temps de l'URSS.

Comme dans beaucoup d'autres peuples antiques, la nudité était courante, et les bas-reliefs et peintures des tombes en témoignent amplement. Les organes sexuels n'étaient pas encore les *pudenda* qu'ils devinrent à l'avènement des monothéismes. Si l'infidélité matrimoniale était réprouvée, la pratique sexuelle ne faisait aucunement l'objet des censures que l'on tente d'imposer aujourd'hui à l'image de l'Égypte antique. Et l'on voudrait être sûr que la pudeur bourgeoise n'a pas celé, voire détruit, certains documents pornographiques, tels que les *papyrus* qui dorment dans les archives du Musée de Turin, loin des yeux sensibles du public.

L'homosexualité avait laissé des traces jusque dans la mythologie, comme en atteste la tentative de viol du redoutable Seth sur son propre neveu, le jeune Horus (doublée de la tentative symétrique de la part de Horus). On savait déjà par le *Conte du bourgeois de Memphis* que le pharaon Pépi II rendait des visites nocturnes à l'un de ses généraux,

Sisené (les gradés étaient alors bien plus jeunes que de nos jours…). Et les singularités de la tombe dite des Deux Frères, Niankhkhnoum et Khnoumhotep[1], attendent d'être élucidées. Ces faits sont pudiquement voilés par les historiens et ignorés par les hagiographes inconditionnels du passé. *De mortuis nil nisi bonum.*

Pareille révérence s'étend cependant aux mœurs royales et à la tradition institutionnalisée de l'inceste. On peut fouiller assidûment les textes de l'égyptologie, on n'y trouvera guère que des allusions rapides au sujet ; alors que les moindres replis de la mythologie font l'objet d'analyses et commentaires minutieux, l'inceste entre frère et sœur ou père et fille est évacué du paysage. Et, dans le cas de Ramsès, le profane est contraint à la discrétion quand il lit que le potentat éleva trois de ses filles, Bent Anât, Merytamon et Nebettaouy, au rang d'Épouses royales et les fit représenter à ses côtés. Toute question sur le sujet provoquerait évidemment la désapprobation et ferait tache dans le panégyrique obligé qu'est à peu près toute la littérature historique sur l'Égypte antique, et notamment le règne de Ramsès II.

Demeure le fait que Ramsès II entretint bien des rapports sexuels avec sa fille Bent Anât, par exemple, elle-même fille de la Grande Épouse royale Isinofret, puisqu'un enfant en naquit, Bent Anât II.

✍

LES REPRÉSENTATIONS ROYALES À L'ÉPOQUE RAMESSIDE ont été étudiées par divers spécialistes depuis les débuts de l'égyptologie et elles ne sont ici mentionnées que pour éclairer un aspect particulier du règne de Ramsès II. Jusqu'alors, les portraits égyptiens se distinguaient par un réalisme stylisé qui suscite à juste titre l'admiration : leur fidélité au modèle visait à décrire un personnage déterminé, et l'on distingue ainsi nettement le portrait d'Amenemhet III de celui d'Aménophis II (Musée égyptien de Berlin), par exemple. L'idéalisation courtoise n'élimine pas la bedaine des célèbres *Cheikh el-balad* et du Scribe accroupi. Les stylisations poussées de l'art amarnien respectent les spécificités des modèles, et l'on ne peut confondre Akhenaton avec un autre personnage du temps ; le réalisme pousse même jusqu'à l'indiscrétion dans certaines œuvres, telle l'étrange stèle inachevée du Musée de Berlin, qui représente Akhenaton caressant son favori

---

1. Cette tombe, découverte en 1964, date de l'époque de Neouserrê (V[e] dynastie). Les fresques dont elle est richement décorée sont consacrées à la vie commune de deux célibataires présumés frères, ce qui est unique, et comportent des anomalies telles que l'image martelée d'une femme.

Semenkherê, tous deux assis et bizarrement dotés de seins (et le roi, d'une bedaine proéminente).

À l'avènement de Ramsès II, tout change ; le réalisme est exclu et, d'un bout à l'autre, de son règne, qui dura soixante-sept ans, on lui voit le même visage, celui d'un jeune homme d'une vingtaine d'années, et le même corps athlétique. Les corps perdent leur identité et le stéréotype triomphe ; ainsi les quatre statues du saint des saints du grand temple d'Abou Simbel, représentant Ptah, Amon, Ramsès II lui-même et Rê-Horakhty, sont identiques. Décrit comme svelte dans les bas-reliefs militaires de ses premières années, le monarque devient uniformément massif dans les sculptures du reste de son règne. Dans plusieurs d'entre elles, il est même mastoc.

Aussi l'époque ramesside est-elle considérée comme l'une des plus faibles dans l'histoire de l'art égyptien. La responsabilité en incombe autant au souverain qu'aux artistes : débordés de commandes passées par un roi impatient d'imposer son image omnipotente dans le pays, les sculpteurs ont opté pour un académisme monotone. L'important n'était plus la qualité de l'image, mais sa présence ; les dimensions colossales supplantaient la vérité du personnage.

LES FEMMES À LA COUR DE RAMSÈS II ont occupé une place qui semble différente de celle qui leur avait été réservée sous l'Ancien Empire et au cours de la XIXe dynastie jusqu'à Akhenaton ; elles avaient jusqu'alors garanti la légitimité de la lignée, d'où les nombreux mariages incestueux au regard de l'époque actuelle. Un héritier du trône épousait ainsi sa sœur ou sa fille pour asseoir sa légitimité divine. Mais Ramsès II rompt nettement avec cette tradition quand, après la mort de son père Séthi Ier, il confère officiellement une ascendance divine à sa mère Thouy, stipulant qu'elle avait été l'épouse d'Amon et fécondée par ce dernier, écartant ainsi son père Séthi Ier de sa généalogie dans une proclamation sans précédent dans l'histoire de l'Égypte antique ; pour faire bonne mesure, il revendique ensuite une généalogie qui remonte aux pharaons les plus anciens, et avec qui il n'a évidemment aucun lien de parenté ; puis il élève Néfertari au statut divin avant de se lancer dans les affirmations répétées de son autodéification. La conclusion en est qu'il se présente comme seule source de légitimité.

À cet égard tout au moins, il demeure exceptionnel dans l'histoire de l'Égypte antique. Les femmes ne jouent plus aucun rôle dans les transmissions de pouvoir.

Les pharaons ont certes eu des favorites et des concubines, mais il semble que Ramsès II batte tous les records de consommation dans ce domaine. Le décompte du nombre de concubines entretenues dans une aile spéciale du Palais, à l'instar des harems orientaux, ne nous a certes pas été communiqué par les archives, du moins ne l'a-t-on pas encore découvert. Si l'on connaît les noms des princes héritiers conçus par les deux Grandes Épouses, Setherkhepeshef, Ramsès, Khaemouaset, Montouherkhepeshef, Parêherounemef, Nebenkharou, Meryatoum, Meryamon, Sethemouïa, Imenemouïa, Meryrê, Samontou, Setepenrê, Séthi, Merenptah, et si l'on tient compte du fait qu'à sa mort le monarque comptait cinquante-deux descendants mâles de première génération, force est de conclure qu'une bonne trentaine d'épouses secondaires secondaient ses visées génésiques. Et cela, sans compter les enfants morts en bas âge ou prématurément disparus.

Ramsès II était un homme couvert de femmes, mais aucune, même pas la fille du Hittite Hattousil, ne semble avoir de rôle dans la destinée du pays. À en juger par la succession de Grandes Épouses qui se poursuivit quasiment jusqu'à sa mort, toutes se voyant reléguer au second rang à l'avènement de la nouvelle, on ne s'aventure pas beaucoup en présumant de leur frustration. Et l'on peut sans trop de risque leur prêter des intrigues, car le souvenir de la « pharaonne » Hatchepsout était encore vivace.

Juste retour des choses, ce serait une femme, Taousert, qui s'emparerait des restes du royaume quelques années après sa mort.

✍

LA CONNAISSANCE DE LA SOIE DANS LE NOUVEL EMPIRE : peu de tissus nous sont parvenus de l'Égypte antique, sinon les bandelettes et certaines pièces des momies, et l'usage de la soie peut sembler être une hypothèse aventureuse. Or, la soie était tissée en Chine et en Inde depuis le IVe millénaire avant notre ère et, si on ne parlait pas encore de la route de la Soie, des échanges commerciaux entre le Moyen et l'Extrême-Orient existaient déjà. C'est pour les mêmes raisons qu'on a supposé que l'Égypte ne connaissait pas la laine, tissu qui, s'il s'est trouvé dans les tombes, s'est désagrégé au cours des millénaires. Toutefois, l'interdiction faite aux prêtres de porter de la laine est la preuve que l'on savait alors carder et tisser la toison des moutons.

✍

LE RITE DU JUBILÉ est demeuré secret jusqu'à nos jours. La description qui en est donnée dans ces pages est fondée sur l'hypothèse la plus plausible : il consistait vraisemblablement en une répétition du rite du couronnement, et c'est sur cette hypothèse que je me suis fondé. Il a tout aussi probablement varié de dynastie en dynastie, à l'instar des rites religieux et des conceptions des clergés, peu de rois ayant eu l'occasion de célébrer trente années de règne, et chacun ayant voulu marquer un aspect particulier de son règne.

Table

DU MÊME AUTEUR
(suite de la page 4)

Tycho l'Admirable, Julliard, 1996.
Coup de gueule contre les gens qui se croient de droite et quelques autres qui se disent de gauche, Ramsay, 1995.
29 jours avant la fin du monde, Laffont, 1995.
Ma vie amoureuse et criminelle avec Martin Heidegger, Laffont, 1994.
Histoire générale du diable, Laffont, 1993.
Le Chant des poissons-lunes, Laffont, 1992.
Matthias et le diable, Laffont, 1990.
La Messe de saint Picasso, Laffont, 1989.
Les Grandes Inventions du monde moderne, Bordas, 1989.
L'Homme qui devint Dieu :
    1. *Le Récit,* Laffont, 1988.
    2. *Les Sources,* Laffont, 1989.
    3. *L'Incendiaire,* Laffont, 1991.
    4. *Jésus de Srinagar,* Laffont, 1995.
Requiem pour Superman, Laffont, 1988.
Les Grandes Inventions de l'humanité jusqu'en 1850, Bordas, 1988.
Les Grandes Découvertes de la science, Bordas, 1987.
Bouillon de culture, Laffont, 1986 (avec Bruno Lussato).
La Fin de la vie privée, Calmann-Lévy, 1978.
L'Alimentation-suicide, Fayard, 1973.
Le Chien de Francfort, Plon, 1961.
Les Princes, Plon, 1957.
Un personnage sans couronne, Plon, 1955.

Cet ouvrage a été composé
par Atlant'Communication
au Bernard (Vendée)

Impression réalisée par

CPi
BRODARD & TAUPIN

La Flèche (Sarthe)
en septembre 2010
pour le compte des Éditions de l'Archipel
département éditorial
de la S.A.S. Écriture-Communication.

Imprimé en France
N° d'impression : 58801
Dépôt légal : octobre 2010